UM TOQUE DE RUÍNA

Também de Scarlett St. Clair

SÉRIE HADES & PERSÉFONE

Vol. 1: *Um toque de escuridão*
Vol. 2: *Um jogo do destino*
Vol. 3: *Um toque de ruína*

SCARLETT ST. CLAIR

UM TOQUE DE RUÍNA

Tradução
RENATA BROOCK

Copyright © 2020, 2021 by Scarlett St. Clair

Publicado por Companhia das Letras em associação com Sourcebooks USA.

Grafia atualizada segundo o Acordo Ortográfico da Língua Portuguesa de 1990, que entrou em vigor no Brasil em 2009.

TÍTULO ORIGINAL A Touch of Ruin
CAPA Regina Wamba/ReginaWamba.com
FOTO DE CAPA Anna_blossom/Shutterstock, Amanda Carden/Shutterstock, Bernatskaia Oksana/Shutterstock
ADAPTAÇÃO DE CAPA BR75 | Danielle Fróes
PRODUÇÃO EDITORIAL BR75 TEXTO | DESIGN | PRODUÇÃO

Dados Internacionais de Catalogação na Publicação (CIP)
(Câmara Brasileira do Livro, SP, Brasil)

Clair, Scarlett St.
  Um toque de ruína / Scarlett St. Clair ; tradução Renata Broock. – 1ª ed. – São Paulo : Bloom Brasil, 2025. – (Hades & Perséfone ; 3)

  Título original: A Touch of Ruin.
  ISBN 978-65-83127-08-2

  1. Erotismo na literatura 2. Mitologia 3. Romance norte-americano I. Título. II. Série.

24-241828   CDD-813.5

Índice para catálogo sistemático:
1. Romances : Literatura norte-americana 813.5

Aline Graziele Benitez – Bibliotecária – CRB-1/3129

Todos os direitos desta edição reservados à
EDITORA SCHWARCZ S.A.
Rua Bandeira Paulista, 702, cj. 32
04532-002 – São Paulo – SP
Telefone: (11) 3707-3500
facebook.com/editorabloombrasil
instagram.com/editorabloombrasil
tiktok.com/@editorabloombrasil
threads.net/editorabloombrasil

Para os leitores de Um toque de escuridão.
Obrigada pelo entusiasmo e amor por Hades & Perséfone.

PARTE I

A *flecha do destino, quando esperada, viaja devagar.*

— Dante Alighieri, *Paraíso*

1

UM TOQUE DE DÚVIDA

Perséfone caminhava ao longo da margem do rio Estige. Ondas irregulares quebravam a superfície escura, e ela se arrepiou quando se lembrou de sua primeira visita ao Submundo. Tinha tentado atravessar o largo rio, sem saber dos mortos que habitavam as profundezas. Eles a tinham levado para baixo, arranhando sua pele com os dedos sem carne, instigados pelo desejo de destruir a vida.

Pensou que se afogaria — e então Hermes veio em seu socorro.

Hades não tinha gostado nada disso, mas levou-a para seu palácio e curou suas feridas. Mais tarde, ela descobriria que os mortos no rio eram cadáveres antigos, que tinham vindo para o Submundo sem moedas para pagar o tributo de Caronte. Condenados a uma eternidade naquela água, eram apenas uma das muitas maneiras de Hades proteger as fronteiras do reino contra os vivos que desejavam entrar e os mortos que desejavam escapar.

Apesar do desconforto de Perséfone perto do rio, a paisagem era linda. O Estige se estendia por quilômetros, se fundindo com um horizonte sombreado por montanhas sombrias. Narcisos brancos cresciam em moitas ao longo das margens, brilhando como fogo claro contra a superfície escura. No sentido oposto às montanhas, o palácio de Hades assomava no horizonte, se erguendo como as bordas denteadas de sua coroa de obsidiana.

Yuri, uma jovem alma com um volumoso cabelo cacheado e pele oliva, caminhava ao lado dela. Usava uma túnica cor-de-rosa e sandálias de couro — um conjunto que se destacava contra as montanhas sombrias e a água escura. Ela e Perséfone haviam se tornado amigas e, muitas vezes, saíam para caminhadas juntas no Vale dos Asfódelos, mas hoje Perséfone convenceu Yuri a se desviar de seu caminho usual.

Olhou para sua companheira, que estava de braço dado com ela, e perguntou:

— Há quanto tempo está aqui, Yuri?

Perséfone supôs que a alma já vivesse no Submundo havia algum tempo, com base nos peplos tradicionais que usava.

As sobrancelhas delicadas de Yuri se franziram sobre os olhos cinzentos.

— Não sei. Muito tempo.

— Lembra como era o Submundo quando você chegou?

Perséfone tinha muitas perguntas sobre o Submundo da antiguidade — era aquela versão que ainda exercia controle sobre Hades, que o envergonhava, que o fazia se sentir indigno da adoração e do louvor de seu povo.

— Sim. Não sei se algum dia vou esquecer. — Deu uma risada envergonhada. — Não era como agora.

— Conta mais — Perséfone encorajou. Apesar de ter curiosidade sobre o passado de Hades e a história do Submundo, não podia negar que parte dela tinha medo de descobrir a verdade.

E se não gostasse do que encontraria?

— O Submundo era... sombrio. Não havia *nada*. Estávamos todos sem cor e amontoados. Não havia dia ou noite, apenas existíamos em um tom de cinza monótono.

Então, eles realmente tinham sido *fantasmas* — sombras de si mesmos.

Quando Perséfone visitou pela primeira vez o Submundo, Hades a levou para seu jardim. Ela estava tão brava. Ele a desafiara a criar vida no Submundo depois de ter ganhado um jogo de pôquer. Ela, por sua vez, nem tinha percebido as consequências de convidá-lo para jogar, não tinha percebido que ele concordara em jogar com ela com a intenção de prendê-la a um contrato. O desafio resultante foi ainda mais enfurecedor depois que ela viu o jardim dele — um oásis lindo e exuberante, cheio de flores coloridas e salgueiros vivos. Então Hades revelou que era tudo uma ilusão. Sob o glamour que mantinha, havia uma terra de cinzas e fogo.

— Isso soa como punição — disse Perséfone, achando aterrorizante existir sem propósito.

Yuri ofereceu um leve sorriso e deu de ombros.

— Foi a nossa sentença por viver vidas mundanas.

Perséfone franziu a testa. Ela sabia que, nos tempos antigos, os heróis eram geralmente os únicos que podiam esperar uma existência eufórica no Submundo.

— O que mudou?

— Não tenho certeza. Havia rumores, é claro; alguns diziam que uma mortal que Lorde Hades amava morreu e veio para cá.

Perséfone franziu as sobrancelhas. Ela se perguntou se havia alguma verdade nisso, considerando que Hades teve uma mudança semelhante de perspectiva depois que ela escreveu sobre suas barganhas ineficazes com os mortais. Ele ficou tão motivado com a crítica dela que deu início ao Projeto Anos Dourados, um plano que incluía a construção de um centro de reabilitação de última geração especializado em atendimento gratuito para mortais.

Um sentimento feio subiu por sua espinha e através de seu corpo, se espalhando como uma praga. Talvez ela não tivesse sido a única amante que inspirou Hades.

Yuri continuou:

— Claro, eu tendo a pensar que ele apenas... decidiu mudar. Lorde Hades observa o Mundo Superior. À medida que se tornou menos caótico, o mesmo aconteceu com o Submundo.

Perséfone não achava que fosse tão simples. Ela tentou fazer Hades falar sobre isso, mas ele evitou o assunto. Agora se perguntava se o silêncio dele era menos por vergonha e mais por manter em segredo os detalhes de suas antigas amantes. Ela logo começou a surtar, seus pensamentos se tornaram turbulentos, um milhão de incertezas e dúvidas. Quantas mulheres Hades havia amado? Ainda tinha sentimentos por alguma? Teria trazido alguma para a cama que agora compartilhavam?

O pensamento embrulhou seu estômago. Felizmente, ela foi tirada desse redemoinho quando viu um grupo de almas em um píer perto do rio.

Perséfone parou e acenou para a multidão.

— Quem são, Yuri?

— Novas almas.

— Por que elas se encolhem às margens do Estige?

De todas as almas que Perséfone encontrou, estas pareciam as mais... *mortas*. Seus rostos estavam contraídos e sua pele muito pálida. Elas se agruparam, as costas curvadas, os braços cruzados sobre o peito, tremendo.

— Porque estão com medo — Yuri disse, seu tom sugerindo que deveria ser óbvio.

— Não entendo.

— A maioria foi informada de que o Submundo e seu rei são terríveis, então quando elas morrem, o medo os domina.

Perséfone odiava isso por uma série de razões — principalmente porque o Submundo não era um lugar para se temer, mas ela também descobriu que estava frustrada com Hades, que não fez nada para mudar a percepção de seu reino ou de si mesmo.

— Ninguém as conforta quando chegam aos portões?

Yuri olhou-a de um jeito estranho, como se não entendesse por que alguém tentaria aliviar ou acolher almas recém-chegadas.

— Caronte as leva através do Estige e agora elas devem trilhar o caminho para o julgamento. Depois disso, são depositadas em um local de descanso ou tortura eterna. É como sempre foi.

Perséfone apertou os lábios, sua mandíbula trincada com irritação. Havia pouco estavam falando sobre o quanto o Submundo havia evoluído e agora presenciavam práticas arcaicas. Não havia razão para deixar essas almas sem acolhimento ou conforto. Ela se soltou do aperto de Yuri e caminhou em direção ao grupo que esperava, hesitando quando elas continuaram a tremer e se afastar.

Perséfone sorriu, esperando que isso pudesse aliviar a ansiedade delas.

— Olá! Meu nome é Perséfone.

Ainda assim, as almas estremeceram. Ela deveria saber que seu nome não traria nenhum conforto. Sua mãe, Deméter, a Deusa olimpiana da Colheita, havia garantido isso. Por medo, manteve Perséfone trancada em uma prisão de vidro a maior parte de sua vida, impedindo-a de ser venerada e, inevitavelmente, de dominar seus poderes.

Uma confusão de emoções emaranhadas em seu estômago — frustração por ela não ter podido evitar o que ocorreu, tristeza por ter sido fraca e raiva por sua mãe ter tentado desafiar o destino.

— Você deveria mostrar a elas sua Divindade — Yuri sugeriu. Ela havia seguido Perséfone até as almas.

— Por quê?

— Isso as confortaria. Neste momento, você não é diferente de qualquer alma do Submundo. Como uma deusa, você é alguém que elas têm em alta conta.

Perséfone começou a protestar. Essas pessoas não sabiam o nome dela — como sua forma divina aliviaria seus medos?

Então, Yuri acrescentou:

— Nós adoramos o Divino. Você lhes trará esperança.

Perséfone não gostava de sua forma divina. Tinha dificuldade em se sentir como uma deusa antes de ter poderes e isso não mudou mesmo quando sua magia ganhou vida, encorajada pela adoração de Hades. Ela rapidamente aprendeu que uma coisa era ter magia, outra era usá-la corretamente. Ainda assim, era importante para ela que essas novas almas se sentissem bem-vindas no Submundo, que vissem o reino de Hades como outro começo e, acima de tudo, queria ter certeza de que sabiam que seu rei se importava.

Perséfone liberou o controle que tinha de seu glamour humano. A magia parecia seda escorregando de sua pele, e ela brilhou etérea diante das almas. O peso de seus chifres brancos de antílope de alguma forma parecia maior agora que estava exposta em sua verdadeira forma. Seu cabelo encaracolado iluminava-se de um dourado-acobreado até um amarelo pálido e seus olhos ardiam em um verde-garrafa sobrenatural.

Ela sorriu para as almas novamente.

— Sou Perséfone, Deusa da Primavera. Estou tão feliz por ter vocês aqui.

A reação delas ao brilho foi imediata. As almas pararam de tremer e começaram a venerá-la de joelhos. Perséfone endureceu e seu batimento cardíaco acelerou.

— Ah, não, por favor. — Ela se ajoelhou diante de uma das almas, uma mulher mais velha com cabelo curto e branco e pele fina como papel. Tocou sua face, e olhos azuis marejados encontraram os dela. — Por favor, fique em pé comigo — disse ela, e ajudou a mulher a levantar.

As outras almas permaneceram ajoelhadas, cabeças erguidas, olhos paralisados.
— Qual é o seu nome?
— Elenor — ela murmurou.
— Elenor — Perséfone disse o nome com um sorriso. — Espero que você ache o Submundo tão pacífico quanto eu acho.

Suas palavras foram como uma corda endireitando os ombros caídos da mulher. Perséfone passou para a próxima alma e assim por diante, até que tinha falado com cada uma, e todas ficaram de pé novamente.

— Talvez devêssemos todos caminhar até o Campo do Julgamento — sugeriu.
— Ah, isso não será necessário — Yuri interrompeu. — Tânatos!

O Deus alado da Morte apareceu instantaneamente. Era bonito de um jeito sombrio, com pele pálida, lábios vermelho-sangue e cabelo platinado sobre os ombros. Seus olhos azuis eram tão impressionantes quanto um relâmpago no céu noturno. Sua presença inspirava uma sensação de calma que Perséfone sentia no fundo do peito. Era quase como se ela não tivesse peso.

— Milady — ele se curvou, sua voz melódica e rica.
— Tânatos. — Perséfone não pôde evitar o sorriso largo que cruzou seu rosto.

Tânatos tinha sido o primeiro a oferecer sua visão sobre o precário papel de Hades como o Deus dos Mortos durante uma excursão aos Campos Elísios. Foi a perspectiva dele que a ajudou a entender o Submundo um pouco melhor e, sendo honesta, forneceu o que ela precisava para se entregar totalmente a Hades.

Ela gesticulou para as almas reunidas e as apresentou ao deus.

O sorriso dele foi discreto, mas sincero, quando disse:
— Nós nos conhecemos.
— Ah. — Perséfone corou. — Me perdoe. Eu esqueci.

Como ceifador de almas, Tânatos fora o último rosto que os mortais viram antes de desembarcar nas margens do Estige.

— Estava prestes a escolher as novas almas para o Campo do Julgamento — disse Perséfone.

Ela notou que os olhos de Tânatos se arregalaram ligeiramente e ele olhou para Yuri, que falou depressa:
— Lady Perséfone é esperada no palácio. Você poderia levá-los para ela, Tânatos?
— Claro — ele respondeu, levando a mão ao peito. — Eu adoraria.

Perséfone acenou para as almas quando Tânatos se virou para a multidão, abriu bem as asas e desapareceu com as almas.

Yuri passou o braço pelo de Perséfone, puxando-a para longe das margens do Estige, mas Perséfone não se mexeu.

— Por que você fez isso? — ela perguntou.
— Fiz o quê?
— Não estão me esperando no palácio, Yuri. Eu poderia ter levado as almas para o campo.
— Sinto muito, Perséfone. Eu temia que fizessem pedidos.
— Pedidos? — Ela franziu as sobrancelhas. — O que elas poderiam pedir?
— Favores — Yuri explicou.
Perséfone riu com o pensamento.
— Dificilmente estou em posição de conceder favores.
— Elas não sabem disso — disse Yuri. — Tudo o que veem é uma deusa que pode ajudá-las a obter uma audiência com Hades ou retornar ao mundo dos vivos.
— Por que você acha isso?
— Porque eu era uma delas.
Yuri puxou seu braço novamente e, desta vez, Perséfone a seguiu. Um silêncio tenso preencheu o espaço entre elas.
— Sinto muito, Yuri. Às vezes eu esqueço...
— Que estou morta? — Ela sorriu, mas Perséfone se sentiu pequena e boba. — Está tudo bem. Essa é uma das razões pelas quais eu gosto tanto de você. — Yuri parou um momento e acrescentou: — Hades escolheu bem sua consorte.
— Sua consorte? — As sobrancelhas de Perséfone se ergueram.
— Não é óbvio que Hades pretende se casar com você?
Perséfone riu.
— Você está sendo muito presunçosa, Yuri.
Exceto que Hades *tinha* deixado claras suas intenções. *Você será minha rainha. Eu não preciso que as Moiras me digam isso.* Seu peito apertou, as palavras formando nós em seu estômago.
Essas palavras deveriam ter feito seu coração derreter, mas não fizeram, e isso a perturbava. Talvez tivesse algo a ver com o rompimento recente. Por que ela sentia tanta apreensão, enquanto Hades parecia tão certo sobre o futuro deles?
Yuri, alheia à guerra interna de Perséfone, disse:
— Por que Lorde Hades não te escolheria como rainha? Você é uma deusa solteira e não fez voto de castidade.
A alma lançou a ela um olhar profundo que fez Perséfone corar.
— Ser uma deusa não me qualifica para ser Rainha do Submundo.
— Não, mas é um começo. Hades nunca escolheria uma mortal ou uma ninfa como sua rainha. Acredite em mim, ele teve *diversas* oportunidades.
Um choque de ciúme desceu pela espinha de Perséfone como um fósforo caindo em uma poça de querosene. Sua magia cresceu, exigindo

uma saída. Era um mecanismo de defesa, e ela levou um momento para reprimi-lo.

Controle-se, ela ordenou.

Não ignorava o fato de que Hades tivera outras amantes ao longo de sua vida — sendo uma delas a ninfa ruiva, Minta, que Perséfone havia transformado em uma hortelã. Ainda assim, nunca havia considerado que o interesse de Hades por ela pudesse ser, em parte, devido ao seu sangue divino. Algo escuro serpenteava ao redor de seu coração. Como poderia se permitir pensar assim sobre Hades? Ele a encorajara a abraçar sua divindade, a venerara para que ela pudesse reivindicar sua liberdade e poder, e dissera que a amava. Se ele a fizesse sua rainha, seria porque se importava com ela, não porque ela era uma deusa.

Certo?

Perséfone logo se distraiu de seus pensamentos quando ela e Yuri voltaram para o Vale de Asfódelos, onde ela foi cercada por crianças querendo brincar. Depois de uma breve brincadeira de esconde-esconde, foi arrastada por Ofélia, Elara e Anastasia, que queriam sua opinião sobre vinhos, bolos e flores para a próxima Celebração do Solstício de Verão.

O solstício marcava o início do ano novo e significava a contagem regressiva de um mês para os Jogos Pan-helênicos — diante disso, nem mesmo a morte poderia sufocar a empolgação das almas. Com uma celebração tão importante em mãos, Perséfone perguntou a Hades se poderiam dar uma festa no palácio, e ele concordou. Ela estava ansiosa para ter as almas nos corredores novamente, tanto quanto elas estavam ansiosas para estar lá.

Quando Perséfone voltou ao palácio, ainda se sentia inquieta. A escuridão de sua dúvida aumentou, pressionando seu crânio, e sua magia pulsava sob sua pele, deixando-a dolorida e exausta. Ela pediu um chá e foi para a biblioteca, esperando que a leitura tirasse sua mente de sua conversa com Yuri.

Enrolando-se em uma das grandes cadeiras perto da lareira, Perséfone folheou o exemplar de Hécate de *Bruxaria e Caos*. Foi uma das várias atribuições da Deusa da Magia, que a estava ajudando a aprender a controlar seu poder errático.

Não estava funcionando tão rápido quanto Perséfone esperava.

Havia demorado tanto para seus poderes se manifestarem e, quando aconteceu, foi durante uma discussão acalorada com Hades. Desde então, Perséfone conseguia fazer as flores desabrocharem, mas tinha problemas para canalizar a quantidade apropriada de magia. Também descobriu que sua habilidade de se teleportar era falha, o que significava que ela nem sempre ia para onde pretendia. Hécate disse que era apenas questão de prática, mas ainda assim Perséfone se sentia um fracasso. Por essas razões, tinha decidido não usar magia no Mundo Superior.

Não até que tivesse tudo sob controle.

Então, em preparação para sua primeira lição com Hécate, ela estudou, aprendendo história da magia, alquimia e os diversos e terríveis poderes dos deuses, ansiando pelo dia em que poderia usar o seu tão facilmente quanto respirava.

De repente, o calor se espalhou por sua pele, arrepiando a nuca e os braços. Apesar do calor, ela estremeceu, sua respiração ficando rasa.

Hades estava perto, e seu corpo sabia disso.

Ela começou a sentir o desejo em seu ventre e queria gemer.

Deuses. Estava insaciável.

— Achei mesmo que encontraria você aqui. — A voz de Hades veio de trás dela.

Ao se virar, Perséfone se deparou com aqueles olhos escuros, e o Deus dos Mortos se inclinou para beijá-la, segurando seu rosto. Foi um toque possessivo e um beijo apaixonado que deixou seus lábios latejando.

— Como foi seu dia, meu bem? — As palavras carinhosas faziam Perséfone perder o fôlego.

— Ótimo.

Os cantos da boca de Hades se ergueram e, enquanto ele falava, seus olhos caíram para os lábios dela.

— Espero não estar incomodando. Parece bastante fascinada pelo livro.

— Não — disse rapidamente, então limpou a garganta. — Quero dizer... é apenas uma tarefa que Hécate me deu.

— Posso? — ele perguntou.

Sem dizer nada, ela entregou o livro e observou enquanto o Deus dos Mortos rodeava sua cadeira e o folheava. Havia algo incrivelmente diabólico em sua aparência, uma tempestade de escuridão vestida de preto da cabeça aos pés.

— Quando você começa a treinar com Hécate? — perguntou.

— Esta semana — disse ela. — Ela me passou dever de casa.

— Uhum. — Ele ficou em silêncio por um instante, mantendo os olhos no livro enquanto falava. — Ouvi dizer que você recepcionou novas almas hoje.

Perséfone se endireitou, tensa, era incapaz de dizer se ele estava irritado com ela.

— Estava andando com Yuri quando as vi esperando na margem do Estige.

Hades olhou para cima, olhos como a luz do fogo.

— Você levou uma alma para fora de Asfódelos? — Havia uma pitada de surpresa em sua voz.

— O nome dela é Yuri, Hades. Além disso, não sei por que as mantêm isoladas.

— Para que não causem problemas.

Perséfone riu, mas parou quando viu o olhar de Hades. Ele ficou entre ela e a lareira, iluminado como um anjo. Realmente era magnífico, com suas maçãs do rosto salientes, barba bem-feita e lábios carnudos. Seu longo cabelo preto estava preso em um nó na parte de trás de sua cabeça. Ela gostava do cabelo dele, porque gostava de soltá-lo, passar os dedos entre os fios e agarrá-lo no meio do sexo.

Com esse pensamento, o ar ficou mais pesado, e ela notou que o peito de Hades subiu com uma inspiração aguda, como se pudesse sentir a mudança em seus pensamentos. Ela lambeu os lábios e se forçou a se concentrar na conversa em questão.

— As almas nos Campos de Asfódelos nunca causam problemas — disse Perséfone.

— Você acha que estou errado. — Não era uma pergunta, mas uma afirmação, e ele não parecia nem um pouco surpreso. Todo o relacionamento deles começou porque Perséfone pensou que ele estivesse errado.

— Eu acho que você não se dá crédito suficiente por ter mudado e, portanto, não acha que as almas vão reconhecer isso.

O deus ficou em silêncio por um longo momento.

— Por que você recebeu as almas?

— Porque elas estavam com medo, e eu não gostei.

A boca de Hades se contraiu.

— Algumas devem ter medo, Perséfone.

— E essas vão ter, não importa quem as receba.

Os mortais sabem o que leva à prisão eterna no Tártaro, ela pensou.

— O Submundo é lindo, e você se preocupa com a existência de seu povo, Hades. Por que os bons deveriam temer este lugar? Por que deveriam temer você?

— Eles ainda temem a mim. *Você* foi quem os recebeu.

— Você poderia tê-los recebido comigo — ela ofereceu.

O sorriso de Hades permaneceu e sua expressão suavizou.

— Por mais que o título de rainha te desagrade, você já está agindo como a soberana daqui.

Perséfone congelou por um momento, presa entre o medo da raiva de Hades e a ansiedade de ser chamada de rainha.

— Isso... isso te desagrada?

— Por que isso me desagradaria?

— Não sou rainha — disse ela, levantando-se de seu assento e se aproximando dele, arrancando o livro de suas mãos. — E também não consegui descobrir como você se sente sobre minhas ações.

— Você será minha rainha — Hades disse ferozmente, quase como se estivesse tentando se convencer. — As Moiras declararam.

Perséfone se eriçou, seus pensamentos anteriores retornando rapidamente. Como perguntar a Hades por que a queria como sua rainha? Pior, por que ela sentia que precisava saber disso? Ela se virou e desapareceu entre as estantes para esconder sua reação.
— Isso te desagrada? — Hades perguntou, aparecendo na frente dela, bloqueando seu caminho como uma montanha.
Perséfone se assustou, mas se recuperou rapidamente.
— Não — ela respondeu, passando por ele.
Hades seguiu de perto.
Ao devolver o livro ao seu lugar na prateleira, ela falou:
— Embora eu prefira que você me queira como rainha porque você me ama e não porque as Moiras decretaram isso.
Hades esperou até que ela o encarasse para falar. Ele estava franzindo a testa.
— Você duvida do meu amor?
— Não! — Seus olhos se arregalaram com a conclusão a que ele tinha chegado, então ela suspirou. — Mas... suponho que não podemos evitar o que os outros pensam do nosso relacionamento.
— E o que os outros dizem, exatamente? — Ele estava tão perto que ela podia sentir o cheiro de especiarias, fumaça e um toque de ar de inverno. Era o cheiro da magia dele.
Perséfone deu de ombros e disse:
— Que só estamos juntos por causa das Moiras. Que você só me escolheu porque eu sou uma deusa.
— Já te dei motivos para pensar essas coisas?
Ela o encarou, incapaz de responder. Não queria dizer que Yuri havia plantado a ideia em sua cabeça. O pensamento já estava lá antes — uma semente plantada desde o início. Yuri apenas a regou e agora estava crescendo, tão selvagem quanto as vinhas pretas que brotavam de sua magia.
Hades falou mais rápido, exigente:
— Quem te deu motivos para duvidar?
— Acabei de começar a considerar...
— Meus motivos?
— Não...
Ele estreitou os olhos.
— Parece que sim.
Perséfone deu um passo para trás, pressionando as costas numa estante.
— Desculpa ter dito...
— Agora já era.
Perséfone olhou feio.

— Vai me punir por falar o que penso?
— Punir? — Hades inclinou a cabeça para o lado e chegou mais perto, quadris se aproximando, não deixando espaço entre eles. — Estou interessado em saber como acha que eu poderia te punir.

Essas palavras a deixaram tensa, e, apesar do calor que inspiraram, ela conseguiu encará-lo.

— Estou interessada em ter minhas perguntas respondidas.

Hades trincou a mandíbula.

— Qual era mesmo a pergunta?

Ela fechou os olhos. Estava perguntando se ele só a escolhera porque era uma deusa? Estava perguntando se ele a amava? Respirou fundo e olhou para ele com o rosto baixo.

— Se não houvesse Moiras, você ainda ia me querer?

Ela não conseguia encarar Hades e aquele olhar que parecia um raio laser, derretendo seu peito e seu coração e seus pulmões. Ela não conseguia respirar enquanto esperava que ele falasse — e ele não o fez. Em vez disso, segurou firme o rosto dela. O corpo dele vibrou — ela podia sentir a violência ali dentro e, por um momento, ficou em dúvida se o Rei do Submundo pretendia libertá-la.

Então, o aperto suavizou, e ele abriu os dedos, os olhos baixando para os lábios dela.

— Sabe como fiquei sabendo que as Moiras te fizeram para mim? — Sua voz era um sussurro rouco, um tom que ele usava na escuridão do quarto depois que eles faziam amor.

Perséfone balançou a cabeça lentamente, enredada por seu olhar.

— Pude sentir o gosto em sua pele, e a única coisa que lamento é ter vivido tanto tempo sem você.

Ele arrastou os lábios da orelha até a face de Perséfone. Ela prendeu a respiração, cedendo ao toque, buscando sua boca, mas em vez de beijá-la, ele se afastou.

A distância repentina dele a desestabilizou, e ela precisou se apoiar na estante de livros.

— O que foi isso? — ela exigiu, olhando para ele.

Ele deu uma risada sombria.

— Preliminares.

Então ele estendeu a mão e ergueu-a em seus braços, por cima do ombro. Perséfone deu um gritinho de surpresa e perguntou:

— O que está fazendo?

— Provando que quero você.

Ele saiu da biblioteca.

— Me coloca no chão, Hades!

— Não.

Ela teve a sensação de que ele estava sorrindo. A mão dele subiu por entre suas pernas, abrindo sua buceta e enfiando o dedo. Ela agarrou o paletó dele para não cair.

— Hades! — resmungou.

Ele riu, e ela o odiou por isso. Agarrou o cabelo dele e puxou sua cabeça para trás, procurando seus lábios. Hades foi prestativo e a apoiou contra a parede mais próxima, oferecendo um beijo vicioso antes de se afastar para rosnar em seu ouvido.

— Eu vou te punir até você gritar, até você gozar tão forte, espremendo meu pau, que não tenha dúvidas do meu afeto.

Aquelas palavras roubaram seu fôlego e sua magia despertou, aquecendo sua pele.

— Cumpra suas promessas, Lorde Hades — ela disse contra sua boca.

Então a parede atrás de Perséfone cedeu, e ela deu um grito quando Hades cambaleou para a frente. Ele conseguiu evitar que ambos caíssem no chão e, uma vez que estavam firmes, a colocou em pé. Ela reconheceu como ele a segurou — protegendo-a, um braço em volta dos ombros. Perséfone esticou o pescoço e descobriu que estavam na sala de jantar. A mesa de banquete estava cheia com a equipe de Hades, incluindo Tânatos, Hécate e Caronte.

A parede contra a qual estavam pressionados era uma porta.

Hades limpou a garganta, e Perséfone enfiou a cabeça no peito de Hades.

— Boa noite — disse Hades.

Ela ficou surpresa com quão calmo ele soou. Nem estava sem fôlego, embora ela pudesse sentir seu coração batendo forte contra seu ouvido.

Pensou que Hades se desculparia e desapareceria, mas em vez disso ele disse:

— Lady Perséfone e eu estamos famintos e queremos ficar sozinhos.

Ela congelou e deu uma cotovelada nele.

O que ele está fazendo?

De repente, as pessoas começaram a se mover, retirando pratos, talheres e enormes travessas de comida intocada.

— Boa noite, milady, milorde.

Todos saíram da sala de jantar com olhos brilhantes e sorrisos largos. Perséfone manteve o olhar baixo, um rubor perpétuo em suas bochechas enquanto a equipe de Hades desfilava pelo corredor para jantar em outro lugar do palácio.

Quando ficaram sozinhos, Hades não perdeu tempo se inclinando sobre ela, guiando-a até a mesa.

— Você não pode estar falando sério.

— Como os mortos — ele respondeu.

— Na sala de jantar?
— Estou faminto. Você não está?
Sim.
Mas ela não teve tempo de responder. Hades a colocou na mesa, se metendo entre suas pernas e se ajoelhando como um servo se ajoelharia para sua rainha. Subiu as mãos pelas pernas dela, levando junto o vestido. Ele brincou, roçando os lábios nas virilhas antes de encontrar sua buceta.

Perséfone arqueou o corpo, e sua respiração acelerou enquanto Hades a chupava, a língua implacável em seu ataque, a barba curta criando uma fricção deliciosa contra a pele sensível. Ela estendeu a mão, enroscando os dedos em seu cabelo, se contorcendo.

Hades a segurou mais forte, seus dedos cravando na carne para mantê-la no lugar. Um gemido gutural escapou dela quando os lábios dele se fecharam ao redor do clitóris e os dedos substituíram sua língua, entrando e saindo até que o prazer explodisse por todo o corpo da deusa.

Ela tinha certeza de que estava brilhando.

Isso era enlevo, euforia, êxtase.

E tudo foi interrompido por uma batida na porta.

Perséfone congelou e tentou se sentar, mas Hades a segurou no lugar e rosnou, olhando para ela do meio de suas pernas.

— Ignora. — Foi um comando, seus olhos inflamados como brasas.

Ele continuou implacavelmente, metendo mais fundo, mais forte, mais rápido. Perséfone mal conseguia ficar na mesa. Mal conseguia respirar, sentindo como se estivesse tentando chegar à superfície do Estige novamente, desesperada por ar, mas contente por saber que essa morte seria feliz.

Mas bateram novamente, e uma voz hesitante chamou:
— Lorde Hades?

Perséfone não sabia quem estava do outro lado da porta, mas a pessoa parecia nervosa e tinha razão para estar, porque o olhar de Hades era assassino.

É assim que ele fica quando enfrenta almas no Tártaro, ela pensou.

Hades sentou sobre os calcanhares.
— *Vá embora* — ele gritou.
Houve um momento de silêncio. Então, a voz disse:
— É importante.

Até Perséfone notou um alarme no tom da pessoa. Hades suspirou e se levantou, tomando o rosto dela entre as mãos.
— Um momento, meu bem.
— Você não vai machucá-lo, vai?
— Não muito terrivelmente.

Ele não sorria quando saiu para o corredor.

Perséfone se sentiu ridícula sentada na beira da mesa, então ficou de pé, ajeitou a saia e começou a andar pela extravagante sala de jantar. Sua primeira impressão do aposento foi que era exagerado. O teto ostentava vários lustres de cristal desnecessários, as paredes eram adornadas com ouro e a cadeira de Hades parecia um trono na cabeceira da mesa. Para completar, ele raramente jantava nesta sala, muitas vezes preferindo fazer suas refeições em outros lugares do palácio. Essa foi uma das razões pelas quais ela decidiu usá-la durante a Celebração do Solstício: toda essa beleza não seria desperdiçada.

Hades voltou. Parecia frustrado, com a mandíbula tensa e os olhos brilhando com um tipo diferente de intensidade. Parou a alguns centímetros dela, as mãos nos bolsos.

— Está tudo bem? — Perséfone perguntou.

— Sim. E não. Elias me alertou para um problema que precisa ser resolvido o mais rápido possível.

Ela o encarou, esperando, mas ele não explicou.

— Quando você estará de volta?

— Em uma hora. Talvez duas.

Ela franziu a testa, e Hades segurou seu rosto, encarando-a:

— Acredite, meu bem; deixar você é a decisão mais difícil que tomo todos os dias.

— Então não me deixe — disse ela, colocando as mãos em volta da cintura dele. — Eu vou com você.

— Isso não é sábio. — Sua voz era rouca, e Perséfone franziu a testa.

— Por que não?

— Perséfone...

— É uma pergunta simples — ela interrompeu.

— Não é — ele retrucou, e então suspirou, passando os dedos pelo cabelo solto.

Ela o encarou. Ele nunca tinha perdido a cabeça assim. O que o deixara tão agitado? Ela pensou em insistir por uma resposta, mas sabia que não chegaria a lugar nenhum, então apenas cedeu.

— Tudo bem. — Ela deu um passo para longe. — Estarei aqui quando você voltar.

Hades franziu a testa.

— Vou garantir que a espera compense.

Ela arqueou a sobrancelha e ordenou:

— Jure.

Os olhos de Hades fervilharam sob o brilho das luzes de cristal.

— Ah, muito bem. Você não precisa de juramento. Nada vai me impedir de te comer.

2

UM TOQUE DE DUPLICIDADE

O corpo de Perséfone vibrou, aquecido pela faísca que Hades acendeu. Sem supervisão, a chama se espalhou, consumindo todo o seu corpo. Ela procurou uma distração e foi caminhar pelos jardins, tomada pelo cheiro de solo úmido e flores doces. Acariciou pétalas e folhas enquanto passava, até chegar ao limite do terreno onde um campo selvagem de grama amarelada dançava, encorajado por uma brisa sussurrada.

Saiu em disparada, flores alaranjadas nascendo a seus pés enquanto ela corria pelo campo. Não tinha que se concentrar em usar a magia; irradiava dela, sem filtro e descontrolada. Os dobermans de Hades se juntaram a ela, perseguindo um ao outro até que ela parou próximo ao campo de Hécate.

A deusa estava sentada de pernas cruzadas do lado de fora de sua cabana com os olhos fechados. Perséfone não sabia se estava meditando ou lançando um feitiço. Se tivesse que adivinhar, diria que a Deusa da Bruxaria estava amaldiçoando algum mortal no Mundo Superior por algum ato hediondo contra as mulheres.

Cérbero, Tifão e Ortros não seguiram quando Perséfone se aproximou da deusa.

— Já está saciada? — Hécate perguntou, seus olhos ainda fechados.

Perséfone nunca perdoaria Hades pelo que aconteceu na frente de sua equipe.

— Pareço saciada? — ela resmungou.

A frustração sexual a estava deixando mal-humorada.

Hécate abriu um olho e depois o outro.

— Não — ela disse. — Quer praticar magia?

— Só se for para explodir alguma coisa.

Um pequeno sorriso repuxou os lábios de Hécate.

— Você pode meditar.

— *Meditar?*

A última coisa que Perséfone queria era ficar sozinha com seus pensamentos furiosos. Hécate deu um tapinha no chão ao lado e Perséfone suspirou, sentando-se. Seu corpo estava rígido, suas mãos, quentes e suadas.

— Sua primeira lição, Deusa. Controle suas emoções.

— Como assim isso é uma lição? — Perséfone perguntou.

Hécate estreitou os olhos.

— Você quer falar sobre mais cedo? Aquelas portas caíram por causa de *sua* magia. Elas não foram abertas por alguém do lado de dentro.

Perséfone crispou os lábios e desviou o olhar. Presumiu que alguém tinha aberto as portas, não sua magia. De alguma forma, isso parecia ainda mais humilhante.

— Não tenha vergonha, meu amor. Acontece com as melhores de nós.

Isso intrigou Perséfone.

— Incluindo você?

Hécate riu.

— Não, querida, eu não gosto de pessoas.

Perséfone franziu a testa.

Sabia que suas emoções estavam ligadas a seus poderes. Flores brotavam quando ela estava com raiva, e vinhas se enrolavam em Hades nos momentos de paixão sem aviso prévio. Então havia Minta, que foi transformada em hortelã por palavras ofensivas; e Adônis, que ela ameaçou no Jardim dos Deuses, transformando seus membros em trepadeiras. Sem falar na destruição da estufa de sua mãe.

— Ok, então eu tenho um problema — Perséfone admitiu. — Como faço para controlar isso?

— Com a prática — disse Hécate. — E muita meditação. Quanto mais você meditar, mais você e sua magia se beneficiarão.

— Eu *odeio* meditar.

— Você já tentou alguma vez?

— Sim, e é *entediante*. A gente só... *fica parada*.

Hécate conteve um sorrisinho.

— Sua perspectiva está errada. O objetivo da meditação é ganhar controle, você não está com fome de controle, Perséfone?

A voz de Hécate ficou baixa e com um toque de sedução. Perséfone não podia negar que estava ansiosa pelo que a deusa estava oferecendo. Ela queria o controle de tudo: magia, vida, futuro.

— Estou ouvindo — disse Perséfone.

O sorriso de Hécate era travesso e ela continuou.

— Meditar significa concentrar sua atenção no momento em vez de se prender nas coisas que te atormentam, nas coisas que te afogam, nas coisas que fazem com que sua magia crie um escudo ao seu redor.

Hécate a conduziu por várias meditações, orientando-a a se concentrar na respiração. Perséfone imaginou que isso poderia ser um calmante se pudesse evitar que sua mente vagueasse até Hades. Ela jurou em duas ocasiões que ele estava atrás dela. Podia sentir a respiração dele em seu pescoço, o arranhar suave da barba contra sua bochecha enquanto sussurrava palavras contra sua pele.

Eu pensei em você o dia todo.
Uma emoção estremeceu através dela e suas partes íntimas piscaram.
O seu gosto, a sensação do meu pau deslizando dentro, o jeito que você geme quando eu meto em você.
Perséfone mordeu o lábio e o calor jorrou entre suas pernas.
Eu quero te foder com tanta força que seus gritos chegarão aos ouvidos dos vivos.
Sua respiração escapou em um suspiro rouco, e ela abriu os olhos. Quando olhou para Hécate, a deusa arqueou a sobrancelha e ficou de pé.
— Pensando bem — ela disse. — Vamos explodir algumas coisas.

— Vou me atrasar! — Perséfone tirou as cobertas e pulou da cama.
Hades gemeu, esticando o braço sobre os lençóis, alcançando-a.
— Volta para a cama — disse ele, sonolento.
Ela o ignorou, correndo pelo quarto em busca de suas coisas. Encontrou sua bolsa em uma cadeira, seus sapatos debaixo da cama e suas roupas emboladas nos lençóis. Ela as desembaraçou e, uma vez que estavam livres, Hades as arrancou de suas mãos.
— Hades — ela rosnou, avançando para ele.
Ele apertou a cintura dela e rolou para o lado, prendendo-a embaixo de si.
Ela riu, se contorcendo.
— Hades, para! Vou me atrasar e a culpa é sua.
Ele havia cumprido sua promessa, retornando ao Submundo por volta das três da manhã. Quando deslizou para cama atrás dela, deu um beijo de boa noite e não parou. Depois, ela caiu em um sono profundo, apertando o botão soneca quando o alarme do telefone tocou.
— Vou te levar — disse ele, curvando-se para beijar seu pescoço. — Eu chego lá em segundos.
— Hmm — ela disse, pressionando as palmas das mãos contra o peito dele. — Obrigada, mas prefiro ir pelo caminho mais longo.
Ele arqueou uma sobrancelha e lançou um olhar ameaçador antes de se levantar. Ela ficou em pé novamente, segurando suas roupas amarrotadas e franziu a testa.
— Deixa eu te ajudar — disse Hades e estalou os dedos, conjurando um vestido preto sob medida e sapatos altos.
Ela olhou para baixo, alisando o tecido que tinha um leve brilho.
— Não costumo usar preto — disse ela.
Hades sorriu.
— Usa hoje para me agradar — disse ele.
Uma vez que ela estava pronta, ele insistiu que ela aceitasse uma carona de seu motorista, e Perséfone acabou no banco traseiro do Lexus

preto de Hades. Antoni, um ciclope e servo do Deus dos Mortos, guiava o veículo, assobiando uma música que Perséfone reconheceu do álbum *White Raven* de Apolo. Apesar de não ser fã da música do deus, ela passara a noite de sexta-feira comemorando o aniversário de sua melhor amiga, Lexa Sideris, na danceteria dele, onde praticamente só tocava aquilo. Perséfone tinha a sensação de que sabia todas de cor, o que só piorou sua aversão.

Estava fazendo o seu melhor para ignorar o falsete incessante de Apolo quando recebeu uma série de mensagens de Lexa. A primeira dizia:
Você é oficialmente famosa.

Uma onda de ansiedade tomou conta de Perséfone quando sua melhor amiga enviou vários links para "notícias de última hora" de veículos de mídia em toda a Nova Grécia, todos sobre ela e Hades.

Clicou em cada um deles. A maioria repetia detalhes de seu encontro público com Hades, incluindo fotos incriminatórias. Ela corou ao lembrar daquele dia. Não esperava que o Rei dos Mortos aparecesse no Mundo Superior e, quando o viu, pensou que seu coração fosse explodir. Ela correu e pulou em seus braços, se enrolando nele como se aquela fosse sua casa. Hades apertou sua bunda e lhe deu um beijo que ela ainda podia sentir.

Deveria ter visto a tempestade da mídia chegando, mas depois da festa de aniversário de Lexa, passou o fim de semana no Submundo, presa no quarto de Hades, explorando, provocando, submetendo-se. Não tinha pensado duas vezes sobre o estado do Mundo Superior uma vez que partira. Com imagens como essas, era difícil negar as especulações sobre o relacionamento deles.

A última mensagem que ela recebeu de Lexa continha o artigo mais assustador. O título era "Tudo o que você precisa saber sobre a amante de Hades".

Era seu pior pesadelo.

Leu o artigo, aliviada ao descobrir que não havia nenhuma informação que a revelasse como a filha de Deméter ou uma deusa, mas, ainda assim, era assustador. Dizia que ela era de Olímpia, que havia começado a frequentar a Universidade de Nova Atenas fazia quatro anos, iniciando com especialização em botânica e terminando no curso de jornalismo. Tinha depoimentos de alunos afirmando que a "conheciam": joias como "Dava para ver que ela era muito inteligente" e "Ela sempre foi muito quieta" e "Ela lia muito".

O artigo também detalhava uma linha do tempo de sua vida, que incluía seu estágio no *Jornal de Nova Atenas*, seus artigos sobre Hades e sua reconciliação fora da Coffee House.

"Espectadores dizem que não tinham certeza dos motivos de Hades quando ele se materializou no Mundo Superior, mas parecia que ele estava lá para fazer as pazes com a jornalista, Perséfone Rosi, o que levanta a questão: quando o romance começou?"

Perséfone reconheceu a ironia de sua situação: ela era uma jornalista investigativa. Adorava pesquisar. Adorava chegar ao fundo de uma questão, expor fatos e salvar mortais da ira de deuses, semideuses e de si mesmos.

Mas isso era diferente.

Era sua vida pessoal.

Sabia como a mídia funcionava. Agora, Perséfone era um mistério a ser resolvido e aqueles que investigaram sua história eram uma ameaça para tudo pelo que ela trabalhara tanto: sua liberdade.

Eu sei que você está surtando agora, Lexa mandou mais uma mensagem. *Não fique assim.*

É fácil para você dizer. Seu nome não está estampado nas manchetes, respondeu Perséfone.

Tecnicamente não é o seu nome, é o de Hades.

Perséfone revirou os olhos. Não queria ser a posse de alguém. Queria sua própria identidade, ser creditada por seu trabalho duro, mas namorar um deus tirou isso.

Outro pensamento lhe ocorreu: *o que seu chefe diria?*

Demetri Aetos era um ótimo supervisor. Defendia e publicava a verdade, não importando as consequências. Demitira Adônis por chamar Perséfone de vadia e roubar seu artigo. Reconhecera o estresse que era escrever sobre Hades e disse que Perséfone precisava continuar se não quisesse... mas tinha sido antes de saber que ela estava saindo com o Deus dos Mortos.

Haveria consequências?

Deuses, ela tinha que parar de pensar nisso.

Se concentrou em seu telefone e mandou uma mensagem para Lexa de volta.

Para de tentar evitar as MELHORES *notícias do dia. Parabéns pelo seu primeiro dia!*

Lexa havia sido contratada para planejar eventos para a Fundação Cipreste, organização sem fins lucrativos de Hades. Perséfone soube disso logo após o anúncio do Projeto Anos Dourados.

Lexa recebeu a oferta de emprego em seu aniversário.

— Ela teria conseguido o emprego de qualquer maneira — disse Hades quando Perséfone perguntou se ele tinha feito isso acontecer. — O currículo dela é ótimo e é perfeita para o cargo.

Obrigada, amore! Eu estou tão animada!, mais uma mensagem de Lexa apitou no telefone.

— Chegamos, milady.

As palavras de Antoni chamaram sua atenção para a Acrópole.

Os olhos de Perséfone se arregalaram e seu estômago deu um nó quando ela olhou pela janela.

Uma multidão se reunia do lado de fora do prédio de cento e um andares. A segurança interveio para controlar, erguendo barreiras. Vários funcionários confusos entravam em meio às pessoas gritando. Perséfone sabia que estavam lá por causa dela e agradeceu por as janelas do carro de Hades serem quase pretas, tornando impossível qualquer pessoa ver o interior. Ainda assim, ela deslizou mais para baixo em seu assento, gemendo.

— Ah, não.

Antoni ergueu a sobrancelha para ela no espelho retrovisor.

— Há algo de errado, milady?

Ela encontrou seu olhar, quase confusa com a pergunta.

Claro que algo está errado!

A mídia, aquela multidão, eles estavam ameaçando tudo pelo qual trabalhara tanto.

— Você pode me deixar no outro quarteirão?

Antoni franziu o cenho.

— Lorde Hades instruiu que eu a deixasse na Acrópole.

— Lorde Hades não está aqui e, como você pode ver, a situação não é a ideal — disse ela, rangendo os dentes. Então respirou fundo para se acalmar. — Por favor?

O ciclope cedeu e fez como ela instruiu. No tempo que levaram para chegar lá, Perséfone colocou óculos escuros e prendeu o cabelo em um coque. Não era bem um disfarce, mas a levaria mais longe do que mostrar o rosto para os transeuntes.

Antoni olhou para ela novamente e ofereceu:

— Posso levá-la até a porta.

— Não, tudo bem, Antoni. Obrigada.

O ciclope se remexeu em seu assento, claramente desconfortável.

— Hades não vai gostar disso.

Ela encontrou o olhar de Antoni no espelho.

— Você não vai contar a ele, vai?

— Seria melhor, milady. Lorde Hades forneceria um motorista para levá-la ao trabalho e buscá-la, e uma Égide para sua proteção.

Ela não precisava de um motorista e muito menos de um guarda.

— Por favor? — ela implorou a Antoni. — Não conta pro Hades.

Ela precisava que ele entendesse. Se sentiria como uma prisioneira, algo de que estava tentando escapar fazia mais de dezoito anos.

O ciclope levou algum tempo, mas assentiu.

— Como quiser, milady, mas se algo der errado, vou ligar para o chefe.

Ótimo. Já estava de bom tamanho. Deu um tapinha no ombro do motorista.

— Obrigada, Antoni.

Ela deixou a segurança do carro e manteve a cabeça baixa enquanto caminhava na direção da Acrópole. Mais perto, o rugido da multidão se amplificou e ela notou que havia ainda mais gente agora.

— Deuses — gemeu.

— Você realmente arrumou um pepino — disse uma voz por cima de seu ombro. Ela virou e encontrou um belo deus de olhos azuis.

Hermes.

Ao longo dos últimos meses, ele se tornara um de seus deuses favoritos. Era bonito, engraçado e encorajador. Hoje estava vestido como um mortal. Bem, quase. Ele ainda parecia anormalmente bonito com seus cachos dourados e pele bronzeada e brilhante. Tinha escolhido uma polo rosa e jeans escuros.

— Pepino? — perguntou, confusa.

— É uma expressão que os mortais usam quando se encontram em apuros. Você nunca ouviu falar?

— Não — ela respondeu, mas não era surpreendente. Passara dezoito anos em uma prisão de vidro. Não tinha aprendido muitas coisas. — O que você está fazendo aqui?

— Vi a notícia — disse, sorrindo. — Você e seu *garoto* são oficiais.

Perséfone olhou feio.

— Seu *homem?* — Ele ofereceu.

Ela continuou olhando feio.

— Tá, tá bom. Seu *deus*, então.

Ela desistiu e suspirou, enterrando o rosto nas mãos.

— Nunca mais vou poder ir a lugar nenhum.

— Não é verdade — disse Hermes. — Você só não poderá ir a lugar nenhum sem ser assediada.

— Alguém já te disse que você não serve pra nada?

— Não, na verdade não. Quer dizer, entrego mensagens instantâneas para os deuses, e tudo o mais.

— Não foi substituído pelo e-mail?

Hermes fez beicinho.

— Quem não está servindo de nada agora?

Perséfone espiou pela lateral do prédio novamente. Ela sentiu o queixo de Hermes repousar sobre sua cabeça enquanto seguia seu olhar.

— Por que você não se teleporta para dentro? — ele perguntou.

— Estou tentando manter meu disfarce mortal, o que significa que não uso magia no Mundo Superior.

Ela realmente não tinha vontade de explicar que estava treinando para controlar sua magia.

— Faz sentido. Por que você não iria querer andar por aquela calçada sedutora cheia de gente, não é mesmo?

— Que parte de "disfarce mortal" você não entendeu?

— Nenhuma?

Claro que ele não entendeu. Ao contrário dela, Hermes sempre existiu como olimpiano. Na verdade, desde o começo de sua vida ele faz o mesmo: apronta.

— Olha, se você não vai ajudar...

— Ajudar? Você está pedindo?

— Não se isso significa que vou dever um favor a você — disse Perséfone rapidamente.

Os deuses tinham de tudo: riqueza, poder, imortalidade. Sua moeda eram os favores: essencialmente contratos com detalhes inevitáveis a serem decididos em um momento futuro.

Ela preferiria morrer.

— Não cobrarei um favor, então — disse Hermes. — Um encontro.

Perséfone olhou irritada para o deus.

— Você quer ser estripado por Hades?

— Quero ir a uma festa com minha amiga — Hermes respondeu, cruzando os braços. — Não corro o risco de ser estripado.

Ela olhou para ele fingindo suspeita antes de sorrir:

— Feito.

O deus deu um sorriso deslumbrante.

— Que tal sexta-feira?

— Me coloque dentro daquele prédio e eu vejo minha agenda.

Ele sorriu.

— É pra já, Sefy.

Hermes se teleportou para o meio da multidão e seus fãs gritaram como se estivessem morrendo. O deus monopolizou toda a atenção, dando autógrafos e posando para fotos. Enquanto isso, Perséfone se esgueirou ao longo da calçada e entrou na Acrópole sem ser vista. Correu para os elevadores, mantendo a cabeça baixa enquanto esperava com um grupo de pessoas. Sabia que estavam olhando, mas não importava. Ela estava lá dentro, tinha evitado a multidão e agora poderia começar a trabalhar.

Quando chegou a seu andar, a nova recepcionista, Helena, a cumprimentou. Substituíra Valerie, que havia subido alguns andares para trabalhar na Oak and Eagle Creative, a empresa de marketing de Zeus. Helena era mais nova que Valerie e ainda estava na faculdade, o que significava que estava ansiosa para agradar. Também era muito bonita, com olhos azuis como safiras, cabelos loiros em cascata e lábios rosados perfeitos. Mais importante: era muito legal. Perséfone gostava dela.

— Bom dia, Perséfone! — cantarolou. — Espero que chegar aqui não tenha sido muito difícil para você.

— Não, não; nada difícil. — Perséfone conseguiu manter sua voz calma. Foi provavelmente a segunda pior mentira que ela já contou, depois daquela em que prometeu à sua mãe que ficaria longe de Hades. — Obrigada, Helena.

— Você já recebeu várias ligações esta manhã. As que eram sobre alguma história que eu achei que interessaria a você, eu transferi para seu correio de voz; as que eram pedidos de entrevistas, só anotei a mensagem. — Ela ergueu uma pilha ridiculamente grande de post-its coloridos. — Você quer alguma?

Perséfone olhou para a pilha.

— Não, obrigada, Helena. Você realmente é a melhor!

A moça sorriu.

Assim que Perséfone começou a se dirigir para sua mesa, Helena chamou:

— Ah, e antes que vá, Demetri pediu para vê-la.

Ela sentiu seu estômago ficar frio e duro, como se tivesse engolido uma pedra de gelo. Respirou fundo, conseguindo sorrir para a garota.

— Obrigada, Helena.

Perséfone cruzou a redação ladeada por mesas perfeitamente alinhadas, arrumou suas coisas e pegou uma xícara de café antes de se aproximar do escritório de Demetri. Parou na porta; não estava pronta para chamar atenção ainda. Seu chefe estava sentado atrás da mesa olhando para o tablet. Demetri era um homem bonito, de meia-idade, com cabelos grisalhos e barba sempre por fazer. Gostava de roupas coloridas e gravatas estampadas. Hoje, usava uma camisa vermelha brilhante e uma gravata-borboleta azul com bolinhas brancas.

Havia uma pilha de jornais na mesa à sua frente, com as manchetes:

LORDE HADES ESTÁ NAMORANDO UMA MORTAL?

JORNALISTA É PEGA BEIJANDO DEUS DOS MORTOS.

MORTAL QUE DIFAMOU O REI DO SUBMUNDO ESTÁ APAIXONADA?

Demetri deve ter sentido seu olhar, porque finalmente ergueu os olhos do tablet. O artigo que estava lendo refletia em seus óculos de armação preta. Perséfone conseguiu ver o título. Era sobre ela também.

— Perséfone. Por favor, entre. Feche a porta.

Aquela pedra de gelo em seu estômago pareceu de repente mais pesada. Fechar-se no escritório de Demetri era como voltar para a estufa de sua mãe: ansiedade e medo ao pensar em ser punida. Sua pele ficou quente e coçando, sua garganta se contraiu, sua língua engrossou... ela ia sufocar.

É isso, ela pensou. *Ele vai me demitir.*

Ficou frustrada ao achar que ele estava enrolando. Por que convidá-la para se sentar? Agir como se tivesse que ser uma conversa?

Respirou fundo e se sentou na beirada da cadeira.

— O que você fez? — perguntou, olhando para a pilha de jornais. — Pegou um em cada banca?

— Não consegui evitar — disse ele, sorrindo. — A história é fascinante.

Perséfone olhou feio.

— Você precisa de mim? — perguntou finalmente, esperando mudar de assunto, torcendo para que a conversa não tivesse a ver com as manchetes desta manhã.

— Perséfone — disse Demetri, e ela se encolheu com o tom gentil. O que quer que estivesse vindo não era bom. — Você tem muito potencial e provou que está disposta a lutar pela verdade, o que aprecio.

Ele fez uma pausa e ela ficou tensa, preparando-se para o golpe prestes a ser desferido.

— Mas... — disse, adivinhando a direção desta conversa.

Demetri parecia ainda mais solidário.

— Você sabe que eu não pediria se não fosse necessário — disse.

Ela piscou, franzindo as sobrancelhas.

— Pedir o quê?

— Por uma exclusiva. Sobre seu relacionamento com Hades.

O pavor subiu por seu estômago e se espalhou, crepitando em seu peito e pulmões, e ela sentiu o calor deixar seu rosto abruptamente.

— Por que é necessário? — Sua voz estava tensa e ela tentou manter a calma, mas suas mãos tremiam enquanto apertava a xícara de café.

— Per...

— Você disse que não pediria se não fosse necessário — ela o parou. Estava cansada dele dizendo seu nome. Cansada do tanto que ele estava demorando para chegar ao ponto. — Então por que está pedindo?

— Veio de cima — respondeu. — Foi uma ordem clara: ou você nos oferece uma exclusiva ou não tem mais seu emprego aqui.

— De cima? — ela repetiu, e parou por um momento, procurando por um nome. Até que o nome veio. — Kal Stavros?

Kal Stavros era um mortal. Era o CEO da Epik Communications — dona do *Jornal de Nova Atenas*. Perséfone não sabia muito sobre ele, exceto que era um favorito dos tabloides. Principalmente porque era bonito — seu nome significava literalmente *coroado o mais belo*.

— Por que o CEO solicitaria uma exclusiva?

— Não é todo dia que a namorada do Deus dos Mortos trabalha para você — disse Demetri. — Tudo o que você tocar se transformará em ouro.

— Então deixa eu escrever sobre outra coisa — disse ela. — Tenho um correio de voz e uma caixa de entrada de e-mail cheia de ideias para reportagens.

Era verdade. As mensagens começaram a chegar no momento em que ela publicou seu primeiro artigo sobre Hades. Estava classificando-as lentamente, organizando-as em pastas com base no deus que criticavam. Poderia escrever sobre qualquer olimpiano, até mesmo sua mãe.

— Você pode escrever sobre outra coisa — disse Demetri. — Mas ainda precisaremos dessa exclusiva.

— Você não pode estar falando sério... — Foi tudo o que conseguiu pensar em dizer, mas a expressão de Demetri disse o contrário. Tentou de novo. — É a minha vida pessoal.

Os olhos de seu chefe caíram para a pilha de papéis em sua mesa.

— E tornou-se pública.

— Você tinha dito que entenderia se eu quisesse parar de escrever sobre Hades.

Ela notou que os ombros de Demetri baixaram e isso a fez se sentir melhor, saber que ele estava pelo menos um pouco derrotado por isso também.

— Minhas mãos estão atadas, Perséfone — ele respondeu.

Houve um momento de silêncio e, então, ela perguntou:

— É isso mesmo? Não tenho escolha?

— Você tem escolha. Preciso do artigo até sexta-feira.

E foi isto: Perséfone foi dispensada. Levantou, voltou para sua mesa e se sentou. Sua cabeça girava enquanto pensava em maneiras de sair dessa situação que não fossem de escrever o artigo ou desistir. Trabalhar para o *Jornal de Nova Atenas* fora seu sonho desde que decidiu entrar para o jornalismo em seu primeiro ano de faculdade. Acreditava completamente em seu lema de dizer a verdade e expor a injustiça.

Agora, se perguntava se tudo aquilo tinha sentido.

O que Hades diria se soubesse que o CEO da Epik Communications havia exigido uma história sobre eles? Por outro lado não queria que Hades lutasse suas batalhas. Também desprezava o fato de que o ouviriam por causa de seu status como olimpiano ancião, e não a ela — alguém que presumiam ser uma mortal.

Não. Encontraria uma saída sozinha e tinha certeza de uma coisa: Kal ia se arrepender de sua ameaça.

Perséfone não ergueu os olhos do computador depois de sair do escritório de Demetri. Apesar de parecer concentrada, estava ciente dos olhares curiosos. Sentia como se houvesse insetos deslizando por sua pele. Concentrou-se mais, vasculhando centenas de mensagens em sua caixa de entrada e ouvindo mensagens de voz de pessoas que "tinham uma história para ela". A maioria era sobre como Zeus e Poseidon haviam transformado sua mãe ou irmã ou tia em um lobo ou cisne ou vaca por motivos nefastos, e Perséfone se perguntou como Hades podia ser parente desses dois.

Lexa enviou uma mensagem na hora do almoço.

Você está bem?

Não, as coisas pioraram. Perséfone escreveu.

????

Te conto depois. Muito longo pra uma mensagem.

Quer ficar bêbada?, Lexa perguntou.

Perséfone riu. *Temos que trabalhar amanhã, Lex.*

Apenas tentando ser uma boa amiga.

Talvez um pouco bêbada, então. Além disso, precisamos comemorar o SEU primeiro dia na Fundação Cipreste. Como tá indo?

Incrível, Lexa respondeu. *Há muito o que aprender, mas vai ser incrível.*

Perséfone conseguiu evitar Demetri pelo resto do dia. Helena foi a única que conversou com ela e foi para levar a correspondência, que incluía um envelope cor-de-rosa. Quando Perséfone o abriu, encontrou-o cheio de corações de papel cortados grosseiramente.

— Você viu quem colocou isso na minha caixa de correspondência? — perguntou a Helena.

Não havia endereço de retorno e nem carimbo. Quem o enviou não o tinha feito por correio.

A moça balançou a cabeça.

— Estava lá esta manhã.

Esquisito, pensou, jogando a bagunça no lixo.

No final do dia, Perséfone pegou o elevador para o primeiro andar e encontrou a multidão ainda do lado de fora. Considerou suas opções. Poderia simplesmente sair pela frente e enfrentar a multidão. A segurança lhe daria escolta, mas apenas até a calçada. Poderia chamar Antoni para buscá-la. Ela sabia que o ciclope estaria disposto, porém sua lealdade diminuiria se ele visse que essas pessoas ainda estavam esperando ela sair do trabalho, e Perséfone não queria uma Égide, *não mesmo*. Havia também a pequena chance de que sua magia respondesse se desafiada, e ela não estava disposta a arriscar se expor, o que também descartava o teleporte. Isso a deixou com apenas uma opção: encontrar outra saída do prédio.

Havia outras saídas; era apenas uma questão de encontrar alguma que não estivesse sendo vigiada por fanáticos. Parecia paranoia, mas ela sabia bem. Admiradores de deuses fariam qualquer coisa por um vislumbre, um toque, um gosto do divino, e isso incluía parentes e parceiros.

Virou-se e vagou pelo corredor.

Considerou sair pela garagem, mas não gostou da possibilidade de ser encurralada por um bando de estranhos em um lugar escuro e cheirando a óleo e urina.

Talvez uma saída de incêndio, pensou. Mesmo que disparasse um alarme, as saídas de emergência não eram acessíveis do lado de fora, então era improvável que alguém estivesse esperando.

Animada com a ideia de chegar em casa e passar a noite com Lexa depois desse dia estressante, acelerou o passo. Virando uma esquina, trombou com alguém. Não olhou para cima para ver quem era, temendo que pudesse reconhecê-la.

— Desculpe — murmurou, afastando-se e correndo para a saída à frente.

— Não sairia por aquela porta se fosse você. — Uma voz a deteve assim que ela tocou a barra de metal.

Perséfone virou, encontrando um par de olhos cinzentos. Estavam alojados no rosto fino e bonito de um homem com cabelos rebeldes, maças do rosto salientes e lábios carnudos, vestido com um macacão cinza de zelador. Nunca o tinha visto antes.

— Por quê? A porta tem alarme? — perguntou.

— Não — ele respondeu. — Acabei de entrar por essa porta, e se você é a mulher que está no noticiário nos últimos três dias, acho que as pessoas de fora estão lá esperando você.

Ela suspirou, frustrada, e acrescentou em um tom desolado:

— Obrigada pelo aviso.

Começou a descer o corredor adjacente quando o homem a chamou:

— Se precisa de ajuda, posso tirá-la daqui.

Perséfone estava cética.

— Como exatamente?

Ele ergueu os cantos dos lábios, mas foi como se tivesse esquecido como sorrir.

— Você não vai gostar.

3

UM TOQUE DE INJUSTIÇA

Ele estava certo. Ela *odiou*.
— Não vou entrar naquela coisa.
Aquela coisa era um carrinho cheio de lixo.
Estava errada quando pensou que não queria cheiro de óleo e urina. Aceitaria de bom grado se a opção não fosse tomar banho num lixo rançoso.

O zelador a levou para o porão, uma caminhada que a deixou desconfortável e segurando as chaves de seu apartamento com força. *É assim que as pessoas são assassinadas*, ela pensou, e então rapidamente se lembrou de que assistia a muitos programas sobre crimes reais.

O porão estava cheio de várias coisas: de móveis extras a obras de arte, além disso, havia uma lavanderia, uma cozinha industrial e uma sala de manutenção onde ela estava agora, olhando para seu "veículo de fuga", como o homem começou a se referir a ele.

Parecia estar se divertindo muito.
— É isso, ou sai pela porta — disse. — Sua escolha.
— Como eu sei que você não vai me levar para aquela multidão esperando?
— Olha, você não tem que entrar no carrinho. Só achei que gostaria de ir para casa em algum momento esta noite. Quanto a eu tirar você daqui, não estou realmente interessado em ver alguém se machucar por estar associada com os deuses.

Havia algo na maneira como ele falava que a fez pensar que havia sofrido uma injustiça por parte dos deuses, mas ela não insistiu. Encarou-o por um momento, mordendo o lábio.
— Ok, tudo bem — resmungou finalmente.

O homem a ajudou a entrar no carrinho, e ela se acomodou no espaço que ele havia criado.

Segurando um saco de lixo no alto, ele perguntou:
— Pronta?
— Tão pronta quanto possível — disse Perséfone.

Ele arrumou as sacolas e, de repente, ela estava no escuro e o carrinho estava se movendo. O farfalhar de plástico rangeu contra seus ouvidos, e Perséfone prendeu a respiração para não sentir cheiro de podridão e mofo. O conteúdo das sacolas cutucava suas costas e, cada vez que as rodas batiam em uma rachadura no chão, o carrinho sacudia e o plástico a arranhava como a pele de uma cobra. Ela queria vomitar, mas se conteve.

— Esta é a sua parada — ela ouviu o zelador dizer, levantando as sacolas que usou para escondê-la. Perséfone foi saudada por uma rajada de ar fresco ao se levantar do poço escuro.

O homem a ajudou a sair, segurando sua cintura desajeitadamente para colocá-la de pé. O contato a fez se encolher, e ela se afastou, instável.

Ele a levara até o final de um beco que dava para a rua Pegasus. A partir dali, ela poderia chegar ao seu apartamento em cerca de vinte minutos.

— Obrigado — disse ele. — Hum... qual o seu nome mesmo?

— Pirítoo — disse e estendeu a mão.

— Pirítoo. — Ela pegou a mão. — Sou Perséfone... mas acho que você já sabe.

Ele ignorou o comentário dela e apenas disse:

— É um prazer conhecê-la, Perséfone.

— Te devo essa.

— Não, você não deve nada — disse, rapidamente. — Não sou um deus. Não peço um favor em troca de outro.

Ele definitivamente tem uma história com o Divino, pensou, franzindo a testa.

— Só quis dizer que eu traria biscoitos para você.

O homem ofereceu um sorriso deslumbrante e, naquele momento, sob a exaustão e a tristeza, ela pensou que podia ver a pessoa que ele tinha sido.

— Nos vemos amanhã? — perguntou.

Ele lançou um olhar muito estranho, rindo um pouco e disse:

— Sim, Perséfone. Nos vemos amanhã.

Quando Perséfone chegou em casa, o apartamento cheirava à pipoca, e a música soava por toda a casa. Não era dançante — era do tipo que poderia convocar nuvens, chuva e escuridão. A música lançava seu próprio feitiço, atraindo pensamentos mais sombrios, como vingança contra Kal Stavros.

Lexa estava esperando na cozinha. Já havia colocado o pijama, um conjunto que mostrava suas tatuagens: as fases da lua em seu bíceps, uma chave enrolada em cicuta no antebraço esquerdo, uma adaga requintada no quadril direito e a roda de Hécate no ombro esquerdo. Seu cabelo cheio e preto estava em um coque no alto da cabeça. Tinha uma garrafa de vinho na mão e dois copos vazios esperando.

— Aí está você — disse Lexa, prendendo Perséfone com aqueles olhos azuis penetrantes. Indicou a garrafa de vinho: — Trouxe o seu favorito.

Perséfone sorriu.

— Você é a melhor.

— Achei que teria que dar queixa por desaparecimento.

Perséfone revirou os olhos.

— Estou apenas trinta minutos atrasada.

— E não atendeu o telefone — apontou Lexa.

Estava tão distraída tentando sair da Acrópole e chegar em casa sem ser notada que nem se preocupou em pegar o telefone da bolsa. Fez isso agora e encontrou quatro chamadas perdidas e várias mensagens de texto de Lexa. Sua melhor amiga começou perguntando se ela estava a caminho, se estava bem e então recorreu ao envio de emojis aleatórios apenas para chamar sua atenção.

— Se você realmente achasse que eu estava em apuros, duvido que tivesse me enviado um milhão de emojis.

Lexa sorriu e abriu o vinho.

— Ou eu inteligentemente pensei em irritar seu sequestrador.

Perséfone sentou em frente à Lexa no balcão da cozinha e tomou um gole. Era um Cabernet rico e saboroso e a relaxou instantaneamente.

— Sério, você tem que ser muito cuidadosa. Você é famosa agora.

— Não sou famosa, Lex.

— Uh, você leu algum dos artigos que enviei? As pessoas estão obcecadas.

— *Hades* é famoso, não eu.

— Você também, por associação — Lex argumentou. — Foi o principal assunto no trabalho hoje: quem você é, de onde surgiu.

Perséfone gemeu.

— Você não disse *nada* sobre mim, não é?

Não era segredo que Lexa era a melhor amiga de Perséfone.

— Tipo que eu sei que você está dormindo com Hades há seis meses e que você é uma deusa disfarçada de mortal?

O tom de Lexa era leve.

— Não estou dormindo com Hades há seis meses. — Perséfone sentiu a necessidade de se defender.

Foi a vez de Lexa estreitar os olhos.

— Ok, cinco meses, então.

Perséfone olhou feio.

— Olha, não estou julgando. Existem poucas mulheres que não aproveitariam a chance de dormir com Hades.

— Obrigada pelo lembrete — Perséfone retrucou, revirando os olhos.

— Mas ele jamais o faria. É culpa dele que seu relacionamento seja uma grande notícia, de qualquer maneira. Para a mídia, você é a primeira parceira séria dele.

Contudo, a realidade era muito diferente e, ainda que Perséfone soubesse que Hades havia dormido com outras mulheres, não conhecia os detalhes. Não tinha certeza se queria conhecer. Ela pensou em Minta e estremeceu.

Tomou um gole de vinho.

— Quero falar sobre *você*. Como foi seu primeiro dia?

— Ah, Perséfone! — Ela se emocionou. — É mesmo um sonho. Você sabia que o Projeto Anos Dourados deve tratar cinco mil pessoas em seu primeiro ano?

Ela não sabia, mas era incrível.

— E Hades me levou em um tour e me apresentou a todos.

Perséfone não conseguia explicar como isso a fazia se sentir, mas não era bom. A melhor maneira de explicar era... ela ficou constrangida. Sentiu que deveria saber que ele estaria lá no primeiro dia de Lexa, mas o Deus dos Mortos não disse nada esta manhã quando a ajudou a se arrumar.

— Isso foi legal da parte dele — comentou, distraída.

— Aparentemente, ele faz isso para cada novo funcionário. Quer dizer, eu sabia que Hades não era como os outros deuses, mas receber cada novo funcionário do jeito que ele fez? — Balançou a cabeça. — É só... tão evidente que ele te ama.

O olhar de Perséfone subiu para encontrar o dela.

— Por que você diz isso?

— Para todo lado que ele olhava hoje, dava para ver como ele se inspirou em você.

Perséfone franziu as sobrancelhas.

— Como assim?

Lexa deu de ombros.

— É... um pouco difícil de explicar. Ele... usa algumas das palavras que você usa quando fala sobre ajudar as pessoas. Ele fala sobre esperança, perdão e segundas chances.

Quanto mais Lexa falava, maior a pressão que Perséfone sentia em seu peito: uma sensação familiar de ciúme.

Sua melhor amiga riu.

— Depois, tem as... coisas físicas.

Perséfone levantou uma sobrancelha e Lexa caiu na gargalhada.

— Não, não *isso*! Coisas físicas como... fotos.

— Fotos?

Foi a vez de Lexa parecer confusa.

— Uhum. Ele tem fotos suas no escritório dele. Você não sabia disso?

Não sabia que Hades tinha um escritório na Fundação Cipreste, muito menos fotos dela.

Onde conseguira fotos dela? Ela não tinha fotos dele. De repente, Perséfone não estava mais interessada em falar sobre isso.

— Posso te perguntar uma coisa? — disse Lexa.

Perséfone esperou e meio que temeu a pergunta.

— Você sempre quis notoriedade para o seu trabalho, então qual é o problema com toda essa atenção?

Perséfone suspirou.

— Quero ser respeitada na minha área — disse ela. — Agora me sinto como uma posse de Hades. É só Hades isso e Hades aquilo. Quase ninguém usa meu nome. Eles me chamam de *mortal*.

— Usariam seu nome se soubessem que você é uma deusa.

— E eu teria reconhecimento pela minha divindade, não pelo meu trabalho.

— O que há de tão errado nisso? — Lexa perguntou. — Você pode ser conhecida por sua divindade inicialmente, mas isso pode levá-la a ser conhecida pelo seu trabalho.

Perséfone não conseguia explicar por que era importante para ela ser conhecida por escrever; apenas era. Passara a vida inteira sendo horrível na única coisa que nasceu para ser e, apesar de não ser culpa dela, trabalhou muito na faculdade. Queria que alguém visse esse trabalho, e não apenas o que escreveu sobre Hades e o fato de sair com ele.

— Se eu fosse você, deixaria esta vida sem pensar duas vezes — disse Lexa.

Perséfone empalideceu, surpresa.

— É muito mais complicado do que isso, Lex.

— O que há de tão complicado em imortalidade, riqueza e poder?

Tudo, Perséfone quis dizer. Em vez disso, perguntou:

— É realmente tão errado querer viver uma vida mortal despretensiosa?

— Não, mas você também quer sair com Hades — Lexa apontou.

— Posso ter os dois — argumentou. Tivera ambos até poucos dias atrás.

— Isso foi quando Hades era seu segredo — disse Lexa.

E mesmo que os dois não tivessem confirmado nem negado a especulação da mídia, ela teria que revelar seu relacionamento se quisesse manter seu emprego.

Perséfone franziu a testa.

— Ei — disse Lexa, servindo mais vinho no copo de Perséfone. — Não se preocupa com isso. Em breve ficarão obcecados por algum outro deus e algum outro mortal. Talvez Sibila decida que realmente ama Apolo.

Perséfone não tinha tanta certeza disso. A última vez que falaram sobre, Sibila havia expressado que não estava interessada em um relacionamento com o Deus da Música.

— Vou tomar banho — disse Perséfone.

A ideia de água escaldante soava cada vez melhor. Não queria mais sentir esse dia em sua pele, sem mencionar que ainda se sentia cercada por lixo, o cheiro ainda em seu nariz.

— Quando terminar, vamos assistir a um filme — disse Lexa.

Perséfone levou o vinho e a bolsa para o quarto. Largando a bolsa na cama, foi para o banheiro e ligou o chuveiro. Enquanto a água esquentava, voltou para seu quarto, tomando um gole de vinho antes de colocar o copo de lado para abrir o zíper do vestido.

Fez uma pausa quando sentiu a magia de Hades ao seu redor. Era uma sensação distinta: um toque de inverno no ar. Fechou os olhos e se preparou para desaparecer. Não seria a primeira vez que Hades a levava ao Submundo sem qualquer aviso, mas em vez disso, uma mão tocou seu queixo e lábios se fecharam sobre os dela. Ele a beijou como se não tivessem feito amor nas primeiras horas da manhã e, quando se afastou, ela estava sem fôlego, o estresse de seu dia esquecido.

A palma de Hades estava quente contra sua bochecha e ele roçou seus lábios com o polegar, os olhos escuros procurando.

— Aborrecida, meu bem?

Ela abriu os olhos para estreitar o olhar, desconfiada.

— Você me seguiu hoje, não foi?

Hades nem piscou.

— Por que você pensaria isso?

— Você insistiu que Antoni me levasse para o trabalho esta manhã, provavelmente porque já sabia o que a mídia estava noticiando.

Hades deu de ombros.

— Não queria te preocupar.

— Por isso me deixou encarar a multidão?

Ele ergueu uma sobrancelha.

— Você encarou a multidão?

— Você *estava* lá! — ela acusou. — Achei que tínhamos concordado. Sem invisibilidade.

— Eu não estava — ele respondeu. — Hermes estava.

Maldito Hermes.

Tinha esquecido de extrair uma promessa do Deus da Malícia de não contar a Hades sobre a multidão. Ele provavelmente entrara na Nevernight com um sorriso no rosto para relatar o que acontecera.

— Você sempre pode se teleportar — Hades sugeriu. — Ou eu posso fornecer uma Égide...

— Não quero uma Égide — ela o interrompeu. — E prefiro não usar magia... no Mundo Superior.

— A menos que você esteja se vingando?

— Não é justo. Você sabe que minha magia está cada vez mais imprevisível. E não estou ansiosa para ser exposta como uma deusa.

— Deusa ou não, você é minha amante.

Ela ficou tensa, pois não gostava dessa palavra. Soube pela forma como os olhos de Hades se estreitaram que ele havia notado.

Ele continuou:

— É apenas questão de tempo até que alguém que queira se vingar de mim tente te prejudicar. *Preciso* te manter segura.

Perséfone estremeceu. Não tinha pensado nisso.

— Acha mesmo que alguém tentaria me prejudicar?

— Meu bem, julgo a natureza humana há um milênio. Então, sim.

— Você não poderia, sei lá, apagar a memória das pessoas? Fazê-las esquecer tudo isso. — Ela moveu a mão, apontando dele para si própria.

— É tarde demais para isso — ele fez uma pausa e depois perguntou: — O que há de tão terrível em ser conhecida como minha amante?

— Nada — ela disse rapidamente. — É só essa *palavra*.

— Qual o problema?

— Parece tão fugaz. Como se eu não fosse nada além de sua escrava sexual.

Hades sorriu.

— Como devo te chamar, então? Você proibiu o uso de *minha rainha* e *milady*.

— Títulos me deixam *desconfortável* — ela disse.

Não sabia explicar por que pedira para não ser chamada de minha rainha ou milady, mas eram rótulos com os quais poderia se acostumar e isso poderia trazer no futuro uma possível decepção. Os pensamentos a faziam se sentir culpada, mas os ecos do desgosto que experimentara enquanto estavam separados a deixavam cautelosa.

— Não é que eu não queira ser conhecida como sua amante... mas deve haver uma palavra melhor.

— Namorada? — Hades sugeriu.

Ela não conseguiu reprimir a risada que pareceu rasgar sua garganta.

— O que há de errado com namorada? — ele perguntou, carrancudo.

— Nada — ela disse rapidamente. — Só parece insignificante.

O relacionamento deles era muito intenso, muito apaixonado, muito antigo para ela ser apenas uma namorada.

Mas talvez fosse exatamente assim que ela se sentia.

A tensão diminuiu das feições de Hades e ele passou o dedo sob o queixo dela.

— Nada é insignificante quando se trata de você — disse.

Eles olharam um para o outro, o ar pesado. Perséfone ansiava por abraçá-lo, trazer seus lábios aos dela, saboreá-lo. Tudo o que precisava fazer era acabar com o espaço entre eles e pegar fogo — cair tão profundamente em sua paixão que nada existiria além deles.

Uma batida na porta a arrancou de seus pensamentos e deixou seu coração em frenesi.

— Perséfone! Vou pedir pizza. Algum sabor especial? — Lexa avisou.

Ela pigarreou.

— N-não. Qualquer sabor está bom — respondeu através da porta.

— Então, abacaxi e anchovas. Fechou.

O coração de Perséfone ainda martelava em seu peito. Houve uma longa pausa do outro lado da porta e, por um momento, Perséfone pensou que Lexa havia saído, até que perguntou:

— Tá tudo bem?

Hades riu e se inclinou, pressionando os lábios em sua pele. Perséfone exalou, sua cabeça caindo para trás.

— Sim.

Outra longa pausa.

— Você ao menos ouviu o que vou pedir?

— Pede muçarela que tá ótimo, Lexa!

— Tá bom, tá bom.

Perséfone podia dizer pelo tom de voz que Lexa estava sorrindo. Empurrou Hades e encontrou seu olhar.

— Você não deveria rir.

— Por que não? Consigo ouvir seu coração batendo. Você tem medo de ser pega com o namorado?

Perséfone revirou os olhos.

— Acho que preferia amante.

A risada dele foi um estrondo grave.

— Você não é fácil de agradar.

Foi a vez de ela sorrir.

— Eu te daria uma chance, mas acho que não temos tempo.

Os olhos de Hades escureceram e ele a apertou com mais força.

— Não preciso de muito tempo — disse, as mãos entrelaçadas em seu vestido como se desejasse arrancá-lo de seu corpo. — Poderia te fazer gozar em segundos. Você nem terá que se despir.

Ela quase mordeu a isca e o desafiou a provar, mas então lembrou de como ele a deixara na sala de jantar no dia anterior e, apesar de ele ter voltado e compensado o erro, queria puni-lo.

— Receio que segundos não sirvam — disse ela. — Você me deve prazer, e por horas.

— Permita-me dar uma prévia, então. — Ele a abraçou, sua excitação pressionando sua suavidade, mas ela o manteve à distância, as palmas das mãos pressionadas contra seu peito duro.

— Talvez mais tarde — ofereceu.
Ele sorriu.
— Vou tomar isso como uma promessa.
Com isso, ele desapareceu.
Perséfone tomou banho e se trocou. Quando saiu do quarto, Lexa estava enrolada em um cobertor no sofá. Perséfone se sentou ao lado dela, se enroscando e pegando pipoca.
— Que filme vamos assistir?
— *Píramo e Tisbe* — ela respondeu.
Era um filme que tinham visto várias vezes, um conto antigo sobre amor proibido recontado nos tempos modernos.
— Estou feliz por você não ter dito A *Vida Privada dos Titãs*.
— Ei! Eu gosto desse programa.
— A maneira como eles retratam os deuses é totalmente errada.
— *Sabemos* — disse Lexa. — Eles não fazem justiça a Hades, mas se ele tem algum problema com isso, a culpa é dele. Foi ele quem que se recusou a ser fotografado... bem, até recentemente.
Elas deram play no filme, que começava apresentando as famílias rivais em guerra por território. Píramo e Tisbe eram jovens e ansiosos por diversão. Eles se conheceram em uma boate e, sob aquelas luzes ferozes e hipnóticas, se apaixonaram, para depois descobrirem que eram inimigos jurados. Estavam no meio de uma cena tensa entre as famílias, aquela em que o irmão de Tisbe morre, baleado por Píramo, quando a campainha tocou, surpreendendo Perséfone e Lexa.
— Deve ser a pizza — disse Lexa.
— Eu atendo. — Perséfone já estava jogando o cobertor. — Pausa o filme!
— Você já viu isso uma centena de vezes!
— Pausa logo! — ela ameaçou, brincando —, ou vou te transformar em um pé de manjericão.
Lexa gargalhou, mas pausou o filme.
— Olha, até que seria legal.
Perséfone abriu a porta.
— Sibila! — Ela sorriu, mas a animação rapidamente deu lugar à suspeita.
Algo estava errado.
Mesmo de pijama e com o cabelo preso em um coque bagunçado, a loira era linda. Sibila estava sob a luz pálida da varanda, parecendo exausta e como se tivesse chorado por horas, com o rímel escorrendo pelo rosto.
— Posso entrar? — Parecia que tinha algo preso na garganta.
— Sim, claro.

— É a pizza? — Lexa falou, indo até a porta. — Sibila!
Foi então que a moça começou a chorar.
Lexa e Perséfone trocaram um olhar e rapidamente a abraçaram enquanto ela soluçava.
— Tá tudo bem — Perséfone sussurrou, tentando acalmá-la.
Pensou que podia sentir a dor e a confusão de Sibila, emoções que nunca havia percebido em outra pessoa antes. Eram como sombras roçando sua pele, palpitações de tristeza, ataques de ciúmes e um frio sem fim.
Estranho, Perséfone pensou. Empurrou os sentimentos para baixo, anulando-os para se concentrar em Sibila.
As três ficaram por um tempo assim, abraçadas, até que Sibila começou a se recompor. Lexa foi a primeira a se separar e serviu uma taça de vinho para Sibila, enquanto Perséfone a conduzia para a sala e lhe dava uma caixa de lenços de papel.
— Sinto muito — Sibila finalmente conseguiu dizer, aceitando o vinho com as mãos trêmulas. — Eu não tinha outro lugar para ir.
— Você é sempre bem-vinda aqui — disse Perséfone.
— O que aconteceu? — Lexa perguntou.
A boca de Sibila tremeu, e ela levou alguns momentos para falar.
— Eu... não sou mais um oráculo.
— O quê? — Lexa perguntou. — Como assim não é mais um oráculo?
Sibila nascera com certos dons proféticos, incluindo adivinhação e profecia. Perséfone também sabia que Sibila podia ver os Fios do Destino, aos quais ela se referiu como "cores" quando contou que Perséfone e Hades deveriam ficar juntos.
Sibila limpou a garganta e respirou fundo mas, mesmo enquanto falava, sua voz falhou.
— Disse a mim mesma que não choraria mais por isso.
— Sibila. — Perséfone pegou a mão dela.
— Apolo me demitiu e tirou meu dom de profecia — ela explicou. Riu, sem graça, enxugando os olhos enquanto mais lágrimas escorriam por sua face. — Aparentemente você não pode rejeitar um deus sem sofrer consequências.
Perséfone não conseguia acreditar no que estava ouvindo. Lembrou de Sibila contando sobre Apolo. Todos, até mesmo seus amigos íntimos Xerxes e Aro, presumiam que eram amantes, mas Sibila dissera a Perséfone e Lexa que não estava interessada em um relacionamento com o Deus da Música.
— Ele queria de mim algo além da amizade e eu recusei. Tinha ouvido falar de seus relacionamentos anteriores; todos terminaram em desastre. Dafne, Cassandra, Jacinto...
— Deixa eu ver se entendi — disse Perséfone. — Esse... *deus imaturo* ficou irritadinho porque você não quis sair com ele e tirou seu poder?

— Shh! — Sibila olhou ao redor, claramente com medo de que Apolo aparecesse e as castigasse. — Você não pode dizer coisas assim, Perséfone!

Ela deu de ombros.

— Deixa ele tentar se vingar.

— Você é destemida porque tem Hades — disse ela. — Mas esquece que os deuses têm o hábito de punir aqueles de quem você mais gosta.

As palavras de Sibila a fizeram franzir a testa e, de repente, ela se sentiu menos confiante.

— Então você não tem mais emprego? — Lexa perguntou.

Por causa de seus dons, Sibila fora matriculada na Faculdade dos Divinos. Lá, aprendera a aprimorar seu poder e fora escolhida por Apolo especificamente para se tornar sua gerente de relações públicas. Sem seu dom, o trabalho para o qual Sibila passara os últimos quatro anos treinando não seria possível. Mesmo que ela tivesse mantido seus poderes, Perséfone não tinha certeza se alguém contrataria um oráculo desgraçado, especialmente um que Apolo havia demitido. Apolo era o deus dourado. Ele fora eleito Deus do Ano pela *Divinos de Delfos* por sete anos seguidos, perdendo o título apenas uma vez quando que Zeus atingiu o prédio da revista com um raio em protesto.

— Ele não pode fazer isso! — Perséfone explodiu. Não se importava com quão amado era o Deus da Música. Ele não merecia esse respeito se punia as pessoas só porque não queriam sair com ele.

— Ele pode fazer qualquer coisa — disse Sibila. — Ele é um deus.

— Isso não justifica nada — ela argumentou.

— Certo, errado, justo, injusto, isso não funciona no mundo em que vivemos, Perséfone. Os deuses castigam.

Essas palavras fizeram Perséfone estremecer e a pior parte era que ela sabia disso. Os deuses usavam os mortais como seus brinquedos e os deixavam de lado quando ficavam com raiva ou entediados. A vida não significava nada para eles, pois tinham a eternidade.

— Nem me importaria de ser demitida, mas quem vai me contratar agora? — Sibila disse, sua voz desolada. — Simplesmente não sei o que fazer. Não posso ir para casa. Minha mãe e meu pai me deserdaram quando me candidatei à Faculdade dos Divinos.

— Você pode trabalhar comigo — Lexa ofereceu, olhando para Perséfone como se dissesse: *ela não pode?*

— Vou pedir a Hades — Perséfone prometeu. — Tenho certeza de que precisam de mais funcionárias na Fundação Cipreste.

— E você pode morar conosco — acrescentou Lexa. — Até que esteja bem novamente.

Sibila estava hesitante.

— Não quero incomodar vocês.

Lexa zombou.
— Você não incomoda. Pode me fazer companhia quando Perséfone estiver no Submundo. Cara, você provavelmente pode ficar com o quarto dela. Ela não dorme aqui na maioria das noites mesmo.
Perséfone deu um empurrão brincalhão em Lexa e Sibila riu.
— Não quero seu quarto.
— Você pode muito bem dormir no meu quarto mesmo. Lexa está certa.
— Claro que estou certa. Se eu estivesse saindo com Hades, também não dormiria no meu quarto.
Perséfone bateu em Lexa com uma almofada.
Tinha sido a coisa errada a fazer.
Lexa gritou, histérica, e pegou uma almofada, balançando descontroladamente. Perséfone evitou o golpe, que acertou Sibila.
Lexa largou a almofada.
— Ah, meus deuses, Sibila, eu sinto muito...
Mas Sibila também pegou uma almofada e arremessou no rosto de Lexa.
Não demorou muito para que as três estivessem travando uma batalha, perseguindo uma à outra pela sala de estar, dando e recebendo golpes até que desmoronaram em uma pilha no sofá, sem fôlego e rindo.
Até Sibila parecia estar se divertindo, as últimas horas de sua vida momentaneamente esquecidas. Ela suspirou e disse:
— Gostaria que todos os dias fossem tão felizes.
— Eles serão — disse Lexa. — Você mora conosco agora.
Assim que as almofadas foram devolvidas aos seus lugares, a pizza chegou. O entregador se desculpou profusamente, explicando que o tráfego havia sido bloqueado devido a protestos.
— Protestos? — Perséfone perguntou.
— São os Ímpios — ele disse. — Protestando contra os Jogos Pan-Helênicos.
— Ah.
Os Ímpios eram um grupo de mortais que rejeitavam os deuses, escolhendo justiça, livre-arbítrio e liberdade em vez de adoração e sacrifício. Perséfone não ficou tão surpresa por terem aparecido para protestar contra os Jogos, mas foi meio inesperado, já que os Ímpios mantinham um perfil discreto nos últimos anos. Realmente esperava que os protestos se mantivessem pacíficos e não aumentassem: muitas pessoas estariam fora de casa para as festividades, Perséfone, Lexa e Sibila inclusive.
As moças se acomodaram para terminar o filme, comeram pizza e mantiveram distância de tópicos que envolviam Apolo, embora isso não impedisse Perséfone de tentar descobrir como ajudar Sibila.

As ações de Apolo eram inaceitáveis e ela tinha a obrigação para com seus leitores de expor injustiças. Especialmente quando se tratava de deuses. E talvez, se a história fosse boa o suficiente, não precisasse escrever a exclusiva sobre si mesma.

Horas depois, Perséfone ainda estava acordada e incapaz de se mexer. A cabeça de Sibila descansava em seu colo e Lexa roncava, dormindo profundamente no sofá em frente a elas.

Depois de um momento, Sibila se mexeu e falou em um sussurro sonolento:

— Perséfone, quero que você me prometa que não vai escrever sobre Apolo.

Perséfone congelou por um momento, prendendo a respiração.

— Por que não?

— Porque Apolo não é Hades — ela respondeu. — Hades não se importa com o que as pessoas pensam e estava disposto a ouvir você. Apolo não é assim. Ele ama sua reputação. É tão importante para ele quanto sua música.

— Então ele não deveria ter punido você — respondeu Perséfone.

Ela sentiu as mãos de Sibila se enrolarem no cobertor.

— Estou pedindo para você não entrar em uma briga por minha causa. Prometa.

Perséfone não respondeu. O problema era que Sibila estava pedindo uma promessa e, quando um deus prometia, era obrigatório, inquebrável.

Não importava que Sibila não conhecesse a Divindade de Perséfone.

Ela não podia prometer.

Depois de um momento, Sibila olhou para cima, encontrando seu olhar.

— Perséfone?

— Não faço promessas, Sibila.

Sibila franziu o cenho.

— Meu medo era que você dissesse isso.

4

UM TOQUE DE AVISO

Perséfone estava acordada, ouvindo o ronco superficial de Lexa e a respiração irregular de Sibila. Eram três da manhã; deveria levantar dali a quatro horas, mas não conseguia parar de pensar em tudo o que tinha acontecido hoje. Considerou os prós e os contras de escrever a exclusiva que Demetri e Kal queriam. Supôs que era uma maneira de controlar as informações que ela liberava, exceto que estava sendo forçada a oferecer detalhes de sua vida pessoal. Eles haviam tirado sua escolha, coisa que ela odiou.

Mas será que ela seria capaz desistir do emprego dos seus sonhos? Viera para Nova Atenas com planos de liberdade, sucesso e aventura. Tivera apenas uma amostra de cada um e, assim que se livrara das correntes da custódia de sua mãe, se viu algemada com outra restrição.

O ciclo nunca terminaria?

Além disso, havia Sibila.

Perséfone não podia deixar Apolo escapar impune do que fez com a amiga. Não conseguia entender por que Sibila não queria que ela escrevesse sobre o Deus da Música. Apolo precisava enfrentar as consequências de seu comportamento.

Perséfone suspirou. Sua cabeça estava tão cheia de pensamentos — palavras pareciam estar empilhadas, abarrotando seu crânio. Ela ficou quieta e se teleportou para o Submundo, esgueirando-se para o quarto de Hades. Se alguém podia aliviar sua tensão, esse alguém era o Deus dos Mortos.

Não esperava encontrá-lo dormindo. Começou a suspeitar que ele raramente dormia, exceto quando ela estava por perto. Estava parcialmente coberto por lençóis de seda, seu peito musculoso delineado pela luz do fogo da lareira. Seus braços estavam acima da cabeça, como se ele tivesse adormecido enquanto se esticava. Perséfone estendeu a mão para tocar seu rosto e levou um susto quando a mão dele agarrou seu pulso.

Ela gritou, mais de susto do que de dor. Hades abriu os olhos.

— Porra — amaldiçoou. Sentando-se rápido como um relâmpago, ele largou seu pulso e puxou-a para si. — Te machuquei?

Ela teria respondido, mas ele estava beijando sua pele, e cada beijo enviava um choque por seu corpo.

— Perséfone? — Ele olhou para ela, uma miríade de emoções nublando seus olhos. Era quase como se ele estivesse desanimado; sua respiração era superficial e suas sobrancelhas estavam franzidas.

Ela sorriu, afastando uma mecha de cabelo do rosto dele.

— Estou bem, Hades. Você só me assustou.

Ele beijou sua palma e segurou-a apertado enquanto se deitava.

— Não achei que você viria até mim esta noite.

Ela descansou a cabeça no peito dele. Era quente, sólido e a fazia sentir que estava no lugar certo.

— Não consigo dormir sem você — admitiu, sentindo-se completamente ridícula, mas era verdade.

As palmas das mãos de Hades a acariciaram, deslizando para cima e para baixo em suas costas. De vez em quando, ele parava para apertar sua bunda. Ela se esfregou nele, sentindo a ereção ali ficar mais dura mais dura.

— Isso é porque eu deixo você acordada até tarde.

Ela se sentou, montando nele, e entrelaçou os dedos nos dele.

— Nem tudo é sexo, Hades.

— Ninguém disse nada de sexo, Perséfone — ele apontou.

Ela levantou uma sobrancelha e rebolou.

— Não preciso de palavras para saber que você está pensando em sexo.

Ele riu e levou as mãos aos seios dela, que arfou, seus dedos se fechando ao redor dos pulsos dele, como algemas.

— Quero conversar, Hades.

Ele arqueou uma sobrancelha perfeita.

— Converse — disse ele. — Consigo fazer várias coisas ao mesmo tempo... ou você esqueceu?

Ele se sentou e capturou um mamilo entre os dentes, provocando-a através da camisa. Ela queria ceder e deixá-lo explorar. As mãos dela — *mãos traidoras* — deslizaram ao redor do pescoço dele e se enroscaram em seus cabelos. Ele tinha um cheiro picante e ela podia praticamente sentir o gosto de sua língua, aromatizada com uísque.

— Não acho que vá conseguir desta vez — ela disse. — Conheço esse olhar.

Hades se afastou o suficiente para perguntar:

— Que olhar?

Ela pegou a cabeça dele entre as mãos. Pensou em impedi-lo de distraí-la com a boca, mas as mãos dele estavam se movendo sob sua camisa, sobre sua pele, fazendo-a estremecer.

— *Esse* olhar — disse, como se explicasse tudo. — Esse de agora. Seus olhos estão escuros, mas há algo... vivo atrás deles. Às vezes acho que é paixão, às vezes acho que é violência. Às vezes eu acho que são todas as suas vidas.

Os olhos dele brilharam e suas mãos caíram para as coxas de Perséfone.

— Hades — ela sussurrou, e ele a beijou, trocando de posição, ficando por cima dela.

A língua de Hades deslizou em sua boca. Ela estava certa sobre o gosto dele, esfumaçado e doce. Queria mais e entrelaçou os braços ao redor dos ombros dele, e as pernas, ao redor de sua cintura. Os lábios dele deixaram os dela para explorar os contornos do pescoço e seios.

Perséfone segurou a cintura dele com mais força para evitar que Hades se movesse mais para baixo.

— Hades — suspirou. — Eu disse que queria conversar.

— Converse — ele disse novamente.

— Sobre Apolo — ela falou baixinho.

Hades congelou e rosnou. Não foi um som natural e fez Perséfone sentir um frio na espinha. Ele se afastou completamente, não a tocando mais.

— Fala, por que o nome do meu sobrinho está em seus lábios?

— Ele é meu próximo projeto.

Hades piscou e ela estava certa de que viu violência em seus olhos. Correu para continuar:

— Ele demitiu Sibila, Hades. Por ela se recusar a ser sua amante.

Ele a encarou e havia raiva em seu silêncio. Seus lábios estavam apertados e uma veia pulsava em sua testa. Hades deixou a cama completamente nu. Por um momento, Perséfone o observou ir embora — levando sua bunda bem musculosa e todo o resto.

— Aonde você vai? — perguntou.

— Não vou ficar na nossa cama enquanto você fala sobre Apolo.

Ela não deixou escapar que ele tinha dito *nossa cama*. Isso a aqueceu por dentro, pena que tinha estragado tudo ao mencionar Apolo.

Ela correu atrás dele.

— Só estou falando dele porque quero ajudar Sibila!

Hades serviu-se de uma bebida.

— O que ele está fazendo é errado, Hades. Apolo não pode punir Sibila porque ela o rejeitou.

— Aparentemente, pode — disse Hades, tomando um gole lento de seu copo.

— Ele tirou o sustento dela! Ela não tem e não terá mais nada, a menos que Apolo seja exposto!

Hades esvaziou seu copo e serviu mais. Depois de um silêncio tenso, ele disse:

— Você não pode escrever sobre Apolo, Perséfone.
— Eu já disse antes, você não pode me dizer sobre quem eu posso escrever, Hades.

O Deus do Submundo pousou o copo com um ruído audível.

— Então você não deveria ter me contado seus planos — disse.

Ela adivinhou seu próximo pensamento: *Você também não deveria ter mencionado Apolo em meu quarto.*

As palavras dele alimentaram a raiva dela, que sentiu o poder movendo-se em suas veias.

— Ele não vai se safar, Hades!

Ela não acrescentou que realmente precisava dessa história — que proporcionaria uma distração para o que seu chefe realmente queria. Hades deve ter sentido a mudança no poder dela, porque quando ele falou novamente, suas palavras eram cuidadosas e calmas.

— Não estou discordando, mas você não pode sair por aí fazendo justiça, Perséfone.

— Quem, se não for eu? Ninguém mais está disposto a desafiá-lo. As pessoas adoram ele.

Ela não entendia como eles podiam amar Apolo e temer Hades.

— Mais uma razão para você ser estratégica — raciocinou Hades. — Existem outras maneiras de fazer justiça.

Perséfone não tinha certeza se gostara do que Hades estava insinuando. Ela olhou feio para ele.

— Do que você tem medo? Eu escrevi sobre você; veja o bem que saiu disso.

— Eu sou um deus sensato — disse ele. — Sem mencionar que você chamou minha atenção. Não quero Apolo de olho em você.

Perséfone não se importava se Apolo ficasse de olho nela ou não — o Deus da Música não conseguiria nada.

— Você sabe que vou ter cuidado — disse ela. — Além disso, Apolo realmente mexeria com o que é seu?

Os lábios de Hades se estreitaram e ele estendeu a mão para ela pegar.

— Vem — disse ele, sentando em uma cadeira diante do fogo.

Ela se aproximou como se as palavras dele fossem magnéticas e ela fosse de aço. Os dedos de Hades envolveram os dela e ele a puxou para seu colo, um joelho de cada lado de suas coxas. Cada curva dela se fundiu com seu corpo rijo. Ela sustentou o olhar escuro dele enquanto conversavam.

— Você não entende os Divinos. Não posso protegê-la de outro deus. É uma luta que você teria que vencer sozinha.

A confiança de Perséfone vacilou. Havia muitas regras entre os deuses — promessas, contratos e favores — e todas tinham uma coisa em comum: eram inquebráveis.

— Você está dizendo que não lutaria por mim?

Hades suspirou e passou o dedo pela face dela.

— Meu bem, eu queimaria o mundo por você.

Ele a beijou de forma feroz, violentamente, deixando seus lábios inchados. Quando se separaram, ela estava sem fôlego e as mãos dele estavam pressionadas tão firmemente em sua pele que parecia que ele segurava seus ossos.

— Estou *implorando:* não escreva sobre o Deus da Música.

Ela se viu assentindo, paralisada pelo olhar vulnerável de Hades. Ele não estivera tão desesperado para impedi-la de escrever sobre si mesmo.

— E Sibila? — ela perguntou. — Se eu não desmascarar Apolo, quem vai ajudá-la?

Os olhos de Hades suavizaram.

— Você não pode salvar todo mundo, meu bem.

— Não estou tentando salvar todo mundo, só os injustiçados pelos deuses.

Ele a estudou por um momento e, então, afastou uma mecha de cabelo de seu rosto.

— Este mundo não te merece.

— Merece sim — ela respondeu. — Todo mundo merece compaixão, Hades. Mesmo na morte.

— Mas você não está falando de compaixão — ele disse, seu polegar roçando seu rosto. — Você quer resgatar os mortais do castigo dos deuses. É tão inútil quanto prometer trazer os mortos de volta à vida.

— Porque você quis assim — ela argumentou.

Hades desviou o olhar, trincando os dentes. Ela obviamente tinha tocado num ponto sensível. A culpa fez seu estômago revirar. Sabia que estava sendo injusta. O Submundo tinha regras e um equilíbrio de poder que ela não entendia completamente.

Não tinha a intenção de aborrecê-lo, mas realmente queria mudança. Estendeu a mão para ele, guiando seus olhos de volta para ela.

— Não vou escrever sobre Apolo — disse.

Ele relaxou um pouco, mas seu rosto ainda estava firme.

— Sei que você deseja justiça, mas confia em mim, Perséfone.

— Confio em você.

O rosto dele estava inexpressivo e parecia incrédulo. Esse pensamento sumiu quando ele a ergueu em seus braços, fitando-a sem parar, e indo em direção à cama.

Ele a sentou na beirada, ajudou-a a tirar as roupas e fez com que ela deitasse. Então se ajoelhou entre suas pernas e desceu a boca, lambendo o ponto sensível ali no meio. Perséfone se arqueou, a cabeça afundando no colchão, as mãos emaranhadas no mar de lençóis ao seu redor. Lutou para recuperar o fôlego.

— Hades!

Seus gritos pareciam não ter efeito sobre ele, que mantinha seu ritmo lânguido e torturante. Logo os dedos de Hades abriram os lábios quentes de Perséfone, juntando-se à língua. Ele a acariciou e a penetrou, os movimentos sincronizados com a respiração até que ela gozou.

Quando terminou, ele sentou, levou os dedos aos lábios e os chupou.

— Você é meu sabor favorito — disse. — Poderia beber de você o dia todo.

Hades puxou os quadris dela e meteu nela em um só impulso. Ela o sentiu em seu sangue, ossos e alma.

A fricção cresceu e não demorou para que os gemidos de Perséfone se transformassem em gritos.

— Diga meu nome — Hades rosnou.

Perséfone agarrou a seda. Os lençóis estavam grudados em sua pele, seu corpo quente de suor.

— Diga! — ordenou.

— Hades! — ela gemeu.

— De novo.

— Hades.

— Rogue para mim — ele ordenou. — Implore que eu te faça gozar.

— Hades. — Ela estava sem fôlego, suas palavras mal se formaram.

— Por favor.

Ele estocou.

— Por favor, o quê?

Estocou.

— Me faz gozar.

Estocou.

— Agora! — ela gritou.

Eles gozaram juntos e Hades desabou em cima dela, beijando-a profundamente, o gosto dela ainda nos lábios. Depois de um momento, ele a pegou em seus braços e se teleportou para a casa de banhos, onde se lavaram e adoraram um ao outro novamente.

Como ainda faltava uma hora para seu horário de se levantar, Perséfone resolveu descansar. Hades se esticou ao lado dela, abraçando-a.

— Perséfone? — Hades falou, a barba curta fazendo cócegas em sua orelha.

— Hmm? — Estava cansada demais para usar palavras, os olhos pesados de sono.

— Fale o nome de outra pessoa nesta cama novamente e saiba que você condenou sua alma ao Tártaro.

Ela abriu os olhos. Queria olhar para ele, ver a violência em seu olhar: por que isso o incomodara tanto? O Deus do Submundo, o mais rico, anfitrião de tantos, temia Apolo?

Após o aviso, Hades relaxou, sua respiração ficando calma e uniforme. Relutante em perturbar a paz dele, ela se aconchegou e adormeceu.

5

TRATAMENTO DE RAINHA

Perséfone repassou a conversa desastrosa que teve com Hades para Lexa no almoço do dia seguinte. Elas escolheram uma mesa com bancos estofados na parte de trás de seu café favorito, *Yellow Daffodil*, que lhes deu relativa privacidade. Apesar do barulho do lugar, Perséfone se sentiu paranoica falando sobre Hades em público. Ela se inclinou sobre a mesa em direção a Lexa, sussurrando.

— Nunca o vi tão...

Inflexível. Tão obstinado. Ele geralmente estava disposto a pelo menos ouvi-la, mas no momento em que o nome de Apolo saiu da boca de Perséfone, Hades terminou a conversa.

— Hades tem razão — disse Lexa, recostando na cadeira e cruzando as pernas.

Perséfone olhou para sua melhor amiga surpresa.

— Quero dizer, você realmente acha que pode manchar a reputação de Apolo? Ele é o menino de ouro de Nova Atenas.

— Uma honra que ele não merece, considerando como trata os homens e as mulheres que "ama".

— Mas... e se as pessoas não acreditarem em você, Perséfone?

— Não posso me preocupar se as pessoas vão ou não acreditar em mim, Lex.

O pensamento de que as vítimas de Apolo seriam ignoradas por causa de sua popularidade a deixou fora de si, mas o que a enfureceu mais foi saber que Lexa estava certa. Havia uma chance de ninguém acreditar nela.

— Eu sei. Só estou dizendo... que pode não acontecer como você imagina.

Perséfone franziu a testa, confusa com as palavras de sua amiga.

— E o que eu imagino?

Lexa entrelaçou os dedos, apoiando as mãos na mesa e deu de ombros, finalmente levantando o olhar para Perséfone. Seus olhos pareciam mais vívidos hoje, provavelmente devido à sombra esfumaçada que ela usava.

— Você está literalmente esperando a razão de um deus que não suporta rejeição. É como se pensasse que pode mudar magicamente o comportamento de Apolo com algumas palavras.

Perséfone se encolheu e notou que Lexa olhou na direção de seu ombro. Enxergou algo verde com sua visão periférica e, quando olhou, gavinhas haviam brotado de sua pele. Perséfone deu um tapa nelas. De todas as vezes que sua magia respondeu a suas emoções, nunca se manifestara assim. Ela puxou as gavinhas, mas sentiu uma dor pungente e sangue escorreu por seu braço.

— Meus deuses! — Lexa enfiou um bolo de guardanapos em suas mãos e Perséfone os pressionou contra o ombro. — Você está bem?

— Estou bem.

— Isso já aconteceu antes?

— Não — disse, retirando os guardanapos para olhar a ferida que as gavinhas deixaram. O corte era pequeno, como se ela tivesse sido arranhada por um espinho, e o sangramento mínimo.

Realmente precisava continuar suas aulas com Hécate.

— Isso é uma coisa de deusa? — Lexa perguntou.

— Não sei.

Nunca tinha visto os poderes de sua mãe se manifestarem desta forma, ou mesmo os de Hades. Talvez fosse apenas mais um exemplo de quão terrível ela era sendo uma deusa.

— Você vai contar a Hades?

A pergunta surpreendeu Perséfone e seu olhar disparou para Lexa.

— Por que eu contaria a ele?

Ela listou os motivos:

— Porque nunca aconteceu com você antes, porque parece doloroso, porque pode ter algo a ver com ser a Deusa da Primavera...

— Ou pode não ser nada — disse Perséfone rapidamente. — Não se preocupe com isso, Lex.

Houve um silêncio entre elas, então Lexa estendeu a mão para chamar a atenção de Perséfone.

— Sabe que só estou preocupada com você, certo?

A Deusa da Primavera suspirou.

— Eu sei. Obrigada.

Mais silêncio. Lexa deu de ombros:

— Acho que nada disso realmente importa. Você já prometeu a Hades que não escreveria sobre Apolo... certo?

Perséfone estava relutante em encontrar o olhar de Lexa.

— Perséfone...

— E a Sibila? Devemos apenas deixá-la sofrer? — Perséfone perguntou.

— Não, nós deveríamos ser amigas dela — disse Lexa.

— O que significa que devo fazer tudo ao meu alcance para garantir que Apolo seja exposto.

— Significa que você deve fazer o que Sibila pediu.

Perséfone franziu a testa. Sibila queria que ela abandonasse esse assunto, mas o silêncio era parte do problema. Quantas pessoas tinham sido feridas por Apolo e não se manifestaram?

— Todos os Divinos foram feitos para querer vingança? — Lexa falou casualmente, como se fosse uma pergunta retórica, mas Perséfone não deixou passar.

— Como assim?

Lexa deu de ombros.

— Todos vocês só querem *punir*. Apolo quer punir seus amantes, então você quer puni-lo, e ele provavelmente irá puni-la por isso. É uma loucura.

— Não quero puni-lo — disse ela, na defensiva.

Lexa ergueu uma sobrancelha.

— Não quero! Quero que as pessoas saibam que não devem confiar em Apolo.

— Assim como você queria que as pessoas soubessem que não deviam confiar em Hades?

— É diferente.

Era verdade que Perséfone havia começado sua série sobre Hades com o propósito de expor suas barganhas injustas com os mortais. Com o tempo, no entanto, ela descobriu que as intenções dele eram muito mais honrosas do que havia presumido originalmente.

Lexa suspirou.

— Talvez, mas não foi isso mesmo que Hades disse? Apolo está disposto a punir sem pensar duas vezes.

Perséfone desviou o olhar, frustrada, e a mão de Lexa cobriu a sua.

— Só quero que você tome cuidado. Sei que Hades vai te proteger o máximo que puder, mas também sei quão difícil é para você pedir ajuda.

Perséfone conseguiu dar um pequeno sorriso. Sabia que Lexa estava falando apenas por preocupação, mas sua melhor amiga não conhecia toda a história. Ainda não tinha contado sobre o ultimato de seu chefe. Sentiu como se estivesse em uma barganha com Hades novamente, enfrentando a perda de duas coisas que mais valorizava. Talvez se explicasse, Lexa entendesse, mas quando começou a falar, foram interrompidas por uma estranha.

— Você é a namorada de Hades, não é?

A voz as assustou, e a pergunta fez Perséfone se encolher. Uma jovem apareceu ao lado da mesa. Ela usava uma chemise, meia-calça e botas. Tinha o celular na mão e estava puxando o elástico que segurava seu cabelo em um coque.

— Posso tirar uma foto com você? — A garota perguntou enquanto ajeitava o cabelo.

— Não, desculpe — disse Perséfone. — Estou almoçando.

— É rapidinho. — Ela se inclinou para tirar uma selfie, a câmera ligada. Perséfone se afastou, estendendo as mãos para a garota.

— Eu disse não.

— Só uma selfie, vai... — A garota tentou barganhar.

— Que parte de "não" você não entendeu? — Perséfone perguntou.

A garota se endireitou e franziu as sobrancelhas.

— Não precisa ser tão cuzona. É só uma foto. — E tirou a foto mesmo assim.

A explosão tinha chamado a atenção e, enquanto Perséfone a observava sair, notou que vários clientes tinham seus telefones apontados para ela, que cobriu o rosto com a mão.

Lexa se inclinou sobre a mesa:

— Este seria um ótimo momento para usar seus poderes por razões nefastas.

— Você não acabou de criticar meu uso de magia para punição?

— Sim, mas... ela mereceu. Foi uma idiota.

— Acho que é hora de ir — disse Perséfone, pegando sua bolsa.

Elas deixaram dinheiro na mesa para pagar a conta, Lexa deu o braço para Perséfone e, finalmente, saíram do café. As calçadas estavam repletas de funcionários voltando ao trabalho, turistas e vendedores ambulantes. Era um dia quente, mas nublado, e o ar cheirava a castanhas assadas, cigarros e café.

— Você tem tempo para passar no meu escritório? — Lexa perguntou. — Posso te levar para conhecer o lugar e contar tudo sobre o projeto em que estou trabalhando!

Perséfone consultou o relógio. Ainda tinha trinta minutos antes de voltar para a Acrópole.

— Adoraria.

Queria ver onde Lexa trabalhava e, sendo honesta, explorar um pouco. Sentiu-se envergonhada quando Lexa listou fatos sobre o Projeto Anos Dourados que ela não sabia.

Lexa trabalhava em um prédio chamado Alexandria Tower. Era o oposto da Nevernight, com um exterior todo em vidro e mármore branco. Lexa segurou a porta aberta para Perséfone. Como todos os estabelecimentos de Hades, o interior era luxuoso. O piso era de mármore raiado, a mesa da recepcionista era de obsidiana preta e os móveis escuros tinham detalhes dourados. Perséfone se sentiu em casa.

Uma ninfa sentada atrás da mesa da recepcionista levantou-se rapidamente. Como todos de sua espécie, era linda — rosto anguloso e olhos grandes. Era uma ninfa da floresta — uma dríade, o que era evidente por seu cabelo castanho-claro, olhos verde-musgo e o tom esverdeado de sua pele. Eram as ninfas com as quais Perséfone passara mais tempo na estufa de Deméter. Nunca tinha considerado isso antes, mas agora se perguntava se eram tão prisioneiras de sua mãe quanto ela tinha sido.

— Lady Perséfone — a mulher na recepção se curvou. — Você nos honra com sua presença.

Lexa riu e Perséfone corou.

— Trouxe Perséfone para conhecer o lugar, Ivy.

Os olhos da dríade se arregalaram e Perséfone teve a impressão de que ela não gostava de ser surpreendida.

— Ah, claro. Quer beber alguma coisa, milady? Uma taça de champanhe ou vinho, talvez?

— Ah, não, obrigada, Ivy. Tenho que voltar ao trabalho depois.

— Deixa eu fazer algumas ligações — disse ela. — Quero que tudo esteja perfeito antes de vocês subirem.

— Está tudo bem, Ivy — disse Lexa com uma risada brincalhona. — Perséfone não se importa.

A dríade empalideceu. Vários meses atrás, esse comportamento teria deixado Perséfone desconfortável. Isso ainda lhe causava ansiedade, mas ela reconheceu a situação: uma serva de Hades desejando agradar, e Perséfone não queria impedi-la disso, então interveio:

— Não se apresse, Ivy — disse Perséfone. — Enquanto isso, eu aceito uma água.

A dríade sorriu.

— Imediatamente, milady.

Perséfone deu alguns passos para longe da mesa e passou os olhos pela sala. Adorou o estilo do edifício. Não era tão moderno quanto a Nevernight, ostentando detalhes antigos, como maçanetas de vidro, grelhas de ventilação douradas e um radiador. Uma área de estar formal estava disposta em frente a um conjunto de grandes janelas que davam para a rua. Perséfone parou na frente delas, admirando a movimentada paisagem urbana do outro lado.

— Achei que você não estava com sede — disse Lexa, se juntando à amiga na janela.

Perséfone sorriu e disse:

— Água nunca é demais.

— Sério, o que foi isso? Eu mesma posso mostrar o lugar pra você.

A deusa acenou com a cabeça.

— Aprendi algumas coisas desde que comecei a frequentar o Submundo, Lex. Você me vê como sua melhor amiga, então me trazer aqui não significa nada além de um pouco de diversão, mas essas pessoas me veem... de maneira diferente.

— Você quer dizer que te veem como a Rainha do Submundo?

Ela deu de ombros. Com certeza.

— Eles servem a Hades e não importa o quanto eu discuta, parecem pensar que servem a mim por associação.

Provavelmente, porque foram ordenados, ela pensou.

— Eles se sentem bem fazendo isso. E ficam ofendidos se eu recusar.

— Hmm — Lexa disse depois de um momento, e quando Perséfone olhou para sua amiga, ela a encontrou sorrindo maliciosamente.

— O que foi? — Perséfone perguntou, cética.

— Nada, Rainha Perséfone.

Perséfone revirou os olhos e Lexa riu, afastando-se da janela.

Ivy as interceptou carregando uma bandeja de prata com dois copos de água.

— O sabor de hoje é pepino e gengibre.

Perséfone pegou o copo e um guardanapo. Sabia que a dríade estaria ansiosa para saber se ela gostava da bebida, então ela tomou um gole imediatamente.

— Hmm, muito refrescante, Ivy. Obrigada.

A ninfa sorriu e então entregou um copo a Lexa. Ivy desapareceu mais uma vez e, quando voltou, estava eufórica.

— Eles estão prontos para vocês.

O estômago de Perséfone de repente deu um nó. Tinha sido capaz de lidar bem com essa interação, mas seguiria numa boa com tanta atenção?

— Finalmente! — Lexa disse sem cerimônia.

Enquanto subiam as escadas para o segundo andar, Perséfone se virou para Ivy.

— Obrigada, Ivy. Estou gostando muito de tudo.

Não ficou olhando por tempo suficiente para registrar a reação da ninfa enquanto seguia Lexa escada acima.

O que encontraram quando chegaram lá as fez parar. O corredor estava alinhado de ambos os lados com funcionários que tinham saído de seus escritórios de vidro para cumprimentar Perséfone. Havia também um homem tirando fotos.

— Lady Perséfone, é uma honra. — Uma mulher se aproximou. Era mortal e tinha uma cabeleira de cachos pretos. Apertou a mão de Perséfone. — Sou Katerina, diretora da Fundação Cipreste.

— É um prazer conhecê-la — disse Perséfone.

— Por favor, permita-me dizer-lhe algumas coisas sobre o nosso progresso. Tenho certeza de que ficará satisfeita.

Perséfone e Lexa trocaram um olhar. Ela estava com a mandíbula tensa e os lábios espremidos. Não era o que a amiga tinha imaginado quando sugeriu um passeio. Perséfone tentou ignorar a culpa repentina que veio com toda essa experiência. Tudo o que Lexa queria fazer era mostrar seu novo local de trabalho, e nenhuma das duas esperava ser tratada dessa maneira. Teria sido melhor se tivessem vindo depois do expediente.

Katerina guiou a caminhada, citando alguns fatos que Lexa já havia contado. Ficou claro que ela tinha um discurso de elevador preparado para todas as situações.

— Ficamos muito animados quando o Projeto Anos Dourados foi anunciado — disse Katerina. — Trabalhamos em várias iniciativas com Lorde Hades, mas nunca algo assim.

— Várias iniciativas? — Perséfone perguntou.

Isso era novidade para ela.

Katerina sorriu. Parecia genuinamente animada por ter dito uma coisa que Perséfone não sabia e explicou:

— O Projeto Anos Dourados é apenas uma das muitas iniciativas da Fundação Cipreste.

— Conta mais.

— Bem, há a Casa Cérbero, uma organização sem fins lucrativos que fundou quatorze abrigos de animais na Nova Grécia e paga as taxas de adoção. Estamos muito animados para abrir um décimo quinto local em Argos. Há também o Projeto Porto Seguro, que ajuda famílias a pagarem custos de funeral e enterro. Até agora, ajudamos mais de trezentas famílias em momentos de necessidade.

Perséfone ficou sem palavras, mas a mulher continuou.

— A instituição de caridade mais antiga de Lorde Hades é a Biga, um fundo que fornece treinamento para cães de terapia para crianças carentes.

Perséfone tentou disfarçar um nó na garganta.

— I-isso é incrível.

Seus sentimentos estavam à flor da pele. Estava admirada por Hades ter iniciado tantas organizações maravilhosas, mas frustrada e envergonhada por não saber sobre nenhuma delas. Por que ele não contara? Como ela não ficou sabendo de nada disso durante sua pesquisa sobre o Deus dos Mortos?

Deuses, ela parecia tão idiota, tendo escrito tantas *calúnias* sobre ele. Talvez fosse por isso que essas pessoas estavam ansiosas para lhe contar sobre todas as suas realizações, para provar que estava errada.

Maldita humildade de Hades.

O passeio continuou e várias apresentações foram feitas. Perséfone conheceu as pessoas por trás de cada uma das iniciativas de caridade de Hades. No final, Katerina se virou e disse:

— Se não houver mais nada, ficarei feliz em acompanhá-la até o andar de baixo, milady.

E o escritório de Hades?

Por sorte, Lexa interveio.

— Eu assumo a partir daqui, Katerina. Perséfone e eu precisamos finalizar alguns planos.
— Ah...
— Muito obrigada, Katerina — acrescentou Perséfone antes que a mulher pudesse protestar. — Direi a Hades quão maravilhosa você foi comigo hoje.

Isso funcionou maravilhosamente bem. Katerina sorriu e agradeceu, muito nervosa:

— Ora, muito obrigada, Lady Perséfone.

Quando estavam sozinhas, Lexa se inclinou para frente.

— Você quer ver o escritório de Hades?

— Sabe que eu quero.

Elas riram como colegiais enquanto Lexa a conduzia por outro lance de escadas. O andar inteiro era de escritórios, e Perséfone e Lexa passaram por um conjunto de cubículos antes de chegar a uma fileira de salas na parte de trás do prédio.

— Chegamos! — Lexa disse, gesticulando com os braços abertos enquanto entrava.

Era uma caixa de vidro.

Perséfone hesitou na porta. Isso a lembrou da casa de sua mãe e, por um momento, teve a estranha sensação de que tudo aquilo era uma armadilha bem orquestrada. A mesa de Hades ficava diante de uma janela com vitrais, o que fazia parecer que estava sentado em um trono enquanto estava em sua mesa. Era exagerado e intimidador e ela apostava que ele usava esta mesa menos do que a de seu escritório na Nevernight.

Assim que ela entrou, alguém chamou por Lexa.

— Droga. — Ela olhou para Perséfone. — Já volto.

Perséfone assentiu enquanto sua melhor amiga saía. Ela avistou a mesa de Hades. Havia apenas duas coisas nela: um vaso de narcisos brancos e um porta-retratos com uma foto dela. Tinha sido tirada no Submundo, em um dos jardins de Hades. Ela o pegou, perguntando-se quando ele a havia fotografado.

— Curiosa?

Perséfone deu um pulo, deixando cair o retrato. Antes que pudesse atingir o chão, Hades o pegou e o devolveu ao seu lugar. A deusa virou para ele, apoiando a mão na mesa.

Como alguém tão grande se move tão rapidamente, ela pensou. Hades estava perto, seu cheiro a atingindo com força, e ela se lembrou da noite passada quando ele a levou para a cama, a reivindicou, a marcou, a possuiu. Ela não esperava que uma simples conversa sobre Apolo o deixasse irado de uma maneira nunca antes vista.

— E desde quando você está aqui? — Suspirou.

Um dos poderes de Hades era a invisibilidade. Era possível que ele estivesse neste escritório o tempo todo, e ainda mais provável que tivesse acompanhado o passeio sem que soubessem.

— Sempre desconfiada — disse.

— Hades... — ela avisou.

— Não muito tempo — respondeu. — Recebi uma ligação frenética de Ivy que me repreendeu por não ter dito a ela que você viria.

A primeira reação de Perséfone foi rir do fato de que um dos funcionários de Hades poderia repreendê-lo, mas sua atenção foi desviada pelo fato de Ivy ter *ligado* para Hades. Ela franziu o cenho:

— Você tem telefone?

— Para o trabalho, sim — disse ele.

— Por que eu nunca soube disso?

Ele deu de ombros.

— Se eu quiser você, vou te encontrar.

— E se eu quiser você?

— Basta dizer meu nome — respondeu.

Ainda assim, Perséfone não achava que isso fosse uma razão boa o suficiente para ela não saber que ele tinha um telefone... ou os milhões de outras coisas que ela não sabia.

— Você está descontente — disse Hades, e não era uma pergunta.

O olhar de Perséfone se ergueu para ele novamente.

— Você me envergonhou.

Foi a vez de Hades franzir a testa e seus olhos se suavizaram.

— Como assim?

— Eu não deveria ter que descobrir sobre todas as suas instituições de caridade através de outra pessoa — disse ela. — Sinto que todos ao meu redor sabem mais sobre você do que eu.

— Você nunca perguntou — disse ele.

— Algumas coisas podem ser comentadas casualmente, Hades. No jantar, por exemplo: "Oi, querida! Como foi o seu dia? O meu foi bom. Minhas instituições de caridade de bilhões de dólares ajudam crianças e cães e a *humanidade*!"

Hades estava tentando não sorrir.

— Não se atreva — ela pressionou um dedo em seus lábios. — Estou falando sério. Se você deseja que eu seja vista como mais do que uma amante, então preciso mais de você. Uma... história... um inventário de sua vida. *Alguma coisa*.

Os olhos de Hades escureceram, e ele fechou os dedos ao redor do pulso de Perséfone, beijando-os.

— Desculpe — disse. — Não me ocorreu contar a você. Eu existo há tanto tempo sozinho, tomei todas as decisões sozinho. Não estou acostumado a compartilhar nada com ninguém.

A expressão de Perséfone ficou terna, e ela pressionou a palma da mão no rosto dele.

— Hades, você nunca esteve e certamente não está sozinho. — Ela afastou a mão. — Agora, o que mais você possui?

— Muitos necrotérios — disse ele.

Perséfone arregalou os olhos.

— Você está falando sério?

— Sou o Deus dos Mortos — disse Hades.

Ela não pôde evitar um sorriso. Se olharam por um momento e, então, Hades pediu com uma voz grave e sensual:

— Me diz, o que mais posso compartilhar com você agora?

Perséfone olhou para a foto em sua mesa.

— Onde você conseguiu essa foto?

Os olhos de Hades seguiram até a foto, mas Perséfone sabia que não era porque ele tinha que se lembrar do que ela estava falando. Ele demorou para responder.

— Eu que tirei.

— Quando?

— Obviamente, quando você não estava olhando — disse, e ela revirou os olhos.

— Por que você tem fotos minhas e eu não tenho fotos suas?

Os olhos de Hades brilharam.

— Eu não sabia que você queria fotos minhas.

Ela zombou.

— Claro que quero fotos suas.

— Pode ser que eu consiga alguma. Que tipo de fotos você quer?

Ela deu um tapa no ombro dele.

— Você é insaciável.

— E você é a culpada, minha rainha — ele disse, e seus lábios viajaram por seu pescoço e ao longo de seu ombro. — Estou feliz que você esteja aqui.

— Nem percebi — ela respondeu com um arrepio.

— Eu quero dar prazer a você nesta sala, nesta mesa, desde que te conheci. Será a coisa mais produtiva que acontecerá aqui.

Suas palavras eram chamas e a inflamaram. Ela engoliu em seco.

— Você tem paredes de vidro, Hades.

— Está tentando me impedir?

Ela estreitou os olhos e brincou:

— Você é exibicionista?

— Nem um pouco. — Ele se inclinou um pouco mais perto, e ela sentiu a respiração em seus lábios. — Você realmente acha que eu deixaria que todos a vissem? Sou muito egoísta. Ilusão, Perséfone.

Ela se inclinou em seu calor:

— Então me possua — ela sussurrou.

Hades rosnou e serpeou um braço ao redor da cintura dela, quando alguém limpou a garganta. Viraram-se e encontraram Lexa parada na porta.

— Ei, Hades — ela disse com um sorriso no rosto. — Espero que você não se importe. Trouxe Perséfone para conhecer o lugar.

— Olá, Lexa — disse ele, sorrindo. — Não, não me importo nem um pouco.

Perséfone deu uma risadinha e se afastou do calor de Hades.

— Tenho que voltar ao trabalho — disse, encontrando Lexa na porta do escritório de Hades. Ela se virou para olhá-lo. Ele era poderoso, de pé atrás daquela mesa, emoldurado por aquele lindo vitral. — Vejo você à noite?

Ele assentiu.

Quando voltaram para o primeiro andar, Lexa disse:

— Eu sei que você vai passar o fim de semana no Submundo, mas não se esqueça que vamos ajudar Sibila a se mudar na sexta-feira.

— Não perderia isso por nada no mundo.

As duas se abraçaram na porta.

— Obrigada por tudo, Lex. Lamento que você não tenha conseguido me levar para conhecer o lugar.

— Eu não vou mentir. Foi estranho ver as pessoas todas surtadas na sua presença.

As duas riram. Era estranho, até mesmo para Perséfone, mas então Lexa disse algo que fez o sangue de Perséfone gelar.

— Imagine quando descobrirem que você é uma deusa.

Perséfone voltou para a Acrópole. Desta vez, ela passou, de mau humor, por entre os fãs escandalosos, que foram contidos por uma barreira de segurança improvisada.

— *Perséfone! Perséfone, aqui!*

— *Há quanto tempo você está namorando Hades?*

— *Você vai escrever sobre outros deuses?*

Ela manteve a cabeça baixa e não respondeu a nenhuma pergunta. Quando entrou, seu corpo estava vibrando, sua magia despertando com a onda de ansiedade que sentia por estar no centro da multidão. Foi direto para os elevadores, o tempo todo pensando nas últimas palavras de Lexa antes de se separarem no Alexandria Tower.

Imagine quando descobrirem que você é uma deusa.

Ela sabia o que isso realmente significava:

Imagine quando você não puder mais existir como antes.
De repente, o elevador parecia pequeno demais e, quando ela pensou que não conseguiria mais respirar, as portas se abriram. Helena apareceu de trás de sua mesa, sorrindo, alheia à batalha interna de Perséfone.
— Bem-vinda de volta, Perséfone.
— Obrigada, Helena — disse, sem olhar em sua direção. Apesar disso, Helena seguiu Perséfone até sua mesa. Enquanto guardava suas coisas, ela encontrou uma rosa branca em seu notebook. Perséfone a pegou, tomando cuidado para evitar os espinhos.
— De onde veio isso? — perguntou.
— Não sei — disse Helena, franzindo a testa. — Não recebi nada para você esta manhã.
As sobrancelhas de Perséfone se ergueram. Uma fita vermelha estava amarrada ao redor do caule, mas não havia nenhum cartão. *Talvez Hades tenha deixado para mim*, pensou, e a colocou de lado.
— Algum recado?
Perséfone presumiu que foi por isso que Helena a acompanhara até sua mesa.
— Não — disse Helena.
Isso era improvável. Perséfone esperou.
— Mensagens podem esperar — acrescentou Helena. — Além disso, são todas para outras histórias, e eu sei que você está trabalhando nessa exclusiva...
Os olhos de Perséfone devem ter faiscado, porque Helena parou de falar.
— Como você sabe disso? — Perséfone murchou.
— Eu...
Perséfone nunca tinha visto Helena tropeçar em suas palavras antes, mas, de repente, a garota não conseguia falar e parecia à beira das lágrimas.
— Quem mais sabe? — Perséfone perguntou.
— N-ninguém — Helena finalmente conseguiu. — Eu ouvi vocês falando. Desculpe. Achei emocionante. Eu não percebi...
— Se você tivesse ouvido, saberia que não foi emocionante. Não para mim.
Após um período de silêncio, as duas se olharam.
— Desculpe, Perséfone.
A deusa suspirou e se sentou em sua cadeira.
— Está tudo bem, Helena. Só... não conta pra ninguém, ok? A exclusiva... pode não acontecer.
Ela esperava.
Helena parecia em pânico. Então ela *ouvira* muito mais do que estava deixando transparecer.

— Mas... você será demitida! — sussurrou ferozmente.
Perséfone suspirou.
— Helena, eu realmente preciso trabalhar e acho que você também.
Helena empalideceu.
— Claro! Descul...
— Pare de se desculpar — disse Perséfone, e logo acrescentou o mais gentilmente que pôde: — Você não fez nada de errado.
A loira sorriu.
— Espero que as coisas melhorem, Perséfone. Realmente espero.

Depois que Helena voltou para sua mesa, Perséfone começou a pesquisar sobre Apolo e suas muitas amantes. Ela percebeu que havia prometido a Hades que não escreveria sobre o Deus da Música, mas isso não significava que ela não poderia iniciar um arquivo sobre ele e não havia falta de informações, especialmente da Antiguidade.

Quase todas as histórias sobre Apolo e seus relacionamentos terminaram tragicamente para a outra pessoa envolvida. De todos os casos, as histórias de Dafne e Cassandra pareciam ilustrar melhor seu comportamento hediondo.

Dafne era uma ninfa e jurou permanecer pura por toda a sua vida. Apesar disso, Apolo a perseguiu implacavelmente, declarando seu amor por ela para influenciá-la a mudar de ideia. Sem outras opções e temendo Apolo, ela pediu a seu pai, o deus do rio deus Peneus, que a libertasse da perseguição implacável de Apolo. Seu pai atendeu seu pedido e a transformou em um loureiro.

O louro era um dos símbolos de Apolo e agora Perséfone percebia o porquê.

Nojento.

Cassandra, uma princesa de Troia, recebeu de Apolo o poder de ver o futuro. Com a dádiva, o deus esperava persuadi-la a se apaixonar por ele, mas Cassandra não estava interessada. Enfurecido, Apolo a amaldiçoou, mantendo o seu poder de ver o futuro, mas fazendo com que ninguém acreditasse em suas previsões. Mais tarde, Cassandra previu a queda de seu povo, mas ninguém a ouvira.

Havia outras amantes antigas: Corônis, Ocírroe, Sinope, Amphissa e Sibila; e amantes mais recentes: Acácia, Chara, Io, Lamia, Tessa e Zita. A pesquisa não foi fácil. Pelo que Perséfone entendeu, muitas dessas mulheres tentaram se manifestar contra o deus na internet e procurando jornalistas. O problema era que ninguém dava ouvidos.

Ela estava tão consumida por sua pesquisa que uma batida em sua mesa a fez pular. Perséfone encontrou Demetri parado na sua frente.

— Como está indo o artigo? — perguntou.
Ela olhou e respondeu em um tom seco:

— Indo.
Seu chefe franziu a testa.
— Você sabe que se eu tivesse escolha...
— Você tem escolha — disse ela, cortando-o. — Só dizer a ele que não.
— Seu emprego não é o único que está em risco.
— Então talvez seja um sinal de que você deve se demitir.
Demetri balançou a cabeça.
— Você não se demite do *Jornal de Nova Atenas* sem consequências, Perséfone.
— Não sabia que você era tão covarde.
— Nem todo mundo tem um deus dando proteção.
Perséfone se encolheu, mas se recuperou rapidamente. Estava realmente começando a odiar as pessoas que presumiam que ela sairia correndo pedindo ajuda de Hades.
— Eu luto minhas próprias batalhas, Demetri. Acredite em mim, isso não vai acabar bem. Pessoas como Kal têm segredos e vou desvendá-los.
Um vislumbre de admiração brilhou nos olhos de Demetri, mas as palavras que falou em seguida foram desalentadoras.
— Admiro sua determinação, mas há alguns poderes que o jornalismo não pode combater, e um deles é o dinheiro.

6

BRIGA DE AMANTES

Na sexta-feira, Perséfone e Lexa se viram do lado de fora de uma cobertura de luxo no bairro de Crysos, em Nova Atenas, onde Sibila vivera com Apolo desde a formatura. Elas alugaram um caminhão gigante de mudança que Lexa conseguiu estacionar tortamente na calçada.

— Não era isso que eu tinha em mente quando disse que queria ir na balada, Perséfone — Hermes fez beicinho ao lado deles. O deus estava deslumbrante em dourado, parecendo muito deslocado ao lado de Lexa e Perséfone, que usavam conjuntos de moletom.

Perséfone marcou o encontro para sexta-feira depois que ele a ajudara a entrar na Acrópole, mas isso foi antes de Apolo demitir Sibila e tirar seus poderes.

— Ninguém disse que você tinha que vir — Perséfone respondeu.

O Deus da Trapaça tinha aparecido no apartamento quando elas estavam saindo para pegar o caminhão de mudança. Ele tentou argumentar que tinham um acordo e que ela não podia voltar atrás, mas Perséfone não quis saber.

— *Uma de minhas melhores amigas estava em um relacionamento abusivo. Ela está se mudando e eu vou lá para ajudá-la. Agora, você pode vir conosco ou pode ir embora. Sua escolha.* — ela tinha dito.

Hermes tinha escolhido vir.

— Nós não estaríamos aqui se não fosse por seu irmão — disse Lexa.

— Reclama com ele.

— Eu não sou responsável pelas escolhas do Apolo — Hermes argumentou. — E não finja que isso não seria mais divertido com álcool.

— Você está certo — disse Lexa. — Ainda bem que eu trouxe isso.

Ela tirou uma garrafa de vinho de dentro de sua mochila.

— Passa pra cá. — Hermes arrancou a garrafa de suas mãos.

Perséfone arregalou os olhos.

— Com licença, você não vai *dirigir* esta noite?

— Bem, sim, mas isso é para depois.

Só que, de alguma forma, Hermes já tinha conseguido abrir a garrafa.

— Espero que você tenha mais nessa bolsa — respondeu o deus. — Porque esta é para agora.

Lexa bufou, e a porta na frente deles finalmente emitiu um clique. A voz de Sibila ecoou pelo interfone.

— Está aberta, subam.

Hermes avançou, mas Perséfone estendeu a mão para detê-lo.

— Você pode levar o carrinho.

— Por que eu tenho que levar o carrinho? Estou carregando o vinho. Perséfone pegou a garrafa.

— Eu estou carregando o vinho. Carrinho. Agora.

Os ombros de Hermes se curvaram quando ele cedeu e marchou em direção ao caminhão de mudança. Voltou empurrando o carrinho.

Lexa riu.

— Você parece terrivelmente mortal, Hermes.

Os olhos do deus escureceram.

— Cuidado, mortal. Posso muito bem te transformar em uma cabra só para me divertir um pouco.

— Você se divertir? — Lexa gargalhou. — Isso seria a melhor coisa que já me aconteceu.

Os três subiram no elevador e saíram no meio da sala de Apolo.

Perséfone não tinha certeza de como se sentir ao ver o luxo em que Sibila estava vivendo nos últimos meses desde a formatura. Não havia como negar que ser oráculo era um trabalho lucrativo, e a deusa sentiu que rever tudo isso piorava ainda mais a situação de Sibila. Tornava tudo tangível. Ela deixaria de morar em uma cobertura em um arranha-céu com janelas do chão ao teto, pisos de madeira, utensílios de aço inoxidável e a máquina de café mais chique que Perséfone já tinha visto, para dividir um pequeno apartamento com as duas amigas até sabe-se lá quando.

Apesar da extrema mudança no estilo de vida, Sibila parecia de bom humor, quase como se sair daquele espaço estivesse tirando um fardo de seus ombros. Ela colocou a cabeça para fora de uma sala adjacente. Seu cabelo loiro se derramava sobre o ombro em ondas soltas, seu rosto bonito estava sem maquiagem mas, ainda assim, iluminado.

— Aqui, pessoal.

Eles entraram no quarto dela. Perséfone esperava descobrir que tinha mais personalidade do que o resto da casa, mas ela estava errada. O quarto de Sibila era igualmente incolor.

— Por que tudo é *cinza*?

— Ah, bem, Apolo não gosta de cores — disse ela.

— Quem não gosta de cores? — Lexa perguntou, se jogando na cama de Sibila.

— Apolo, aparentemente — disse Hermes, caindo na cama ao lado de Lexa. — Vamos destruir o lugar antes de sairmos. Isso, sim, o deixaria irritado.

Sibila empalideceu e arregalou os olhos.

Perséfone colocou as mãos nos quadris.

— Você é o único que acharia isso engraçado e o único que sobreviveria à ira dele.

— Você também, Sefy. Hades cortaria as bolas de Apolo antes que ele chegasse a três centímetros de você. Estou tentado a fazer isso só para assistir.

— *Hermes* — disse Perséfone, incisiva. — Você não está ajudando em nada.

O deus fez beicinho.

— Eu trouxe o carrinho, não trouxe?

— E agora você precisa usá-lo. Vai! Leva essas caixas lá para baixo.

Hermes resmungou, mas rolou para fora da cama, e Lexa o seguiu.

Elas empilharam as caixas no carrinho e, enquanto Hermes as levava para baixo, Perséfone e Lexa ajudaram Sibila a empacotar o resto de sua vida. Perséfone gostou da tarefa. Era um desafio ver o quanto podia colocar em cada caixa. Quando ela terminava, escrevia um inventário rápido na lateral para facilitar na hora de desembalar.

Quando Hermes percebeu o que ela estava fazendo, ele bufou, balançando a cabeça.

— O quê? — Perséfone perguntou.

— Você é tão metódica quanto Apolo.

Perséfone não gostava de ser comparada ao deus.

— Como assim?

— Você não está prestando atenção neste lugar? — Ele olhou ao redor. — Tudo é organizado por tipo e cor.

— Sou organizada, Hermes, não neurótica.

— Apolo é disciplinado. Desde que o conheço, ele é assim.

— Se ele é tão disciplinado, por que é tão... emocional?

— Porque Apolo se orgulha de sua rotina, das coisas que ele pode criar e executar, o que significa que, quando perde o controle, leva para o pessoal. — Hermes olhou para Sibila. — Isso também vale para como ele lida com humanos.

Assim que terminaram, Sibila deixou sua chave na bancada de granito brilhante na cozinha de última geração de Apolo, e os quatro se empilharam na boleia do caminhão de mudança, e partiram para o apartamento.

— Você não está andando na faixa — disse Perséfone, segurando a alça da porta enquanto Lexa dirigia pela rua.

— Não estou enxergando — reclamou Lexa, erguendo-se no banco do motorista.

— Talvez você não devesse dirigir — Hermes comentou.

— Alguém aqui quer dirigir? — ela perguntou.

Todos na cabine ficaram em silêncio, porque nenhum deles sabia dirigir.
— Só fica de olho nos pedestres — disse Perséfone.
— Eu te dou dez pontos se você acertar alguém — Hermes ofereceu.
— Isso deveria me incentivar? — Lexa perguntou.
— Ah, sim, são pontos *divinos*.
— O que valem pontos *divinos*? — Lexa perguntou, como se estivesse considerando seriamente sua oferta.
— Uma chance de ser uma cabra — respondeu ele.
Perséfone trocou um olhar com Sibila e disse:
— Se você está se perguntando se eu me arrependo de ter apresentado um ao outro, a resposta é sim.
Descarregar as coisas de Sibila levou menos de trinta minutos. Encontrar um lugar para colocar tudo era outra história. Colocaram caixas apoiadas nas paredes do corredor, em parte da sala de estar e no quarto de Perséfone, já que ela provavelmente passaria a maior parte do tempo no Submundo.
Depois que a mudança terminou, Hermes abriu uma garrafa de champanhe, sorrindo.
— Hora de celebrar!
— Oops — disse Lexa, pegando as chaves do caminhão de mudança. — Antes de começarmos, tenho que devolver o caminhão. É alugado, lembra?
— Eu vou com você — disse Perséfone.
— Você só quer que eu te deixe na Nevernight.
Perséfone corou.
— Você está nos abandonando? — Hermes perguntou. — O que aconteceu com "amigas primeiro, garotos depois"?
Perséfone revirou os olhos.
— Hermes, caso você não tenha notado, você é um garoto.
— Mas eu sou sua amiga! — ele argumentou, mais veementemente do que ela esperava. — Se você não voltar, posso dormir na sua cama? — Hermes gritou quando ela e Lexa saíram do apartamento.
A voz de Sibila seguiu rapidamente.
— Não, você não! A cama é minha!
— Podemos compartilhar.
— Desculpe, Hermes, compartilhar a cama com um deus não deu muito certo pra mim.
A condução de Lexa foi um pouco mais suave no caminho para a Nevernight até que ela estacionou, apertando o freio com tanta força que o corpo de Perséfone colidiu contra o cinto de segurança. Do lado de fora, Perséfone viu Mekonnen, o ogro que Hades empregara como segurança,

envolvido em uma discussão com uma mulher, o que não era nada fora do comum. As pessoas muitas vezes discutiam com os seguranças, esperando uma chance de entrar no clube.

— Isso não parece bom — comentou Lexa, acenando para os dois.

— Não, não parece.

A garota estava com o dedo apontado para o peito da criatura. Essa era uma das coisas que mais irritavam Mekonnen e era uma boa maneira de ser banido da boate para sempre.

Perséfone suspirou e abraçou Lexa dentro da boleia.

— Vejo você amanhã. Obrigada pela carona.

E desceu do caminhão. Assim que seus pés tocaram a calçada, um coro de vozes chamou seu nome e algumas pessoas saíram da fila, abaixando-se sob as cordas de veludo vermelho para se aproximar dela. Dois ogros apareceram da entrada sombria da Nevernight, flanqueando Perséfone e criando uma barreira entre ela e a multidão. Ela sorriu para eles.

— Oi, Adrian, Ezio.

Suas expressões eram sérias quando olharam para ela e disseram:

— Boa noite, milady.

Ela percebeu que deveria ter pensado melhor ou, pelo menos, ligado com antecedência para avisar à equipe de Hades que chegaria em breve. Podia imaginar a manchete no dia seguinte: *Amante de Hades chega à Nevernight em um caminhão de mudança alugado, usando moletom!*

Ao se aproximar da entrada, ouviu a mulher.

— Exijo vê-lo agora mesmo!

Perséfone se lembrava de ter dito algo muito parecido a outro ogro ali mesmo. Não deu muito certo, principalmente para o ogro. Ele colocou as mãos em Perséfone, uma ofensa que Hades não podia ignorar, e ela nunca mais o viu.

— Milady — disse Mekonnen, avançando para bloquear a mulher que discutia com ele, mas ela o empurrou.

— Milady? — ela questionou com as mãos nos quadris.

Foi então que Perséfone percebeu que a mulher era uma ninfa. Tinha uma pele pálida e leitosa, longos cabelos brancos e olhos azuis brilhantes que a faziam parecer etérea. Até seus cílios eram brancos.

Uma náiade, pensou Perséfone, que era uma ninfa associada à água. Era linda, mas também parecia severa, zangada e exausta.

— Quem é você? — a ninfa exigiu.

Perséfone ficou surpresa, mas principalmente porque havia poucas pessoas que não sabiam quem ela era.

— Como se atreve a falar com Lady Perséfone dessa maneira? — Mekonnen cerrou os punhos.

— Está tudo bem, Mekonnen — Perséfone levantou a mão para acalmar o ogro, que parecia ser capaz de triturar os ossos da mulher a qualquer momento.

— Sou Perséfone — ela disse — Entendi que você deseja falar com Lorde Hades, correto?

— Eu não desejo, eu exijo!

A sobrancelha de Perséfone subiu um pouco.

— Quais são as suas queixas?

— Minhas queixas? Quer ouvir minhas queixas? Por onde eu começo? Primeiro, o apartamento em que ele me colocou é uma merda.

Agora ela estava confusa.

— Segundo, eu não vou trabalhar nem mais um minuto naquele inferno de boate do caralho...

Perséfone ergueu a mão para impedir a ninfa de falar.

— Desculpe. Quem é você mesmo?

A mulher ergueu o queixo e estufou o peito enquanto falava com um orgulho excessivo.

— Eu sou Leuce, amante de Hades.

Perséfone sentiu a cor sumir de seu rosto, e o choque se instalou no fundo de sua barriga.

— O quê?

A ninfa riu como se tivesse ouvido algo engraçado. Perséfone cerrou as mãos.

— Desculpe, *ex*-amante, mas dá no mesmo.

— Ex... *amante*? — ela disse por entre os dentes, inclinando a cabeça para o lado.

— Você não tem nada com que se preocupar — disse Leuce. — Foi há muito tempo.

— Há tanto tempo que você esqueceu e se apresentou como amante de Hades? — Perséfone perguntou.

— Foi sem querer.

— Você vai me perdoar se eu acreditar que não há nada de sem querer nisso.

Ela se virou para Mekonnen.

— Por favor, leva *Leuce* até o escritório de Hades. Vou providenciar que ele seja avisado e compareça em breve.

— Sim, milady — Mekonnen fez uma reverência e acrescentou: — Ele está no salão.

— Obrigada — ela respondeu calorosamente, embora todo o seu corpo parecesse gelo.

Perséfone entrou na Nevernight. Ela subiu até o salão onde Hades fazia apostas com mortais que buscavam mais da vida: amor, dinheiro, saúde.

Eram essas barganhas que a assustavam e intrigavam. Isso a levou a escrever sobre o Deus dos Mortos e, eventualmente, entrar em uma barganha com ele.

Euríale, a górgona que montava guarda na entrada do salão, esperava do lado de fora. A primeira interação de Perséfone com ela fora hostil, pois a górgona a identificara corretamente como uma deusa pelo cheiro.

— Lorde Hades aprontou? — Euríale perguntou. Havia diversão em sua voz, mas também uma pitada de empolgação quando a deusa se aproximou.

— Mais do que você jamais poderia saber — respondeu Perséfone.

Euríale sorriu, mostrando um conjunto de dentes enegrecidos. Ela abriu a porta com tudo e fez uma reverência quando Perséfone passou.

— Ele está na suíte Safira, milady.

Perséfone espreitava ao redor das mesas de carteado lotadas. A sala estava escura apesar do grande lustre no alto e das várias arandelas singulares alinhadas nas paredes. A primeira visita de Perséfone à suíte selara seu destino. Ficara encantada com as pessoas e os jogos, se divertiu vendo as cartas voarem pela mesa, a facilidade com que homens e mulheres interagiam e provocavam até que, finalmente, chegou a uma mesa de pôquer onde se sentou e conheceu o Rei do Submundo.

Mesmo agora, recordar o dia em que o viu de perto pela primeira vez fez com que sentisse um embrulho no estômago. Ele era uma sombra tangível, construída como uma fortaleza e colidiu com a existência dela como uma força da natureza. Não conseguia se livrar dele; na verdade, não queria. A partir do momento que colocou os olhos em Hades, algo acendeu dentro dela. Parecia fogo, mas era a escuridão dele chamando a sua.

Ela sabia disso agora — sentia em seu sangue e seus ossos — , enquanto se fundia com a escuridão da sala e encontrava a passagem que levava a uma série de suítes onde os mortais esperavam para negociar com Hades. Todas tinham o nome de pedras preciosas: Safira, Esmeralda e Diamante — cada uma decorada com as cores adequadas ao nome. Eram suítes lindas, oferecendo uma sensação de grandeza, comunicando a todos que entrassem que, se jogassem as cartas certas — literalmente —, talvez pudessem também possuir algo tão extravagante.

Perséfone encontrou a suíte Safira e, quando ela entrou, um homem estava sentado em frente a Hades. O mortal parecia ter vinte e poucos anos. Perséfone costumava se perguntar como pessoas tão jovens podiam acabar diante do Deus dos Mortos, mas doenças não viam idade. Qualquer que fosse seu motivo, o deixou na defensiva, porque ele se virou na cadeira para ver quem havia interrompido seu jogo e disse:

— Se é ele que você quer, terá que esperar sua vez. Levei três anos para conseguir essa oportunidade.

Hades olhou para ela. Apesar de sua aparência elegante, era predatório. Estava sentado com as costas retas, segurando um copo de uísque. Para o olho destreinado, parecia relaxado, mas Perséfone sabia por sua expressão que ele estava tenso. Provavelmente por causa dela, que não precisou dizer nada para transparecer que estava com raiva. Sua ilusão estava falhando; podia senti-la caindo, revelando buracos em sua fachada mortal.

— Vá embora, mortal — ela disse. A ordem deve ter abalado o homem porque ele não perdeu tempo e saiu correndo da suíte. Perséfone bateu a porta.

— Eu vou ter que apagar a memória dele. Seus olhos estão faiscando.
— Ele sorriu. — Quem te irritou?
— Você não consegue adivinhar? — ela perguntou.

Hades ergueu uma sobrancelha.

— Acabei de ter o prazer de conhecer sua amante.

Hades não reagiu e isso a deixou mais irritada. Ela sentiu mais de sua ilusão se esvaindo. Imaginou quão ridícula parecia — uma deusa que estava diante de alguém tão antigo, incapaz de manter sua magia.

— Entendo.

A voz de Perséfone tremeu quando ela falou.

— Você tem alguns segundos para se explicar, antes que eu a transforme em uma erva daninha.

Hades teria rido se acreditasse que ela não falava a sério.

— O nome dela é Leuce — ele respondeu. — Ela *foi* minha amante há muito tempo.

Ela odiava estar aliviada por ele não ter citado outra pessoa.

— O que é muito tempo?

Ele a encarou por um momento e havia algo em seus olhos — uma coisa viva, cheia de raiva, ruína e conflito.

— Milênios, Perséfone.
— Então por que ela se apresentou a mim como sua amante *hoje*?
— Porque, para ela, eu era seu amante até domingo.

Os punhos de Perséfone se fecharam e, de repente, vinhas brotaram do chão e cobriram as paredes. Hades nem sequer vacilou.

— E por que motivo?
— Porque ela foi um álamo por mais de *dois mil anos*.

Perséfone ergueu as sobrancelhas. Não esperava essa resposta.

— Por que ela era um álamo?

As mãos de Hades repousaram sobre a mesa e ele cerrou os punhos quando respondeu:

— Ela me traiu.
— *Você* transformou a mulher em uma árvore? — Perséfone se engasgou, atordoada com a revelação.

Às vezes, ela esquecia a extensão dos poderes de Hades. Ele era um dos três deuses mais poderosos que existiam e, embora cada um de seus irmãos fosse soberano de um respectivo reino — Zeus, do céu, Poseidon, do mar e Hades, dos mortos —, eles compartilhavam o poder sobre o reino terrestre, o que significava que ela e Hades poderiam ter alguns feitiços similares.

Aparentemente, um deles era transformar pessoas em plantas.

— Por quê?

— Eu a peguei transando com outra pessoa. Estava cego de raiva. Transformei-a em um álamo.

— Ela não deve se lembrar disso, ou não se apresentaria como sua amante.

Hades a encarou por um momento. Não se moveu de seu lugar na mesa.

— É possível que ela tenha reprimido a memória.

Perséfone começou a andar.

— Quantas amantes você já teve?

— Perséfone. — A voz de Hades era gentil, mas havia algo que dizia *é melhor não mexer nisso.*

— Eu só quero estar preparada caso elas comecem a sair dos bueiros por aí.

Hades ficou em silêncio, encarando-a. Depois de um momento, disse:

— Não vou me desculpar por ter vivido antes de você existir.

— Não estou pedindo que se desculpe, mas gostaria de saber quando estou prestes a conhecer uma mulher que você *já fodeu.*

— Eu estava esperando que você nunca conhecesse Leuce — disse Hades. — Ela não deveria estar por aqui. Concordei em ajudá-la a se reerguer no mundo moderno. Normalmente, passaria a responsabilidade para Minta, mas já que ela está impossibilitada... — Ele olhou para a trepadeira nas paredes. — Levei mais tempo para encontrar alguém adequado para orientá-la.

Perséfone parou de andar e encarou Hades.

— Você não estava planejando me contar sobre ela?

Hades deu de ombros.

— Não tinha visto necessidade, até agora.

— Não tinha *visto necessidade?* — Perséfone ecoou, e a trepadeira nas paredes engrossou e floresceu. A sala parecia infinitamente menor.

— Você deu a essa mulher um lugar para ficar, você deu a ela um emprego e transava com ela.

— Pare de dizer isso — disse Hades entre os dentes.

— Eu merecia saber sobre ela, Hades!

— Você duvida da minha lealdade?

— Você deveria pedir desculpas — ela retrucou.
— Você deveria confiar em mim.
— E você deveria se comunicar comigo. — Ele mesmo pedira isso a ela. Por que ele não deveria seguir o mesmo padrão?
Os dois ficaram em silêncio por um tempo. Perséfone respirou fundo, sentindo a necessidade de se preparar para a próxima pergunta.
— Você ainda ama Leuce?
— Não, Perséfone. — A resposta de Hades foi imediata, mas ele parecia irritado por ela ter perguntado.
Perséfone não sabia como continuar a conversa. Estava com raiva e não entendia por que Hades escolhera esconder a amante anterior. Não que achasse que ele havia sido infiel; só que era mais uma das várias coisas que a pegaram de surpresa essa semana quando se tratava da vida de Hades.
Estava começando a sentir que realmente não sabia nada sobre ele.
Depois de mais um minuto de silêncio tenso, Hades suspirou e parecia exausto. Deu a volta na mesa e estendeu a mão para ela, entrelaçando os dedos no seu cabelo.
— Esperava esconder tudo isso de você — disse ele. — Não para proteger Leuce, mas para proteger você do meu passado.
— Não quero ser protegida de você — Perséfone sussurrou, o ar entre eles ficando espesso com um tipo diferente de tensão. — Eu quero conhecer você, — tudo de você, de dentro para fora.
Ele ofereceu um sorriso suave e segurou seu rosto, o polegar roçando seus lábios.
— Vamos começar com a parte de dentro — disse, e suas bocas colidiram, sua língua enroscando na dela. Tinha gosto de fumaça e gelo.
Hades desceu a mão pelas costas e pela bunda de Perséfone, puxando para que ela ficasse entre suas pernas enquanto ele se inclinava contra a mesa. Cada movimento de sua língua a hipnotizava. Sentir a ereção dele em seu ventre a deixou tonta de luxúria. Ela o segurou, enfiando os dedos em seus músculos tensos. Estaria mentindo se dissesse que não precisava disso. Estava cheia de desejo acumulado de noites atrás e estressada com o trabalho. Precisava de prazer, mas também queria que Hades entendesse seu incômodo, então empurrou o peito dele e se afastou.
— Hades, estou falando sério. Quero conhecer sua maior fraqueza, seu medo mais profundo, seu bem mais precioso.
Hades ficou sério e a encarou com uma intensidade que a fez estremecer.
— Você — ele respondeu, seus dedos provocando os lábios inchados dela.
— Eu? — Por um momento ela ficou confusa e, em seguida, percebeu o que ele estava dizendo. — Eu não posso ser todas essas coisas.

— Você é minha fraqueza, perder você é meu maior medo, seu amor é meu bem mais precioso.
— Hades — ela disse gentilmente. — Eu sou um segundo em sua vasta vida. Como posso ser todas essas coisas?
— Você duvida de mim?
Ela pressionou a palma da mão na bochecha dele.
— Não, mas acredito que você tenha outras fraquezas, outros medos e outros tesouros. Seu povo, por exemplo. Seu reino.
— Está vendo? — ele disse muito calmamente. — Você já me conhece: por dentro e por fora.
A resposta dele a entristeceu, porque ela sabia que não era verdade.
Eu não te conheço de jeito nenhum.
Ele tentou começar outro beijo, mas ela o impediu.
— Só tenho mais uma pergunta — disse ela. — Quando você saiu no domingo à noite, para onde você foi?
— Perséfone...
A deusa deu um passo para trás. Ela sabia. Hades nem precisou responder.
— Foi quando ela voltou, não foi?
Sua raiva foi mais uma vez renovada. Ele a havia deixado tão excitada que ela mal conseguia respirar e, em vez de aliviar aquela tensão, escolhera sair — para ajudar uma ex-amante.
— Você escolheu ela em vez de mim.
— Não é nada disso, Perséfone... — Hades estendeu a mão para ela.
— Não toque em mim! — Perséfone se afastou, levantando as mãos. Hades trincou os dentes, mas não se aproximou. — Você teve sua chance. E fodeu tudo.
As razões dele para manter Leuce em segredo não importavam agora. O que importava era que não tinha contado a ela. Hades fez o oposto do que pedira a ela: se comunicar. Então, as palavras que Perséfone usou contra ele em seguida pareciam mais do que adequadas.
— Ações importam mais que palavras, Hades.
Em seguida, ela desapareceu do salão.

7

TRÉGUA

Amante de Hades chega à Nevernight em um caminhão de mudança, usando moletom!

Perséfone estava sentada à mesa no trabalho na segunda-feira, olhando para o artigo na tela do computador. Do jeito que era capaz de prever manchetes, poderia até ser um oráculo. Bem que ela gostaria de ter sido capaz de prever o encontro com a ex de Hades.

Seu humor não melhorou no fim de semana. Talvez isso se devesse ao fato de que ainda não tivera notícias de Hades. Nem sabia se queria falar com ele, mas esperava que ele tentasse entrar em contato — aparecendo em seu quarto no meio da noite para pedir desculpas ou enviando Hécate, a pacificadora.

À medida que as horas se transformavam em um dia inteiro, Perséfone ficava ainda mais frustrada com Hades, e mais queria escrever sobre Apolo apenas para irritá-lo.

O pensamento lhe ocorreu porque o Deus da Música estava no noticiário hoje, tendo sido escolhido como o padroeiro dos próximos Jogos Pan-Helênicos. O que não foi nenhuma surpresa, pois o título vinha sendo dele nos últimos dez anos. Apolo basicamente pagava por isso, financiando o entretenimento, os uniformes e a construção de um novo estádio. Ninguém gostaria de acreditar que o deus que proporcionava o esporte também era um idiota abusivo.

Perséfone suspirou e fechou o navegador, abrindo um documento em branco. Ela tinha mais uma semana para escrever a exclusiva que Demetri e Kal tinham encomendado. Este provavelmente não era o melhor momento para começar, porque cada palavra que ela pensava para descrever Hades era raivosa e cruel.

Frustrante, mal-educado, babaca.

Depois de um momento, ela suspirou e olhou para sua caneca. Se ia tentar escrever este artigo, precisava de mais café. Levantou-se de sua mesa e foi para a copa. Enquanto Perséfone esperava o café ficar pronto, Helena a encontrou.

— Perséfone, tem uma mulher aqui para ver você. Ela disse que se chama Leuce.

Perséfone congelou e olhou para Helena.
— Você acabou de dizer *Leuce*?
A garota assentiu, olhos azuis arregalados. Perséfone ardeu com frustração e cerrou os punhos para controlar sua magia. Fazer brotar trepadeiras na frente de sua colega de trabalho não cairia bem agora. O que a ex de Hades estava fazendo ali?
— Vou dizer a ela que você está ocupada. — Helena já ia saindo.
— Não. — Perséfone a impediu. — Leva ela para uma sala de reunião.
Helena assentiu, saiu e voltou em seguida.
— Ela está lá.
— Obrigada, Helena.
A garota não saiu, e Perséfone respirou fundo.
— Sim, Helena?
— Tem certeza de que está tudo bem?
— Tudo ótimo — ela respondeu.
O que mais havia para dizer? Ela estava sendo forçada a escrever sobre sua vida amorosa, — que, por acaso, estava sendo ameaçada por uma mulher que acabara de aparecer em seu trabalho.
As coisas estavam complicadas.
Perséfone deixou Leuce esperando. Ninguém tinha mandado aparecer sem avisar. Quando a deusa finalmente entrou na sala de reunião, Leuce estava parada na janela. Perséfone ficou surpresa ao ver que ela parecia pior do que ontem.
Ontem, ela parecia exausta. Hoje, estava imunda. Além de estar com as mesmas roupas, seu cabelo estava embaraçado. Perséfone também notou as lágrimas em suas bochechas, visíveis por causa da sujeira em seu rosto.
— O que você está fazendo aqui? — Perséfone perguntou.
— Vim me desculpar — disse ela.
Perséfone riu, sarcástica. Essa era a última coisa que ela esperava que Leuce dissesse.
— Desculpar?
— Não deveria ter me apresentado do jeito que me apresentei — as palavras saíram da boca de Leuce rapidamente, quase como se estivesse se repreendendo. — Eu estava com raiva de Hades. Quero dizer, tenho certeza de que você entende...
— Leuce — Perséfone a interrompeu. — Você vai me perdoar se eu não quiser ser lembrada sobre quão bem você conhece Hades. Por que está aqui?
A ninfa apertou os lábios com força.
— Hades me expulsou e me demitiu ontem à noite.
Perséfone apenas olhou.

— Eu sei que não mereço sua gentileza, mas, por favor, não tenho para onde ir.

Perséfone balançou a cabeça.

— O que exatamente você está me pedindo?

— Você não pode... falar com ele... por mim? — Ela parecia lutar para dizer essas palavras.

— Por que você mesma não fala com ele?

— Você acha que eu não tentei? Ele me disse que eu tinha que ir, que ele não ia arriscar perder você.

— Se ele realmente quis dizer isso, teria vindo se desculpar — ela murmurou baixinho.

— Olha, eu sei que você não quer ouvir isso, mas... Hades é um idiota. Ele provavelmente está pensando que você quer espaço e, quanto mais ele der, melhor.

— Você só está dizendo isso porque quer que eu peça a ele seu emprego de volta.

— E minha casa — disse ela descaradamente.

Perséfone ergueu uma sobrancelha.

— Você não disse que era um apartamento de merda?

— É um apartamento de merda, mas era *meu* apartamento de merda, e tinha uma cama — disse ela. — Muito melhor do que o banco do parque onde dormi ontem à noite.

Perspectiva é tudo.

As duas se encararam por um longo momento antes de Perséfone perguntar:

— Por que eu deveria te ajudar? Você nem estava agradecida pelo que Hades lhe deu.

Além disso, você o traiu.

— Porque eu sou uma idiota também. Acho que pensei que tinha mais... influência. Acontece que não tenho nada. Eu nem entendo esse mundo. Por pouco não chego aqui, porque atravessar a rua é quase impossível. — Ela fez uma pausa e desviou o olhar. Quando falou novamente, sua voz tremeu. — Imagine acordar em um mundo que nem se parece com o que você deixou. É... assustador. É... o pior castigo.

Leuce murchou e Perséfone percebeu que tinha mais em comum com ela do que queria admitir. Estivera em uma situação semelhante quatro anos atrás. Suspirou e consultou o relógio. Ela não podia acreditar no que estava prestes a dizer.

— Olha, ainda tenho mais algumas horas de trabalho. Você pode ficar no saguão até eu sair. Não posso *prometer* que vou falar com Hades hoje, mas... em algum momento. Até lá... você pode ficar comigo.

Os olhos de Leuce se arregalaram.

— Você tem certeza?

Não, Perséfone pensou, mas Lexa estava dormindo na casa de Jaison esta semana, liberando seu quarto para Sibila, o que significava que Leuce poderia ficar com o sofá.

— Obrigada. Obrigada, Perséfone.

A deusa enrijeceu quando a ninfa a abraçou. Depois de um momento, ela se afastou.

— Você não vai se arrepender, eu prometo.

Ela com certeza esperava que não.

Perséfone não voltou a trabalhar na exclusiva. Em vez disso, pesquisou sobre Apolo. No final do dia, copiou tudo o que encontrou em um documento do Word e o enviou por e-mail para si mesma antes de juntar suas coisas e pegar Leuce na sala. Juntas, deixaram a Acrópole pela frente, enfrentando a multidão para encontrar Antoni esperando do lado de fora do Lexus preto de Hades. Ele abriu a porta quando elas se aproximaram, sorrindo.

— Milady — disse.

O olhar de Antoni tornou-se ameaçador ao ver Leuce.

— O que *ela* está fazendo aqui?

As sobrancelhas de Perséfone se ergueram, e ela olhou do ciclope para a ninfa.

— Você conhece Leuce?

— Sim — ele sibilou. — Uma vez traidora, sempre traidora.

Leuce revirou os olhos.

— Não seja dramático.

— Está tudo bem, Antoni — Perséfone interrompeu. — Estou ajudando ela.

O ciclope crispou os lábios com força e não disse nada enquanto as duas mulheres deslizavam para o banco de trás. Assim que a porta foi fechada, Leuce olhou para Perséfone.

— Essa multidão espera por você todos os dias?

— Sim.

— Tudo por causa de Hades?

— Sim.

A ninfa olhou pela janela. — Isso é insano.

— Insano — Perséfone concordou. — Eu odeio.

— Quando eu estava... viva — disse Leuce — nos tempos antigos, os deuses eram temidos e reverenciados. Os adoradores levavam a sério a honra deles. Não era essa... falsa obsessão.

Perséfone fez uma careta.

— Bem-vinda ao mundo moderno.

Antoni deixou-as no apartamento de Perséfone. Antes de partir, o ciclope chamou Perséfone de lado.

— Vou ter que dizer a ele que Leuce está com você. Ele vai querer saber.

Ela deu de ombros.

— Diga.

Antoni franziu o cenho.

— Você vai falar com ele em breve, não vai, milady?

Perséfone ficou surpresa com a pergunta. Quanto Antoni sabia sobre sua briga com Hades? Ela também franziu o cenho.

— Não sei. Provavelmente. Neste momento, estou com raiva.

Ele assentiu.

— Vejo você amanhã, milady.

Ela não disse nada e virou-se para levar Leuce ao apartamento, encontrando Sibila no balcão da cozinha, enxugando o rosto assim que entraram.

— Sibila, o que há de errado?

— Nada. Está tudo bem.

Mas era óbvio que ela estava mentindo. Sua voz estava embargada, e os olhos, vermelhos. Perséfone olhou por cima do ombro e viu um e-mail com uma negativa de emprego.

— Sibila — Perséfone disse gentilmente, colocando a mão em seu braço.

— Sabia que seria difícil, mas não tanto assim. Ninguém quer o *brinquedo descartado* de um deus.

— Você não é, Sibila — disse Perséfone rapidamente.

— Não é assim que o mundo vê — disse ela. — Meu valor é igual ao desejo que um deus teve por mim. Tem sido desde que meus poderes se manifestaram. Agora eu nem tenho isso.

Sibila virou-se para Perséfone e soluçou contra seu peito. A deusa ficou ali, acalmando sua amiga.

— Vai ficar tudo bem — Perséfone disse. — Vou te ajudar da maneira que eu puder. Deixa eu falar com Hades. Tenho certeza de que eles precisam de mais ajuda na Fundação Cipreste.

Ela tinha ficado tão brava com Leuce que se esqueceu de perguntar sobre vagas.

— Não posso pedir isso a você, Perséfone — Sibila disse, se afastando.

— Você não está pedindo. — Ela ofereceu o que esperava ser um sorriso reconfortante.

Perséfone apresentou Leuce a Sibila e serviu três taças de vinho. Perséfone estava começando a se sentir como se estivesse administrando um lar para mulheres deslocadas. Sentaram na sala, vendo *A Vida Privada dos Titãs* e falando sobre tudo. Em algum momento, o inevitável tópico "Apolo" entrou na conversa, e, quanto mais elas falavam, mais irritadas ficavam.

— Ele é tão horrível quanto me lembro — comentou Leuce.

— Ai, menina, nem fala — Sibila disse, tomando um gole de seu copo.
— Ele é tão *controlador*. Pune suas amantes por serem independentes! É patético!
— Você acredita que Hades me disse que eu não poderia escrever sobre ele? — Perséfone disse.
— Se quer escrever sobre Apolo, escreva! — disse Leuce.
Estavam todas na quarta taça de vinho. Apesar disso, Perséfone esperava que Sibila protestasse. Em vez disso, ela disse:
— Pega o notebook, Sefy!
Perséfone sorriu e correu para seu quarto para pegar seu computador. Quando voltou, sentou de pernas cruzadas no sofá.
— Escreva isso — Sibila ditou. — *Apolo, conhecido por seu charme e beleza, tem um segredo: não suporta rejeição.*
— Ah, isso é bom! — Leuce encorajou.
— Ah! Espera — disse Perséfone, digitando rapidamente, as palavras vindo mais rápido do que seus dedos conseguiam digitar. Quando terminou, ela leu o texto em voz alta:
As provas são esmagadoras. Eu gostaria que suas muitas amantes confirmassem, mas elas imploraram para ser salvas de sua perseguição ardilosa e, como punição, ou foram transformadas em árvores ou tiveram mortes horríveis.
— Sim! — Leuce gritou.
Perséfone continuou, acrescentando as histórias de Dafne, a ninfa que foi transformada em árvore, e da princesa Cassandra, cujas previsões foram ignoradas.
Cassandra assegurou que os gregos estavam escondidos no Cavalo de Troia, mas foi ignorada. O que levanta a questão: como Apolo pode ser tão nobre assim se lutou ao lado de Troia mas comprometeu sua vitória só porque levou um fora?
— Deuses, ele é tão terrível — disse Sibila. — Não sei como não vi antes.
— Ele é abusivo — disse Perséfone. — Não se culpe.
— Você deveria dizer isso no artigo! — disse Leuce. — *Apolo é abusivo: precisa controlar e dominar. Ele não quer se comunicar nem escutar; quer vencer.*
Elas continuaram assim por horas, até Sibila e Leuce não conseguirem mais manter os olhos abertos. Perséfone estava presa contra o braço do sofá, com as duas dormindo ao seu lado. O brilho pálido de seu computador fazia arder seus olhos, mas ela continuou a revisar o que escreveram juntas. O resultado foi um artigo crítico e hostil sobre o Deus da Música. Perséfone excluiu a história de Sibila, que tinha contribuído com algumas linhas de suas experiências com o deus. Ela não queria que Apolo se vingasse de sua amiga.
Quanto mais Perséfone lia e relia o texto, mais irritada ficava e, antes que pudesse pensar nisso, escreveu um e-mail para Demetri, anexando o

artigo. Se sentiu triunfante por dois segundos, antes de se levantar do sofá, correr para o banheiro e vomitar no vaso sanitário.

Você está tão ferrada, ela pensou enquanto se apoiava na parede do banheiro. Seu estômago parecia estar fervendo, uma combinação de muito vinho e culpa.

Apolo fez isso consigo mesmo, ela pensou, lembrando-se por que tinha enviado o artigo. *Ele merece. É uma questão de justiça, de dar voz às vítimas.*

E Hades?

Seu estômago embrulhou e Perséfone ficou de joelhos quando a bile subiu. Ela vomitou novamente. O nariz e a garganta queimavam, com o gosto amargo e ácido do vinho. Ficou de joelhos por um tempo, respirando pela boca até se sentir firme suficiente para levantar.

Quando se olhou no espelho, não se reconheceu. Ela parecia uma alma que acabara de chegar ao Submundo, pálida e trêmula.

— Hades guarda segredos — disse ela em voz alta, como se isso explicasse por que voltara atrás em sua palavra.

Você também, ela lembrou a si mesma enquanto enxaguava a boca e escovava os dentes. *Você não contou a ele sobre o ultimato de Demetri.*

— É diferente. — Ela encontrou seu próprio olhar no espelho.

Como?

Era diferente porque era a batalha dela. Não queria a ajuda de Hades nisso.

— É diferente porque esse segredo não vai magoá-lo — disse ela.

Mas o segredo que ele guardava sobre Leuce? Isso a magoara.

Não gostou das palavras que se seguiram. Cresceram como nuvens ameaçadoras, uma tempestade de palavras atormentadoras em sua mente: *isso vai magoar Hades.*

Perséfone apagou as luzes.

8

RAPTO

Quando Perséfone chegou ao trabalho no dia seguinte, a multidão do lado de fora da Acrópole havia crescido e agora incluía membros do culto de Apolo: adoradores e fãs obstinados. Era óbvio, porque usavam coroas de louros e pintura de guerra dourada. Mesmo de dentro do Lexus de Hades, Perséfone ouviu gritos furiosos.

— Mentirosa!
— Peça desculpas a Apolo!
— Você só está com ciúmes!
— Vadia!

Claramente seu artigo tinha sido publicado.

Antoni olhou pelo espelho retrovisor.

— Gostaria que eu te acompanhasse até a porta, milady?

Perséfone olhou pela janela. Os seguranças se aproximavam do carro e se preparavam para escoltá-la.

Deuses. O que ela tinha feito?

— Não, Antoni. Está tudo bem.

Ele assentiu.

— Volto para te buscar à tarde.

Quando ela saiu do carro, foi empurrada para a hostilidade. Estava tão barulhento, e ela sentia as emoções de todos — raiva e ódio, ansiedade e medo. Pesavam sobre seu peito, sufocando-a.

— Por aqui, milady — disse um dos seguranças. Ele estendeu o braço como se quisesse guiá-la, mas não a tocou. Ela olhou para ele, piscando.

— Você me chamou de "milady"? — ela perguntou.

O guarda corou.

— Não é seguro aqui fora, depressa!

Perséfone sabia que não era seguro. Podia sentir a violência da multidão crescendo e, quando chegou à entrada, parte do grupo começou a brigar. Ela foi conduzida para dentro e se virou para ver os seguranças assumirem o comando, dispersando a multidão.

Não entendo. Tudo isso por causa de algumas palavras que escrevi.

Ninguém ficou tão bravo quando ela escreveu sobre Hades, mas sabia o porquê: o Deus do Submundo não era amado, apenas intrigante. Apolo era literalmente o Deus da Luz. O Deus da Música e da Poesia. Ele representava todas as coisas que os mortais queriam na vida.

Incluindo a escuridão que nunca quiseram reconhecer.

Quando se virou para subir no elevador, descobriu que estava sendo observada por todos no primeiro andar — a recepcionista, seguranças, funcionários aleatórios.

Eles a encaravam com olhos arregalados e mantinham distância. Talvez estivessem com medo de que Apolo aparecesse e a atacasse. Qualquer que fosse o caso, ela estava feliz por ter um elevador só para si. O que durou pouco, no entanto, porque os olhares continuaram enquanto ela se dirigia para sua mesa.

Helena estava com seu jeito alegre de sempre, cumprimentando Perséfone e seguindo-a até sua mesa. A única indicação de que estava ciente da comoção foi quando disse a Perséfone que não havia encaminhado nenhuma ligação para seu correio de voz.

— Eu poderia assumir o seu e-mail, se você quiser. Só por um dia.

— Não, tudo bem, Helena.

— Precisa de alguma coisa? Um café, um lanche?

Perséfone pensou por um momento.

— Tylenol — ela respondeu. — E um pouco de água.

— Já volto.

Helena voltou pouco tempo depois. Perséfone tomou o remédio e tentou se concentrar em seu trabalho, que consistia em ler e-mails com ameaças e olhar para um documento em branco que deveria conter sua exclusiva.

Para ser honesta, não aguentava mais. Esperava que Hades batesse na porta do jornal e a levasse para o Submundo para puni-la por sua decisão.

No início, ficou ansiosa com sua possível chegada, mas, com o passar do tempo, sua frustração com o Deus dos Mortos aumentou.

O que seria necessário para chamar a atenção dele?

Levantou-se e caminhou até a copa para pegar café. Enquanto estava lá, olhou pela janela. Uma multidão ainda estava reunida do lado de fora da Acrópole.

— Seu artigo está causando um grande alvoroço. — Demetri se juntou a ela. Ele ligou a televisão no canto. No canal de notícias, a manchete era:

Amante de Hades ataca deus idolatrado

Ela apertou o copo de café com tanta força que a tampa saiu, espirrando líquido quente em suas mãos. Ela arfou, e Demetri pegou o copo e lhe deu alguns guardanapos.

— Você acha que poderiam pelo menos usar meu nome?

— Você devia preferir assim — disse ele. — Provavelmente é melhor que eles lembrem a quem pertence.

Perséfone olhou para seu chefe.

— Eu não *pertenço* a ninguém.

— Certo — disse ele. — Má escolha de palavras. Eu só quis dizer que... é bom que as pessoas lembrem que você está com Hades, porque elas não estão felizes por você ter atacado Apolo.

Isso era óbvio, e não era de admirar. No noticiário, enfatizava-se a contrariedade causada pelo artigo de Perséfone.

— *Ela menciona oito mulheres mortais que aparentemente sofreram abuso de Lorde Apolo, mas onde elas estão?*

— *Ela só está fazendo isso por causa de sua associação com Hades. Nenhum outro mortal ousaria escrever esse... lixo sobre um deus.*

— *Acho que ela não ganhou fama suficiente dormindo com Hades. Teve que ir atrás de Apolo também. Esse é o tipo de fama que você queria, Perséfone Rosi?*

Ela se sentiu nauseada, frustrada e um pouco desesperada.

— Isso não é justo. Eles nem estão tentando checar os fatos — disse Perséfone.

Demetri deu de ombros.

— Provavelmente estão morrendo de medo.

— Isso não é motivo para evitar os fatos.

Ele suspirou.

— Não, mas é como nosso mundo funciona. A vingança dos deuses é real e temida.

No noticiário, as pessoas continuaram atacando Perséfone por sua crítica a Apolo. Alegaram que ela havia usado duas histórias da Antiguidade para ilustrar o comportamento supostamente horrível dele, justificaram que todos os deuses eram diferentes agora, afirmavam que Apolo deveria ser perdoado.

Perséfone pegou o controle remoto de Demetri e desligou a televisão.

— Não estavam ansiosos para vir em defesa de Hades quando escrevi sobre ele — disse.

— Isso é porque Hades precisa ser temido. Sua posição exige que ele seja mau. Apolo, ele é... o Deus da Música. O Deus da Luz. Ele é... alegria e beleza. Ele não deveria ser um babaca.

— Bem, ele é!

— Você não tem que me convencer, Perséfone. Você tem que convencer o mundo.

Ela não deveria ter que convencer ninguém, mas em vez de o mundo reconhecer um deus psicopata, enxergavam um que se apaixonava profundamente. Achavam romântica sua perseguição, e aqueles que o rejeitavam eram indignos.

Estava tudo ao contrário.
— Se você quer meu conselho...
— Não quero — ela retrucou.
— Perséfone — Demetri parecia desesperado. — Olha, eu sei... as coisas não foram boas entre nós esta semana, mas não quero ver você sendo criticada em rede nacional pelo próximo ano.
— Então por que publicou meu artigo?
Quando Demetri não respondeu, ela supôs o motivo:
— É por causa do dinheiro, não é?
Não importava que as pessoas odiassem o que ela havia escrito, comprariam o jornal, mesmo que fosse para bater nela.
— Não se trata de dinheiro — disse ele. — Você quer respeito nesta indústria e a realidade é que acabou de perder uma grande parte dele. Quer ir por esse caminho? Das duas, uma: ou você pede desculpas... — O olhar enfurecido de Perséfone parecia capaz de derreter Demetri. — Ou escreve outro artigo sobre Apolo. Encontre alguém que ele tenha ferido recentemente. Conte a história dessa pessoa.
Perséfone franziu a testa.
— Não posso.
Demetri não respondeu imediatamente.
— Se você não pode — disse ele —, sabe o que precisa fazer.
— Seu conselho é uma merda — ela retrucou.
Seu chefe parecia genuinamente magoado por sua resposta, quase se encolhendo com as palavras, mas ela realmente não se importou. Ele passara de advogado e defensor dela para opositor e desencorajador.
Perséfone achava que Demetri era corajoso, mas, quando as coisas ficaram difíceis, ele recuou.
Não havia como ela se desculpar com um deus que machucara uma de suas amigas mais próximas. Também não havia como pedir uma entrevista a Sibila. Isso significaria expor a amiga ao escrutínio que ela própria estava enfrentando agora.
Não podia fazer isso com a oráculo. Sibila estava reconstruindo a vida.
Deuses, está tudo errado.
No almoço, Perséfone quebrou uma de suas regras e se teleportou para o telhado da Acrópole para tomar um ar tão necessário.
Ela foi parar bem na beira do telhado. Com o coração batendo forte, cambaleou para trás. Uma vez que tinha se recuperado do susto, olhou para a vasta cidade de Nova Atenas. A vista era linda e assustadora. Podia ver a escuridão da torre de Hades, uma sombra que dividia a cidade ao meio; o vidro cintilante da *La Rose* de Afrodite; a bela e incomparável fachada dos muitos hotéis de Hera: o Olimpo, o Pegasus, o Pavão Esmeralda. Havia outros monumentos também: estátuas de deuses de mármore por

toda a cidade e belos templos dispostos no topo das colinas e nas encostas das montanhas.

Ficara tão encantada com Nova Atenas ao se mudar. Apaixonara-se por tudo o que a cidade prometia: possibilidades infinitas, aventura e liberdade. Era o que a fazia continuar quando as coisas ficavam difíceis, quando ela se sentia confusa, perdida e indesejada: tudo isso Perséfone sentia agora.

Procurou por essas promessas em meio à paisagem extensa, além da Acrópole e da multidão enfurecida lá embaixo.

— Perséfone? — uma voz perguntou.

Era Pirítoo, o zelador que a ajudou a sair no carrinho de lixo.

— Como você chegou até aqui? — ele perguntou.

Ela abriu a boca para responder, mas percebeu que nem sabia como o telhado era acessado por dentro.

— Com cuidado — conseguiu dizer com um sorriso tímido, que Pirítoo correspondeu. — O que você está fazendo aqui? — ela perguntou.

— Às vezes gosto de almoçar aqui em cima.

Foi então que percebeu que ele estava segurando uma sacola térmica.

— Quer compartilhar? — ele perguntou.

Ela balançou a cabeça.

— Não estou com tanta fome, mas vou me sentar com você.

Seu sorriso se alargou.

— Gostaria muito.

— Venha então! Conheço um lugar melhor para nos sentarmos longe do vento.

Pirítoo a levou para outra parte do telhado, bloqueada por uma divisória, onde havia um conjunto de cadeiras. O espaço dava para a costa de Nova Atenas, uma linha de areia branca e pura que encontrava um oceano espumoso do mais profundo verde.

Era uma vista de tirar o fôlego.

— Sente-se — disse ele.

Pirítoo abriu a sacola e tirou um sanduíche e um pacote de batatas fritas.

— Tem certeza de que não quer nada?

— Tenho, obrigada.

Ele deu uma mordida e, juntos, olharam para a cidade. Depois de um momento de silêncio, Pirítoo perguntou:

— Então, o que está fazendo aqui?

Ela suspirou e optou por não evitar seu olhar quando disse:

— Acho que você não viu as notícias.

— Não mesmo — respondeu ele.

Ele era o único mortal que Perséfone conhecia que não era nem um pouco obcecado pelos deuses.

— Bem, eu fiz uma coisa que não devia.
— Tenho certeza de que não é tão ruim.
Ela respirou fundo.
— Eu meio que... escolhi fazer algo que prometi a Hades que não faria porque estava com raiva dele e agora... não posso voltar atrás.
— Ah! — Pirítoo riu. Ele mordeu um pedaço de seu sanduíche, falando enquanto mastigava. — O que ele fez?
— Algo estúpido — ela murmurou. — Eu não acho que ele veja problema no que fez.
Pirítoo sorriu com seu jeito triste. Perséfone teve a sensação de que ele entendia sua situação mais do que queria admitir.
— Na maior parte do tempo, eles não veem problema — Pirítoo comentou.
— Não entendi.
Ele deu de ombros.
— Homens simplesmente não pensam.
— Essa é realmente uma desculpa horrível.
— Não é uma desculpa, na verdade. Apenas uma realidade. Tudo o que você pode fazer é continuar lutando pelo que deseja. Se ele quiser você, vai se esforçar para entendê-la.
Ela contraiu os lábios, sentindo-se ridícula. Sabia agora que tinha exagerado, mas não foi capaz de se conter. Queria que Hades se sentisse tão traído quanto ela se sentiu quando soube de Leuce. Queria que ele sentisse a frustração que ela sentia a cada hora que passava sem ouvir notícias dele. Queria desafiá-lo, só para ver se conseguia uma reação.
— Estou sendo irracional?
Ele deu de ombros.
— Talvez, mas emoções são emoções — disse ele. — Eu já fui um cara estúpido. Gostaria de ter me esforçado mais.
Perséfone sentiu que entendia a tristeza do homem. Se perguntou o que Hades veria se olhasse para a alma dele.
— Que coisa estúpida você fez?
Ele respirou fundo.
— Você vai se surpreender, eu acho, considerando a sua história.
Perséfone franziu o cenho, mas antes que pudesse perguntar o que ele queria dizer, Pirítoo explicou:
— Eu joguei muito. Não o tipo de jogo que seu namorado faz. Costumava apostar nos Jogos Pan-Helênicos. Tinha sorte, acho; até não ter mais. Achei que estava fazendo o que era melhor para minha garota e acreditei tanto que ignorei o que era importante: o desejo dela de que eu parasse. Ela não se importava com o dinheiro ou o status. Ela só me queria.
Ele fez uma pausa para dar uma risada triste.

— Deuses, daria qualquer coisa por uma mulher que só me quisesse agora.
— O que aconteceu com ela?
— Casou e vive feliz. Esperando seu primeiro filho. É estranho ver alguém que você ama seguir em frente e levar uma vida que poderia ter sido com você.
Perséfone esperava nunca precisar ver isso.
— Sinto muito — disse ela e tocou a mão dele por um momento.
Ele deu de ombros.
— Achei que a estivesse protegendo — ele fez uma pausa. — Talvez seja isso que Hades ache que está fazendo por você.
Disso ela não tinha dúvida.
— Gostaria que ele parasse. Eu não preciso de proteção.
— Todo mundo precisa de proteção — disse ele. — A vida é dura.
Perséfone franziu a testa. Ela disse algo semelhante a Hades uma vez quando discutiram sobre a importância de perdoar os mortais. Ela nunca imaginou que fosse precisar dessa lição.
Depois do almoço, o dia só piorou. Helena estava recebendo uma grande quantidade de telefonemas furiosos, e a caixa de entrada de Perséfone continuava a se encher de mensagens de ódio. Ela não podia escapar do julgamento, mesmo em suas mensagens de texto.
Eu não posso acreditar que você escreveu sobre Apolo!, Lexa mandou uma mensagem.
Perséfone não entendeu se a amiga estava expressando empolgação ou frustração.
Você falou com Sibila?, Perséfone perguntou.
Não. Aposto que ela vai se esconder. Se ela ainda fosse oráculo de Apolo, você sabe que ela estaria lidando com essa confusão.
Se ela ainda fosse oráculo, ele não estaria nessa confusão.
Hum, garota, eu quis dizer SUA confusão. Você é a errada na história.
Acabei de dizer a verdade. Se não gostou, me processa.
Acho que o Apolo recorrerá a meios mais arcaicos. Lexa fez uma pausa. *Hades já disse alguma coisa?*
Não.
Não houve nenhum pedido de desculpas, nenhum sermão, e as emoções dela estavam confusas. Nunca havia se sentido assim antes, dividida entre a raiva, um desejo desesperado de ser confrontada por ele e o medo de sua decepção.
Quando Perséfone deixou a Acrópole, Antoni a encontrou nas portas e a acompanhou pela multidão agressiva. Ele esperou até que estivessem em segurança no carro para perguntar:
— Você está bem, milady?

Ela não tinha certeza do porquê, mas a pergunta fez seus olhos arderem. De repente, estava segurando as lágrimas. Não choraria por isso — ainda não.

Respirou fundo.

— Ele está com raiva?

Ela sabia que não precisava dizer o nome de Hades. Antoni entenderia.

— Eu não o vi — o ciclope admitiu. — Mas posso imaginar que ele não está feliz.

Ela sabia disso e, portanto, não havia como ir para o Submundo esta noite. Ficou grata por não ter sido repreendida pelo ciclope por escrever sobre Apolo. A maior parte da viagem foi em silêncio, exceto quando ela pediu a Antoni que parasse para pegar comida antes de ir para casa.

Quando chegou ao apartamento, tudo o que ela queria fazer era tomar um banho quente e dormir. Deu boa-noite a Antoni e entrou. Lexa mandou uma mensagem avisando que estaria com Jaison. Sibila e Leuce estavam sentadas na bancada, escrevendo seus currículos. Quando Perséfone atravessou a porta, Sibila foi correndo abraçá-la.

Perséfone largou a bolsa e o lanche no chão e abraçou a oráculo de volta. Leuce virou em seu assento e ofereceu um sorriso solidário.

— Acho que nos empolgamos um pouco noite passada — disse Leuce.

Perséfone deu uma risada sem graça. Precisava parar de trabalhar enquanto bebia.

— Sinto muito — disse Perséfone para Sibila. — Não te escutei.

— Está tudo bem — Sibila disse. — Eu não culpo você por querer contar suas histórias, eu apenas odeio que ninguém acredite em você.

— Eu sei que foi por isso que você me disse para não escrever — disse Perséfone, e ela sorriu um pouco enquanto se afastava para olhar para Sibila. — Apolo pode ter tirado seus poderes, mas seus instintos continuam perfeitos.

Ela deu de ombros.

— Eu sei como a história trata as mulheres.

Sibila pegou a bolsa de Perséfone e colocou o lanche no balcão.

— É moussaka, se vocês quiserem — disse Perséfone. — Também trouxe baklava, porque foi um dia difícil.

Sibila riu suavemente.

— Sim, milady.

— Acho que vou tomar banho.

Sibila assentiu.

— Estaremos aqui se você quiser conversar — disse Leuce.

— Obrigada.

Perséfone navegou até sua mesa de cabeceira no escuro, familiarizada com a configuração de seu quarto, e acendeu o abajur. Ela entrou no banheiro, tirou as joias e abriu o chuveiro. Enquanto enchia a banheira, voltou para o quarto e começou a se despir quando notou algo se mexendo de canto de olho. Ela se virou, assustada com a presença de Hades em seu quarto.

Como ela não o sentiu?

Porque ele não queria que você sentisse, pensou imediatamente.

— Por favor, continue — disse ele, inclinando-se casualmente contra a parede na escuridão parcial. Parecia em casa, nascido da sombra. Suas mãos estavam nos bolsos da calça e ele havia tirado o paletó. As mangas da camisa preta estavam enroladas e os dois primeiros botões abertos, expondo seus antebraços e peito musculosos.

Perséfone perdeu o fôlego. Será que nunca se acostumaria com a beleza dele?

Aqueles olhos ardentes a percorreram, e ela lembrou que estava com raiva dele por vários motivos. Puxou o vestido de volta e Hades deu uma risada surpresa.

— Ué, meu bem, já não passamos dessa fase? Eu vi cada centímetro seu, toquei cada parte sua.

Ela estremeceu porque não importava quão brava estivesse com ele, não podia evitar os pensamentos que vinham à mente com suas palavras.

— Isso não significa que você vai fazer isso esta noite — disse, e Hades fez uma careta. — O que está fazendo aqui?

— Você está me evitando — disse ele.

— *Eu* estou evitando *você?* — ela zombou. — É uma via de mão dupla, Hades. Você tem estado tão ausente quanto eu.

— Eu estava te dando espaço — ele disse, e Perséfone revirou os olhos.

— Claramente foi uma má ideia.

— Sabe o que deveria ter me dado? — ela disse. — Um pedido de desculpas.

Perséfone foi para o banheiro. Hades não ia impedi-la de tomar banho. Despindo-se, ela entrou na banheira. A água estava quase quente demais, ardendo enquanto ela submergia. Normalmente, Perséfone se esticava, mas se sentiu estranhamente envergonhada e puxou os joelhos contra o peito.

Hades a seguiu, encostado na porcelana, com os braços cruzados sobre o peito e a boca contraída.

— Eu disse que te amo.

— Isso não é um pedido de desculpas.

— Você está me dizendo que essas palavras não significam nada para você?

Ela olhou feio.

— Ações, Hades. Você não ia me contar sobre Leuce.

— Se é para falar de ações, vamos falar das suas.

Apesar do calor da água, Perséfone de repente sentiu frio.
— Você não me prometeu que não escreveria sobre Apolo?
Havia mais em suas ações — tinham sido alimentadas por Sibila, Leuce e vinho —, mas não podia dizer isso porque os resultados tinham sido os mesmos. Havia quebrado sua promessa.
— Eu precisei...
— Precisou? Você recebeu um ultimato?
Sim, recebi um ultimato, seu idiota!
Ela não respondeu e desviou os olhos para a água. Se olhasse para Hades por muito tempo, começaria a chorar. Havia muita emoção crescendo dentro de si.
— Você foi ameaçada?
Mais uma vez, ela ficou em silêncio.
— Algo no artigo tem a ver com você?
Ela odiava como a voz dele soava. Levantou da banheira, a água caindo para todos os lados, e pegou uma toalha, segurando-a contra o peito.
— Sibila é minha amiga e sua vida foi *arruinada* por Apolo. O comportamento dele *tinha* que ser exposto.
Hades inclinou a cabeça para o lado e seus olhos brilharam. Ele descruzou os braços e deu um passo em direção a ela. O coração de Perséfone disparou quando ele se inclinou para perto.
— Eu sei o que você está pensando — ele sussurrou furiosamente. Ela queria dar um passo para longe, não queria encarar o que tinha feito. A retaliação. — Acho que tudo isso é um jogo para você. Eu te irritei, então você queria me irritar, é isso? Olho por olho; agora estamos quites.
— Você não é o centro de tudo, Hades.
Ele agarrou sua cintura, puxando-a para perto.
— Você me prometeu que não escreveria sobre Apolo.
Perséfone fez uma careta.
— Sua palavra não vale nada?
Essas palavras doeram. Ela engoliu em seco, sentindo os olhos transbordarem de lágrimas.
— Vai se foder!
Hades era implacável. O filho da mãe sorriu.
— Eu prefiro foder você, meu bem, mas se fizer isso agora, você não vai conseguir andar por uma semana.
Ele estalou os dedos e o mundo ao redor mudou. Ele os teleportou para o Submundo. Estavam na suíte que ela usara para se preparar para o Baile da Ascensão — era a suíte que Hades havia construído para sua futura rainha. O fato de trazê-la para este cômodo, não para seu próprio quarto, dizia muito.
Perséfone afastou-se. Sua toalha era a única coisa entre eles.

— Você acabou de me sequestrar?

— Sim — ele respondeu, já virando as costas para ela. — Apolo virá atrás de você, e a única maneira de ele ter uma audiência contigo é se eu estiver presente.

— Eu posso cuidar disso, Hades.

Ela não sabia como, mas cuidaria. Demetri deu a ela duas opções: pedir desculpas ou entrevistar uma vítima recente. Essas podiam ser opções de merda, mas talvez as outras sete pessoas que mencionou no artigo estivessem dispostas a falar com ela.

Hades a ignorou.

— Você não pode e não vai.

Perséfone ergueu o queixo, olhando para o Rei dos Mortos. Tentou se teleportar, mas nada aconteceu. A raiva borbulhou sob a pele.

— Você não pode me prender aqui.

Um tapete de videiras se estendia de seus pés em direção a Hades. Ele deu uma risada sombria e um sorriso arrogante.

— Meu bem, você está no meu reino. Vai ficar aqui até que eu diga o contrário.

— Tenho que trabalhar, Hades. Tenho uma vida lá em cima.

Ele não disse nada.

— Hades!

Ele continuou andando. Ela quis feri-lo, porque realmente achava que Hades não estava sentindo nada. Perséfone fervia de raiva e parecia haver fogo em suas veias enquanto espinhos pretos explodiam do chão de ladrilhos, indo na direção de Hades como cobras venenosas.

Mas o Deus do Submundo apenas acenou e os espinhos se transformaram em cinzas.

Ele fez isso tão facilmente, tão rapidamente.

O que significava que todas aquelas vezes que ela o atingiu com sua magia, ele apenas... tinha deixado. A realidade de sua fraqueza era dura em face da indiferença dele. Repentinamente, foi tomada por uma tontura.

Quando Hades ia fechar a porta, ela gritou com a voz embargada:

— Você vai se arrepender disso!

— Eu já me arrependi — disse ele, e teve algo em sua voz que soou como tristeza.

9

UM TOQUE DE VENENO

Perséfone sentou na cama, os joelhos puxados contra o peito, incapaz de dormir. Tinha tanto para consertar e não tinha certeza se estava pronta — ou se realmente sabia o que fazer. O Mundo Superior estava enfurecido com ela, e Hades ficou magoado.
Sua palavra não vale nada?
Ela percebeu que Hades disse isso com raiva, mas tais palavras perfuravam seu peito cada vez que ela lembrava, uma lâmina cortando repetidamente a mesma ferida.
Realmente acreditava nisso? Havia perdido a confiança dele?
Ela não sabia que horas eram, mas a escuridão do lado de fora de suas janelas parecia interminável. Perséfone levantou-se da cama, vestiu o roupão e saiu para o jardim. O caminho de pedra estava fresco contra seus pés descalços, e o perfume das flores a seguia enquanto caminhava. Parava de vez em quando para tocar rosas aveludadas e glicínias.
Fazia pouco tempo que estava no jardim quando se sentiu observada. Viu Hades na sacada de seu quarto. Ele se levantou, os braços apoiados na grade. Mesmo desta distância, ela sabia que ele rastreava cada movimento, cada respiração. Esperava que ele estivesse em agonia, que sofresse por ela. Havia poucos lugares no Submundo que não tivesse lembranças do tempo que passaram juntos. Não muito antes, ele a perseguiu por este jardim, prendeu-a contra a parede e fez amor com ela.
Esperava que ele estivesse pensando nisso agora. Torcia para que ele pensasse no calor de sua boca envolvendo seu pau no bosque, que ele lembrasse como a elogiara por ter um sabor doce enquanto a saboreava com sua língua. Esperava que ele pensasse em todas essas coisas enquanto dormia sozinho em sua cama fria.
Parte dela queria que ele viesse, que se materializasse da escuridão e a consumisse, mas, desta vez, as coisas seriam diferentes. Não era que Hades estivesse com raiva. Raiva significava punição e isso geralmente levava ao prazer.
Mágoa significava tempo. Significava distância.
Abraçou a si mesma e virou as costas para ele, entrando mais no jardim.

Em algum momento, voltou para seu quarto. Não se lembrava de ter adormecido, mas foi despertada por uma batida na porta, e Hécate entrou em vestes carmesim arrebatadoras.

— Bom dia, docinho!

Uma ninfa a seguiu até o quarto carregando uma bandeja coberta.

— Trouxe o café da manhã. Vamos comer.

Perséfone juntou-se a Hécate na varanda. Ela havia trazido uma variedade de frutas, pães, geleias e café.

— Mais alguma coisa, milady? — a ninfa perguntou.

— Hm, não. — Perséfone respondeu, e a ninfa fez uma reverência, deixando-as sozinhas.

— Está uma manhã divina — disse Hécate, respirando fundo. — Eu pensei que poderíamos praticar logo cedo...

— Você sabia que Leuce havia retornado?

— Ah, não, Hades não vai me causar problemas. Eu sabia que ela estava de volta e o aconselhei a te contar. O que ele escolhe fazer ou deixar de fazer não é minha culpa.

— Me conta sobre ela — disse Perséfone.

Hécate congelou, sua caneca a meio caminho dos lábios. Finalmente, ela tomou um gole antes de perguntar:

— O que você quer saber?

— Hades a amava?

— Não como ama você — ela disse, sem hesitação.

— Não tenta me animar, Hécate.

— Não estou tentando. Ou, pelo menos, não diria algo que não fosse verdade. Hades se importava com ela, sim. Acho que ele acreditava que a amava e também acho que ele vê de outra forma agora.

— Fui completamente pega de surpresa.

— Bem como sua mãe esperava, posso apostar.

— Minha mãe? — Perséfone não tinha ouvido falar de Deméter desde que destruíra sua estufa, e devia admitir que realmente não sentia falta.

— Ah, sim, isso cheira a Deméter — disse Hécate, franzindo o nariz. — Quem mais tem o poder de transformar uma árvore em ninfa?

Hades, ela queria salientar, mas sabia que não tinha sido ele que restaurou Leuce à sua forma natural.

— Por que minha mãe faria um favor à amante de Hades?

Hécate riu.

— Você não achou que teria a última palavra, achou? Deméter tentou desafiar as Moiras para te manter longe de Hades. Ela vai tentar de tudo para te afastar dele. Você sabe disso.

Perséfone ficou quieta. Ela nem havia considerado que sua mãe poderia estar envolvida nisso, mas agora não podia acreditar que esse não tinha sido seu primeiro pensamento.

Depois de um momento, ela colocou a cabeça entre as mãos.

— Não entendo por que ele não me contou.

— A primeira regra dos homens, Perséfone, é que eles são todos idiotas.

Ela começou a protestar, mas Hécate a interrompeu.

— E não comece a pensar que só porque Hades é antigo e sábio em outros assuntos da vida significa que ele está acima da idiotice. Não está. Acredite em mim. Eu estive ao lado dele e vi tudo.

— Ele é um idiota — Perséfone concordou. — Mas... eu também.

Os olhos de Hécate se suavizaram.

— Você é.

As duas riram.

— Você vai me transformar em uma doninha? — Perséfone perguntou. Embora tenha dito em tom de piada, sentiu lágrimas escorrerem de seus olhos.

A deusa acenou com a cabeça.

— Não, amor. Eu já tenho uma.

Perséfone enxugou o rosto ferozmente.

— Ah, Hécate. O que eu faço? Eu magoei Hades. Não pensei... bem, não pensei nada. Eu estava tão...

— Magoada — disse Hécate. — Hades magoou você também. Vocês magoaram um ao outro. A resposta é simples. Você pede desculpas.

— Não parece suficiente.

— É o suficiente. É o suficiente porque vocês se amam.

Perséfone respirou fundo. *Pedir desculpas.* Ela poderia fazer isso.

— Tudo bem — ela disse, de pé. — Onde ele está?

Hécate se levantou de seu assento.

— Apenas espera um pouco mais. Você vai querer que ele continue bravo para quando Apolo chegar. — Ela piscou. — Agora, vamos canalizar um pouco dessa dor em uma lição.

As duas foram para um dos muitos pomares de Hades. Ainda estava conhecendo o Submundo e sua vasta paisagem, mas uma das coisas que descobriu é que Hades cultivava muitos vegetais — uvas, azeitonas, figos, tâmaras e romãs. A Deusa da Magia escolheu uma clareira onde uma grande romãzeira havia crescido. Suas folhas verde-esmeralda contrastavam sombriamente com a fruta carmesim pendendo pesada de seus galhos.

Por um momento, Perséfone ficou encantada com a clareira.

E então vieram as abelhas.

— De onde diabos elas vieram? — Perséfone perguntou, esquivando-se de outro demônio alado que atacava seu rosto. Estas não eram abelhas agradáveis.

— Eu as invoquei — Hécate disse alegremente.

— Você o quê?

— Usar magia em situações estressantes é uma habilidade valiosa, Perséfone.

— Você não acha que já tenho estresse suficiente?

— Em sua mente — ela respondeu. — Bons praticantes de magia devem aprender a trabalhar sob estresse mental e físico.

Hoje não, ela queria dizer.

— Bem, eu não sou uma boa praticante de magia.

— Se você continuar dizendo isso, vai se tornar verdade.

— *É verdade*. Você é a única que não aceita. Até Hades sabe. Ele só está me deixando pensar que sou poderosa o suficiente para usar magia contra ele.

As sobrancelhas de Hécate se ergueram.

— Como assim?

Ela contou o que acontecera na noite anterior com os espinhos.

— Foi fácil para ele.

— Meu amor. Você deve se lembrar que Hades está no reino dele. Aqui ele é todo-poderoso.

Isso não ajudava porque todas as vezes que usou sua magia contra ele tinha sido no Submundo. Não sabia por que isso a incomodava tanto. Talvez estivesse encarando como parâmetro de progresso. Assim como num estalar de dedos ele havia transformado a magia dela em cinzas, levara sua frágil confiança embora.

Hécate suspirou.

— Talvez eu tenha exagerado. Sinto muito pelas abelhas.

Uma vez que Hécate dispensou as abelhas, elas se concentraram na prática.

— Lembre do que eu falei — disse a deusa, posicionando Perséfone na frente da árvore de romã. — A magia é maleável.

Perséfone lembrava. Tinha aprendido aquilo logo depois que começou a sentir a vida nas plantas, flores e árvores ao seu redor.

Praticar magia com Hécate era totalmente diferente de praticar sozinha. A deusa era dedicada ao ofício e meticulosa em sua instrução. Perséfone foi instruída a amadurecer romãs do bosque. As frutas pesavam nos galhos da árvore; as cascas eram de um amarelo-esverdeado, com manchas de um vermelho-carmesim. Isso significava que ela precisaria de controle para reunir e canalizar seu poder.

As palavras de Hécate subiram à superfície de sua mente enquanto ela invocava sua magia.

Imagine a magia como argila — molde no que você deseja e então... dê vida a ela.

Na teoria era mais fácil.

Perséfone sentiu o calor da magia pulsar em suas veias. Acumulou-se em suas palmas como água aquecida sob o sol e, quando ela fechou os olhos, se imaginou manipulando a ilusão e criando uma romã vermelha madura.

— Perfeito — ela ouviu Hécate dizer de forma encorajadora.

Perséfone respirou fundo e abriu os olhos. Não podia ver a magia em suas mãos, mas podia senti-la. Era energia, e carregava o ar ao redor dela, levantando os pelos de seus braços e da nuca.

— Agora, direcione a magia para o seu alvo.

Perséfone fez como Hécate instruiu, empurrando as mãos para fora enquanto a magia pulsava de suas palmas, deixando-as cobertas de suor frio. A magia atingiu a árvore e as romãs começaram a inchar e escurecer.

— Consegui! — Perséfone pulou, animada com seu sucesso.

Mas as frutas continuaram crescendo.

E crescendo.

E crescendo.

Ah, não.

— Proteja-se! — Hécate agarrou a mão de Perséfone e arrastou-a para trás de uma árvore próxima.

Um segundo depois, ouviram um estalo alto quando várias romãs explodiram. Perséfone não queria olhar, mas se obrigou. Todo o bosque estava coberto de vermelho. Parecia um banho de sangue.

Ela murchou com a derrota.

— Você usou muito poder — disse Hécate.

— Eu acho que isso é mais do que óbvio, Hécate — Perséfone retrucou, frustrada consigo mesma.

A Deusa da Bruxaria não pareceu perturbada pela explosão de Perséfone e apenas sorriu.

— Não veja isso como uma derrota, querida. É somente pela falha em controlar seu poder que aprenderemos quão forte você realmente é.

Mas Perséfone não se sentia poderosa, e ela disse isso.

— Eu só consigo cultivar e matar plantas. Para os deuses, esses são truques de salão.

— Agora, sim — Hécate concordou. — Mas não significa que outros poderes não se manifestarão.

Perséfone crispou os lábios. Pensou em como vinha sentindo as emoções de vez em quando desde que Sibila tinha vindo para seu apartamento.

— Meu amor, há escuridão dentro de você, e nós apenas tocamos a superfície.

Um arrepio percorreu sua espinha. Não era a primeira vez que ela ouvia essas palavras.

Me deixa tirar a escuridão de você, vou ajudar a moldá-la.

Eram palavras que Hades havia falado contra sua pele logo antes de explorar seu corpo pela primeira vez, por dentro e por fora. Ela não sabia o que ele queria dizer então, também não sabia o que Hécate queria dizer agora e decidiu que não queria perguntar.

— Você pode arrumar essa bagunça? — Perséfone perguntou a Hécate. Polpa grossa pingava dos galhos das árvores nas flores abaixo. Parecia um campo de batalha.

— Eu poderia — disse Hécate. — Mas aí não teria uma lição para mais tarde.

— Você quer que *eu* dê um jeito nisso? — Perséfone sabia que não precisava, mas abriu os braços, gesticulando para o desastre na frente delas. — Da onde você tirou que posso consertar isso que não consegui impedir que acontecesse?

— Se eu achasse que você consegue fazer isso sozinha, não seria uma lição — a deusa respondeu.

Perséfone suspirou.

Um dia, ela transformaria sua mãe em um cacto-estrela por ter impedido que sua magia se manifestasse.

— Não se preocupe, meu amor. Você aprenderá seu poder enquanto conhece a si mesma — prometeu Hécate.

As duas voltaram para o palácio. Por um tempo conseguiram ficar longe dos tópicos Hades e Apolo, principalmente porque Hécate usou a caminhada como um momento de ensino depois que encontraram um bosque de coníferas.

— Em algum momento, vou te ensinar a arte do veneno — disse Hécate. — É uma habilidade útil para qualquer dama.

Perséfone lançou a Hécate um olhar confuso.

— Útil para quê?

— Para quando você precisa matar discretamente.

— E quando você precisa matar discretamente?

Ela deu de ombros.

— Tem vários casos: molestadores de mulheres e crianças, traficantes sexuais, estupradores... a lista não acaba.

Hum, talvez Hécate esteja tramando alguma coisa.

Elas caminharam em silêncio por um tempo, Perséfone contemplando a utilidade do veneno contra um deus em particular quando perguntou:

— O que Hades tem contra Apolo?

Sabia por que *ela* não gostava dele, é claro, mas a fúria de Hades parecia ser maior ainda.

Ela acrescentou:

— E não me diga para perguntar a ele.

Hécate deu um sorriso.

— É o que todos os deuses têm uns contra os outros, suponho: conhecem suas histórias e seus feitos.

Hécate fez uma pausa e encarou Perséfone.

— Hades não está tentando ser difícil. Ele teme por você. Apolo... A vingança dele é cruel.

— Eu sei.

— *Não* — argumentou Hécate, e Perséfone ficou um pouco surpresa com seu tom. — Na Antiguidade, ele e a irmã assassinaram catorze crianças. Inocentes. Porque a mãe delas, Niobe, os ofendeu, alegando ser superior à mãe deles, Leto.

Catorze crianças? Como o mundo não ficou horrorizado com esses dois deuses?

— Desnecessário dizer que Apolo é imprevisível, e Hades não quis arriscar, trouxe você aqui para o Submundo, onde qualquer atitude que Apolo tome será considerada uma guerra contra o Deus dos Mortos. Apolo pode ser imprudente, mas não é burro. Não quer Hades como inimigo.

Apesar de sentir um novo tipo de terror, Perséfone ficou feliz por ter perguntado.

Elas voltaram para o palácio onde jantaram e discutiram os detalhes da Celebração do Solstício de Verão.

— Encomendei uma nova coroa — disse Hécate quando Perséfone estava prestes a tomar um gole de seu vinho. Ela cuspiu de volta no copo.

— Encomendou o quê?

— Ian está muito animado.

Perséfone olhou feio. Claro que ela envolvera Ian nisso. A alma era um mestre ferreiro. Antes de morrer, ele fazia armaduras e armas, favorecido por Ártemis. Foi esse favor que o matou. A alma agora usava sua habilidade no Submundo para criar artefatos lindos e ornamentados — postes de luz, portões e, ocasionalmente, coroas.

— Não preciso de outra coroa, Hécate. A que Ian fez para mim é muito bonita. Posso usá-la na celebração do solstício.

Ela não disse o que estava realmente pensando. Seria muita presunção andar com uma coroa nova. Hades nem estava falando com ela; como ela poderia ter certeza de que ele ainda a queria como sua rainha?

— Pode, mas por que você usaria a mesma quando pode ter uma nova?

Perséfone suspirou.

— Eu gostaria que você tivesse me perguntado antes.

— Preferi não fazê-lo — disse Hécate. — Agora, sobre o vestido. Eu estava pensando em preto...

Hécate continuou explicando sua visão para o que ela chamou de *grande look* de Perséfone. A deusa só escutou pela metade, sua mente vagando pela história de Apolo, sua irmã e Hades. Durante sua pesquisa sobre o Deus da Música, ela não havia pensado em checar outras histórias do passado dele. O comportamento horrendo do deus era antigo e violento, e ela se pegou imaginando se até mesmo Hades poderia impedir sua retaliação.

Depois do jantar, Perséfone voltou para sua suíte sozinha. Começou a amaldiçoar Hades por construí-la. Quem coloca a esposa em outra parte do palácio? Era tão... antiquado!

Você não é a esposa dele, ela se corrigiu. *Você é a... namorada dele.*

Talvez.

Nem isso ela sabia mais. Não tinha visto Hades desde que ele a observou da varanda na noite passada. Havia tentado procurá-lo mais cedo e não o encontrou em nenhum lugar do palácio. Era mais do que provável que a estivesse evitando. Ela tinha perguntas e exigências. O que deveria fazer sobre seu trabalho? Ele contara a Demetri onde ela estava? E quanto a Lexa, Sibila e Leuce?

Seu humor piorou e ela se viu novamente do lado de fora, explorando o Submundo na luz fraca. Sua frustração fez com que as flores ao redor desabrochassem e a grama ficasse mais alta. Ela odiou. Estava literalmente deixando um caminho para qualquer um seguir.

Ela viajou para longe, por colinas rochosas e vales cobertos de musgo, até se encontrar na beira de um penhasco, cara a cara com um oceano cinza.

O vento açoitou seu cabelo, esfriando seu rosto aquecido. Suas entranhas ainda estavam em fúria. Ela se sentiu enfurecida — brava com Apolo, com Hades e por estar presa naquela suíte abandonada pelos deuses. Essa era sua forma de punição? Deixá-la no Submundo e evitá-la a todo custo? Ele não parecia nem um pouco arrependido por sua parte nisso.

Ela decidiu que precisava se acalmar quando uma rosa brotou de seu braço. Doía à medida que crescia e, quando saiu completamente de sua carne, ela gritou, sentindo a ardência e o sangue jorrar da ferida.

Isso é tortura, ela pensou.

Rasgou um pedaço de seu vestido e o enrolou em seu braço o mais apertado que pôde antes de se acomodar no chão. Primeiro, ela se concentrou no som do mar correndo pela costa abaixo, a sensação do vento contra seu rosto, o cheiro de cinzas e sal no ar. Em seguida, fechou os olhos e respirou fundo — enchendo seus pulmões com os mesmos cheiros, com o mesmo vento, com os mesmos sons até que se sentiu como se estivesse no oceano, balançando para frente e para trás, embalada em ondas quentes.

A raiva, a tensão e a dor se dissiparam.

Pela primeira vez hoje, se sentiu calma, serena, lúcida.

Quando abriu os olhos, estava escuro, e sabia que deveria voltar para o palácio antes que alguém começasse a se preocupar, mas quando se levantou para sair, descobriu que o caminho que sua magia havia criado desaparecera.

Ainda assim, ela pensou que poderia se virar sozinha e começou a andar na direção da qual achava que tinha vindo. Caminhou por um tempo antes de perceber que estava perdida. Exausta e incapaz de se teleportar, encontrou um lugar embaixo de uma árvore e sentou-se, deslizando para o chão, onde adormeceu.

Ela foi despertada pelo calor de Hades. O cheiro dele encheu seu nariz enquanto ele a embalava perto de seu peito. Sabia quando eles se teleportavam porque o ar mudava. Se não estivesse tão exausta, tão grogue, teria aberto os olhos para ver a expressão dele. Na verdade, queria abrir os olhos porque precisava ver como ele estava olhando para ela, mas descobriu que não podia.

Estava tão malditamente cansada.

Por que estava tão cansada?

Hades a abraçou por um longo tempo antes de se mexer e a acomodou em uma pilha de cobertores. Ele deu um beijo na testa dela e o calor penetrou em sua pele.

Ela não se lembrou de mais nada.

10

DEUS DA MÚSICA

Quando Perséfone abriu os olhos, a primeira coisa que notou foram lençóis de seda preta. Ela os acariciou, franzindo as sobrancelhas. Como entrara no quarto de Hades? Se revirou, pensando que poderia encontrá-lo ao seu lado, mas a cama estava vazia. Ouviu o tilintar de um copo e seus olhos se voltaram para o bar.

Hermes estava ali, paralisado depois de ter feito barulho, conferindo se a tinha acordado.

— Hermes? — ela perguntou.

O Deus da Trapaça virou-se totalmente para ela, segurando uma garrafa de líquido âmbar e um copo.

— Desculpe, Sefy. Precisava de uma bebida.

— O que você está fazendo aqui? — ela questionou, sentando-se na cama.

— O que estou fazendo aqui? O que você estava fazendo na noite passada?

As sobrancelhas de Perséfone se ergueram.

— Como assim?

Hermes inclinou a cabeça para o lado.

— Você realmente não se lembra?

— Fui dar uma volta — ela disse e deu de ombros.

— Foi uma bela de uma volta — ele zombou. — Hades ficou maluco. Não conseguia encontrá-la ou senti-la em lugar nenhum. Nunca o vi tão...

— Nervoso?

Hermes a olhou como se fosse louca.

— Não, perturbado. Este é o Submundo. Seu território. Ele pensou que algo ruim tinha acontecido. Convocou todas as divindades do Submundo, e a mim, para procurar por você.

— Eu só... me perdi. Queria limpar minha cabeça. Meditei um pouco como Hécate me disse para fazer e, quando terminei, estava escuro. Não consegui encontrar meu caminho de volta. Eu não queria deixar ninguém preocupado. Só queria ficar sozinha.

— Bem, espero que tenha aproveitado porque acho que Hades não vai deixar você sumir de vista tão cedo.

Ela ergueu uma sobrancelha.

— O que você quer dizer?

— Estou de babá — disse ele, quase orgulhoso, e Perséfone revirou os olhos.

— E por que você está de babá?

— Porque Apolo está aqui.

Perséfone congelou e Hermes ficou pálido quando percebeu seu erro.

— O quê?

— Eu disse que Apolo está aqui? Eu quis dizer que ele está a caminho. Ele definitivamente não está aqui. Hades não vai se encontrar com Apolo na sala do trono sem você... porra.

Perséfone já estava fora da cama.

— Perséfone! — Hermes chamou quando ela saiu da sala. — Sefy! Volta aqui! Ninguém vai te levar a sério com esse cabelo!

Ela o ignorou, seus pés escorregando no mármore enquanto andava. Irrompeu na sala do trono, onde encontrou Hades e Apolo, ambos de pé, um de frente para o outro. Eles realmente formavam um par — sombra e luz se encontrando em um campo de batalha de mármore.

Apolo era lindo em sua forma mortal, jovial, atlético e menor que Hades. Tinha cachos escuros, uma mandíbula quadrada e covinhas que aumentariam seu charme se não parecesse tão zangado.

Hades, por outro lado, tinha uma masculinidade crua e primitiva. Ele se sobressaía em relação a Apolo, seu cabelo um halo de escuridão. Havia uma maturidade nas feições de Hades que não tinha nada a ver com sua barba bem cuidada ou seu terno sob medida. Estava em seus olhos — escuros e infinitos, que tinham visto vidas inteiras de conflito.

Quando Perséfone entrou, os dois deuses se voltaram para ela.

— Então, a mortal veio para jogar — Apolo comentou.

Hades olhou por cima do ombro de Perséfone, diretamente para Hermes que a seguia. O deus ergueu as mãos para afastar a raiva de Hades.

— O quê? Ela adivinhou!

Hades voltou-se para Apolo.

— O acordo está feito. Você não vai tocar nela.

— Qual acordo? — Perséfone perguntou.

Os dois deuses olharam para ela novamente. Apolo se divertiu, mas Hades permanecia com raiva. Ela não se importou. Embora entendesse que Hades queria mantê-la a salvo de Apolo, ele não podia simplesmente excluí-la dessa conversa. Ela tinha começado a briga, tinha coisas a dizer e Apolo iria ouvi-la.

— Seu amante fez um acordo — disse Apolo.

A maneira como ele disse amante deslizou por sua pele como unhas afiadas. Só fez aumentar sua repulsa por Apolo porque sentiu o desdém da mensagem — como se ela fosse passageira, temporária. E foi exatamente assim que Perséfone se sentiu ao ser excluída desta reunião.

— Eu concordei em não puni-la por seu... artigo calunioso... e, por sua vez, Hades me ofereceu um favor.

Hermes assobiou.

— Maldição. O cara realmente te ama, Sefy.

Todos olharam para Hermes.

Isso não era brincadeira. Apolo poderia literalmente pedir qualquer coisa e Hades teria que conceder. Um nó se formou no estômago de Perséfone, mas não era culpa, era pavor. Por que Hades ofereceria algo tão precioso sem dizer a ela primeiro?

Porque provavelmente era a única maneira de te proteger, ela pensou. *E você não deveria ter deixado.*

— Eu não vou concordar com isso — disse Perséfone, olhando para Apolo.

— Você não tem escolha, mortal.

Os olhos de Perséfone queimaram e ela sentiu a magia de Hades subindo para subjugar a sua, e ficou grata. Se Apolo soubesse que ela era uma deusa, teria vantagem sobre Perséfone e não hesitaria em usar, dado seu passado vingativo.

— Fui eu que escrevi o artigo — disse ela. — Seu acordo deve ser comigo.

— Perséfone.

Seu nome escorregou entre os dentes de Hades, e Apolo jogou a cabeça para trás, rindo.

— O que você poderia me oferecer?

Os punhos de Perséfone se fecharam, suas unhas cravadas nas palmas das mãos.

— Você magoou minha amiga — ela sussurrou.

— O que quer que sua amiga tenha feito deve ter merecido punição, ou ela não estaria na situação em que está.

Pelo visto, ele nem sabia de qual amiga ela estava falando, e isso a enfereceu ainda mais.

— Você quer me dizer que a recusa dela em ser sua amante merece punição?

Apolo congelou, embora sua expressão permanecesse passiva.

Perséfone continuou:

— Você tirou o sustento de uma pessoa só porque ela se recusou a dormir com você. Isso é insano e patético.

— Perséfone — Hades avisou.

— Fica quieto — ela retrucou. Nunca pensou que se cansaria de ouvir seu nome nos lábios de Hades, mas agora queria que ele calasse a boca.

— Você escolheu não me incluir nesta conversa. Eu vou falar o que penso.

Os lábios do deus se estreitaram e seus olhos arderam. Ela podia sentir a frustração dele crescendo. Isso a fez formigar.

Hermes ria. Ela o ignorou e se virou para Apolo.

— Eu só escrevi sobre suas amantes passadas. Nem mencionei o que você fez com Sibila. Se não desfizer o castigo dela, vou te destruir.

Houve silêncio. Então, Apolo riu, estreitando os olhos.

— Mortalzinha atrevida. Eu poderia usar alguém como você.

— Fale mais, sobrinho, e não terá motivos para temer a ameaça dela, porque eu mesmo vou te destroçar.

Apolo ofereceu a Hades um olhar desagradável, seus olhos voltando rapidamente para Perséfone, que o encarou.

— E então?

Apolo a observou por um longo momento e, com um pequeno sorriso nos lábios que fez o estômago dela revirar, disse:

— Tudo bem. Devolverei os poderes de sua amiguinha e também aceitarei o favor de Hades, mas você não escreverá mais uma palavra sobre mim, não importa o que aconteça. Entendeu?

Perséfone ergueu o queixo.

— Palavras selam um acordo, e eu não confio em você o suficiente para concordar.

Apolo riu.

— Você a ensinou bem, Hades.

O Deus da Música ousou dar um passo em direção a ela. Sentiu Hades e Hermes se endireitarem. A tensão era tão espessa que Perséfone não conseguia respirar. Apolo se curvou, seu rosto próximo ao dela — e, apesar de seus olhos serem do tom de azul mais bonito que ela já tinha visto, havia algo sinistro por trás deles. Isso a fez querer vomitar.

— Vamos colocar desta forma... Se você escrever outra palavra sobre mim, vou destruir tudo que você ama. E antes de considerar o fato de que você ama outro deus, lembre-se de que tenho o favor dele. Se eu quiser mantê-los separados para sempre, eu posso.

Isso enviou um arrepio de medo pela espinha de Perséfone. Ela olhou para Hades, se perguntando se a ameaça era real. A expressão de seu amante lhe disse que sim.

— Certo — disse ela, por entre os dentes. O deus se endireitou.

— Agora vou te avisar, Apolo. — Havia uma ponta de fúria na voz de Hades, uma promessa de violência que Perséfone sentiu em sua alma. — Se algum mal acontecer a Perséfone, com favor ou não, vou transformar você e tudo que ama em cinzas.

Apolo deu um sorriso frio.

— Então você só vai transformar a mim, Hades. Nada que eu amo existe mais.

Apolo partiu, desaparecendo em um raio de luz ofuscante. A sala do trono estava silenciosa, e Perséfone descobriu que estava hesitante em enfrentar Hades. Ela arruinou seus planos e o desobedeceu deliberadamente na frente de outro deus.

— Bem, isso poderia ter sido melhor — disse Hermes, claramente se divertindo. Perséfone se encolheu com o tom dele, sabendo que Hades não ficaria satisfeito.

— Por que você ainda está aqui? — Hades perguntou com os dentes cerrados.

— Ele estava tomando conta de mim — Perséfone retrucou, olhando para ele. — Ou você esqueceu?

Hades podia estar com raiva de como tudo aconteceu, mas ela o culpou por isso. Ele passara os últimos dias ignorando-a, em vez de lhe falar sobre a conversa com Apolo — ele não insistia sempre para que conversassem? Como poderia pensar que ela não iria querer lutar por sua amiga se tivesse a chance?

— Como você pode dizer que deseja que eu seja sua rainha quando, dada a oportunidade de me tratar como sua igual, você fode tudo completamente? Sua palavra não significa nada?

Os olhos de Hades se arregalaram, surpresos com suas palavras. Era o golpe que ela queria acertar. Ela se virou, passou o braço pelo de Hermes e saiu da sala do trono.

— Isso exigiu muito empoderamento, Sefy — disse Hermes.

A deusa franziu o cenho. Pode ter sido uma prova de empoderamento, mas não a fez se sentir melhor.

— Nesse ritmo, nunca vamos nos reconciliar — disse ela, franzindo a testa.

— Ah, duvido muito — disse Hermes. — Não acho que Hades esteja disposto a ficar tanto tempo sem te comer.

Perséfone olhou para ele.

— Nem tudo é sexo, Hermes.

— É, sim. Não estou dizendo isso para ser vulgar. — Ele fez uma pausa e riu um pouco. — Bem, mais ou menos. O que estou tentando dizer é que Hades te ama. Você não o viu ontem à noite. Eu vi. Ele não vai ficar muito tempo sem falar com você. Está com muito medo de te perder.

Ela esperava que Hermes estivesse certo. Apesar de suas palavras finais para Hades, ela não queria se afastar. Ao fazê-lo, seu coração doeu.

Hermes ficou no Submundo a maior parte da tarde e juntou-se a ela e a Hécate para um piquenique em Asfódelos. Os deuses brincaram com

Cérbero, Tifão e Ortros e conversaram com as almas. Quando terminaram, Perséfone encontrou consolo sozinha no bosque que Hades lhe dera.

Ela ficou maravilhada com o trabalho dele.

Ali em sua floresta, o chão estava coberto por um mar de flores roxas e brancas. O dossel acima era um porto de folhas prateadas tão espessas que nenhuma estranha luz do dia de Hades passava.

Era lindo e etéreo.

E era tudo uma ilusão.

Havia testemunhado Hades suspender sua magia do Submundo, revelando uma terra desolada e deserta. A visão a chocou, mas a deixou maravilhada com suas habilidades. Como ele foi capaz de manejar magia como fios, tecendo cinzas, fumaça e fogo em aromas doces, cores vibrantes e paisagens deslumbrantes?

Ela encontrou um lugar em seu bosque com pervinca e flox branco e sentou no chão. Respirou fundo, fechou os olhos e meditou. Concentrou-se em sua respiração como Hécate havia orientado: o fluxo de sangue em seu corpo, o fluxo de poder em suas veias e a pressão da vida contra sua pele. Tentou imaginar a clareira à sua frente cheia de vida, mas quando abriu os olhos, não havia nada. Seus ombros penderam, e ela sentiu o peso de seu fracasso.

O cheiro de Hades perfumou o ar e, de repente, ele estava ao redor dela — seu peito em suas costas, seus braços contra os dela, suas pernas embalando seu corpo. Seu calor era como a escuridão, densa e calmante. Ela queria que isso a consumisse.

— Você está praticando sua magia? — ele perguntou.

— Estou falhando com minha magia — ela respondeu.

Ele riu enquanto exalava.

— Não está falhando. Você tem muito poder.

A voz dele a fez estremecer, e ela queria acreditar nele. Queria acreditar em qualquer coisa que ele dissesse com aquela voz sensual.

— Então por que não posso usá-la?

— Você está usando — ele respondeu.

— Mas não... corretamente.

— Existe uma maneira correta de usar sua magia?

Perséfone não respondeu, não porque não tivesse algo a dizer, mas porque estava frustrada com a pergunta. Claro que havia uma maneira correta de usar magia.

O deus riu e seus dedos apertaram os pulsos dela levemente.

— Você usa sua magia o tempo todo, quando está com raiva, quando está excitada... — Os lábios de Hades estavam a um fôlego de sua pele. Ela queria desesperadamente se virar e beijá-lo, mas resistiu.

— Isso não é magia — ela respondeu calmamente.

— Então o que é magia?
— Magia é... — ela procurou por palavras em uma respiração trêmula. — Controle.
Hades riu.
— A magia não é controlada. É apaixonada, expressiva. Ela reage às emoções, independentemente do seu nível de experiência.
Suas mãos se moveram, segurando as dela.
Perséfone engoliu em seco.
— Feche os olhos — ele sussurrou.
Ela o fez.
— Me diz como você se sente.
Com tesão, ela pensou.
— Eu me sinto... quente — disse em vez disso.
Ela sabia que Hades estava se divertindo com o tom de sua voz.
— Se concentra nisso — disse ele. — Onde começa esse calor?
— Embaixo — ela respondeu, e estremeceu apesar do calor. — No meu ventre.
— Alimente-o — ele ofegou.
Ela o fez — pensando em jogar Hades no canteiro e lhe dar prazer. Ele ficaria surpreso no início, mas seus olhos assumiriam aquele ardor escuro e ele tentaria assumir o controle.
Entretanto, ela não deixaria. O tomaria em sua boca até que ele não aguentasse e então ela lamberia o gozo. Quando a beijasse, ele provaria a si mesmo.
Esses pensamentos a encheram de fogo, e Hades exigiu:
— Agora, onde está sentindo a quentura?
— Em todos os lugares — ela respondeu.
— Imagine todo esse calor em suas mãos — ele falou mais rápido. — Imagine-o brilhando, imagine-o tão brilhante que você mal consiga olhar para ele.
Ela fez o que ele pediu, se concentrando intensamente no calor correndo para suas mãos. Foi mais fácil porque podia sentir o peso das mãos de Hades nas suas. Ele lhe dava segurança.
— Agora imagine que a luz diminuiu, e, na sombra, você vê a vida que criou. — Os lábios de Hades tocaram seu ouvido enquanto ele sussurrava: — Abra os olhos, Perséfone.
Quando ela o fez, uma imagem branca cintilante da pervinca e do flox que ela havia imaginado se manifestou entre suas mãos.
Foi maravilhoso.
Hades guiou suas mãos para a terra estéril, e quando a magia tocou o chão, o transformou em flores.

Perséfone tocou uma das pétalas de seda, só para ter certeza de que era real.

— Magia é equilíbrio, um pouco de controle, um pouco de paixão. É o jeito do mundo.

Ela inclinou a cabeça para ele, mas não conseguiu vê-lo completamente. A barba dele raspou sua face. O silêncio se estendeu entre eles, e cada pedaço de sua pele parecia um nervo exposto. Finalmente, ela se contorceu, ficando de joelhos. Seus olhos eram ferozes.

— Eu te amo. Eu deveria ter dito quando a trouxe aqui, e todos os dias desde então — Hades disse. — Por favor, me perdoe.

Os olhos dela arderam, cheios de lágrimas.

— Eu te perdoo, mas só se você me perdoar. Eu estava com raiva de Leuce, porém mais furiosa por você ter me deixado naquela noite para ir até ela — disse. As palavras doeram, como se ela não conseguisse respirar o suficiente para pronunciá-las. — E eu me sinto tão... ridícula. Conheço seus motivos e sei que você não queria me deixar naquela noite, mas não posso evitar o que sinto a respeito. Quando penso nisso, me sinto... ferida.

Talvez tivesse algo a ver com toda a emoção que ela havia investido naquele momento na sala de jantar. Foi tudo tão... intenso, e as consequências a deixaram se sentindo insatisfeita, negligenciada.

— Me dói saber que te magoei. O que eu posso fazer?

Ela ficou surpresa com a pergunta.

— Não sei. Suponho que o que fiz deve compensar isso. Eu te disse que não escreveria sobre Apolo, prometi, e quebrei a promessa.

Hades balançou a cabeça.

— Nós não compensamos mágoa com mágoa, Perséfone. Isso não é um jogo de deuses. Nós somos amantes.

— Então, como vamos resolver? — ela perguntou.

— Com o tempo — ele respondeu. — Se ficarmos confortáveis em sentir raiva um do outro por um tempo.

Perséfone franziu a testa, e as lágrimas que ela pensou que tinham secado voltaram a cair quando ela sussurrou:

— Eu não quero sentir raiva de você.

— Nem eu de você — disse ele, estendendo a mão para enxugar as lágrimas. — Mas isso não muda os sentimentos e não significa que não podemos cuidar um do outro enquanto nos curamos.

Perséfone olhou para Hades e começou a balançar a cabeça.

— Como é que eu fui feita para você?

As sobrancelhas de Hades se ergueram.

— Nós discutimos isso.

Ele não parecia zangado, mas ela também sabia que essa discussão já havia acontecido antes e não terminou muito bem, então explicou:

— Eu me sinto tão... inexperiente. Sou jovem e impulsiva. Como você pode me querer?

Ela se engasgou com as palavras e cobriu a boca para abafar a emoção.

— Perséfone — Hades disse gentilmente, cobrindo a mão dela com a dele. — Primeiro, eu sempre vou querer você. Sempre. Eu falhei com você aqui também. Fiquei com raiva, não cuidei de você, não incluí você. Não me coloque em um pedestal por estar se sentindo culpada por suas decisões. Apenas... perdoe-se para que possa me perdoar. Por favor.

Ela respirou fundo e mordeu o lábio. Os olhos de Hades se voltaram para sua boca. Tudo dentro dela estava em chamas.

Ele estava certo. Não tinha cuidado dela e era isso que ela desejava. Apesar da raiva, ela o queria, queria seu calor, sua violência, seu amor.

Ela se jogou no colo dele. Árvores prateadas os cobriam do céu. Hades agarrou seus quadris.

— Desculpa — ela sussurrou. Estava cara a cara com ele, sabia que ele podia ver claramente a sua alma.

— Amo você. Pode confiar em mim, na minha palavra. Eu...

— Shh, meu bem — disse ele, a boca a centímetros da dela; as mãos subiram por suas coxas por baixo do vestido.

Ela sentiu um frio na barriga.

— Vou me arrepender para sempre da minha raiva. Como eu poderia questionar o seu amor, sua confiança, suas palavras, quando você tem meu coração?

Ela o beijou. Sua língua exigia entrada, e Hades deu. As mãos de Perséfone emaranharam-se em seu cabelo, puxando com força, ela beijando cada vez mais profundamente, machucando-o enquanto mordia seus lábios e chupava sua língua.

Ela era implacável, mas Hades também.

— Onde você está quente? — ele perguntou.

— Em todos os lugares.

Perséfone puxou o paletó de seus ombros e Hades assumiu o controle, empurrando-a para o lado enquanto ela desabotoava sua camisa, expondo seu peito. Perséfone se afastou para admirá-lo. Ele tentou alcançá-la, mas ela o impediu.

— Deixa eu te dar prazer.

Ele não falou, mas seus olhos arderam, e foi resposta suficiente. Ela o guiou até o chão e beijou seus lábios antes de fazer um caminho de beijos pelo seu peito musculoso até a barriga, seguindo a linha de pelos que desaparecia sob sua calça, onde o pau esticava o tecido. Ela desabotoou a calça e apertou sua ereção. Enquanto o acariciava, mordeu o lábio, pronta para saboreá-lo.

Hades rosnou.

— Continue me olhando desse jeito, meu bem. Eu não vou deixar você ter o controle por muito tempo.

Ela ergueu a sobrancelha desafiadora e, em seguida, tomou-o em sua boca. Hades sibilou quando Perséfone circulou a cabeça de seu pau com a língua e o enfiou mais fundo. Ele gemeu quando atingiu o fundo da garganta, os dedos torcendo firmemente o cabelo dela. Pareceu crescer, enchendo a boca de Perséfone com tudo enquanto ela o movia para dentro e para fora.

— Porra! — Ele xingou, e a voracidade a encorajou. Ela chupou mais rápido, usando as mãos e a língua.

Ele gozou com um rugido, e o gozo encheu a boca de Perséfone, salgado e doce ao mesmo tempo. O cheiro intoxicou o nariz, uma mistura de especiarias e cloro. Ela se demorou saboreando-o, lambendo cada parte até que ele a arrastou para seu colo e trouxe seus lábios aos dele, virando para que ela ficasse por baixo.

— Que presente — ele disse, a centímetros de sua boca. — Como vou retribuir?

— Presentes não exigem retribuição, Hades.

— Outro presente, então. — Ele tomou sua boca em um beijo ardente.

Ele a deitou nua sob as árvores e venerou seu corpo até que o céu estivesse cheio de estrelas, brilhando com a magia de Hades.

11

DESVENDANDO

Perséfone se aninhou sobre o corpo nu de Hades e descansou a cabeça em seu peito. Ela se deleitava com a sensação. Era como voltar para casa depois de todas aquelas noites que passou sozinha.

Eles tinham acabado de sair da casa de banho depois de fazer amor no bosque. Seu corpo estava quente e flexível, e os olhos estavam pesados de sono. Ela deveria ter sucumbido, embalada pelo cheiro de sal na pele de Hades e os círculos suaves que ele estava traçando em suas costas. Em vez disso, escolheu falar:

— Serei mentora de Leuce — disse, espiando-o quando o silêncio se prolongou demais, imaginando o que ele estava pensando.

— Não sei como me sinto sobre isso.

— Eu também não — ela admitiu, mas sentiu que era a coisa certa a fazer. — E eu preciso que você dê a ela um lugar para ficar e seu emprego de volta. Por favor.

Hades continuou a traçar formas contra sua pele.

— Por que você deseja ser sua mentora?

Perséfone encolheu os ombros.

— Porque acho que sei como ela se sente.

Hades ergueu a sobrancelha.

— Explique.

— Ela foi uma árvore há milhares de anos; de repente está normal novamente e o mundo inteiro mudou. É... assustador... e eu sei como é isso.

Hades ficou quieto por um longo momento e então perguntou novamente, como se quisesse ter certeza:

— Você quer ser a mentora da minha ex?

Perséfone desviou o olhar e revirou os olhos.

— Não faça com que me sinta arrependida disso, Hades.

— Não é minha intenção, mas você tem certeza?

— É estranho, eu admito, mas... ela é uma vítima. Eu quero ajudá-la.

Era uma coisa difícil de dizer, já que ele era a razão pela qual ela tinha sido um álamo. Certo, o que Leuce tinha feito estava errado, mas valia a pena perder milhares de anos?

Hades tocou seu queixo.

— Você me surpreende.
Ela riu.
— Eu não sou surpreendente. Queria puni-la primeiro.
— Mas não o fez — disse ele. — Não há outros deuses como você.
— Eu não vivi o suficiente para estar cansada como o resto de vocês — ela disse. — Talvez acabe como os outros em pouco tempo.
— Ou talvez você mude o resto de nós.
Eles olharam um para o outro, corpos pressionados até que Perséfone se sentou, montada em Hades. Ele estava com a mão atrás da cabeça. Parecia arrogante, e ela supôs que tinha razão de ser, a fez gozar várias vezes e tinha sido implacável nessa missão.
— Ansiosa por mais, milady? — ele perguntou, ficando mais duro e grosso debaixo dela.
Ela sorriu. Não foi por isso que se sentou. Tinha algo a dizer e queria dizer agora antes que esquecesse, mas com a pergunta dele, percebeu que estava ansiosa por mais — ansiosa para assumir o controle de seu corpo, para usá-lo como um instrumento.
— Na verdade, temo dever fazer algumas exigências — ela disse, e deslizou em seu pau, enchendo-se completamente.
Soltou um suspiro, dolorida da atividade anterior. As mãos de Hades foram para suas coxas, apertando.
— Pois não? — disse ele, entre os dentes.
— Eu não quero ser colocada em uma suíte do outro lado do palácio, nunca — disse ela, mexendo os quadris, sentindo-o em todos os lugares. — Não para preparar bailes. Não quando você está com raiva de mim. Nunca.
Ela pontuou cada uma de suas declarações ao cavalgá-lo.
Os dedos de Hades cravaram em sua pele.
— Achei que você fosse querer privacidade — disse ele.
Ela fez uma pausa em seus movimentos e se inclinou sobre ele. Os olhos dele queimaram os dela.
— Foda-se a privacidade. Eu precisava de você, precisava saber que você ainda me queria apesar... de tudo.
Ele passou o braço em volta do pescoço dela e a beijou. Ela começou a se mover novamente quando Hades virou, assumindo o controle, contudo, parou quando ela estava por baixo. Perséfone o olhou e ergueu os quadris, mas Hades permaneceu imóvel.
— Eu sempre vou querer você, e teria te recebido na minha cama qualquer noite.
— Eu não sabia — disse ela.
Ele pressionou um polegar em seus lábios inchados.
— Agora você sabe.

Ele deu um beijo contundente, e começaram a se movimentar novamente, transando com a raiva e a dor que sentiam até que a única coisa que importava eram seus corações batendo juntos, como se fossem um.

Perséfone levantou horas depois em busca de Hécate. Ela encontrou a Deusa da Bruxaria em sua cabana, colhendo sálvia.
— Boa noite, docinho. Você parece bem.
Perséfone sorriu.
— Estou bem, Hécate, obrigada.
— Você está aqui para pedir um favor?
Perséfone torceu os dedos.
— Como você sabe?
Hécate sorriu, sarcástica.
— Eu não imagino que você estivesse ansiosa para deixar a companhia de Hades. Algo trouxe você à minha porta, e não é treinamento.
Perséfone bufou e explicou.
— Preciso falar com minha mãe, mas sob... circunstâncias controladas.
— Deseja invocá-la para que também possa dispensá-la?
Perséfone assentiu.
— Pode me ajudar?
Hécate embrulhou o resto da sálvia. Quando terminou, se virou para Perséfone encontrando seu olhar.
— Meu amor, não há nada de que eu gostaria mais do que ajudá-la a enfrentar sua mãe.
Perséfone sorriu, e elas se teleportaram para o quarto dela no Mundo Superior. Hécate começou a trabalhar, instruindo Perséfone na arte de invocar feitiços.
— Primeiro, devemos limpar esta área — disse ela, queimando sálvia e carregando o pacote fumegante pela sala. Então, Hécate usou sua magia para desenhar um círculo triplo no chão.
— Conjurar os vivos não é diferente de conjurar os mortos — explicou Hécate. — Em ambos os casos você está invocando a alma, então o feitiço é o mesmo.
Hécate deu a Perséfone um pedaço de obsidiana e um pedaço de quartzo.
— Obsidiana para proteção — disse ela. — E quartzo para poder.
Depois disso, Hécate produziu uma vela preta que colocou no centro do círculo triplo, sobre o qual pairou, levantando os olhos para encontrar os de Perséfone.
— Quando eu acender esta vela, o feitiço estará completo. Sua mãe ouvirá o chamado.

— Tem certeza de que ela virá?
A deusa deu de ombros.
— Há uma chance de Deméter resistir, mas duvido que abra mão de vê-la.
— Você não sabe como ela estava com raiva quando nos falamos pela última vez.
— Você ainda é filha dela — disse Hécate. — Ela virá.
Hécate se curvou, colocando a mão em concha sobre o pavio da vela. Perséfone viu os lábios da deusa se moverem e, quando se afastou, uma chama escura cintilou.
— Devo deixá-la agora?
Perséfone assentiu.
— Obrigada, Hécate.
Ela sorriu.
— Quando quiser que ela vá embora, apenas apague a vela.
Perséfone mordeu o lábio.
— Você tem certeza de que ela não poderá ficar?
Ou me machucar?
— Só se ela for convidada — Hécate prometeu antes de desaparecer.
Perséfone ficou sozinha por apenas alguns minutos quando o cheiro de sálvia e cera queimadas foi sobrepujado pelo de flores silvestres, e ela teve um forte arrepio.
Estranho.
A magia de Deméter geralmente parecia quente como um pálido sol de primavera.
Perséfone se virou e encontrou sua mãe parada na sombra de seu quarto. Deméter não tinha mudado, exceto por parecer muito mais severa do que Perséfone se lembrava. Ela usava vestes azuis e seu cabelo dourado estava reto, repartido ao meio, emoldurando seu rosto bonito e frio. Seus chifres eram elegantes e terríveis. Eles preencheram o espaço, tornando o quarto de Perséfone mais apertado. Ela era a perfeição, e sua presença sugou o ar dos pulmões de Perséfone.
— Filha — ela disse friamente.
— Mãe — Perséfone reconheceu.
A Deusa da Colheita estudou Perséfone, provavelmente analisando sua aparência. Deméter odiava o cabelo encaracolado e as sardas de Perséfone; quando tinha a chance, ela os cobria com sua magia. O que quer que tivesse visto não mudou sua expressão severa e, depois de um momento, seu olhar varreu a sala.
— Estou muito esperançosa? Você me chamou para implorar meu perdão?

Perséfone queria rir. Se alguém deveria pedir perdão, era Deméter. Foi ela quem manteve a própria filha prisioneira a maior parte de sua vida e, mesmo quando a soltou, foi em uma longa coleira.

— Não, eu a chamei para te dizer para parar de interferir na minha vida.

O olhar gélido de Deméter voltou para Perséfone, seus olhos castanhos ficando amarelados à luz das velas.

— Você está me acusando de alguma coisa, filha?

Perséfone se sentiu nauseada. Ocorreu a ela que sua mãe poderia ser responsável por mais do que a libertação de Leuce do álamo. Que outros planos tinha para forçá-la a se afastar de Hades?

— Você libertou a ex de Hades de sua prisão — disse Perséfone.

— Por que eu me incomodaria com algo tão trivial? — Deméter parecia entediada, mas Perséfone não estava convencida.

— Boa pergunta, mãe.

Deméter deu as costas à filha e começou a bisbilhotar seu quarto, inspecionando, julgando. Ela abriu as gavetas da escrivaninha de Perséfone e um pote com tampa, franzindo o nariz.

— Este lugar cheira a Hades — disse ela, então se endireitou, estreitando os olhos para Perséfone. — *Você* cheira a Hades.

Perséfone cruzou os braços sobre o peito.

— Espero que esteja se protegendo — disse Deméter. — Isso é a última coisa que você precisa: estar ligada ao Deus dos Mortos pelo resto de sua vida.

— É meu destino — disse Perséfone. — Você é a única que parece pensar que não.

— Você não conhece Hades — ela disse. — Somente agora está aprendendo sobre ele. Eu sei que isso te incomoda. Você teme o que não conhece.

Perséfone odiava sua mãe por estar certa.

— Eu poderia dizer o mesmo sobre você, mãe. O que eu não sei sobre você? Que males esconde sob sua fachada perfeita?

— Não faça essa conversa ser sobre mim. Você pulou nos braços dele assim que Hades disse que te amava. É constrangedor que seu julgamento não te impeça. Eu te criei para ser mais esperta que isso.

— Você não me criou...

— *Eu te aprisionei* — interrompeu Deméter, revirando os olhos. — Deuses, você é um disco quebrado. Eu te dei tudo. Um lar, amigos, amor. Não foi o suficiente para você.

— *Não era* suficiente — disparou ela. — E nunca teria sido! Você realmente achou que poderia desafiar as Moiras e vencer? Critica outros deuses por sua arrogância, mas você é a pior.

Deméter sorriu cruelmente.

— As Moiras podem ter dado a você o que queria: um gosto de liberdade, um gosto de amor proibido. Entretanto, não confunda a oferta delas com bondade. As Moiras punem, até mesmo os deuses.

— Elas puniram você — disse Perséfone. — Não a mim.

Deméter abriu um pequeno sorriso.

— Isso ainda vamos ver, minha flor. Você sabe que as Moiras escolheram seu nome? *Perséfone*. Eu não entendia como minha preciosa, *doce* flor poderia receber tal nome. *Destruidora*. Mas é isso que você é, uma destruidora de sonhos, de felicidade, de vidas.

Os olhos de Perséfone se encheram de lágrimas enquanto sua mãe falava.

— Ah, sim, meu amor. Aproveite o que as Moiras ofereceram porque teceram seu destino. E você é uma desgraça.

Perséfone chutou a vela, derramando cera e apagando a chama. A forma de sua mãe desapareceu, mas seu cheiro permaneceu, sufocando Perséfone. Ela caiu de joelhos, respirando com dificuldade, quando a porta se abriu. Lexa, Sibila e Leuce estavam reunidas lá.

— Perséfone, você está bem? — Lexa correu para o lado dela.

Sibila pegou a vela, perplexa. Leuce era a única que parecia saber o que estava acontecendo.

— Feitiço de invocação? — ela perguntou.

Perséfone encontrou o olhar da mulher e, em meio às lágrimas, disse:

— Precisamos conversar.

Lexa ajudou Perséfone a se levantar, e Sibila limpou a cera do chão. Assim que terminaram, Perséfone fechou a porta de seu quarto. Leuce estava sentada na beirada da cama, os olhos arregalados, torcendo os dedos no colo. Provavelmente pensou que Perséfone ia expulsá-la.

— Pedi a Hades para te dar um apartamento e seu emprego de volta — disse ela.

A respiração de Leuce ficou presa na garganta.

— Obrigada, Perséfone.

— Eu também concordei em te ajudar a aprender sobre este mundo — disse ela. — Há mais uma coisa que você deve saber: sou filha de Deméter, Deusa da Colheita.

Perséfone não achava que os olhos de Leuce pudessem ficar maiores.

— Você é uma deusa.

Perséfone assentiu com a cabeça.

— É importante que você guarde meu segredo, Leuce. Entendeu?

— Claro... mas... por que me dizer?

— Porque eu preciso que você seja honesta comigo. Quem a libertou do álamo?

— Juro que não sei — disse Leuce. Suas sobrancelhas pálidas estavam franzidas sobre seus lindos olhos azul-gelo. — Só me lembro de acordar sozinha.

Leuce estremeceu, esfregando os braços, como se a memória a assustasse. Perséfone estudou a ninfa por um momento e então suspirou.

— Acredito em você. — Ainda assim, isso não significava que Deméter não fosse responsável. — Você vai me dizer se minha mãe te procurar?

Leuce assentiu e depois engoliu em seco. Quando ela falou, sua voz tremeu.

— Perséfone... e se foi ela quem me libertou? Ela virá me buscar? E se me transformar de volta em uma árvore?

Perséfone não tinha pensado nisso, mas sua resposta foi imediata.

— Se ela fizer isso, eu vou te encontrar.

— Ela poderia me incinerar — disse Leuce, e então deu uma risada amarga. — É estranho... As coisas que você teme quando é uma árvore.

Perséfone franziu a testa. A parte triste era saber que sua mãe era capaz desse tipo de malícia. A deusa colocou a mão no braço da ninfa.

— Farei o possível para protegê-la, Leuce. Prometo.

A mulher sorriu.

— Você realmente não é como o resto deles, Perséfone.

Perséfone não tinha certeza de qual magia Hades usara, mas ao retornar ao Mundo Superior, era como se ela nunca tivesse saído. Lexa, Sibila e Leuce não fizeram perguntas sobre onde estivera, não havia chamadas perdidas em seu telefone do trabalho, e a multidão ainda se reunia do lado de fora da Acrópole para vê-la e protestar contra seu artigo sobre Apolo.

Embora não estivesse animada em ver que permaneceram ali, se sentiu mais preparada do que nunca. Talvez tivesse algo a ver com seu encontro com Apolo no Submundo, mas decidiu que, em vez de entrar no prédio com a cabeça baixa, ela os enfrentaria de frente, talvez até respondesse a algumas das perguntas. Não era exatamente seu ideal de liberdade, mas era uma maneira de assumir o controle da situação — e melhor do que se sentir presa.

— Obrigada, Antoni — disse Perséfone quando ele abriu a porta. — Vejo você depois do trabalho?

— Sim, milady.

Ela sorriu e foi para o prédio.

— Bom dia — ela disse ao passar pela multidão.

— Perséfone! Perséfone! Me dá um autógrafo?

Ela parou, encontrando o olhar de um mortal. Ele estendeu uma caneta e um caderninho. Ela pegou e assinou seu nome, os olhos dele se iluminando.

— O-obrigado — ele gaguejou.
— Perséfone, há quanto tempo você e Hades estão juntos? — outra pessoa perguntou.
— Não muito — ela respondeu.
— O que fez você se apaixonar por ele? — alguém gritou.
— Bem, ele é encantador — disse ela com uma risadinha.

A caminhada continuou assim — respondendo a perguntas, dando autógrafos e tirando fotos com os fãs. Ela estava quase na porta quando os gritos tomaram um tom diferente.
— Por que você escreveu sobre Apolo? — alguém gritou.
— Você odeia o Deus do Sol? — outro chamou.
— Hater de Apolo! Ímpia! — Vários rugiram.

As perguntas sobre Apolo pareceram irritar a multidão e então algo se quebrou no chão atrás dela. Ela se virou e viu uma garrafa em pedaços a seus pés. A segurança correu para a multidão, enquanto outro oficial a pegou pelo braço e a conduziu para dentro.
— Você está bem, senhorita Rosi? — o segurança, um homem mais velho de cabelo bem curto e bigode, perguntou.

Perséfone piscou para ele. Não teve tempo de processar o que tinha acabado de acontecer. Alguém tentou feri-la. Respirou fundo e deixou o ar sair devagar, então assentiu.
— Sim.

O segurança não parecia tão certo, franzindo a testa para ela.
Os olhos de Perséfone caíram para seu crachá, e ela sorriu.
— Obrigada, Woods.
O guarda sorriu e seu rosto ficou vermelho.
— Isso... não foi nada.

Ela se libertou do segurança e se dirigiu para os elevadores em transe. Seus pensamentos se voltaram para as palavras de Hades: *É apenas questão de tempo até que alguém que queira se vingar de mim tente te prejudicar.* Como o deus reagiria quando descobrisse esse incidente?

Quando ela chegou ao seu andar, Helena estava esperando com um olhar preocupado.
— Deuses, Perséfone! Você está bem? Eu ouvi o que aconteceu.
— Como? — Perséfone perguntou. Ela tinha acabado de sair de lá.
— Está no noticiário — disse ela. — Havia uma equipe filmando ao vivo quando você chegou. Eles pegaram tudo na câmera.

Perséfone gemeu. Não seria possível esconder isso de Hades.
— Eles mostraram a pessoa que jogou a garrafa?
— Sim, o rosto dele está estampado em todos os noticiários.
Ah, não.

Perséfone correu para sua mesa. Precisava falar com Hades antes que ele agisse. Sabia que o Deus dos Mortos ia vingar-se do mortal que tentou feri-la e, por mais que quisesse que o homem enfrentasse algum tipo de punição por suas ações precipitadas, a tortura no Tártaro parecia um pouco extrema.

A única pessoa para quem pensou em ligar foi Elias. O sátiro assumira o controle da agenda de Hades na... ausência de Minta.

O telefone tocou uma vez antes que ele atendesse.

— Elias, onde está Hades?

— Indisposto, milady — ele respondeu, parando um momento antes de perguntar. — Você está bem?

— Elias, estou bem. Diga a Hades para não machucar o mortal...

Ela foi interrompida quando outra ligação veio em seu telefone. Olhou para a tela e viu que era Lexa. A amiga provavelmente tinha visto as notícias e queria saber se ela estava bem.

Suspirou.

— Elias, já ligo de volta. Diga a Hades para não machucar o mortal!

Perséfone desligou e atendeu a ligação de Lexa.

— Sim, Lex. Estou bem.

Entretanto, não era Lexa falando.

— Perséfone, é Jaison.

A histeria em sua voz fez seu coração disparar.

— Jaison, por que...

— Você precisa vir ao hospital *agora*.

— Ok. Ok. O que aconteceu?

— É Lexa. *Eles não têm certeza se ela vai sobreviver.*

O ar foi sugado dos pulmões de Perséfone e seu coração bateu de forma irregular e doente, envenenado por um terror tão agudo que ela pensou que poderia até mesmo parar de bater.

Lexa está no hospital. Eles não têm certeza se ela vai sobreviver.

De repente, Perséfone se perguntou se este era o início da vingança de Apolo.

PARTE II

A *descida ao inferno é fácil.*

— Virgílio, *Eneida*

12

DESCIDA AO INFERNO

Perséfone permaneceu calma e controlada apesar da ansiedade corroendo o fundo de seu estômago. A voz de Jaison ecoou em sua cabeça, as palavras que ele falou pareciam distantes e falsas.

Lexa sofreu um acidente. Eles não têm certeza se ela vai sobreviver.

Ele tinha que estar enganado. Não havia como Lexa — *sua Lexa* — estar lutando pela vida.

— Perséfone. — A voz de Jaison falhou quando ele disse o nome dela, prendendo-a na realidade do que tinha acabado de dizer.

Ela balançou a cabeça e disse ao telefone:

— Isso não pode ser verdade. Eu a vi esta manhã.

Sua voz soava estrangulada, como se alguém estivesse apertando sua garganta, roubando seu ar.

— Aconteceu na frente do Alexandria Tower. Ela estava a caminho do trabalho. Eles disseram que ela estava atravessando a rua e alguém a atropelou.

Perséfone se sentiu instável. Seu corpo tremeu incontrolavelmente.

— Estarei aí o mais rápido possível.

Ela estava fora de sua cadeira antes de desligar o telefone, correndo da Acrópole.

O Hospital Comunitário de Asclépio era um edifício moderno de vidro espelhado, misturando-se com o céu azul e nuvens densas e brancas. Por dentro, o hospital parecia mais um hotel do que um centro médico. Era brilhante, limpo e bonito, mas nada conseguia esconder o cheiro. Era o que Perséfone sempre considerou o cheiro de doença — uma mistura de produtos químicos, o odor metálico de água velha e o aroma amargo de látex. Encheu sua cabeça e a deixou tonta.

Ela encontrou Jaison no segundo andar, na sala de espera. Estava sentado em uma das cadeiras duras de madeira, inclinando-se para a frente com a cabeça apoiada nas mãos, o rosto escondido pelo cabelo.

— Jaison. — Ela disse o nome dele enquanto se aproximava.

Ele olhou para cima, os olhos arregalados. Perséfone entendeu sua expressão porque compartilhava dela — se sentiam chocados, indefesos, confusos.

— Perséfone.

Jaison se levantou e a abraçou. Ela devolveu o abraço o mais forte que pôde, como se achasse que ele também pudesse desaparecer.

— Ela está bem?

Parecia uma pergunta ridícula, dado o boletim anterior, mas Perséfone não estava disposta a imaginar um mundo sem Lexa, então perguntou mesmo assim.

Ele se afastou, com uma careta.

— Lexa está em cirurgia. Isso é tudo que eles me disseram. Seus pais estão a caminho. Saberemos mais então.

— Como aconteceu?

— Ela estava atravessando a rua. O motorista alega que não a viu. Acho que ele também não viu a porra do sinal fechado. Provavelmente estava mexendo no celular.

Ele se sentou, como se não pudesse mais suportar o peso do que aconteceu com Lexa, e Perséfone fez o mesmo. Ela não tinha certeza do que dizer porque não conseguia pensar direito. Era como se sua mente não pudesse decidir como lidar com a situação. Parte dela se preparava para o pior.

Se ela morrer, a culpa será sua. Você atraiu isso, ela se repreendeu rapidamente. *Ela não pode morrer. Não vai! Ela é tão jovem. Tem tanto para viver.*

No entanto, Perséfone conhecia a morte pessoalmente. Não havia discriminação, e qualquer um podia ser sua presa. Tudo dependia de um fio e, às vezes, de uma aposta.

— E se... nós a perdermos? O que faremos? — A pergunta de Jaison roubou a respiração de Perséfone, e ela olhou para ele.

Ele se inclinou para a frente em sua cadeira novamente como se fosse vomitar. Em vez disso, esfregou o rosto com as mãos. Ela pensou que Jaison poderia estar tentando conter as lágrimas, já que seus olhos estavam ficando vermelhos, e seu rosto, rosado.

Ela pegou a mão dele. Estava úmida e fria, enquanto as dela tremiam.

— Nós não vamos perdê-la.

Sua voz era feroz e, enquanto falava, entendia todos aqueles apelos desesperados que os mortais faziam a Hades: ela estava fazendo um agora. *Não a tire de mim. Eu te dou qualquer coisa.*

Ela fechou os olhos e lutou contra seus pensamentos, falando mais incerta do que nunca:

— Nós não vamos. Não podemos.

Horas torturantes passaram sem atualizações. Perséfone saiu para ligar para Sibila e contar o que tinha acontecido. A oráculo chegou ao hospital em trinta minutos. Eles caminharam pelo hospital inteiro e foram ao refeitório cerca de dez vezes para tomar café ou água. Era a única coisa que seus estômagos poderiam suportar.

Quando os pais de Lexa chegaram, Jaison correu para encontrá-los e mostrar o caminho. Durante sua ausência, Perséfone virou-se para Sibila.
— Seus poderes voltaram? — ela perguntou.
— Sim — a oráculo sussurrou, trocando um olhar com Perséfone. Elas não tiveram a chance de falar sobre o acordo com Apolo.
Perséfone só tinha uma pergunta para a oráculo.
— Você sabe se ela vai sobreviver?
— Não sei. Os deuses são misericordiosos. Não carrego o fardo de saber o destino dos meus amigos.
Perséfone franziu a testa.
— Você acha que Apolo teve algo a ver com isso?
Ela gesticulou ao redor.
Não foi isso que Sibila disse? Que Apolo a puniria, ferindo os mais próximos a ela?
Sibila balançou a cabeça.
— Não, Perséfone. Acho que isso é exatamente o que parece... um acidente mundano.
Perséfone não tinha certeza do porquê, mas não era isso que queria ouvir.
Então Sibila perguntou:
— Talvez você possa perguntar a Hades se... ela vai sobreviver.
A deusa engoliu em seco. Ela podia, mas e se a resposta fosse não? Tentou se imaginar indo ao Submundo todos os dias e encontrando Lexa andando pelas ruas de Asfódelos, de braço dado com Yuri.
Ela não podia fazer isso.
Também não conseguia explicar por que era um pensamento tão aterrorizante. Só que... se Lexa estava no Submundo, isso significava que estava morta. Significava que não estava mais no Mundo Superior. Que sua existência havia cessado. Perséfone não podia suportar isso.
Quando os pais de Lexa, Eliska e Adam, chegaram, eles receberam mais informações sobre o estado de seus ferimentos. O médico usava um jaleco branco e mantinha as mãos nos bolsos enquanto falava.
Ele era mais velho, suas pálpebras protegiam seus olhos caídos, seu nariz era largo, seus lábios, finos e formavam um muxoxo permanente. Ele parecia cansado, mas era apenas sua voz, um barítono baixo e rouco.
— Ela quebrou duas pernas e um braço. Tem lacerações nos rins e nos pulmões, e hemorragia no cérebro.
Ouvir o trauma que o corpo de Lexa sofreu levou Perséfone às lágrimas.
Ele continuou:
— Ela está em estado crítico e em coma. Nós a colocamos em um respirador.
— O que isso significa? — Jaison perguntou.

— Os sinais vitais dela estão instáveis e anormais — respondeu o médico. — As próximas vinte e quatro a quarenta e oito horas serão cruciais para a recuperação de Lexa.

As palavras destruíram a esperança de Perséfone.

Os pais de Lexa foram autorizados a vê-la primeiro. Perséfone, Sibila e Jaison esperaram.

— Ela vai lutar. Vai sobreviver — Jaison disse em voz alta como se estivesse tentando convencê-las e a si mesmo.

Foi Eliska quem voltou para levá-los ao quarto de Lexa. Enquanto a seguiam, Perséfone não conseguia parar de olhar. Lexa parecia muito com sua mãe. Tinham os mesmos cabelos pretos e grossos e olhos azuis, às vezes as mesmas expressões.

Quando Perséfone entrou, seu olhar foi direto para Lexa. Era difícil descrever como se sentia ao ver sua melhor amiga com todo aquele equipamento. Era como ter uma experiência fora do corpo. Lexa estava imóvel e quase invisível sob camadas de tubos e fios correndo para ela, como Fios do Destino. Os fios criavam sua história e, agora, a seguravam à vida. Um pano branco grosso cobria sua testa, e um colar cervical sustentava seu queixo no alto. Seu respirador apitava de maneira constante e o monitor cardíaco pulsava em uma batida estável. Essas eram coisas que esta sala — composta por paredes coloridas, piso monocromático e toques modernos — não conseguia disfarçar. Era um lugar onde as pessoas vinham porque estavam doentes, feridas ou morrendo.

Perséfone pegou a mão de Lexa. Ela estava fria e, por algum motivo, isso a surpreendeu. Notou todas as maneiras que sua melhor amiga não se parecia com ela: o rosto inchado, a pele machucada, os lábios sem cor.

Enquanto estavam reunidos ao redor dela, uma enfermeira entrou na sala, verificando monitores, tubos e digitando informações em um computador.

— Não há mais nada que possam fazer — ela ouviu a mãe de Lexa dizendo. — Depende realmente dela agora.

Perséfone apertou a mão de Lexa. Lexa não apertou de volta.

A deusa não tinha certeza de quanto tempo ficou ali observando Lexa, mas houve um momento em que percebeu que precisava ir embora. O quarto era muito pequeno e os pais de Lexa precisavam de privacidade.

Uma vez fora da sala, Sibila virou para Perséfone.

— Você vai ver Hades?

Ela assentiu.

— Vai pedir a ele para salvá-la?

Era como se alguém a tivesse esfaqueado no estômago e torcido a lâmina.

— Farei o que puder — respondeu ela.

Uma vez que Perséfone estava fora de vista, arriscou o teleporte e acabou no beco ao lado da Nevernight. Estava escuro e úmido e cheirava a ranço. Ela correu para a entrada onde Mekonnen montava guarda. Ao vê-la, sorriu, mostrando os dentes tortos e amarelos, mas logo percebeu que algo estava errado. Seu sorriso desapareceu e ele endireitou os ombros, parecendo ficar maior, como se estivesse se preparando para lutar.

— Milady, está tudo bem? — Suas palavras eram ásperas, uma sugestão do monstro que ele mantinha à distância.

— Hades — ela disse, sua respiração estava curta. — Eu preciso dele. Agora!

Mekonnen se atrapalhou abrindo a porta. Ela correu para dentro, imediatamente sufocada pelo ar quente e pela música alta.

Fez uma pausa quando entrou na boate. Não sabia onde Hades estava — ele poderia estar no salão apostando com mortais, ou em seu escritório atrás daquela mesa imaculada, ou no Submundo jogando a bola para Cérbero.

Desceu correndo as escadas e atravessou a pista lotada. Se sentiu frenética, como se estivesse ficando sem tempo, mas esse era o problema. Não sabia quanto tempo tinha. Quase esbarrou em uma garçonete segurando uma enorme bandeja de bebidas; se tivesse sido outro dia, teria se desculpado, mas estava em uma missão. Então, Perséfone continuou andando no meio da multidão, empurrando as pessoas. Um homem se virou, carrancudo, e agarrou seu braço, puxando-a para encará-lo.

— Que diabos?

Quando viu seu rosto, ele a soltou como se fosse venenosa.

— *Ah, porra!*

Um segundo depois, um ogro se materializou ao lado dele e o mortal foi arrastado de sua mesa para a escuridão da boate.

Perséfone subiu os degraus de dois em dois e decidiu verificar primeiro o escritório de Hades. Quando ela abriu as portas, Hades já estava do outro lado da sala, como se tivesse sentido sua angústia e estivesse indo direto até ela.

— Perséfone.

— Hades! Você tem que ajudar! Por favor! — Ela se engasgou com um soluço.

Pensou que estava bem, que poderia pelo menos passar por isso. Era a parte mais importante, pedir ajuda a Hades. Só que assim que começou a falar, suas emoções explodiram como uma represa, crua, dolorosa e indomável.

Hades a pegou nos braços, segurando-a perto enquanto o corpo dela inteiro tremia. Suas mãos se enroscaram em seu cabelo, encaixando-se na nuca. Ela teria gostado de ficar ali, soluçando em seus braços, confortada por sua força e seu calor. Estava exausta. Nesse momento, entretanto, percebeu que não estavam sozinhos.

Havia um homem amarrado a uma cadeira no meio do escritório de Hades. Estava amordaçado, seus olhos arregalados, e ela teve a impressão de que ele estava tentando chamar sua atenção gritando o mais alto que podia.

— Hades...

— Ignore-o — Hades levantou a mão, e Perséfone sabia que ele estava prestes a mandar o mortal embora. Ela o parou.

— É aquele... mortal que jogou a garrafa em mim hoje?

Hades apertou a mandíbula.

— Por que você o está torturando em seu escritório e não no Tártaro?

Os gritos abafados do mortal aumentaram.

— Porque ele não está morto — Hades respondeu, e então olhou para o homem. — Ainda.

— Hades, você não pode matá-lo.

— Não vou matá-lo — o deus prometeu. — Mas vou fazê-lo desejar estar morto.

— Hades! *Deixa. Ele. Ir.*

Os olhos escuros do deus estudaram os dela e parecia que quanto mais ele olhava, mais calmo ficava. Depois de um momento, suspirou e grunhiu:

— Tudo bem.

O mortal desapareceu. Ela teria que se lembrar de descobrir para onde ele realmente enviou o homem. Perséfone não acreditou nem por um momento que Hades tinha cedido tão facilmente.

Hades sentou e guiou-a para seu colo, sua mão movendo-se em círculos suaves sobre suas costas.

— O que aconteceu? — Ele não era exigente, mas havia um tom em sua voz que Perséfone reconheceu como medo.

Ela não podia culpá-lo. Tinha invadido o escritório dele, logo depois de ter sido quase vítima de um ataque noticiado na tv. Ela levou muito tempo para responder, tanto tempo que Hades inclinou a cabeça para trás para que pudesse procurar em seus olhos, uma careta repuxando seus lábios.

Será que ele já sabe o que aconteceu com Lexa?

Ela tentou dizer, mas sua boca tremia tanto que teve que fazer uma pausa e respirar fundo várias vezes. Depois de alguns minutos, Hades conjurou vinho. Ela engoliu como água. A bebida amargou sua língua, mas ajudou seus nervos.

— Comece de novo — disse Hades. — O que aconteceu?

As palavras vieram mais fáceis desta vez.

Enquanto ela falava, a expressão dele derreteu da preocupação para uma máscara de indiferença. Foi uma jogada estratégica no pôquer — uma maneira de enganar outro jogador escondendo sentimentos. Mas isso não era um jogo e Perséfone sabia que, no fundo, era apenas a maneira de Hades se preparar para lhe dizer que não poderia ajudar.

— Ela não se parece mais com Lexa, Hades.

Um soluço alto escapou de sua garganta. Ela cobriu a boca, como se isso pudesse manter todos os seus sentimentos dentro.

— Sinto muito, meu bem.

Ela se virou para encará-lo na cadeira de pelúcia.

— Hades. — Seu nome era uma respiração trêmula. — Por favor.

Ele desviou o olhar, sua mandíbula trincada para reprimir sua frustração.

— Perséfone, eu não posso. — Seu tom foi mais duro desta vez. Ela se levantou, precisando de distância. O deus permaneceu sentado.

— Nós não vamos perdê-la.

— Você não perdeu — apontou Hades. — Lexa ainda vive.

Ela queria discutir, mas Hades não a deixou.

— Você deve dar tempo à alma dela para decidir.

— Decidir? Como assim?

Hades suspirou e apertou a ponta do nariz, como se temesse a próxima conversa.

— Lexa está no limbo.

— Então você pode trazê-la de volta.

Perséfone já tinha ouvido falar do limbo antes. Hades trouxe de lá uma alma para uma mãe em luto. A esperança floresceu em seu peito, e era como se Hades pudesse senti-la, porque ele a destruiu rapidamente.

— Não *posso*.

— Você fez isso antes. Disse que quando uma alma está no limbo, você pode negociar com as Moiras para trazê-la de volta.

— Em troca da vida de outro — Hades lembrou. — Uma alma por outra, Perséfone.

— Você não pode dizer que não vai salvá-la, Hades.

— Não estou dizendo que não *quero* salvá-la, Perséfone. É melhor que eu não interfira nisso. Acredite em mim. Se você se importa com Lexa, se você se importa comigo, deixa pra lá.

— Estou fazendo isso porque me importo! — ela argumentou.

— Isso é o que todos os mortais pensam, mas quem você está realmente tentando salvar? Lexa ou a si mesma? — Hades questionou, com um tom irônico.

— Eu não preciso de uma aula de filosofia, Hades. — Ela rangeu os dentes.

— Não, mas aparentemente precisa de um choque da realidade.

Ele se levantou, tirando o paletó, e começou a desabotoar a camisa. Perséfone zombou.

— Eu não vou fazer sexo com você agora.

Hades olhou para ela, mas continuou a desabotoar a camisa. Então ela viu marcas pretas surgindo em sua pele — eram todas linhas finas, tatuagens que envolviam seu corpo como um fio delicado.

— O que são? — Ela começou a estender a mão, mas Hades a deteve com a mão firme ao redor de seu pulso. Ela encontrou seu olhar.

— É o preço que pago por cada vida que tirei barganhando com as Moiras — disse ele. — Eu as carrego comigo. Estes são seus fios de vida, marcados em minha pele. É isso que você quer em sua consciência, Perséfone?

Lentamente, ela tirou a mão da dele e a trouxe de volta ao peito, os olhos seguindo as linhas da pele dourada. Ela se lembrava de ter se perguntado quantas barganhas ele tinha feito quando eles se conheceram. Não tinha ideia de que estavam escritas em sua pele. Ainda assim, achou frustrante. Hades havia falado de equilíbrio antes, mas isso o acorrentou. Ele era um dos deuses olimpianos mais poderosos e, ainda assim, seu poder era limitado.

— De que adianta ser o Deus dos Mortos se você não pode *fazer* nada? — As palavras saíram de sua boca antes que ela pudesse se conter. Ela respirou fundo. — Desculpe. Não foi minha intenção.

Hades ofereceu uma risada rouca.

— Foi sim — disse ele e colocou a mão em seu rosto, forçando seu olhar de volta para ele. Quando ela o encarou, seu coração parecia que ia quebrar em pedaços. Como esse deus imortal parecia entender sua tristeza?

— Eu sei que você não quer entender por que eu não posso ajudar, e tudo bem.

— Eu só... não sei o que fazer — ela disse, e seus ombros caíram. Se sentiu derrotada.

— Lexa ainda não se foi — disse Hades. — E você já lamenta. Ela pode se recuperar.

— Tem certeza disso? Que ela vai se recuperar?

— Não.

Os olhos dele estavam procurando, e ela se perguntou o quê. Perséfone tinha ido ali por esperança, pelo conforto de confirmar que Lexa ficaria bem independentemente de qualquer coisa, e ainda Hades não estava lhe dando isso. Ela deixou a cabeça cair contra o peito dele. Estava tão cansada.

Depois de um momento, Hades a pegou em seus braços e se teleportou para o Submundo.

— Não encha seus pensamentos com as possibilidades do amanhã — ele disse enquanto a colocava na cama. Deu um beijo na testa dela, e tudo ficou escuro.

13

UM TOQUE DE PÂNICO

Perséfone acordou na manhã seguinte com os olhos pesados e dor de cabeça. Seu sono tinha sido irregular, os acontecimentos do dia iam e vinham, atingindo-a com força, evocando uma explosão de tristeza e emoção crua, depois retrocedendo em uma espécie de estupor.

Quando ela se sentou, houve uma batida em sua porta, e Hécate enfiou a cabeça para dentro.

— Bom dia, docinho! — disse. — Eu trouxe café da manhã para você.

Ela sentiu um aperto enorme na garganta, tendo a sensação de que poderia vomitar. Não havia como comer agora, não quando seu estômago se revirava daquela forma.

— Obrigada, Hécate. Eu não estou com fome.

A deusa franziu o cenho.

— Sente-se comigo por um tempo, então. Talvez você mude de ideia.

— Desculpa, Hécate. Eu não posso — Perséfone disse, já de pé. — Preciso ir ao hospital.

Ela verificou seu celular, mas não havia mensagens da mãe de Lexa ou Jaison. Esperava que isso fosse um bom sinal. Correu para o banheiro adjacente e esfregou o rosto. A água fria dava uma sensação boa contra sua pele quente.

— Você realmente deveria comer alguma coisa — disse Hécate. — Isso agradaria a Hades.

Poderia agradar Hades, mas Perséfone tinha certeza de que ficaria nauseada se comesse.

— Onde *está* Hades? — ela perguntou, saindo do banheiro. Ele esteve ao lado dela a maior parte da noite, acordando cada vez que ela se levantava da cama para assoar o nariz ou lavar o rosto.

A deusa deu de ombros.

— Não sei. Ele me chamou esta manhã. Não queria incomodá-la.

Ela não tinha certeza do porquê, mas não saber onde Hades estava neste momento a deixou desconfortável. Não podia evitar que sua mente vagasse — ele estava resolvendo as coisas com Leuce? Ela havia pedido que ele desse a Leuce um lugar para morar e seu emprego de volta, mas não tinha mais visto a ninfa. Poderia perguntar hoje, pois tinha marcado de encontrá-la mais tarde. Era parte do acordo para orientar a ninfa.

— Sinto muito por Lexa, Perséfone — Hécate disse finalmente.

O sentimento fez Perséfone estremecer, e seus olhos lacrimejaram.

— Não deveria ter sido ela — sussurrou Perséfone.

Hécate não disse nada, e Perséfone limpou a garganta. Depois que estava vestida, pegou o celular e a bolsa.

— Aceito café se você tiver — disse a Hécate enquanto se preparava para sair.

— Isso não é sustento.

— Sim, é, é cafeína.

Hécate franziu a testa, mas obedeceu, conjurando uma xícara fumegante de café.

— Obrigada, Hécate — disse Perséfone. — Quando vir Hades, diga a ele que eu tomei café da manhã.

— Isso seria uma mentira — ela argumentou.

— Não. Não é... Ele sabe o que o café da manhã significa para mim.

Hécate balançou a cabeça, fazendo uma careta, mas não discutiu.

Perséfone deixou a Nevernight a pé. Já estava quente e ainda não era meio-dia. O calor espiralava em sua pele enquanto ela andava, umedecendo suas roupas e fazendo com que seu cabelo grudasse no pescoço e no rosto. Ela provavelmente deveria ter pegado o ônibus ou pedido a Hécate para arranjar uma carona, mas realmente queria ficar sozinha.

— Perséfone!

Ela olhou para trás. Alguém do outro lado da rua chamou seu nome. Ela não reconheceu e acelerou o passo quando a figura estava prestes a atravessar a rua.

— Perséfone!

Ela olhou para trás novamente. A pessoa corria em sua direção.

— Perséfone Rosi, espere!

Ela se encolheu, ouvindo seu nome ser chamado tão alto, atraindo olhares de curiosos.

— Perséfone? — Outra voz se juntou. — Ei, é Perséfone Rosi! Amante de Hades!

Um homem parou na frente dela e perguntou:

— Posso tirar uma foto?

Ele já estava segurando o celular.

— Desculpe, não. Estou com pressa. — Perséfone evitou o homem e continuou pela calçada.

— Como é Hades? — alguém gritou.

— Ele ficou bravo com o artigo que você escreveu?

— Como vocês se conheceram?

As palavras a sufocaram como as pessoas do lado de fora da Acrópole. Ela andou encolhida para que não fosse fotografada. Eles achavam que conseguiriam respostas sendo invasivos assim? Talvez pensassem que o medo faria o trabalho.

— Parem de me seguir! — ela finalmente gritou, sentindo-se claustrofóbica e um pouco aterrorizada.

Perséfone começou a correr, tentando escapar da multidão que se formou ao seu redor. Eles gritaram seu nome, perguntas e coisas horríveis. Ela atravessou a rua e entrou em um beco. Assim que saiu, foi pega pelo ombro e puxada. Ela se contorceu e deu um soco no rosto da pessoa que a segurava.

Seus dedos encontraram o rosto duro como pedra de Hermes.

— Porra! — Ela amaldiçoou, sacudindo os dedos. — *Hermes!*

— Devo dizer que as mulheres no geral soam mais agradáveis quando dizem isso pra mim.

— Ela foi por aqui! — alguém gritou.

Perséfone encontrou o olhar de Hermes e retrucou:

— Me tira daqui!

Ele sorriu.

— Como quiser, Deusa da Profanidade.

Hermes se teleportou e, assim que chegaram em segurança ao jardim do terraço do hospital, ela deu um grito frustrado.

— Eu não posso ir a lugar nenhum! Como você aguenta, Hermes?

Ele deu de ombros, um sorriso no rosto.

— Não é tão ruim. Somos reverenciados e adorados.

— E *odiados* — Perséfone terminou.

— Fale por você — respondeu Hermes.

Perséfone olhou para ele e, então suspirou, passando os dedos pelo cabelo. Ela tinha que admitir, estava um pouco abalada com o que havia acontecido na rua.

— Sefy, se você não se importa que eu diga... em algum momento, vai ter que aceitar que sua vida mudou.

Ela olhou para o deus, confusa.

— O que você está dizendo?

— Estou dizendo que você provavelmente não pode simplesmente andar na rua como quer. Vai ter que começar a agir como uma deusa... ou pelo menos como a amante de um deus.

— Não me diga o que fazer, Hermes! — Ela não queria parecer tão frustrada, mas não era hora de ter essa discussão.

— Ok, ok — disse ele, levantando as mãos. — Estou apenas tentando ser útil.

— Bem, não está sendo.

Ele lançou um olhar entediado para Perséfone, sem parecer nem um pouco decepcionado por ela estar sendo tão idiota.

— Isso era mesmo necessário?

Ela suspirou.

— Não... me desculpa, Hermes. As coisas estão realmente... horríveis agora.

— Está tudo bem, Sefy. Me avisa se precisar de uma carona.

Ele piscou e a deixou sozinha no terraço.

Antes de ir para o hospital, Perséfone ligou para o trabalho. A cada toque, a ansiedade se acumulava em seu estômago. Ela deixou de gostar da companhia de Demetri e passou a temer sua presença e sua voz.

— Perséfone — respondeu o chefe. — Como está sua amiga?

— Ela... nada bem — Perséfone disse. — Não vou trabalhar hoje.

— Claro — disse ele. — Leve o tempo que precisar.

A simpatia em sua voz a fez ranger os dentes. Este homem lhe dava nojo. Ele podia ser atencioso quando queria, mas vingativo quando precisava.

— Vou precisar de uma extensão no prazo da exclusiva — disse. Ela prendeu a respiração enquanto esperava que ele falasse.

Finalmente, ele respondeu:

— Vou ver o que posso fazer, mas Perséfone... não posso fazer promessas.

Essa não era a resposta que procurava e seu estômago deu uma reviravolta inquietante.

— Se você me pressionar, eu peço demissão.

Ele suspirou, e ela o imaginou esfregando a testa como se estivesse com dor de cabeça. Perséfone o viu fazer isso em várias ocasiões, especialmente quando ficava olhando para a tela do computador por muito tempo.

— Eu vou dar um jeito — disse ele. — Apenas... cuide de sua amiga... e de si mesma.

Ela desligou sem agradecer.

Quando chegou ao segundo andar do hospital, soube pela mãe de Lexa que o médico a havia visitado naquela manhã. Ele disse que os sinais vitais de Lexa estavam melhorando. Perséfone sentiu o peito inchar de esperança.

— Isso é uma boa notícia, certo?

— É positivo — ela respondeu. — A verdadeira preocupação deles é o cérebro dela.

Eliska continuou explicando que Lexa tinha contusões cerebrais e que a extensão de seus ferimentos era desconhecida, podendo ser algo leve ou realmente grave.

Perséfone não gostou dessas probabilidades.

A esperança que sentiu um momento atrás se despedaçou.

Não havia muito o que fazer no hospital, então ela se empoleirou em uma janela e pegou seu notebook. Pretendia acompanhar as notícias, mas sua mente ficou emaranhada nas palavras de Hermes.
Você vai ter que começar a agir como uma deusa.
— Afinal, o que isso quer dizer? — ela murmurou para si mesma.
Ele estava tentando lhe dizer que precisava ser como Afrodite ou Hera? Perséfone não estava interessada em desistir das coisas que a ligavam ao mundo mortal. Foi com eles que formou sua identidade quando veio para Nova Atenas, e agora parecia que tudo isso estava sendo tirado dela.
Todos queriam que ela fosse alguém que não era.
Perséfone se distraiu lendo sobre Apolo.
Como imaginava, histórias como as que Perséfone havia publicado no *Jornal de Nova Atenas* estavam vindo à tona — casos em que Apolo havia ameaçado desmantelar as carreiras de suas amantes se elas o deixassem. Ela se perguntou se era por isso que ainda não tinha notícias de Apolo.

Essas novas alegações surgiram poucos dias depois que a amante de Hades, Perséfone Rosi, publicou um artigo contundente sobre o deus.

Ainda assim, não incutia nenhuma culpa ao Deus da Música:

As alegações ainda não foram confirmadas. A *Divine Entertainment* entrou em contato com os representantes de Apolo, embora eles tenham se recusado a emitir uma declaração neste momento.

Provavelmente porque Apolo precisa de um novo oráculo, ela pensou.
Perséfone notou algo verde em sua visão periférica: trepadeiras brotando do parapeito da janela e subindo pelo vidro. Alimentadas por sua raiva, estavam crescendo rapidamente. Perséfone bateu nelas, como se estivesse esmagando um inseto.
Deuses, eu sou um desastre.
— Você está bem?
Perséfone pulou e virou em direção a Jaison.
Ele estava péssimo.
— Você dormiu? — ela perguntou.
Ele ofereceu um sorriso cansado.
— Tirei uns cochilos.
— Você deveria descansar — ela encorajou. — Pode ir lá para casa. É mais perto que a sua.
— Eu não quero... e se algo acontecer enquanto eu estiver fora? Ou dormindo? E se eu perder...

Perséfone sabia o que ele ia dizer: e se ele não se despedisse? Ela não teve resposta para isso porque se perguntava a mesma coisa.

— Os médicos disseram que seus sinais vitais estavam melhores hoje.

Jaison apenas assentiu. Algo mais estava em sua mente. Ele bateu o pé no chão, as mãos nos bolsos e então se sentou no parapeito da janela.

— Hades disse que poderia ajudar? — Ele falou rápido, como se quisesse se livrar logo daquilo.

Perséfone não achou que essa pergunta fosse doer tanto, mas roubou seu fôlego. Ela crispou os lábios com força, seus olhos lacrimejaram.

— Ele disse... que ainda não a perdemos.

Jaison assentiu.

— Imaginei.

As sobrancelhas de Perséfone se ergueram.

— Como assim?

Ele deu de ombros, escolhendo não olhar para ela.

— Ele é o Deus dos Mortos, não o Deus dos Vivos. Por que salvaria uma vida quando pode ganhar uma alma?

— Hades não é assim — disse Perséfone. — É mais complicado do que você pensa. As Moiras...

— É o que ele diz — Jaison respondeu. — Mas... como você realmente sabe que é verdade?

— *Jaison*. — Sua voz tremeu. Ela acreditou em Hades porque viu os fios em sua pele, um para cada vida que ele negociou.

— Você o defende, mas o que isso diz sobre ele? Se recusar a te ajudar quando você mais precisa dele!

Porque não sou que preciso dele agora. É a Lexa, ela pensou.

— Isso não é justo, Jaison.

— Talvez você esteja certa — o mortal respondeu. — Desculpe, Sef.

Ela não disse a ele que estava tudo bem, porque não estava. As palavras de Jaison foram indelicadas e, pior, uma facada no peito.

A recusa de Hades em ajudá-la significava que ele não a amava tanto quanto ela pensava?

Isso é ridículo, ela se repreendeu.

E, no entanto, se perguntou: como Hades aguentava vê-la sofrer assim?

Sem mudanças no quadro de Lexa, Perséfone decidiu manter seu encontro com Leuce. Elas tinham marcado na *Pérola*, uma butique de Afrodite localizada no Distrito da Moda de Nova Atenas.

Elias conseguiu agendar um evento de compras privado para as duas. Ele também providenciou que Antoni desse uma carona, algo pelo qual ela estava grata após a desastrosa caminhada desta manhã até o hospital.

Perséfone entrou na loja assim que chegou. A butique cheirava a rosas e era exatamente o que ela esperava da Deusa do Amor. O carpete a seus pés era felpudo e branco, as cadeiras eram de pelúcia e havia joias e brilho por todo o local.

Perséfone vagou pela loja, roçando os dedos pelos tecidos macios e inspecionando pedras preciosas.

— Lexa adoraria este lugar — ela disse em voz alta.

— Tenho certeza disso — uma voz respondeu.

Perséfone girou. Afrodite descansava em uma espreguiçadeira em sua própria butique. Ela estava toda de rosa, vestindo algo que lembrava uma lingerie — um body e um roupão translúcido, mostrando suas curvas suaves. Suas mechas loiras brilhantes estavam espalhadas. Perséfone se perguntou se a pose era natural ou cuidadosamente planejada.

Ela não citaria o passado de Afrodite como modelo.

— Afrodite — Perséfone disse, surpresa ao ver a deusa.

— Perséfone.

— Eu não sabia que estaria aqui.

— Ah, eu só vim vê-la — ela disse. — Eu vi o noticiário.

— Você e o mundo inteiro — Perséfone murmurou. — Estou bem, como pode notar.

A deusa loira levantou uma sobrancelha.

— Vejo que sua vida sexual é vibrante.

Perséfone endureceu e então estreitou os olhos.

— Como sabe?

— Eu posso sentir o cheiro — disse ela. — O cheiro de Hades está em você todinha. Deve ter sido uma noite selvagem. Sexo de reconciliação?

— Esse é um poder horrível — disse Perséfone, e Afrodite deu de ombros. — E você? — Perséfone perguntou. — Como está?

A deusa ficou surpresa, como se ninguém nunca tivesse perguntado como ela estava.

Ao franzir a testa, suas lindas sobrancelhas claras se franziram sobre seus olhos afiados. Perséfone notou a mudança em sua expressão: a deusa parecia confusa, sem ter certeza de por que a pergunta provocaria tal comoção. Finalmente, a deusa respondeu:

— Não sei.

Afrodite nunca tinha sido tão honesta, e Perséfone teria gostado de explorar a dor que havia por trás dessas palavras, mas a porta soou e Leuce entrou na loja.

Afrodite limpou a garganta, sorrindo para Perséfone.

— Bem, preciso ir.

— Espera. Afrodite — Perséfone a parou. — Desculpa. Se você precisar conversar...

— Eu não — a deusa disse rapidamente, e então ela ofereceu um sorriso torto. — Quero dizer... *obrigada*, Perséfone.

Com isso, ela se foi.

— Perséfone? — perguntou Leuce. A ninfa pálida parecia desbotada sob as luzes cintilantes de Afrodite. Ela relaxou quando encontrou Perséfone na sala ao lado. — Ah, que bom. Você veio.

— Você não esperava que eu viesse?

A ninfa deu de ombros desajeitadamente e então admitiu:

— Eu não te culparia se decidisse que não queria fazer isso.

O olhar de Perséfone endureceu um pouco.

— Eu tenho palavra, Leuce.

— Eu sei — disse ela. — Só estou... acostumada com a decepção, só isso. Desculpa.

Perséfone franziu a testa, sentindo simpatia pela ninfa.

Dois atendentes apareceram recolhendo casacos e bolsas de Perséfone e Leuce e servindo taças de champanhe.

— A loja é sua — disse um dos atendentes. — Estamos a seu dispor.

Leuce e Perséfone demoraram para engatar nas compras, mas logo Leuce estava entregando braçadas de roupas aos atendentes.

— Você está planejando substituir seu guarda-roupa? — Perséfone perguntou.

— Não... mas por que não experimentar tudo? Dificilmente teremos outra oportunidade como essa.

Perséfone sorriu um pouco. Ela soava como Lexa.

— Você não vai experimentar nada? — perguntou Leuce.

— Acho que não. Não preciso de nada.

— Não se trata de *precisar* — disse Leuce. — É para se divertir.

— Você pode continuar — Perséfone encorajou. — Mas eu estou contente em sentar aqui e beber.

Leuce franziu um pouco a testa, mas desapareceu no vestiário.

Perséfone realmente desejou que Lexa estivesse aqui. Isso era coisa dela. Quando se conheceram na faculdade, Lexa a trouxera para esta butique. Elas riram, experimentaram vestidos e beberam espumante de uva. Foi a primeira vez que lhe disseram que suas "cores" eram vermelho, dourado e verde, a primeira vez que alguém além de sua mãe dissera que ela era bonita, a primeira vez que sentira que alguém realmente achava isso.

Foi um dia feliz.

As memórias de Perséfone foram interrompidas pelo toque de seu celular. Era Jaison.

Ela atendeu, com o coração acelerado no peito.

— Está tudo bem? — Perséfone nem disse olá.

— Sim, Perséfone. Eu queria que você soubesse que Lexa acabou de sair da cirurgia.

— O quê? Por que você não me contou mais cedo?

— Porque está tudo bem.

Como tudo poderia estar bem se Lexa teve que passar por uma cirurgia? Perséfone não pôde deixar de pensar que Jaison tinha feito isso de propósito pela incapacidade dela de convencer Hades a ajudar.

— E se tudo *não estivesse* bem?

— É por isso que eu não te disse antes. — Sua frustração era evidente em seu tom. — Você surta e piora tudo.

Ai, essa doeu.

— Ela teve uma hemorragia interna. Eles conseguiram estabilizá-la a tempo e ela voltou pra UTI.

— Eu surto? Desculpa por estar preocupada com minha melhor amiga, Jaison.

— É, bem, ela é minha namorada.

Eles ficaram em silêncio, e Perséfone olhou o celular para ver se Jaison tinha desligado na cara dela.

Que porra está acontecendo?

De repente, ela não conseguia respirar, e seu coração latejava na cabeça, irregular e rápido. Ela olhou ao redor, a visão turva, e a única coisa que conseguia pensar era que estava morrendo.

Perséfone saiu correndo da loja e ouviu seu nome ser chamado tão logo isso ocorreu.

Lady Perséfone!

Ela correu pela calçada e parou em um beco. Apoiou seu corpo contra a parede e se inclinou para a frente, respirando fundo.

— Lady Perséfone! Você está bem?

Leuce a seguiu. Levou um momento, mas Perséfone finalmente se recompôs. O peito subia e descia rapidamente.

— Tudo bem se não fizermos compras?

Os olhos de Leuce estavam grandes — estranhamente inocentes —, e ela assentiu.

— Claro. O que você quiser.

— Café — disse Perséfone.

— Claro!

Eles foram para a Coffee House. Era o único lugar em que Perséfone sentia que ainda podia ir e não ser incomodada. Ela pediu dois lattes de baunilha — um para ela e outro para Leuce, que nunca havia tomado café antes.

Sentaram-se uma de frente para a outra. Perséfone manteve as mãos em concha ao redor de sua bebida, observando a folha de espuma no topo derreter.

— Como eles fazem esse desenho? — Leuce perguntou, inspecionando a espuma como se fosse um espécime raro.

— Com muito cuidado — respondeu Perséfone.

A ninfa tomou um gole hesitante.

— Hmm — ela cantarolou e tomou um gole maior.

Perséfone se lembrou da primeira vez que tomou café. Não tinha gostado muito, mas Lexa alegou que era porque tinha sido café preto.

Ela estava certa: bastou adicionar um pouco de creme e se tornou sua bebida favorita.

— Apenas espere até experimentar o chocolate quente — comentou Perséfone.

Os olhos de Leuce se arregalaram.

O silêncio se estendeu entre elas. Perséfone manteve os olhos em sua bebida. Ela não tinha certeza do que dizer a Leuce, e seu corpo parecia fora de controle, o pânico anterior fazendo suas entranhas revirar.

— Você quer falar sobre o que aconteceu? — perguntou Leuce.

Perséfone encontrou o olhar da mulher e balançou a cabeça.

— Melhor não.

A ninfa sorriu.

— Sinto muito que sua amiga esteja doente.

— Ela não está *doente* — Perséfone não quis retrucar, mas as palavras simplesmente saíram de sua boca. Além disso, ainda estava um pouco assustada. — Ela está ferida. Ela foi ferida.

— Desculpa — a voz de Leuce era um sussurro.

Os ombros de Perséfone se curvaram.

— Obrigada. Desculpa. É difícil.

Leuce assentiu.

— Eu sei.

Perséfone encontrou seu olhar, e a ninfa explicou.

— Acordei há alguns dias e tudo o que eu conhecia havia mudado. A maioria dos meus amigos está morta — a ninfa fez uma pausa. — Fiquei com raiva no começo. Acho que ainda estou.

Perséfone não tinha certeza do que dizer, mas a ninfa estava sendo sincera. Agora que estava distante da situação, agora que sua raiva em relação a Hades havia diminuído, podia entender Leuce.

— Sinto muito, Leuce.

Ela deu de ombros.

— Pelo menos estou livre.

Era estranho sentar em frente a essa mulher e perceber como realmente eram parecidas.

— Você estava... *consciente* enquanto ficou presa?

— Não... Acho que poderia ter sido pior. Talvez tenha sido uma misericórdia.

Perséfone mordeu o lábio. Estavam falando sobre Hades, ainda que indiretamente.

— Eu não... *culpo* ele pela raiva — disse ela. — Eu o hostilizei. Não era um bom relacionamento. Não era o que vocês têm.

— Como você sabe o que temos? — Perséfone perguntou.

— Vocês têm amor — ela respondeu. — Ele te ama.

Perséfone desviou o olhar. Realmente não queria falar sobre Hades com sua ex. Leuce pareceu perceber isso e mudou de assunto.

— Como está a recuperação da sua amiga?

Perséfone não tinha certeza de como responder a isso, já que Lexa estava na mesma. Ela balançou a cabeça.

— Eu só queria poder curá-la.

Leuce ficou em silêncio por um momento e então respondeu:

— Acho que posso ajudar.

Perséfone encontrou o olhar da ninfa, que se inclinou para sussurrar:

— Você já ouviu falar dos Magi?

Ela já tinha ouvido falar. Eram mortais praticantes de magia do mau. Não sabia muito sobre eles, além do fato de que Hécate muitas vezes tinha que fazer uma limpeza depois de seus feitiços.

Leuce deu um sorrisinho.

— Percebo que já. O que sabe sobre eles?

— Nada de bom — ela respondeu.

— Eles não são bons — disse Leuce. — Isso é algo que não mudou desde os tempos antigos, mas alguns, os habilidosos em seus trabalhos, podem criar alguns feitiços poderosos.

— De que tipo?

— Qualquer tipo, feitiços de amor, feitiços de morte, feitiços de cura.

— Isso é magia ilegal.

Era ilegal porque ia contra os deuses. Feitiços de amor eram território de Afrodite; morte, Hades; e cura, de Apolo.

— Ilegal sim, mas muitos prefeririam ficar devendo a um mortal do que a um deus. Eu não estou dizendo que você tem que aceitar um contrato com um Magi, mas... posso te colocar no mesmo clube que eles. Se você chamar a atenção, terá uma audiência com eles.

— E como saberão que eu quero uma audiência?

— Porque ninguém vai lá a menos que queira alguma coisa. Aqui — disse Leuce, tirando um cartão do bolso e entregando a ela. Era preto. Havia um nome gravado.

Ela leu em voz alta.

— *Iniquity?*

— O clube faz jus ao nome. É um antro de maldade e pecado. Não é um lugar para você.

Perséfone ofereceu um pequeno sorriso amargo.

— Você não me conhece muito bem se acredita nisso.

— Talvez não, mas sei que Hades me transformaria de volta em árvore se soubesse que estou contando sobre esse lugar pra você. Contudo... Essa pode ser a única maneira de salvar sua amiga, a menos que queira fazer um acordo com Apolo.

Definitivamente não.

— Em quanto tempo você pode me colocar lá dentro?

— Amanhã, se você quiser.

Perséfone bateu o cartão na palma da mão.

— Hades ficará com raiva se descobrir.

Leuce sorriu.

— Ele sempre descobre.

— Eu vou te proteger — ela respondeu.

— Não estou preocupada comigo — disse Leuce. — Quem vai te proteger?

— Do Hades? — Ela ficou surpresa com a pergunta, mas sabia a resposta. Não havia como se proteger de seu amante. O clima entre eles estava pesado. Mesmo que quisesse, não havia nada que pudesse fazer contra o Deus dos Mortos.

— Eu não tenho mais proteção contra Hades.

14

INIQUITY

Perséfone precisava estar na Iniquity à meia-noite.
No início do dia, ela disse a Hades que ia ficar em casa com Sibila. Em vez disso, passou a noite se preparando.
Seu vestido era revelador para dizer o mínimo, e ela se perguntou o que Hades diria se o visse. A veste tinha um corpete transparente com gola alta, mangas compridas e uma saia curta preta. Ela combinou com um sutiã preto e sandália alta de tiras.
— Você está deslumbrante — disse Sibila. Ela estava na porta de Perséfone de pijama azul e cinza.
— Obrigada.
— Você não parece animada para sair.
— Não vou me divertir.
Sibila assentiu.
— Precisa mesmo ir?
— Acho que sim. — Ela encontrou o olhar de Sibila.
— Existe alguma coisa que eu deveria saber?
Ela não estava completamente certa de como os poderes de Sibila funcionavam, mas gostava de pensar que se estivesse entrando em algo perigoso, Sibila a avisaria. A amiga, no entanto, balançou a cabeça, se afastou do batente da porta e disse:
— Vou chamar um táxi para você.
Em seguida, desapareceu.
Perséfone olhou para seu reflexo novamente. Quase não reconheceu a pessoa olhando de volta. Ela estava diferente — mudada.
É escuridão, ela pensou.
Mas não foi Hades quem trouxe isso à tona.
Foi a dor de Lexa que a libertou.
A oráculo havia voltado.
— O táxi chegou.
— Obrigada — respondeu Perséfone.
Ela respirou fundo, sentindo como se não pudesse respirar fundo suficiente. Pegou a bolsa e o celular e, quando se virou para sair, encontrou Sibila ainda parada na porta, observando-a.
— Hades não sabe para onde você está indo, sabe?

Perséfone abriu a boca e depois fechou. Não havia necessidade de responder, a amiga já sabia. Então, em vez disso, disse:

— Ele pode me encontrar quando quiser.

A oráculo assentiu.

— Apenas... tenha cuidado, Perséfone. Eu sei que você quer salvar Lexa, mas o que vai destruir para chegar lá?

Essas palavras arrepiaram a espinha de Perséfone. Ela não gostou do que elas insinuavam. Só o que Perséfone queria era que tudo voltasse a ser como era antes do acidente de Lexa.

— Eu pensei que você tivesse dito que não havia nada que eu precisasse saber.

A oráculo deu um sorriso irônico.

— Você não faz promessas, e oráculos falam em enigmas.

Justo.

Perséfone tinha aprendido muito sobre oráculos com Sibila. Eles podiam *receber* as profecias, mas a interpretação podia variar de acordo com o ouvinte.

Perséfone escolheu interpretar isso como *não há outra maneira* e, assim, partiu para a Iniquity.

Ela conteve a ansiedade que ardeu em seu estômago quando disse ao motorista seu destino. Ele olhou para ela pelo espelho retrovisor, claramente desconfortável, mas não disse nada, apenas acenou com a cabeça e partiu.

Perséfone se acomodou no banco de trás e verificou seu celular.

Era um hábito porque ela costumava falar com Lexa o tempo todo, mas não havia novas mensagens — nenhuma da amiga ou de sua mãe, nem nenhuma atualização de Jaison, nada.

Ela passou a viagem lendo mensagens antigas de Lexa, e quando o táxi parou, seus olhos estavam quase transbordando e sua garganta apertada. A emoção foi motivadora. Ficou mais fácil engolir sua culpa e olhar pela janela.

O carro parou em frente a um prédio simples. Não tinha nome.

Ela hesitou antes de sair.

— Este é... o lugar certo? — ela perguntou.

— Você disse Iniquity, né? — o motorista perguntou, apontando para o prédio. — É isso aí.

Ela saiu do táxi e ficou do lado de fora sozinha, enervada pelo silêncio. Esperava uma multidão semelhante a da Nevernight, embora Leuce tivesse deixado claro que Iniquity era diferente. Era apenas para convidados: exclusivo para o submundo da sociedade. Ela estremeceu e começou a descer o beco. O taxista a deixou na frente do prédio, mas Leuce foi clara em suas instruções: a entrada era pelos fundos, precisava descer as escadas e bater uma vez na porta.

Ela continuou pelo beco mal iluminado e encontrou a entrada. Fez o que lhe foi instruído e uma fresta se abriu. Ela pulou, mas não conseguiu ver nada pela abertura. Levou um momento para lembrar sua senha.

— Parabase — ela disse.

O significado da palavra a fez estremecer até seu âmago.

Cruzar intencionalmente uma linha.

Ela sabia que era isso o que estava fazendo, mas tinha que tentar.

Lexa precisava dela, e ela, de Lexa.

Quem estava do outro lado abriu a porta por completo. Hesitante, ela entrou na boate. Como na Nevernight, a escuridão era completa. Não dava para ver quem estava ali, mas dava para sentir.

Não disseram nada, apenas passaram por ela. Após um breve momento, um conjunto de cortinas se abriu à sua frente e ela foi deixada em um mundo desconhecido colorido em vermelho, cheio de pedras preciosas, penas e luzes ardentes. A pista estava lotada de pessoas. Um palco se erguia sobre a multidão, emoldurado por cortinas vinho e lâmpadas chamativas. As mulheres dançavam, vestidas com tops cintilantes, meias-arrastão e enormes chapéus. Estavam glamurosas, sincronizadas e eróticas ao som de uma música sensual.

Perséfone ficou congelada, em transe.

O ar estava quente, pesado e perfumado com baunilha. Ela inalou, e o aroma encheu suas veias como sua magia, estremecendo seu corpo, aquecendo sua pele. Ela alongou o pescoço e os ombros, afrouxando os músculos tensos, relaxando na música. A parte de sua mente que estava ansiosa desapareceu.

Uma mão deslizou na dela, que se virou para encontrar Leuce. Ela não falou, apenas puxou Perséfone ao longo da parede dos fundos para um corredor escuro.

— Este lugar... — Perséfone arfou.

— É feito para isso, Perséfone — Leuce colocou as mãos no rosto da deusa. — Mantenha o juízo e concentre-se em sua tarefa. O ar aqui é tóxico. Vai atrair você, uma corrente da qual você não pode escapar.

— Isso teria sido uma ótima informação para ter antes de eu chegar aqui — disse ela, um pouco irritada.

A ninfa sorriu.

— Não há nada que eu pudesse ter feito para prepará-la. Ou você tem força de vontade, ou não. É como vão escolher você.

Perséfone se concentrou na ninfa. Seus olhos brancos como gelo eram intensos. Foi então que ela notou como a garota estava vestida. Seu cabelo branco estava cacheado e arrumado. Ela usava batom vermelho brilhante e um vestido curto com bordas prateadas, que brilhava como as estrelas no céu. Parecia uma das dançarinas no palco.

— Você trabalha aqui?

Mais uma vez, era uma informação que ela gostaria de ter recebido antes de chegar, mas Leuce não parecia achar importante.

— Concentre-se em sua tarefa, Perséfone. Você quis isso, lembra?

Isso quase soou como uma ameaça.

Ela olhou para a ninfa, os olhos brilhando. Desejou lembrar Leuce de quem ela realmente era.

— Então me diga o que fazer. Como posso garantir que me vejam?

— Dance — respondeu Leuce. — Se eles estiverem interessados, virão até você.

Perséfone olhou por cima do ombro para centenas de pessoas amontoadas na pista.

— Você está me dizendo que todas essas pessoas estão aqui para a mesma coisa?

— Não a mesma coisa — disse ela. — Mas estão aqui porque querem *alguma* coisa.

— Leuce, o que mais acontece aqui além de magia ilegal?

— Essa não é uma conversa que você quer ter, Perséfone. Acredite em mim.

Ela se foi e Perséfone foi engolida pela multidão. Por alguns segundos, foi como lutar contra uma corrente, sem graça e em pânico, mas, como antes, ela descobriu que havia algo fascinante na música. Parecia dançar ao longo de sua pele, se infiltrar por seus poros, até fazê-la se mover com a batida, balançando os quadris e erguendo os braços. O suor escorria em sua testa, e imagens de noites sensuais com Hades giravam em sua cabeça — sua boca macia na dela, sua língua sedosa lambendo a pele sensível, seu corpo brilhante e quente, seu pau dentro dela, assolando, exigindo. Sua respiração ficou ofegante, e um gemido escapou de sua boca.

Ela se sentia raivosa, faminta, desesperada.

Ficou pior.

Suas memórias foram de repente infiltradas por outro rosto — não era ela sob Hades — era Leuce, suas costas arqueadas, sua cabeça jogada para trás, sua boca aberta enquanto ela gritava o nome de seu amante.

Foi o suficiente para quebrar o feitiço que a música lançou sobre Perséfone. De repente, ela estava ciente de seus arredores novamente — os corpos a envolviam, peles encharcadas de suor roçando a dela.

Mãos agarraram seus quadris, e um corpo se moveu atrás dela. Ela se virou para um homem com roupas escuras e, na luz vermelha, seus olhos eram pretos. A princípio, se perguntou se ele estava ali para convocá-la, mas a mão dele permaneceu em seus quadris. Ela o empurrou para trás, com a intenção de acabar com o contato, quando outro par de mãos segurou seus ombros.

Perséfone se desvencilhou desse aperto. Seu coração disparou, sua magia acendendo em seu sangue, mas quando se virou para olhar para a outra pessoa que a havia tocado, os dois homens desapareceram na multidão.

Enervada, ela empurrou a massa de pessoas até sair da pista de dança. Procurou a escuridão, desejando se tornar uma sombra, e descansou contra uma parede na entrada de um corredor.

Seu corpo ainda tremia com as memórias que ela tinha despertado. Estava excitada e chateada. Que tipo de magia horrível encorajava pensamentos tão lascivos? E por que eles se transformaram em algo que a fez querer vomitar? Ela não queria pensar em Leuce e Hades juntos. Não queria lembrar que a ninfa conhecia o corpo de Hades tão bem quanto ela.

Gostava de pensar que conhecia um Hades diferente e que a maneira como ele a levava ao orgasmo era diferente de como ele tratava as outras.

Se sentiu ridícula quando esses pensamentos passaram por sua cabeça. Talvez a magia que a tinha dominado na pista de dança ainda estivesse agarrada à sua aura.

Enquanto se escondia na escuridão e a multidão pulsava na pista de dança à sua frente, algo foi enfiado em seu punho fechado. A sensação foi estranha e repentina — *magia*, ela percebeu quando abriu a mão e encontrou um pedaço de papel. Ao desdobrá-lo, havia um número escrito com tinta. 777. Abaixo do número havia uma seta, como se a orientasse a caminhar pelo corredor.

Ela olhou ao redor e não viu nada, mas sentiu como se toda a sala estivesse olhando-a, mesmo que espreitasse na escuridão. Afastando-se da parede, seguiu a seta pelo corredor escuro e deu de cara com um elevador, visível apenas porque os números e as portas estavam acesos em vermelho.

Ela apertou o botão, e o elevador abriu silenciosamente.

Lá dentro, ela notou que os andares só iam até o oitavo. Presumiu que precisava chegar ao sétimo e que o papel continha o número de um quarto.

Depois do rugido na pista de dança, o silêncio no elevador enchia seus ouvidos. Isso a perturbou e fez com que se concentrasse ainda mais no que tinha à frente — o desconhecido. E se Leuce estivesse errada sobre os Magi? E se eles quisessem algo que Perséfone não pudesse dar? E se eles não pudessem ajudá-la?

Quando as portas do elevador se abriram, ela saiu em um corredor que levava direto para uma porta preta. Ela se aproximou, hesitante, o medo guerreando com a culpa em sua mente. Finalmente, ela bateu e uma voz do outro lado a orientou a entrar.

A maçaneta estava fria e fez sua pele se arrepiar. O quarto era escuro e tinha piso de mármore preto e paredes escuras. A única fonte de luz vinha do centro da sala — uma plataforma elevada e redonda e uma grande cadeira de pelúcia, na qual estava sentado um homem bem familiar: Kal Stavros.

Ele parecia exatamente com suas fotos nos tabloides. Tinha um rosto quadrado perfeito, cabelo grosso e preto, e olhos azuis.

Ela odiava seu rosto.

Perséfone estreitou os olhos, os dedos se fechando em punhos. A onda de raiva que sentiu ao ver este homem foi aguda. Isso fez sua magia ficar selvagem.

— Perséfone — Kal ronronou.

Seria possível enfiar a mão na boca dele e arrancar o nome dela?

— Espero que Alec e Cy não tenham assustado você, mas eu tinha que ter certeza de que era você.

Então aqueles homens da pista de dança trabalhavam para ele.

— Eu posso ver por que Hades está apaixonado por você — disse ele, os olhos trilhando o corpo dela, fazendo-a sentir-se mal do estômago. — Bela e espirituosa, culta e cheia de opinião. Qualidades que admiro.

— Não me faça vomitar — ela disse. — Me diga o que você quer.

Ele deu uma risadinha. Era vil: um som contrário à sua beleza.

— Estou tão feliz por você ter perguntado — disse ele. — Mas você primeiro. O que te traz à Iniquity, o coração do pecado?

Ela hesitou. O que ainda estava fazendo nesta sala? Se virou para sair, mas em vez de encontrar a porta pela qual havia entrado, deparou-se com uma parede de espelhos.

— Indo para algum lugar?

Ela se virou para ele.

— Você está me mantendo prisioneira?

— Estas são as regras da Iniquity. Uma vez que você entra na câmara de um negociante, não sai até que uma barganha seja feita.

Leuce não lhe disse isso.

— E se eu não quiser barganhar com você?

— Você não sabe o que estou oferecendo.

— Se não for uma saída desta sala, eu não quero.

— Mesmo que isso signifique salvar sua amiga?

Silêncio seguiu a pergunta, e Perséfone engoliu em seco.

— Como você sabe disso?

Kal sorriu, e isso tornou as palavras que saíram de sua boca ainda mais insensíveis.

— Eu sei que ela vai morrer a menos que você encontre uma maneira de curá-la.

— Ela não está *morrendo* — disse Perséfone, entre dentes. Não era verdade, não podia ser. Nem Hades nem Sibila disseram isso... e eles lhe contariam, certo?

— Não é isso que eu vejo.

Perséfone se mexeu ligeiramente. Estava desconfortável nesta sala escura, fechada com um homem que já havia negociado com ela — uma exclusiva em troca de seu emprego.

— E por que eu deveria confiar em você?

— Porque, no fundo, sabe que estou certo. Se você achasse que Lexa ia viver, teria vindo?

Ela o odiava.

— O que você quer?

Desta vez, quando ele sorriu, mostrou os dentes.

— Tenho um acordo para você. Eu lhe darei o feitiço para curar sua amiga se você me der tudo.

— Tudo?

— Quero cada detalhe de seu relacionamento com Hades. Quero saber como você o conheceu, quando ele te beijou pela primeira vez e todos os detalhes escandalosos da primeira vez que ele te fodeu.

— Você é doente.

— Eu sou um homem de negócios, Perséfone. Sexo vende. — Ele se recostou na cadeira. — Sexo com deuses vende mais ainda, e você, docinho, você é uma *mina de ouro*.

— Não sou a única que dormiu com Hades. — Ela odiava ter dito as palavras, mas era verdade.

— Mas você é a primeira com quem ele está comprometido, e isso vale mais do que as palavras de uma qualquer com quem ele transou. Ele investiu em você, o que significa que fará qualquer coisa para proteger você e os detalhes de sua vida privada.

Perséfone de repente entendeu.

— Você quer chantagear Hades?

— Bem, ele é o mais rico.

— Mas *você é* rico — Perséfone argumentou.

— Não como ele — disse Kal. — Enfim, em troca dessa ajuda, você salva sua amiga da morte certa.

Com isso, Perséfone congelou. Daria qualquer coisa para ter Lexa de volta, mas agora que estava diante dessa oportunidade, se perguntou se poderia realmente expor detalhes de seu relacionamento com Hades em troca da vida de sua melhor amiga.

Culpa e vergonha a tomaram, tão potentes quanto o cheiro da magia de Hades nesta sala. Seu olhar mudou para algo preto brilhando aos pés do homem — cobras. Elas serpentearam em torno dos pés e pulsos dele. Kal só percebeu quando o corpo escamoso das serpentes se curvou sobre seu pescoço. Ele gritou, mas congelou quando as criaturas apertaram mais, sibilando perto de seu ouvido.

Hades se materializou da escuridão, surpreendendo Perséfone. Ela não o sentira.

Sua voz soava calma e controlada, mas ela sentiu sua raiva.

— Você está me ameaçando, Kal? — ele perguntou.

— Não... nunca! — O tom da voz de Kal mudou, aumentando com seu medo.

Perséfone virou para Hades. Ele sentia raiva, estava presente em seus olhos e na pressão de seus lábios contra os dela quando se inclinou para beijá-la. Sua língua exigia entrada, entrelaçando-se com a dela. Uma das mãos dele segurou o pescoço e o queixo dela, a outra puxou seus cabelos. Ele forçou a boca de Perséfone a se abrir ainda mais, lambendo até o fundo. Quando ela se afastou, foi com o lábio dele entre os dentes.

— Você está bem? — Ele estava rouco.

Ela assentiu, atordoada.

Hades voltou sua atenção para Kal e caminhou em direção a ele. O mortal começou a se defender, ainda congelado sob a luz branca. Suas mãos seguraram firmemente os braços da cadeira, seu corpo rígido enquanto as cobras sibilavam e deslizavam sobre seu corpo.

— E-estava seguindo suas regras! *Ela* que me convocou!

— Minhas regras? Você está insinuando que eu aprovaria um contrato entre você e minha amante?

— Isso seria abrir uma exceção — respondeu Kal. — E não há exceções na Iniquity.

— Deixe-me ser claro — disse Hades, e estacas pretas brotaram de seus dedos. Ele agarrou o rosto de Kal. O homem gritou enquanto o sangue borbulhava pelas lanças cravadas em sua pele.

— Qualquer um que me pertença é uma exceção às regras deste clube.

Hades levantou Kal da cadeira e o jogou no chão. Ele caiu com um baque alto, e as cobras foram junto. Elas atacaram, as presas afundando em sua pele. Kal gritou e Perséfone assistiu, inabalável, enquanto o homem que a ameaçara era torturado por seu amante.

— Seu desgraçado! — ele gemeu, em posição fetal. Suas mãos tremiam enquanto tentava cobrir suas feridas.

— Cuidado, mortal. — Hades se moveu como fumaça até Kal.

— Eu segui as regras — o homem gemeu. — Segui *suas* regras.

Perséfone olhou para Hades: estava nas sombras, mas suas maçãs do rosto, os olhos e a testa permaneciam iluminados.

— Conheço bem as regras, mortal. Você não mexe comigo ou com Perséfone, entendeu?

Kal ficou de quatro. Lutou para levantar a cabeça, mas quando conseguiu, encontrou o olhar de Perséfone.

— Me ajuda — ele gritou.

— Não fale com ela, mortal.

Hades empurrou o homem para o chão com sua bota. Ele pousou em uma das cobras, que retaliou mordendo sua carne novamente. Kal gritou.

Perséfone nem vacilou.

O que havia de errado com ela? Ela deveria parar Hades. Só que no fundo acreditava que Kal realmente merecia.

Hades virou-se para Perséfone, que encontrou seu olhar, incapaz de entender seus pensamentos a partir de sua expressão.

— Devo continuar a puni-lo? — Hades perguntou.

Perséfone olhou para Hades e, depois, para Kal. Ela caminhou em direção ao mortal e se ajoelhou. O rosto dele estava ensanguentado e molhado de lágrimas.

— Vai deixar cicatrizes? — ela perguntou a Hades.

— Vai, se você desejar.

— Eu desejo.

Kal choramingou.

— Shh — Perséfone sussurrou. — Poderia ser pior. Estou tentada a mandá-lo para o Tártaro.

Ele ficou quieto diante dessa declaração. Então ela continuou:

— Amanhã, quero que você ligue para Demetri e diga a ele que cometeu um erro. Você não quer a exclusiva e nunca mais vai me dizer o que escrever. Combinado?

Tremendo, ele assentiu.

Perséfone sorriu.

— Ótimo. — Ela se endireitou e se virou para Hades. — Ele pode viver — disse.

O deus sustentou seu olhar por um longo momento e então voltou-se para Kal.

— Vá embora.

No segundo seguinte, o homem e as cobras se foram, e Perséfone ficou sozinha com Hades. Apesar de sua distância, a raiva cresceu entre eles como um sólido muro de pedra.

Antes que ele pudesse dizer qualquer coisa, ela falou:

— Você estragou tudo!

Ele pareceu assustado e, então, rapidamente assumiu a defensiva, movendo-se em direção a ela.

— *Eu* estraguei tudo? Salvei você de cometer um grande erro. O que estava pensando ao vir aqui?

— Estava tentando salvar minha amiga, e Kal ia oferecer uma maneira de fazer isso, diferente de você.

— Você desistiria de *nossa* vida íntima, algo que preza muito, em troca de algo que apenas condenaria sua amiga?

— Condená-la? Vai salvar a vida dela! Desgraçado. Você me disse para ter esperança! Você disse que ela poderia sobreviver.

Eles estavam face a face agora.

— Você não confia em mim?

— Não! Não, eu não confio em você. Não quando se trata de Lexa. E este lugar, Hades? Esta boate é sua, não é? Que porra é essa?

Hades estendeu a mão para ela, apertando seus ombros, puxando-a contra ele.

— Você nunca deveria ter vindo aqui. Não é lugar para você.

Perséfone se encolheu.

— Leuce trabalha aqui — Perséfone disparou.

— Porque é a *Leuce* — disse Hades, como se isso explicasse tudo. — Você me disse para devolver o emprego dela, então eu a mandei para cá. Você... você é... diferente.

Ela se afastou dele.

— Diferente?

— Eu pensei que tínhamos esclarecido isso — disse Hades por entre os dentes. — Você significa mais para mim do que qualquer um, do que qualquer coisa.

— O que isso tem a ver com me manter longe deste lugar?

Hades ficou em silêncio.

— Tudo aqui é ilegal, não é? Os Magi estão aqui. O que mais?

Hades tentou permanecer em silêncio novamente.

— O que mais, Hades? — ela perguntou.

— Tudo o que você sempre temeu —respondeu, e ela estremeceu.

— Assassinos, traficantes...

Perséfone sentiu a cor sumir de seu rosto.

— Por quê?

— Eu criei um mundo onde eu pudesse observá-los.

— Observá-los fazer o quê? Infringir a lei? Machucar pessoas?

— Sim — ele respondeu, sua voz áspera.

— Sim? É isso? Isso é tudo que você tem a dizer?

— Por enquanto — disse ele.

Sua voz apertou, e seu peito subiu e desceu com raiva, mas em vez de sair, ele foi em direção a ela. Perséfone se manteve firme, sem medo, erguendo o queixo e olhando para ele.

— Quem te trouxe aqui? — ele perguntou.

— Um táxi.

— Você achou que eu não descobriria?
— Tenho livre-arbítrio. Eu *escolhi* vir aqui por minha própria vontade.
— Uma escolha que não pode ficar impune — disse antes de estender a mão para ela.
Instintivamente, Perséfone empurrou a mão de Hades.
Seus olhos faiscaram.
— Você está me dizendo não?
Ela sabia que se dissesse não, Hades pararia, mas não podia negar que queria ser punida. Isso significaria prazer intenso, seria raivoso e rude e primitivo, e ela precisava de um orgasmo.
Ela balançou a cabeça uma vez, e Hades a colocou de cara para a parede espelhada. Ela usou-a como apoio enquanto ele a inclinava para a frente, e o observou no reflexo. Ele abriu suas pernas e levantou sua saia, com os olhos famintos.
Ele passou a mão e depois deu um tapa na bunda dela, que gritou, mais de surpresa do que de dor. Hades olhou para cima, encontrando seu olhar no espelho antes de puxar a calcinha até os tornozelos e ajudá-la a desvencilhar os pés. Sua buceta piscou quando ele guardou a calcinha no bolso.
Ela arquejou quando a mão dele mergulhou entre suas coxas; suas costas arquearam enquanto os dedos dele provocavam. Já estava molhada, nem precisava das preliminares.
A inspiração de Hades foi um sibilo.
— Tão molhadinha. Há quanto tempo você está assim?
Um gemido ficou preso em sua garganta quando ela respondeu:
— Desde que cheguei aqui.
— Eu queria você na pista de dança. Desejei que você se manifestasse da escuridão, mas você não estava lá.
— Estou aqui agora — ele disse e se inclinou para beijar seu ombro, descendo pelas costas, e então a bunda.
Todo o tempo o dedo dele se mexia, indo mais fundo enquanto a outra mão acariciava o clitóris em círculos suaves e prazerosos. Ela mal podia respirar, concentrando-se na sensação dele lá dentro, a cabeça vazia por causa da necessidade.
— Hades — ela implorou. — Por favor.
Ele se retirou e Perséfone deu um grito frustrado. Ela começou a virar em direção a ele. Estava possessa. Precisava do orgasmo e, se ele não lhe oferecesse isso, ela mesma o faria.
Mas as mãos de Hades apertaram seus quadris.
— Pare — ele ordenou, e ela o olhou pelo espelho.
Ele ofereceu um sorriso diabólico.
— Não seria uma punição se eu te desse o que você quer na hora que você quer.

Ela ergueu o queixo e disse:

— Não finge que não quer também.

— Ah, eu não estou fingindo — ele disse enquanto abria o zíper e colocava o pau para fora para penetrá-la por trás.

Perséfone perdeu o fôlego. Seria possível que Hades estivesse de alguma forma mais grosso? Ela o tomou em um impulso rápido, um som gutural escapou de sua garganta quando ele bombeou dentro.

No começo era como se Hades não tivesse certeza do que tocar — suas mãos agarravam seus seios, barriga, quadris. Então ele enrolou um punhado dos longos cabelos de Perséfone na mão e puxou a cabeça dela para trás para beijar sua boca. Quando ele a soltou, seus impulsos se tornaram lânguidos, e ela o sentiu no fundo do ventre.

— Isso é só nosso — disse ele. — Você não vai compartilhar com mais ninguém.

Tudo o que Perséfone conseguiu fazer foi um gemido ofegante. Sentiu a intensidade de suas palavras como se sentisse a crueza de seu pau dentro dela. Ele apertava o braço ao redor da cintura dela para mantê-la no lugar, e as unhas dela cravaram em sua pele.

— Algumas coisas são sagradas para mim. — A respiração de Hades ficou irregular, mas ele continuou falando, suas palavras entrelaçadas com os gemidos de Perséfone. — Isso é sagrado para mim. Você é sagrada para mim. Entendeu?

Perséfone assentiu, suor escorrendo em sua testa, e suas sobrancelhas se franziram em uma linha dura. Ela mal estava conseguindo pensar.

— Diga — ele ordenou. — Diga que entende.

— Sim — ela soluçou. — Sim, caralho. Eu entendo. Me faz gozar, Hades!

O deus a girou para encará-la e a beijou, pressionando-a contra o espelho, saboreando sua boca antes de levantá-la e penetrá-la novamente.

Perséfone gemeu, os dedos se entrelaçando em seu cabelo, e quando ele se afastou, seus olhos brilharam.

— Nunca amei ninguém como amo você. — Ele falou como se estivesse se confessando. — Não consigo colocar em palavras; não há nenhuma que chegue perto de expressar como me sinto.

Perséfone o abraçou forte, curvando-se em direção aos lábios dele.

— Então não use palavras — ela disse.

Seus lábios colidiram e eles deslizaram para o chão. Os joelhos de Perséfone pressionavam o chão de mármore duro enquanto ela cavalgava Hades, mas ela nem percebeu, concentrada no prazer crescendo dentro de si. Entrelaçou seus dedos com os de Hades e estendeu os braços dele para cima.

— Porra — Hades amaldiçoou, quebrando o domínio dela.

Ele agarrou seus quadris e a ajudou a se mover mais rápido, mais forte. Se encararam até que o prazer se tornou demais. A cabeça de Perséfone caiu para trás quando ela gozou, e Hades em seguida.

Perséfone desabou em seu peito, sem fôlego e saciada, confortada pela sensação dos braços de Hades ao seu redor. Eles não falaram por um longo tempo, até que suas respirações se acalmaram e seus corações desaceleraram.

Hades quebrou o silêncio.

— Casa comigo.

Perséfone sentou. Hades ainda estava duro dentro dela, e o movimento fez seus olhos brilharem como brasas.

— O quê?

De jeito nenhum ela tinha ouvido direito.

— Casa comigo, Perséfone. Seja minha rainha. Diz que ficará ao meu lado... para sempre.

Ele estava falando sério, e ela estava... confusa. Não sobre seu amor por Hades, mas tantas outras coisas.

— Hades... eu... — Ela não conseguia descobrir o que dizer. — Você estava com raiva de mim há um minuto.

Ele deu de ombros.

— E agora não estou mais.

— E você quer se casar comigo?

— Sim.

Ela se levantou, tropeçando enquanto suas pernas lutavam para segurá-la. Hades estendeu as mãos para ajudar a estabilizá-la, mas ela recusou.

— Eu não posso me casar com você, Hades — ela respondeu, com os olhos cheios de lágrimas. — Eu... não te conheço.

Hades franziu as sobrancelhas.

— Você me conhece.

— Não, não conheço — ela argumentou, indicando o que estava ao seu redor. — Você escondeu este lugar de mim.

Hades baixou o queixo, os olhos se estreitaram.

— Perséfone, eu vivo desde sempre. Sempre haverá coisas que você aprenderá sobre mim, e precisa saber que não vai gostar de algumas delas.

— Esta não é uma dessas coisas, Hades. Este lugar é real e existe no presente. Você contratou Leuce para trabalhar aqui. Eu merecia saber, tanto quanto merecia saber sobre Leuce!

Quando ele não disse nada, ela perguntou:

— Por que você não me contou?

— Porque tive medo — ele retrucou e ficou em silêncio. Havia raiva em suas palavras, e ela se perguntou se estava mais frustrado por ter que dizer algo assim em voz alta ou por ter esses sentimentos.

— Por quê?

— Obviamente por causa da sua moral. — Ele se levantou e deu alguns passos para longe.

Ela não conseguia explicar como se sentia com essas palavras, mas queria argumentar que sua moral não era muito forte, já que transformara Minta em uma hortelã e assistira a Hades torturar um mortal.

Ele suspirou.

— Eu queria tempo para pensar em como mostrar a você meus pecados. Para explicar suas raízes. Em vez disso, parece que todo mundo deseja fazer isso por mim.

Perséfone piscou, e sua frustração se foi assim como veio. Ela se sentiu... triste. Não esperava que Hades se sentisse inseguro sobre isso, muito menos se frustrasse quando outros tiraram sua chance de contar a ela, e não tinha certeza se era isso que Leuce pretendia também.

Sua expressão suavizou, e ela deu um passo em direção a ele.

— Desculpa, Hades.

Ele franziu o cenho.

— Pelo que você está se desculpando?

— Acho que por... tudo — disse ela. — Por ter vindo aqui... por dizer não.

— Está tudo bem. É muito para pedir de você agora — disse ele. — Com Lexa e seu trabalho. E essa noite te mostrei um lado meu que você nunca tinha visto.

— Você não está... chateado?

Hades considerou por um momento.

— Eu gostaria que você tivesse dito sim? Certamente.

Seus ombros se curvaram.

— Eu só... não estou pronta.

— Eu sei. — Ele beijou sua testa e, quando seus lábios tocaram sua pele, ela começou a chorar.

Hades enxugou suas lágrimas.

— Por que está chorando?

— Eu estraguei tudo. — Ela enterrou o rosto em seu peito.

— Shh — ele a acalmou. — Você não estragou nada, meu bem. Foi honesta consigo mesma e comigo. Isso é tudo que eu peço.

— Como você pode querer se casar comigo agora? Depois de eu te dizer não?

— Sempre vou querer me casar com você, porque sempre vou querer você como minha esposa e rainha.

Ela foi confortada pela promessa em sua voz e esperou que quando ele pedisse novamente, ela estivesse pronta.

— Você vai me mostrar mais deste lugar? — ela perguntou, esfregando o rosto para secar as lágrimas.

— Mais da Iniquity?

— Sim.
Ele gemeu.
— Eu tenho escolha?
— Se quer que algum dia eu seja sua rainha? Não.

15

UMA REDE DE SEGREDOS

Como imaginou, havia mais na Iniquity do que sua experiência como cliente na pista de dança. Também servia de ponto de encontro para famílias criminosas de Nova Atenas, sociedades secretas, gangues e mercenários. O covil ficava no porão do prédio, acessível apenas com uma moeda antiga chamada óbolo.

Perséfone olhou para Hades.

— Vejo que você reaproveitou a ideia de pagar para entrar no Submundo.

Ele riu baixinho, mas não disse nada enquanto a guiava por um longo e escuro corredor até um quarto espaçoso, iluminado apenas pela luz que entrada por uma parede de vidro. Perséfone se aproximou e descobriu que a suíte dava para uma área de estar casual. Havia um bar e várias mesas e cadeiras menores. As pessoas estavam sentadas, jogando cartas e conversando, bebendo e fumando, enchendo cinzeiros de cristal até a borda com cinzas.

Perséfone tocou o vidro e perguntou:

— Eles podem nos ver?

— Não — disse Hades.

— Então você os espia daqui de cima? — ela perguntou, olhando para o deus, que ficou para trás, aderindo às sombras.

— Você pode chamar isso de espionar, se quiser — disse ele.

Ela estudou as pessoas abaixo e encontrou um rosto familiar.

— Aquela é Madelia Rella — disse Perséfone, surpresa ao ver a madame e proprietária do Distrito do Prazer, um bairro inteiro de bordéis.

Ela era uma bela mortal de meia-idade. Seu cabelo era escuro e ela usava lantejoulas e penas. Tinha uma piteira de jade entre o indicador e o dedo médio. Perséfone nunca tinha visto alguém fumar com tanto glamour.

Madelia estava frequentemente nos noticiários, defendendo as profissionais do sexo, reivindicando condições mais seguras e punições mais duras por ofensas feitas contra elas.

— Ela está em dívida comigo — disse ele.

— Como?

— Eu emprestei a ela o dinheiro para começar seu primeiro bordel.

Perséfone não sabia o que achar daquilo.

— Por quê?

— Foi uma oportunidade de negócio — disse ele. — Em troca do dinheiro, tenho participação na empresa dela e posso garantir a segurança de suas garotas.

Perséfone não esperava que Hades dissesse essa última parte, mas isso não a surpreendeu. Ele sempre protegia as mulheres.

— Quem mais está lá embaixo? — ela perguntou.

Ela sentiu o Deus do Submundo ao seu lado e olhou-o enquanto ele examinava a multidão. Hades indicou uma pequena mesa redonda em um canto escuro onde dois homens estavam jogando cartas.

— Leônidas Nasso e Damianos Vitalis. Bilionários e chefes de famílias criminosas rivais.

— Nasso? — Perséfone perguntou. — Você quer dizer... o dono da rede de pizzarias Nasso?

— Ele mesmo — Hades confirmou. — Os Vitalis também são donos de restaurantes, mas seu sustento de verdade vem da pesca.

Perséfone também reconheceu esse nome do Mercado de Peixes Vitalis. Eles eram um dos atacadistas de pescado mais antigos e importantes do país.

— Se são rivais, por que estão jogando cartas?

— Este é um território neutro. É ilegal causar danos a outra pessoa nesta propriedade.

— Suponho que você seja a exceção a essa regra? — perguntou, erguendo uma sobrancelha. Ele torturara Kal.

— Sempre sou exceção, Perséfone.

— Essas pessoas — disse Perséfone. — São a elite de Nova Atenas.

Hades ofereceu um único aceno de cabeça.

— Eles são os ricos e poderosos, mas são ricos e poderosos por minha causa.

Perséfone pensou nisso, sentindo-se um pouco enervada com sua reação. Ela deveria se sentir chocada, mas era tomada por curiosidade.

Hades apontou alguns outros: Alexis Nicolo, jogador profissional, Helene Hallas, falsificadora de arte, e Barak Petra, matador de aluguel.

— Matador de aluguel? Você quer dizer que ele é pago para *matar* pessoas?

Hades não honrou sua pergunta com uma resposta, o que foi bastante compreensível. Era bem óbvio e, de alguma forma, a confirmação só pioraria as coisas.

Ela balançou a cabeça.

— Não entendo. Como você pode se preocupar em salvar almas de uma existência terrível na vida após a morte e ao mesmo tempo oferece a esses... *criminosos* um lugar para se reunir?

— Não são todos criminosos — disse ele. — Eu não me iludo, Perséfone. Sei que não posso salvar todas as almas, mas pelo menos a Iniquity garante que aqueles que operam no submundo da sociedade sigam um código de honra.

— Como o assassinato faz parte de um código de honra?

— Assassinato não faz parte do código de honra — disse ele. — A menos que o código seja quebrado.

Ela se virou para encarar Hades.

— Não podemos ser todos bons, mas se devemos ser maus, isso deve servir a um propósito.

Ela estreitou os olhos, sem saber como se sentir sobre tudo isso. Hades era literalmente um mafioso.

— Não espero que entenda. Há muitas razões para o que eu faço. A Iniquity não é diferente. Eu tenho os homens e as mulheres mais perigosos presos a mim. Posso derrubá-los de uma vez só. E eles sabem disso, então fazem o que podem para me agradar.

Ela estremeceu. Era estranho perceber que Hades não era apenas poderoso por causa do controle que tinha sobre sua magia. Ele era poderoso por causa dos acordos que fizera, e isso era a prova.

— Você quer dizer todos, menos Kal Stavros?

Hades deu de ombros.

— Eu disse que era apenas uma questão de tempo até que alguém tentasse chantageá-la.

— Você nunca disse nada sobre chantagem — Perséfone contrapôs. — O que Kal tem contra você?

— Nada — disse Hades. — Ele apenas deseja ter controle sobre mim, como todos os mortais.

Não seria a primeira vez que um mortal tentaria ganhar alguma forma de controle sobre Hades. Toda vez que eles entravam na Nevernight para fazer uma barganha, era uma tentativa de comandar o Deus dos Mortos.

— Você tem medo de mim? — ele perguntou depois de um momento de silêncio.

A pergunta a surpreendeu. Ela sabia isso vinha do próprio medo dele, mas ainda assim não viu nada transparecendo quando o encarou.

— Não — ela respondeu rapidamente. — Mas é muita coisa para assimilar.

E um exemplo óbvio do motivo pelo qual ela não podia se casar com ele.

Ainda não, pelo menos.

Como Hades poderia pensar em pedir Perséfone para ser sua esposa — sua rainha — se ela não tinha ideia de nada disso? Não era um império que passaria a ser dela também?

Hades desviou o olhar, sua garganta se contraindo enquanto ele engolia qualquer desconforto que havia surgido em sua consciência.

— Vou te contar tudo.

Perséfone não tinha dúvida disso, porque ela própria faria questão de descobrir tudo. Tinha tantas perguntas. Queria saber sobre cada pessoa que entrava neste clube, quais negócios eles possuíam e quanto do mundo Hades controlava.

Queria perguntar o que ele achava que ela faria quando descobrisse sobre a Iniquity, apesar de ser óbvio que Hades pensava que ela iria embora.

— Acho que já ouvi o suficiente esta noite — ela respondeu. — Prefiro ir para casa.

— Você gostaria que Antoni te levasse?

Ela sorriu um pouco, percebendo que ele achava que queria dizer voltar para seu apartamento.

— Você pode muito bem me levar — disse ela. — Afinal, vamos para o mesmo lugar.

Os lábios de Hades se curvaram e ele colocou um braço em volta da cintura dela, puxando-a para perto antes de se teleportar para o Submundo.

Perséfone não conseguiu dormir.

Ficou imóvel, embalada no calor de Hades, agoniada. Não por causa do que ficara sabendo sobre o Deus dos Mortos, mas do que Kal havia dito sobre Lexa.

Se achasse que Lexa ia viver, teria vindo?

Kal estava certo, é claro. Perséfone não podia negar que havia buscado uma cura para os ferimentos de Lexa na Iniquity porque temia que sua amiga não se recuperasse. Também sentia medo de que, mesmo que o fizesse, ela não fosse a mesma.

Perséfone fechou os olhos tentando aplacar a dor e deixou o quarto de Hades.

Os salões do palácio estavam silenciosos e iluminados pela luz do céu noturno. Hades não conseguira capturar o brilho do sol, mas o da lua, sim, e fizera isso muito bem.

Perséfone atravessou o refeitório e foi até a cozinha. Ela nunca estivera nesta parte do palácio antes. Hades sempre tinha comida na mesa, fosse na sala de jantar, na biblioteca, no escritório ou no quarto.

Acendendo a luz, ela encontrou uma cozinha moderna e impecável. Os armários eram brancos, as bancadas, de mármore preto e os eletrodomésticos de inox. Ela se arrastou pelo chão frio e começou a procurar suprimentos nos armários, encontrando panelas, tigelas e utensílios.

Essa era a parte fácil.

A parte mais difícil foi encontrar os ingredientes para fazer alguma coisa.

Qualquer coisa.

Ela acabou juntando ingredientes suficientes para fazer um simples bolo de baunilha com cobertura. Levou alguns minutos para descobrir como o forno funcionava. O que ela usava em seu apartamento era muito mais antigo e tinha aqueles botões gigantes.

Uma vez que o forno estava pré-aquecendo, ela começou a trabalhar, concentrando-se em sua tarefa. Havia algo relaxante em cozinhar. Talvez gostasse tanto porque parecia uma alquimia, medindo cada ingrediente com perfeição, criando algo que enfeitiçaria os sentidos.

Sem mencionar que o ato sempre esvaziava sua mente, mas assim que ela colocou o bolo no forno, uma sensação avassaladora de pavor roubou sua respiração. Desesperada para se livrar disso, ela começou a limpar. Mesmo que a cozinha de Hades tivesse uma máquina de lavar louça, ela esfregou todos os itens à mão, enxaguou, secou e os recolocou nos armários. Depois disso, se concentrou em limpar o inox que havia manchado com suas impressões digitais.

Quando terminou, a única indicação de que alguém havia usado a cozinha era o cheiro do bolo assando.

O cronômetro no forno ainda mostrava que ela tinha mais quinze minutos. Quinze minutos para ficar sozinha com seus pensamentos atormentadores.

Ela ligou o aplicativo de música do celular, esperando que isso fornecesse a distração que precisava. Ela passou direto as primeiras músicas, sombrias e frias. Essas faziam com que lembrasse de Lexa, as letras emaranhando pensamentos e escavando memórias que não queria recordar. Quanto mais passava músicas, mais percebia que não importava qual era a canção, tudo a lembrava de Lexa.

Fechou o aplicativo, se sentindo exausta. Seus olhos pareciam cheios de areia, e os membros, pesados. Perséfone desabou no chão, seu corpo iluminado pela luz do forno, e puxou os joelhos para o peito.

— Não conseguiu dormir?

O som da voz de Hades a fez pular. Ela se virou e o viu encostado na porta, braços grossos cruzados sobre o peito nu. Um pano preto pendia de seus quadris, e seu cabelo se acumulava em camadas escuras ao redor de seu rosto. Ele parecia sonolento e lindo.

— Não — ela disse. — Espero não ter acordado você.

— Você não me acordou — disse ele. — Sua ausência o fez.

— Desculpe.

Ele sorriu por um instante.

— Não se desculpe, especialmente se isso significa que você está assando algo.

Hades foi em sua direção, e Perséfone pensou que ele ir levá-la para a cama com o bolo ainda no forno, mas para sua surpresa ele sentou ao lado dela no chão.

Perséfone se pegou olhando para ele — para seus músculos definidos, a barba por fazer, sua mandíbula, a curva completa de seus lábios. Era incrivelmente bonito, inimaginavelmente poderoso, e pertencia a ela.

— Você sabe que eu posso te ajudar a dormir — ele disse.

Ela sabia, porque ele tinha feito isso antes.

— O bolo não está pronto — ela sussurrou sua resposta. Não era porque queria falar baixo; era porque não conseguia falar mais alto, de tão exausta.

— Eu nunca deixaria queimar — respondeu Hades.

Depois de um momento, ele se mexeu, e Perséfone descansou a cabeça em seu peito. A pele de Hades estava quente, seu cheiro tão inebriante quanto a baunilha no ar, e apesar do quanto queria esperar o bolo, ela adormeceu em seus braços no chão da cozinha.

16

PONTO DE RUPTURA

Perséfone ligou para Eliska para saber de Lexa enquanto ia para o trabalho na manhã seguinte. Na verdade, estava evitando Jaison desde suas palavras de ódio após a cirurgia de Lexa e seus comentários sobre Hades. Foi difícil o suficiente aceitar que Hades não podia ajudar, e pior ainda quando Jaison questionou o amor deles.

A mãe de Lexa parecia exausta ao telefone enquanto contava que não havia mudanças em seus sinais vitais. A coisa toda parecia um pesadelo, exceto que, quanto mais tempo durava, mais Perséfone considerava que poderia ter que viver sem Lexa.

Depois da noite passada, isso de alguma forma parecia mais que uma possibilidade.

— Bom dia, Perséfone! — Helena disse quando a deusa saiu do elevador. Sua expressão alegre desapareceu rapidamente. — Está tudo bem?

A pergunta despertou uma violência incomum em Perséfone.

— Não — ela retrucou. Seu estômago imediatamente se encheu de culpa a caminho da mesa. Precisaria se desculpar com Helena mais tarde, mas agora, precisava se acalmar.

Ela mal se acomodou antes de Demetri sair de seu escritório.

— Perséfone, tem um momento?

Sua raiva aflorou novamente, espontânea e gratuita. Ela deveria dizer não, perguntar se poderia ter mais tempo para se instalar, mas se viu seguindo seu chefe até o escritório dele.

— Tenho boas notícias — disse Demetri, enquanto se sentava à sua mesa.

Perséfone sabia o que era, mas esperou, olhando-o com mais indiferença do que já demonstrara em sua vida. Foi a primeira vez desde que ele lhe dera o ultimato que ela percebeu o quanto isso a afetou.

— Kal decidiu não forçar a exclusiva.

Quando ela não reagiu, Demetri franziu a testa.

— O que há de errado? Achei que você ficaria feliz.

— Achou errado — ela disse. — O estrago já está feito.

— Perséfone.

Ela odiava como seu chefe dizia seu nome, como se ela estivesse sendo irracional.

— Não faça isso — Demetri implorou.
— Não faça o quê? Ficar puta com essa sua palhaçada?
— Se fosse palhaçada, você teria pedido demissão quando tive que te dar o ultimato. Por mais que você finja que não precisa desse emprego, eu sei que precisa. É a única maneira de se distinguir de Hades.
Ela se encolheu. Essas palavras doeram.
Demetri suspirou, sua frustração palpável.
— Desculpa. Eu não deveria ter dito isso.
— Por que não? — Ela riu amargamente. — É verdade.
— Mas não significa que vai ser assim para sempre. Se alguém pode construir um nome neste ramo, é você, Perséfone.
— Bajulação não vai te levar a lugar nenhum, Demetri.
Ele riu sem graça.
— Será que algum dia ganharei seu perdão?
— Perdão, sim. Confiança, não.
— Acho que mereço.
Os olhos de Demetri caíram para suas mãos enquanto entrelaçava seus dedos nervosamente.
— Você sabe que eu fiz isso porque não tive escolha.
— Tenho certeza de que você teve escolha assim como eu tive.
Ele acenou com a cabeça, mas seus olhos estavam distantes, como se estivesse se lembrando de algo que aconteceu fazia muito tempo. Depois de um momento, começou a falar:
— Kal não é Hades, mas é poderoso. Eu... — Fez uma pausa para limpar a garganta. — Procurei a ajuda dele.
Ela percebeu que Demetri sabia que Kal era um Magi.
— De que forma?
— Uma poção do amor.
Perséfone franziu a testa.
— Não entendo.
Demetri ergueu as sobrancelhas e, depois, encarou Perséfone.
— Na faculdade, conheci um homem chamado Luca. Ele se tornou meu melhor amigo, e eu fiquei apaixonado. Uma noite, decidi contar o que sentia. Meus sentimentos não foram correspondidos... mas... eu não conseguia imaginar uma vida sem ele.
— *Então você deu a ele uma poção do amor?*
Ela ficou horrorizada que Demetri recorresse a tais medidas. Uma poção do amor era um negócio sério. Havia uma razão para ser ilegal produzir e distribuir. Tirava a escolha do indivíduo.
— Não foi meu momento de maior orgulho — admitiu Demetri. — Se eu tivesse que fazer tudo de novo, o teria deixado ir.
— Você tem que desfazer isso — disse Perséfone.

Os olhos de Demetri se arregalaram. Claramente, não esperava que ela dissesse isso.

— Desfazer?

— Ou dizer a ele o que você fez — Perséfone insistiu. — Demetri... *você errou*.

— Eu não te contei isso para te pedir conselhos — disse, seu rosto ficando vermelho. — Estou contando para que entenda por que eu insisti com você.

— Eu percebi, mas Demetri... se você realmente amasse...

— Não — Demetri retrucou, e Perséfone fechou a boca. Ele respirou fundo.

— Essa conversa acabou.

— Demetri...

— Se eu ouvir um sussurro do que eu te disse em qualquer lugar, Perséfone, vou te demitir. Isso é uma promessa.

Perséfone crispou os lábios e se levantou, atordoada. Ela fez uma pausa antes de sair do escritório.

— Você não é melhor que Apolo.

Demetri riu, uma risada fria e amarga.

— Acho que é a primeira vez que alguém me compara a um deus.

— Não é um elogio — respondeu Perséfone.

Ela sabia que não era necessário apontar isso. Demetri estava bem ciente da gravidade de sua comparação. Apolo e Demetri haviam tomado essencialmente as mesmas decisões quando se tratava das pessoas que supostamente amavam, e os resultados foram devastadores para os mortais envolvidos.

Ela saiu do escritório de Demetri e foi arrumar suas coisas.

— Ah... hm, Perséfone? — Helena chamou enquanto Perséfone passava pela mesa dela a caminho do elevador.

Ela não parou.

— Perséfone?

Helena foi atrás dela.

— O que, Helena?

— Você está...

— Por favor, não me pergunte se estou bem.

Os lábios de Helena se estreitaram e ela hesitou, tropeçando nas palavras.

— Hum, isso chegou para você.

Ela entregou a Perséfone um envelope branco.

— Quem...?

Perséfone começou a perguntar quando Helena deu meia-volta e voltou para sua mesa.

Suspirou. Ela não culpou a garota por praticamente fugir. Agora tinha duas razões para se desculpar com ela, mas teria que fazer isso mais tarde porque realmente queria ir embora.

Entrou no elevador e abriu o envelope.

Dentro havia uma carta manuscrita.

Querida Perséfone,
    Vejo que não gostou da rosa. Talvez você ache os presentes futuros mais aceitáveis.

                                                            Seu admirador

Era a primeira vez que pensava na rosa desde que chegara à sua mesa havia alguns dias. Ainda estava lá, murcha e esquecida após o acidente de Lexa. Tinha presumido que Hades a tinha mandado, mas percebeu que estava errada. Ela ia ter que dizer a Helena para parar de aceitar presentes e envelopes sem identificação.

Repentinamente inquieta, Perséfone amassou a carta e a jogou fora ao sair do elevador. Chamou um táxi e foi direto para o hospital.

Nunca se acostumaria com este lugar. Só de chegar perto já ficava ansiosa — um sentimento que cresceu quando chegou ao segundo andar, percorrendo o corredor até o quarto de Lexa. De repente, ela parou, vendo Eliska e Adam conversando com o médico.

— Neste ponto, é algo a considerar — o médico estava dizendo.

Os pais de Lexa pareciam perturbados.

Perséfone se escondeu atrás de um suporte de computador, ouvindo.

— Quanto tempo ela tem? Depois que o respirador for removido? — ela ouviu Adam perguntar.

— Isso realmente depende dela. Pode levar segundos ou dias.

Perséfone quis vomitar.

— Claro, a decisão é de vocês — disse o médico. — Eu vou dar algum tempo para pensarem nisso. Se tiverem alguma dúvida, por favor, me avisem.

Perséfone se virou e correu até o banheiro. Quase não chegou a tempo, e, quando nada mais saiu, continuou muito nauseada.

Demorou muito mais para se recompor do que imaginava e, quando chegou ao quarto de Lexa, Eliska estava sozinha. Ela olhou quando Perséfone entrou sorrindo.

— Perséfone — ela disse.

— Oi, Sra. Sideris. Espero não estar incomodando. Deveria ter avisado que estava vindo.

— Está tudo certo, minha querida. — Eliska se espreguiçou. — Se você vai ficar aqui um pouco, acho que vou dar uma volta...

Perséfone acenou com a cabeça e conseguiu dar um sorriso. Quando Eliska saiu, a deusa se sentou na cama e cuidadosamente pegou a mão de Lexa. A pele estava descolorida e machucada por causa do tubo intravenoso e pela fita usada para prendê-lo. Havia outros tubos conectados ao seu corpo.

A culpa caiu pesadamente sobre os ombros de Perséfone. Não conseguiu encontrar uma cura para os ferimentos de Lexa. O respirador mantinha seu corpo funcionando e os pais de Lexa poderiam tirá-lo.

Era o pior medo de Perséfone se tornando realidade.

O que haveria de tão terrível em vê-la entrar no Submundo?

Era uma pergunta que deveria ter uma resposta simples, contudo, era mais complicada do que parecia. Logo após a proposta de Hades, a verdade de seus pensamentos agonizantes foi exposta. E se ela e Hades *não fossem* destinados a ficar juntos para sempre? E se ela perdesse o acesso ao Submundo e às almas? Perderia contato com Lexa também.

Reconheceu que mesmo quando se separaram, o Deus dos Mortos manteve seu favor. Ela poderia ter ido ao Submundo a qualquer momento e visitado as almas, mas não o fez. Teria sido muito doloroso ir e isso a encheu de preocupação — tal situação não seria diferente se eles se separassem mais uma vez.

— Eu não sei se pode me ouvir — disse Perséfone. — Mas tenho tanto para te contar.

Enquanto segurava a mão de Lexa, começou a fazer um resumo de tudo o que havia acontecido com ela.

Falou também sobre o ultimato de Kal.

— Eu deveria ter dito a você assim que aconteceu — ela fez uma pausa e riu um pouco. — Tenho certeza de que teria me dito para pedir demissão, sair e começar meu próprio jornal, ou algo assim.

Contou sobre o acordo de Hades com Apolo e como ela frustrou o plano de Hades de se encontrar com o sobrinho sem ela. Falou sobre a Iniquity e todas as coisas que aprendeu sobre Hades.

As lágrimas escorriam enquanto falava.

— E então ele me pediu em casamento e eu disse que não. Posso ouvir você me perguntando o que eu estava pensando, e a verdade é que não sei. — Ela fez uma pausa e balançou a cabeça. — Só sei que não importa o quanto eu o ame, não posso me casar com ele agora.

A única resposta foi o som do respirador de Lexa.

Ela nunca se sentiu mais sozinha.

— Lexa. — A boca de Perséfone estremeceu e mais lágrimas embaçaram sua visão. Ela deu um beijo na mão de sua melhor amiga, sussurrando: — *Eu preciso de você.*

De repente, o cheiro de flores silvestres permeou o ar: cítrico amargo e menta. Perséfone ficou rígida e se recompôs o mais rápido que pôde.

— Mãe.
Ela se encolheu quando falou. Era óbvio que estava chorando. Não se virou para olhar para Deméter.
— O que você está fazendo?
— Eu ouvi sobre Lexa — disse ela. — Vim para ver se você estava bem.
Sua amiga estava no hospital havia duas semanas. Se Deméter estivesse realmente preocupada, teria aparecido mais cedo.
— Estou.
Ela sentiu sua mãe se aproximar.
— Hades não te ajudou?
Mais uma vez, Perséfone ficou tensa. Ela odiava essa pergunta, odiava porque muitas pessoas presumiam que Hades *poderia* ajudar, odiava porque ela se permitia acreditar que poderia se tornar uma exceção à regra dele, odiava porque tinha que dizer não.
— Ele disse que não seria possível — sussurrou.
Ela soltou a mão de Lexa e se virou para sua mãe. A deusa apareceu em sua forma mortal e usava um vestido amarelo sob medida. Seu cabelo dourado estava esculpido em um rabo de cavalo apertado que enrolava no final.
— Por que você está aqui? — Perséfone perguntou.
— É tão difícil acreditar que estou preocupada com você?
— Sim.
— Eu só quero o seu bem, sempre, mesmo que você se recuse a ver.
Perséfone revirou os olhos.
— Nós não estamos tendo essa conversa, mãe. Eu fiz minha escolha.
— Como você vai viver ao lado do deus que deixou sua melhor amiga morrer?
Perséfone se encolheu. Pensou nos fios que ele escondia em sua pele e nas vidas que ele trocou para obtê-los. Ela estaria mentindo se não admitisse que se perguntou por que ele não escolheria trocar a alma de Lexa por outra.
Perséfone estreitou os olhos, desconfiada.
— Se eu descobrir que você teve alguma coisa a ver com isso...
— Você vai fazer o quê? — Deméter provocou. — Continue.
— Eu nunca vou te perdoar.
Deméter sorriu friamente.
— Filha, para que essa ameaça funcione, eu precisaria querer perdão.
Perséfone ignorou a dor das palavras de Deméter.
— Não machuquei Lexa. Dadas as circunstâncias, acho que você deveria considerar: uma filha da primavera pode realmente ser a noiva da morte? Você pode ficar ao lado do deus que levou sua amiga?
A verdade era que Perséfone não sabia e isso a fez se sentir culpada e com raiva. Ela cerrou os punhos.
— Cala a boca — gritou.

— Você deve canalizar sua raiva contra as Moiras — disse Deméter.
— Foram elas que levaram sua amiga.
Perséfone deu uma risada sarcástica.
— Como você fez? Como isso acabou para você?
Deméter estreitou os olhos.
— Ainda não acabou.
Perséfone virou-se para Lexa novamente. Vê-la assim foi a coisa mais difícil que já tinha vivido e piorava cada vez que passava pela porta do hospital.
— Hades não é o único deus que poderia ajudá-la. Apolo é o Deus da Cura.
Perséfone teve um sobressalto.
— Claro, você pode ter arruinado qualquer chance de garantir a ajuda dele depois do artigo atroz que publicou.
— Se você veio para defendê-lo, eu não vou ouvir. Apolo magoou minha amiga e tantas outras.
— Você acha que algum deus é inocente? — Ela fez uma pausa para rir, e o som era arrepiante. — Filha, nem você pode escapar da nossa corrupção. É o que vem com o poder.
— O quê? Ser uma pessoa má?
— Não, é a liberdade de fazer o que quiser. Você não pode me dizer se, dada a oportunidade, desafiaria as Moiras para salvar sua amiga.
— Essas decisões têm consequências, mãe.
— Desde quando? Diga-me o impacto que seus artigos tiveram sobre os deuses, Perséfone. Você escreveu sobre Hades, e ele acabou com uma amante. Você escreveu sobre Apolo, e ele ainda é amado. — Ela fez uma pausa para rir. — Consequências para os deuses? Não, filha, não há nenhuma.
— Você está errada. Deuses sempre exigem favores, e favores significam consequências.
— Sorte que você é uma deusa. Combata fogo com fogo, Perséfone, e para de choramingar por essa mortal.
Sua mãe se foi, mas o cheiro de sua magia permaneceu e fez Perséfone se sentir mal.
Ou talvez ela se sentisse mal com a ideia de pedir ajuda a Apolo.
Ela não poderia fazer isso. Como pedir ajuda ao deus que havia criticado e proclamado odiar? Seria trair Hades e Sibila; seria trair a si mesma.
Quando Eliska voltou, Perséfone se preparou para sair, dando um beijo na testa de Lexa. Deixou escapar:
— Não a tire ainda do respirador.
Os olhos de Eliska se encheram de lágrimas, já avermelhados. Perséfone tinha certeza de que sua caminhada era mais uma desculpa para sair e chorar.

— Perséfone — Eliska disse, sua boca tremendo. — Nós não podemos... deixá-la sofrendo indefinidamente.

Ela nem está aí, queria dizer. *Ela está no limbo*.

— Eu sei que isso é difícil. Adam e eu ainda não tomamos uma decisão, mas assim que o fizermos, vou te contar.

Perséfone saiu da UTI atordoada. Se sentiu como no dia em que descobriu que Lexa tinha se acidentado. Era um fantasma, congelado no tempo, vendo o mundo continuar. Sem chão, fez seu caminho para o elevador. Estava tão perdida em seus próprios pensamentos que quase não percebeu Tânatos encostado em uma parede na sala de espera. Sob as luzes fluorescentes, seu cabelo loiro parecia sem cor e suas asas pretas estavam muito deslocadas em meio às paredes estéreis e cadeiras duras.

Perséfone sabia que ele não esperava vê-la porque, quando a notou, seus impressionantes olhos azuis se arregalaram de surpresa.

Ela tentou controlar as batidas de seu coração. *Há uma série de razões pelas quais ele pode estar no hospital. Lexa não é a única na UTI*, disse a si mesma. *Ele pode estar aqui por outra pessoa.*

Ela se aproximou e conseguiu dar um sorriso.

— Tânatos, o que está fazendo aqui?

— Lady Perséfone — disse ele, e curvou-se. — Estou trabalhando.

Perséfone tentou não se encolher. Tânatos não podia evitar ser o Deus da Morte, mas, de alguma forma, era diferente falar com ele no Submundo. Enquanto ela estava lá, não tinha pensado muito no propósito dele. Ali, no Mundo Superior, com sua amiga em risco, era claro como cristal. Ele cortava a conexão entre as almas e seus corpos. Deixava famílias devastadas. Deixaria *Perséfone* devastada.

— Quer dizer que você está ceifando?

— Ainda não — disse ele. Seu meio-sorriso era encantador, e a fez querer vomitar. — Você parece...

— Cansada? — Ela ofereceu. Não seria a primeira vez que ouviria isso hoje.

— Eu ia dizer bem.

Ela podia sentir a magia de Tânatos espreitando em sua pele, persuadindo-a a se acalmar. Normalmente, tomaria isso como um sinal de sua natureza carinhosa, mas não hoje. Hoje parecia uma distração.

— Não quero sua magia, Tânatos. — Suas palavras foram duras. Ela estava frustrada, com medo, e a presença dele a estava deixando desconfortável.

Não achava que o deus pudesse parecer mais pálido, entretanto, ainda mais cor sumiu de seu rosto. Levou um momento para ela perceber que o brilho nos olhos dele havia desaparecido. Ela ferira seus sentimentos. Empurrou a culpa e perguntou:

— O que você realmente está fazendo aqui, Tânatos?
— Eu disse...
— Sei que está trabalhando. Mas quero saber quem você veio buscar. — Sua voz tremeu quando ela fez a pergunta.

O deus apertou os lábios, em desafio, e respondeu:
— Eu não posso te dizer isso.

Houve silêncio e, então, Perséfone disse as palavras que sabia que Tânatos seria obrigado a obedecer porque assim Hades havia determinado.
— Eu ordeno.

Os olhos de Tânatos brilharam, como se tudo isso lhe causasse dor física. Suas sobrancelhas se franziram sobre os olhos desesperados, e ele sussurrou o nome dela, a voz falhando enquanto falava.
— *Lexa.*
— Eu não vou deixar você levá-la.
— Se houvesse outra maneira...
— *Há* outra maneira, é só você sair daqui. — Ela o empurrou um pouco. — Saia!

Falou baixinho no início, não querendo chamar a atenção, mas quando ele não se moveu, ela disse de novo — firme desta vez, as palavras escorregando por entre os dentes.
— Eu disse para sair!

Ela o empurrou com mais força, e ele ergueu as mãos, recuando.
— Isso não é algo que você pode evitar, Perséfone. Meu trabalho está ligado às Moiras. Uma vez que elas cortam o fio... eu tenho que coletar.

Odiava essas palavras, a deixavam irada de uma maneira que nunca tinha imaginado.
— Saia! — ela gritou. — Saia! Saia! Saia!

Tânatos desapareceu e Perséfone de repente foi cercada por enfermeiras e um guarda de segurança. Falavam com ela sucessivamente, e as palavras encheram sua cabeça como se fosse explodir.
— *Está tudo bem, senhorita?*
— *Talvez você devesse se sentar.*
— *Vou pegar um pouco de água.*

Sua testa começou a doer. Apesar da enfermeira tentar direcioná-la para uma cadeira, ela se libertou.
— Eu preciso saber da Lexa — disse, mas quando tentou voltar para a área da UTI, o segurança a bloqueou.
— Você precisa ouvir as enfermeiras — disse ele.
— Mas minha amiga...
— Vou obter uma atualização sobre sua amiga — disse ele.

Perséfone queria protestar. *Não havia tempo.* E se Tânatos tivesse se teleportado para o quarto dela e a levado para o Submundo? De repente, as portas se abriram e Perséfone aproveitou a chance. Passando pelo guarda, correu para o quarto de Lexa e prontamente desapareceu.

Ser teleportada para outro reino sem aviso dava uma sensação semelhante a estar no vácuo. De repente, ficou mais difícil respirar, seu corpo parecia vazio e suas orelhas estalaram dolorosamente. Os sintomas duraram alguns segundos antes que fosse dominada pelo cheiro da magia de Hades queimando seu nariz como gelo.

Enquanto seus olhos se ajustavam à escuridão, percebeu que havia sido depositada na sala do trono de Hades. Estava sempre escuro, apesar da luz turva que entrava pelas janelas inclinadas acima. O deus estava sentado em seu trono — uma peça vítrea de obsidiana, artística e monstruosa. Ela não conseguia ver nada além de uma faixa de seu lindo rosto, iluminado por uma luz vermelha.

Podia adivinhar porque Hades a trouxera ali — para impedi-la de interferir no trabalho de Tânatos, para lhe dar um sermão mais uma vez sobre como não poderiam interferir na vida de Lexa, mas ela não queria ouvir.

Tentou reunir sua magia e se teleportar, sabendo que era em vão — Hades provavelmente revogara quaisquer direitos que ela tinha de deixar o Submundo enquanto ele estivesse com raiva.

E, sem dúvida, ele estava com raiva.

Podia sentir sua frustração. Solidificou entre eles, tornando o ar tangível.

— Você não pode simplesmente me *remover* do Mundo Superior quando quiser! — ela gritou.

— Você tem sorte que eu a removi, e não as Fúrias.

O tom de sua voz era grosso e a colocou no limite de explodir. Ainda assim, ela queria lutar.

— Me manda de volta, Hades!

— Não.

Uma dor lancinante irrompeu do ombro de Perséfone, seu flanco, e suas panturrilhas enquanto espinhos brotavam de sua pele. Isso a deixou de joelhos diante de Hades. O deus se levantou de seu trono, totalmente incendiado pela luz vermelha. Ele parecia horrorizado e mortal e se moveu em direção a ela com graça predatória.

— Para! — ela ordenou. — Não se aproxima!

Não queria que visse quão ruim suas feridas realmente eram.

Hades não obedeceu e se ajoelhou ao seu lado.

— Porra, Perséfone. Há quanto tempo sua magia está se manifestando assim?

Perséfone não respondeu. Em vez disso, ela perguntou:

— Você nunca ouve?

Ele deu uma risada amarga.

— Eu poderia perguntar o mesmo de você.

Ela ignorou seu comentário, concentrando-se em respirar através da dor de seus ferimentos. Sua magia havia se manifestado assim em várias ocasiões, mas este tinha sido provavelmente o pior caso. Hades colocou as mãos em seu ombro, então suas feridas curaram. Quando terminou, ele se sentou sobre os calcanhares, o sangue cobrindo suas mãos.

— Há quanto tempo você esconde isso de mim?

— Eu estive um pouco distraída, caso você não tenha notado — ela disse. — O que você quer, Hades?

Os olhos de Hades faiscaram, e sua preocupação por ela rapidamente se dissolveu em raiva.

— Seu comportamento com Tânatos foi atroz. Você vai se desculpar.

— Por que eu deveria? — ela retrucou. — Ele ia levar Lexa! Pior, ele tentou esconder isso de mim.

— Ele estava trabalhando, Perséfone.

— Matar minha amiga não é trabalho! É *assassinato!*

— Você sabe que não é! — ele falou, seco. — Mantê-la viva para seu próprio benefício não é uma gentileza. Ela está sofrendo, e *você* está prolongando a dor dela.

Ela se encolheu, mas se recuperou.

— Não, *você* está prolongando. Você poderia curá-la, mas escolheu não me ajudar.

— Você quer que eu negocie com as Moiras para que ela possa sobreviver? Então aceita a morte de outro em sua consciência? Assassinato não combina com você, Deusa.

Ela deu um tapa nele — ou tentou, porque Hades pegou seu pulso e a puxou, beijando-a até ser subjugada em seus braços, até que tudo o que podia fazer era chorar.

— Eu não sei perder pessoas, Hades — ela soluçou em seu peito.

Ele pegou o rosto dela, tentando enxugar suas lágrimas.

— Eu sei — ele respondeu. — Mas fugir não vai ajudar, Perséfone. Você está apenas adiando o inevitável.

— Hades, por favor. E se fosse eu?

Ele a soltou tão rapidamente que ela quase perdeu a compostura.

— Eu me recuso a alimentar esse pensamento.

— Você não pode me dizer que não quebraria todas as Leis Divinas por mim.

Perséfone havia notado a profundidade dos olhos de Hades antes — como se houvesse milhares de vidas refletidas ali dentro, mas não era nada como o que via agora. Houve um lampejo de malícia, um momento em que ela jurou que podia ver todas as coisas violentas que ele já tinha feito. Não duvidava do que Hades faria para salvá-la.

— Não se engane, milady, eu queimaria o mundo por você, mas esse é um fardo que estou disposto a carregar. Pode dizer o mesmo de si mesma?

Algo mudou dentro de Hades após a pergunta dela, e tão repentinamente quanto ele pareceu vulnerável, o momento passou. Seus olhos embaçaram e sua expressão tornou-se passiva.

— Eu vou te dar mais um dia para dizer adeus a Lexa — disse. — Esse é o único compromisso que posso oferecer. Você deveria estar agradecida.

O deus desapareceu.

Sozinha na sala do trono, Perséfone esperava se sentir sobrecarregada com a realidade de que nas próximas vinte e quatro horas, Lexa estaria morta.

Em vez disso, sentiu uma estranha sensação de determinação.

Consequências para os deuses?, ela pensou. *Não há nenhuma.*

Se teleportou para seu apartamento. Sibila se reclinou no sofá, com os olhos arregalados por Perséfone aparecer ensanguentada.

A oráculo se endireitou.

— Perséfone, você está...

— Eu estou bem — ela disse rapidamente. — Preciso de sua ajuda. Aonde Apolo vai nas noites de quinta?

17

O DISTRITO DO PRAZER

Perséfone percorreu as ruas estreitas de paralelepípedos do Distrito do Prazer, passando por lojas pintadas de branco e bordéis com nomes como Hetaira, Pórnai e Kapsoura. As passagens estavam cheias de gente. Havia quem vinha gozar os prazeres do bairro, evidentes pelas máscaras que usavam para esconder a identidade; havia aqueles que estavam ali para dar prazer — mulheres de lingerie e homens sem camisa. Dançavam por entre a multidão, provocando clientes com echarpes espalhafatosas e chocolates. A pele deles brilhava com óleos que cheiravam a jasmim e baunilha. Luzes cruzavam no alto, dando a todo o lugar um estranho brilho vermelho.

Acontece que era ali que Apolo passava as noites de quinta-feira.

— *Ele estará em Erotas* — Sibila dissera. — *Ele é dono de uma suíte no terceiro andar.*

A Deusa da Primavera estendeu a mão para verificar a máscara que Sibila lhe emprestara, paranoica de que, de alguma forma, ela se soltaria e revelaria sua identidade. Era preta, pesada e sólida. Ela só precisava usá-la até chegar a Erotas. Uma vez lá dentro, era prometido anonimato a todos os visitantes.

Reconheceu que tinha escolha, mas era algo que não estava disposta a fazer. Sua mãe estava certa. Por que não pedir a Apolo para curar sua amiga? Era uma barganha que estava disposta a fazer, então se dirigiu a Erotas.

Era possível ver o estabelecimento de longe — um falo gigante e espelhado na extremidade do Distrito do Prazer. Sendo um dos bordéis mais caros e sofisticados, tinha a melhor vista do oceano. Quando chegou perto da porta, Perséfone tirou o casaco e a máscara. Por baixo, usava um vestido preto simples e sandálias de tiras — o traje usado pelas mulheres que trabalhavam em Erotas, e se Perséfone tivesse sorte, se camuflaria o suficiente para encontrar Apolo.

Ela ficou surpresa ao descobrir que o interior do bordel era decorado de forma mais tradicional. A entrada era redonda e iluminada por um grande lustre de cristal. As paredes eram vermelhas, decoradas com espelhos e arandelas ornamentadas, e não havia ninguém no local enquanto ela atravessava o salão com piso de mármore em direção a uma elaborada escadaria que levava ao segundo andar.

Bastante fácil, pensou Perséfone, enquanto sua mão tocava a grade de ferro forjado.

— Aonde você vai?

Ela congelou e deu de cara com uma mulher mais velha vestida de carmesim. Era bonita, esbelta e tinha cabelos brancos. Perséfone presumiu que fosse a madame — ou gerente — do bordel.

— Eu tenho um cliente — disse Perséfone. — Esperando. No andar de cima.

— Você está mentindo — disse a mulher.

Perséfone empalideceu.

— Nenhuma das meninas subiu ainda — continuou a mulher. — Venha.

Perséfone hesitou, mas desceu. A mulher estudou Perséfone enquanto se aproximava, tentando identificá-la.

— Qual é seu nome? — perguntou, estreitando os olhos.

— K-kora — Perséfone gaguejou.

— Você é nova — disse a mulher, e então tocou o rosto de Perséfone, como se estivesse inspecionando suas imperfeições. — Sim, você consegue um preço alto.

— Um preço alto? — As sobrancelhas de Perséfone se juntaram.

— Por isso estava saindo, presumo. Nervosa para o leilão?

Leilão?

Perséfone assentiu.

— Não se preocupe, docinho. Venha.

A madame deu o braço a Perséfone e a levou para uma sala embaixo da escada.

Dentro, havia mulheres e homens de todas as idades e tamanhos vestidos de preto. Perséfone se perguntou por que aquela cor; parecia um velório.

Quando as duas entraram, um homem vestindo um pano vermelho na cintura e uma máscara da mesma cor se aproximou com uma bandeja de prata. A madame pegou uma taça de champanhe e passou para Perséfone.

— Beba — ela disse. — Vai acalmar seus nervos.

Perséfone tomou um gole da bebida: era doce e leve.

— Misture-se, converse. As apostas começarão em breve.

A madame saiu e não demorou para que Perséfone fosse abordada por uma mulher de cachos escuros e cílios longos. Seus lábios eram de um vermelho brilhante, e sua pele, de um rico tom de marrom.

— Nunca vi você — disse ela. — Eu sou Ismena.

— Kora — disse Perséfone. — Hum... pode me dizer o que está acontecendo?

Ismena riu um pouco, quase como se pensasse que Perséfone estava brincando.

— Eles simplesmente te tiraram da rua porque você era bonita?
Perséfone arregalou os olhos.
— Isso acontece?
— Esquece — disse Ismena. — É um leilão. Você recebe um número e entra em uma sala como um auditório onde você espera até que seu número seja chamado. Depois disso, você é levada a um palco e apenas... fica lá até que eles te mandem sair.
— E depois disso?
— Você é levada ao quarto da pessoa que te levou no leilão.
Perséfone sentiu um frio na barriga.
— Como você entrou nessa, afinal? — perguntou Ismena. — Não parece nada preparada.
Perséfone meio que riu e ofereceu a única coisa que podia:
— Às vezes não temos escolhas. E você?
A mulher deu de ombros.
— É um bom dinheiro e, na maioria das vezes, esses homens nem estão atrás de sexo. Só querem conversa.
Bem, isso era bom, porque era só para isso que Perséfone tinha vindo: conversar e barganhar.
A mulher de vermelho voltou e bateu palmas, chamando a atenção de todos.
— Está na hora, senhoras e senhores.
Perséfone seguiu o exemplo de Ismena. Eles entraram em uma sala adjacente onde uma série de cadeiras estavam dispostas. Ao entrarem, receberam números e tomaram seus assentos. Um por um, a madame convocou homens e mulheres, e enquanto eles desapareciam na escuridão, o coração de Perséfone disparava. O que Hades faria se descobrisse que ela estava prestes a se leiloar em um bordel?
Então outro pensamento lhe ocorreu: e se ela não conseguisse encontrar Apolo?
Ela esperou muito — até que todos na sala tivessem ido embora, exceto ela.
A madame entrou.
— Sua vez, Kora.
Perséfone se levantou e seguiu a mulher nas sombras. Foi direcionada para um palco redondo. Não conseguia ver nada além dele, mas sabia que as pessoas estavam espalhadas na escuridão porque podia senti-las. Uma torrente de emoções a atingiu: intensa solidão e anseio. Por baixo disso, havia um toque de diversão. Ela olhou para a escuridão e ofereceu um meio sorriso suave.
— Estou aqui por você, Apolo.

A madame surgiu da sombra, rápida como um raio, e agarrou-a pelo pulso.
— Como ousa!? Este leilão deveria ser anônimo.
Uma voz estalou através de um interfone.
— Não a machuque, madame Selene, ou enfrentará a ira de Hades.
Já era o anonimato.
A mulher respirou fundo e a soltou, os olhos arregalados.
— Você é Perséfone?
A voz de Apolo estalou no interfone novamente:
— Acompanhe-a até minha suíte.
Perséfone virou-se para a madame com expectativa. A mulher levou um momento para se mover, parecia congelada, olhando para Perséfone como se esta tivesse ressurgido dos mortos. Depois de um momento, limpou a garganta e inclinou a cabeça.
— Por aqui, milady.
A madame levou Perséfone para fora da sala e entrou em um elevador espelhado. Quando as portas se fecharam, olhou para Perséfone pelo reflexo.
— Por que você me deixou tratá-la como uma das minhas garotas?
Perséfone encolheu os ombros.
— Eu estava curiosa. Não se preocupe; se todos os presentes esta noite mantiverem meu segredo, vou garantir que Hades nunca descubra que você colocou a mão em mim. Entendido?
— Sim, milady.
Madame Selene tirou uma chave e a inseriu no painel, apertando o botão do terceiro andar. Elas ficaram em silêncio até que a madame perguntou:
— Está aqui para barganhar com ele?
O coração de Perséfone acelerou.
— Por que eu iria barganhar com Apolo?
— Porque você está desesperada.
Perséfone encarou a mulher.
— Eu vejo desespero todos os dias, meu amor. Se você está procurando um fim para isso, confie em mim, Apolo não é a resposta.
Perséfone trincou a mandíbula.
— Lembra da minha promessa mais cedo, madame? Você faria bem em ficar quieta.
A mulher sorriu, e Perséfone pensou que isso indicava sua maldade.
— Minhas mais sinceras desculpas, milady.
O elevador parou e Perséfone entrou em uma sala de estar luxuosa e bem mobiliada. O lugar estava coberto de tecidos sofisticados, tapetes texturizados e belas obras de arte.

Perséfone sentiu os nervos à flor da pele enquanto se movia no espaço, pensando que o Deus da Música poderia aparecer do nada apenas para assustá-la, mas quando contornou a área de estar, encontrou Apolo em uma sala adjacente. Ele estava nu, relaxando em uma banheira gigante. Quando a viu, o deus se esticou, apoiando os pés e estendendo os braços sobre a borda da banheira.

— Lady Perséfone — disse ele. — Um verdadeiro prazer.

— Apolo — ela respondeu.

— Venha, junte-se a mim!

— Você não acabou de avisar a madame Selene da ira de Hades? Ele cortará suas bolas e te fará comê-las se você me tocar.

Apolo riu, como se gostasse muito de imaginar a cena.

— Você me negaria o que me é devido? Afinal, eu comprei e paguei por você.

— Azar o seu — respondeu.

Apolo riu, estreitando aqueles olhos violeta-escuros.

De repente, as portas do elevador se abriram novamente e três ninfas entraram na sala. Elas estavam vestindo calças brilhantes. Uma carregava uma tigela, a outra, uma bandeja com várias garrafas, e a última, uma pilha de toalhas.

— Coloquem os óleos no banho. Já esperei o suficiente — Apolo reclamou quando elas aproximaram.

A ninfa com a bandeja não parecia nada abalada com a grosseria do deus. Seus movimentos eram sem pressa e precisos. Ela pousou a bandeja, escolheu uma garrafa e mediu o óleo com a tampa. Quando aquela ninfa terminou, a outra espalhou pétalas de rosa no banho de Apolo, e a última enrolou uma toalha e a colocou sob a cabeça dele. Uma vez que terminaram, deixaram a sala silenciosamente.

— Sibila te disse onde me encontrar?

Perséfone olhou feio.

— Então, você se lembra do nome dela. — Ele havia se recusado a dizer isso antes.

O deus revirou os olhos.

— Lembro do nome de todos os meus oráculos, de todos os meus amantes, de todos os meus inimigos.

— Não são tudo a mesma coisa? — Perséfone desafiou.

O deus franziu a testa, seu rosto endurecendo.

— Você deveria ter mais cuidado com suas palavras, especialmente se está aqui para pedir ajuda.

— Como você sabe que estou aqui para pedir ajuda?

— Estou errado?

Ela ficou em silêncio, e o deus riu.

— Então me diga, Lady Perséfone, o que você quer que seu amante não está te oferecendo?
Vida.
De repente, Perséfone sentiu uma onda de calor através de seu corpo. Odiava estar ali, odiava ter vindo a Apolo para pedir ajuda. Odiava saber que estava ali porque Hades não podia dar o que queria.
— Preciso que você cure minha amiga — disse Perséfone. As palavras pareciam espinhos em sua língua. Sabia que não deveria dizê-las nem pedir a Apolo que desafiasse o Destino... mas ali estava ela.
Apolo a encarou por um longo momento e então jogou a cabeça para trás, rindo. Perséfone desprezou o som daquele riso; estava fora do tom, um divertimento falso, Contudo, quando o deus a olhou novamente, os olhos dele brilhavam.
— E por que eu ajudaria a jornalista que caluniou meu nome?
As mãos de Perséfone tremeram e ela cerrou os punhos para evitar que ele percebesse. Depois de um momento de silêncio, ela falou:
— Porque estou disposta a barganhar.
Isso chamou a atenção de Apolo. Ele se ergueu da banheira e ficou de pé, completamente nu.
— Você está disposta a barganhar comigo? — ele perguntou.
Perséfone virou-se, engolindo em seco. Para ser honesta, ver Apolo nu não era tão diferente de ver as estátuas no Jardim dos Deuses na Universidade de Nova Atenas, mas havia algo chocante em ver carne em vez de pedra.
— Sim, Apolo. Esse é meu objetivo.
A água derramou, e Perséfone soube sem olhar que o deus tinha saído da banheira.
— Essa... *amiga*. Ela deve ser muito importante para você.
— Ela é tudo.
— Estou vendo — Apolo disse em um tom debochado. — A ponto de você desafiar Hades e barganhar comigo.
Os olhos de Perséfone se voltaram para Apolo. Ele não tinha feito o menor esforço de se cobrir.
— Você vai me ajudar ou não? Eu não vim aqui para conversar educadamente.
— Você chama isso de educadamente? — o deus zombou.
Os punhos de Perséfone se apertaram e Apolo estreitou os olhos. Ela se perguntou se ele podia senti-la perdendo o controle de sua ilusão.
— Implore — disse ele. — De joelhos.
Perséfone ficou enojada.
— Nunca.
— Então eu não vou te ajudar.
Ele começou a se virar quando Perséfone gritou:

— Espera!

Apolo fez uma pausa, ergueu uma sobrancelha e esperou.

A Deusa da Primavera se esforçou para manter sua raiva sob controle enquanto ajoelhava, e, quando falou, sua voz tremeu.

— Por favor.

— Não.

Apolo começou a se afastar e videiras irromperam do chão sem aviso, prendendo-o.

— Ora, ora, você está cheia de surpresas — disse o deus.

— Eu disse por favor!

A voz de Perséfone era venenosa. Ela iria torturá-lo e obteria imenso prazer com isso.

— Você é uma deusa. Uma deusa, disfarçada de jornalista mortal.

Apolo ignorou seu pedido, os olhos brilhando de empolgação.

— Ninguém sabe, não é?

Isso não era exatamente verdade, mas em vez de responder, nas vinhas com as quais ela segurava Apolo cresceram espinhos. Farpas afiadas irromperam perto de seu rosto e seu pau, silenciando-o.

— Acredito que estávamos tendo uma conversa — disse ela — que envolvia você salvar minha amiga.

Apolo a encarou e, depois, tentou arrebentar as videiras. Após algumas tentativas, ele desistiu, ofegante.

— De que são feitas?

Perséfone piscou — ela não sabia. Mas estava surpresa que Apolo não tivesse conseguido quebrar sua magia. Talvez sua raiva e ódio pelo deus influenciassem sua força.

Ele a observava curioso.

— Você é uma criaturinha perigosa.

— Eu não sou uma criaturinha.

— Sim, você é. É uma *sanguessuga*, sugando a diversão da minha noite.

— Você que tornou isso difícil.

— Eu jamais pensaria que você fosse capaz de... — olhou para baixo, por pouco não tendo o rosto empalado por um espinho.

— Derrotar você? — Perséfone falou rápido.

— Me conter — corrigiu, e aquele brilho travesso tingiu seus olhos novamente. — Estou certo em supor que esta é uma das partes favoritas de Hades?

— Eu não estou aqui para falar sobre Hades.

— Claro. Porque se fosse, teríamos que tratar do assunto desconfortável. Ele não sabe que você está aqui, sabe?

— Por que todo mundo fica me perguntando isso? — reclamou. — Eu não tenho que pedir permissão para estar aqui.

Os lábios de Apolo se curvaram.

— Talvez não, mas estou certo de que ele vai se sentir totalmente traído quando descobrir que você veio me pedir ajuda. Afinal, ele concedeu um favor para te salvar de mim.

Perséfone ignorou a culpa.

— Essa foi a escolha de Hades. Eu fiz a minha. Proponho uma barganha, Apolo. Você cura minha amiga e eu... eu...

Bem, ela não tinha certeza do que faria.

— Você vai fazer o que eu quiser.

Ela odiava como Apolo parecia interessado na perspectiva de um pedido aberto.

— Não o que você quiser — Perséfone disse. — Não vou fazer nada que magoe Hades.

— Ah, mas você já está fazendo, pequena deusa — ele hesitou. — Certo. Vou barganhar com você, mas só porque isso vai me divertir.

Ela esperou. Queria os termos de seu acordo.

— Não consigo pensar com esse espinho na cara.

Considerou mandar ele dar um jeito, mas decidiu que deveria ser um pouco complacente. Estava à sua mercê quando se tratava dessa barganha.

Suspendeu a magia e Apolo se esticou, ainda nu.

— É pedir demais que você se vista? — ela perguntou.

— Sim. Agora, o que eu quero de você?

Ele considerou a pergunta enquanto caminhava até o canto da sala e pegava um roupão floral. Estava de costas para Perséfone enquanto o vestia e não fechou o roupão, que ficou aberto, expondo sua nudez. Ela revirou os olhos.

— Quero que você saia comigo.

— O quê? — Perséfone pensou que ele estivesse brincando, mas o olhar de Apolo dizia o contrário.

— Como... *amiga*. Vamos a uma festa juntos, participar de eventos juntos, você irá à minha cobertura.

— Você quer que eu socialize com você? — Havia algo errado. — Por quanto tempo?

— Quanto vale a vida de sua amiga?

Perséfone não ia responder isso.

— E se nos odiarmos? — Porque Perséfone tinha certeza de que só o odiaria mais ao final disso.

Apolo deu de ombros.

— Você ficaria surpresa com o que eu posso aturar.

Ela nunca quis tanto revirar os olhos para uma pessoa.

— O que *sair* com você implica? — ela perguntou.

— Alguém te ensinou bem.

— Eu não vou dormir com você. Não vou magoar as pessoas por você. Também não vou usar meus poderes para você.

— Algo mais?

— Se sua cura não funcionar, o acordo está cancelado.

Apolo parecia achar isso particularmente engraçado.

— Se minha cura não funcionar? Pequena deusa, você sabe quantos curandeiros eu gerei?

— Não quero saber nada sobre essa parte de sua vida, Apolo.

— Esse é o fim de seus pedidos?

— Seis meses — disse Perséfone. — Eu só vou fazer isso por seis meses.

O deus ficou em silêncio enquanto considerava sua proposta. Finalmente, disse:

— Fechado.

— Fechado? — Ela não podia evitar, tinha que perguntar.

Não esperava que ele aceitasse tão rápido.

Apolo riu.

— É tão inacreditável que eu te ajude?

— Você não está ajudando com a bondade do seu coração — Perséfone respondeu. — Está ajudando porque isso te beneficia de alguma forma estranha.

Apolo ficou emburrado.

— Não me insulte, eu posso rescindir minha oferta.

— Não! — ela disse rapidamente, e seu rosto ficou quente. Não de vergonha, mas de raiva. — Desculpa.

O deus olhou para ela.

— Você realmente se importa com sua amiga. Mas devo perguntar: o que há de tão ruim na morte dela? Você é amante de Hades. Poderá vê-la no Submundo.

Perséfone hesitou em falar, e Apolo começou a rir.

— Incerta sobre seu relacionamento, hein?

— Eu só — ela gaguejou, sem saber como interpretar o que Apolo estava dizendo.

Pensou nas palavras de sua mãe: *você deve considerar, dadas as circunstâncias, uma filha da primavera pode realmente ser a noiva da morte?* Era uma pergunta que Perséfone não podia responder. Poderia existir ao lado de Hades, o deus que deixaria sua melhor amiga morrer? Poderia governar um mundo que era responsável pela dor insuportável que sentia?

— Não tenho como ser a deusa que ele quer.

Apolo bufou.

Perséfone olhou feio.

— O quê?

O deus ergueu as sobrancelhas.

— Parece que você acha que ele quer outra coisa além de você, o que não foi o que eu testemunhei quando fui te punir no Submundo.
Perséfone cruzou os braços.
— O que você sabe sobre isso, Apolo?
Ela não gostou de quão sério ele ficou de repente.
— Mais do que você jamais poderia imaginar, pequena deusa.
Ela sentiu a verdade daquelas palavras. Queria fazer mais perguntas — o que exatamente ele testemunhara quando fora ao Submundo, mas não queria que soubesse que estava curiosa.
— Apenas... cure minha amiga, Apolo.
— Como quiser, Deusa. — Ele estendeu a mão. — Aonde vamos?
— Asclépio — disse ela. — Segundo andar, UTI.
— Ah, sim, o xará do meu filho. Você sabia que Hades reclamou tanto da habilidade dele que meu pai o matou?
— Habilidade?
— Ele podia trazer os mortos de volta à vida — disse Apolo. — Imagino que Hades o tenha colocado no Tártaro por isso.
Apolo pegou a mão dela, e a força da magia dele fez o estômago de Perséfone revirar. Ele cheirava à madeira e a eucalipto.
Eles apareceram no quarto escuro de Lexa. Os pais dela estavam dormindo no canto. O quarto cheirava a mofo, e o ar estava pegajoso e quente. Perséfone olhou para Apolo, surpresa ao ver que seu rosto estava tenso e sombrio.
— Agora vejo por que você estava desesperada para negociar — disse ele. — Ela está por um fio.
O comentário foi a confirmação de que Perséfone havia tomado a decisão certa e, como se Apolo tivesse ouvido esse pensamento, encontrou o olhar dela.
— Tem certeza que quer isso?
— Sim. — Sua voz era um sussurro no escuro e, no segundo seguinte, o Deus da Música estava segurando um arco e flecha.
A arma era etérea e brilhava na penumbra da sala. Era bizarro testemunhar um deus vestido com um manto floral, segurando uma arma tão majestosa.
Apolo encaixou a flecha, as veias em seu braço saltando enquanto ele a puxava para trás na corda; depois, a liberou silenciosamente. A flecha atingiu em cheio o peito of Lexa e desapareceu em uma chuva de magia cintilante.
Seguiu-se o silêncio.
Mas nada aconteceu.
— Não está funcionando — disse Perséfone, já sentindo terror com o pensamento.

— Vai funcionar — disse Apolo. — Amanhã eles vão tirá-la do respirador, e ela vai acordar e respirar sozinha. Ela será um milagre vivo, respirando. Exatamente o que você queria.

Por alguma razão, essas palavras deixaram um gosto horrível na boca de Perséfone. Ela olhou de volta para Lexa, que estava imóvel como um cadáver.

— Vou te procurar — disse ele. — Seus deveres começam em breve.

Então, desapareceu.

Na UTI cheia de bipes agourentos, Perséfone se perguntou o que havia feito.

18

AS FÚRIAS

Perséfone chegou ao hospital com Sibila duas horas depois. Estava muito ansiosa para ficar longe dali. Não que não confiasse nos poderes de cura de Apolo, mas não conseguia afastar a sensação de que algo estava prestes a dar terrivelmente errado. Ela podia sentir — uma escuridão tangível se acumulando atrás dela, ganhando velocidade, profundidade e peso.

Lexa estaria curada o suficiente quando a tirassem do respirador? Hades interviria? O que aconteceria quando ele descobrisse que ela havia negociado com Apolo? Ele veria sua decisão como traição?

A culpa a deixou enjoada e tonta, e enquanto ela entrava no elevador com Sibila, temia ter outro ataque de pânico. Se perguntou se a oráculo sentia sua aflição, especialmente quando olhou em sua direção.

Em vez disso, Sibila perguntou:

— Você fez a barganha?

Perséfone não devolveu o olhar. Manteve-se observando o número vermelho enquanto os andares passavam.

— Sim.

— O que ofereceu em troca?

Esperava manter sua barganha em segredo pelo maior tempo possível. Não queria saber o que sua amiga realmente achava de sua escolha.

— Tempo.

Perséfone ainda precisava entender o que realmente significava a demanda de Apolo por sua atenção, mas a preocupação já estava afundando em seus ossos. Depois que deixara o hospital, revisou os termos do acordo. Tinha certeza de que havia deixado alguma coisa passar e era apenas questão de tempo até que Apolo pedisse algo que ela não podia recusar.

Se Lexa viver, valerá a pena, ela pensou.

Ao menos, era o que esperava.

Quando chegaram ao segundo andar, Jaison já estava lá, sentado na mesma cadeira de madeira que ocupava desde o acidente com os olhos fechados. Ele se mexeu quando elas se aproximaram.

— Ei — Perséfone disse o mais gentilmente que pôde. — Como você está?

Jaison deu de ombros. O branco de seus olhos estava amarelo, sua pele, pálida.

— Quanto tempo até termos notícias? — Sibila perguntou.
— Eles planejam tirar o respirador às nove. — Sua voz era oca.
Perséfone e Sibila trocaram um olhar. Jaison se inclinou para a frente e esfregou o rosto vigorosamente antes de se levantar.
— Vou pegar um café.
Ele se afastou e Perséfone o observou até que desaparecesse. Não admira que os mortais implorassem a Hades para devolver seus entes queridos. A ameaça da morte tirava mais do que uma vida. O pensamento trouxe lágrimas aos olhos dela. Como poderia governar um reino que causava tanta dor? Que gerava sofrimento para os vivos?
— Ele não sabe, não é? — Sibila perguntou.
Perséfone balançou a cabeça. Ele ainda achava que perderia Lexa hoje.
— Ninguém precisa saber — disse ela. — Deixa eles pensarem que foi um milagre.
As duas se sentaram e esperaram. Jaison finalmente voltou com uma xícara fumegante de café e sentou-se ao lado dela. Eles não falaram, o que estava ok para ela. Perséfone estava perdida em pensamentos, incapaz de se concentrar em qualquer coisa. Quanto mais o silêncio se estendia, mais sua ansiedade crescia.
Em algum momento, a família de Lexa chegou. Todos foram levados a uma sala maior para onde Lexa havia sido transferida. Os pais estavam ao lado de Perséfone, depois estavam Jaison, várias tias e tios e amigos de sua cidade natal, Jônia. Cada pessoa na sala se aproximou de Lexa e se despediu, tocando-a, segurando sua mão ou beijando seu rosto.
Quando foi a vez de Perséfone, ela pegou a mão de Lexa e deu um beijo em sua pele fria.
— Por favor, por favor, acorde. — Ela rezou para que a magia de Apolo fizesse efeito e, para sua surpresa, Lexa apertou sua mão.
Perséfone levantou o olhar e encarou Jaison, mas sabia, por sua expressão, que ele não tinha visto.
— Ela apertou minha mão. — A voz de Perséfone era aguda, desconhecida para seus ouvidos, tomada por uma onda de adrenalina.
— O quê? — Jaison olhou para Lexa e apertou sua outra mão.
— Lexa, Lexa, querida. Se você pode me ouvir, aperta minha mão!
Houve uma enxurrada de atividade depois disso. Todos, exceto os pais de Lexa, foram levados para fora da sala, e os médicos foram chamados para verificar seus sinais vitais. Algum tempo depois, o pai de Lexa foi à sala de espera contar que o corpo dela havia se curado o suficiente nas últimas doze horas para que fossem mantidos os procedimentos de suporte à vida.
— É um milagre — disse ele, os olhos lacrimejantes. — Um milagre.
Os olhos de Perséfone também lacrimejaram, e seu corpo tremeu. Seu sacrifício tinha valido a pena! Lexa estava de volta.

— Você conseguiu — Sibila sussurrou, e as duas se abraçaram.

Foi então que Perséfone notou Jaison parado longe deles. Ela se aproximou, hesitante.

— Você está bem? — ela perguntou.

— Sim — disse Jaison.

Ele fungou, enxugando os olhos. Depois de um momento, a abraçou, sua respiração soltando um suspiro áspero.

— Obrigado, Perséfone.

Sua expressão de gratidão parecia equivocada, dado o que Perséfone havia feito; então, em vez de falar, ela permaneceu quieta, abraçando-o com mais força.

Eles permaneceram na sala de espera por um tempo, conversando e rindo. Tudo parecia estranho, mas esperançoso, como se o sol ainda estivesse conseguindo brilhar através de nuvens grossas e escuras. Em algum momento, Perséfone decidiu que era hora de sair discretamente. Precisava de um banho e algumas horas de sono. Ela se despediu de Jaison, de Sibila e da família de Lexa e foi embora.

No instante que saiu, sua nuca se arrepiou e um silvo aterrorizante chamou sua atenção para o céu, onde três mulheres pairavam, asas pretas e coriáceas abertas. Seus membros eram de um branco pálido, e cobras pretas se enroscavam em seus corpos. Seus cabelos eram escuros e pareciam flutuar ao redor delas como se estivessem debaixo d'água. Cada uma usava uma coroa de agulhas grossas, parecendo lâminas pretas.

Eram as Fúrias — deusas da vingança, e só apareciam quando alguém quebrava a Lei Divina.

— Perséfone, filha de Deméter.

Eles falaram em uníssono, suas vozes ecoando na mente da deusa como o silvo de uma cobra.

— Porra.

— Você quebrou uma lei sagrada do Submundo e, portanto, deve ser punida.

Um arrepio de medo sacudiu sua espinha. Ela não havia considerado que sua decisão de ajudar Lexa seria punível pelas três deusas.

De repente, serpentes deslizaram ao redor de seus pés. Perséfone arquejou.

— Ah, não. Porra, porra, porra!

Ela tentou pular do meio da piscina de cobras, mas elas foram rápidas em cercá-la, deslizando por suas pernas, tronco e ombros. Suas escamas eram escorregadias e ásperas, se apertando ao redor dela como uma corda. Um sussurro fraco alcançou seus ouvidos: *punir, punir, punir*. Então uma das serpentes afundou suas presas em seu ombro.

Perséfone gritou. A dor foi aguda, e o veneno queimou. De repente, ela estava congelada, seu grito secou em sua garganta e suas pernas não funcionavam. Ela tentou se mover, mas caiu, batendo no cimento com força. Seu corpo parecia estar sendo dilacerado e, de repente, tudo estava escuro, e ela estava caindo.

Apareceu no chão da Nevernight.

Ficou surpresa quando Apolo surgiu de bruços ao lado dela. O deus gemeu, rolando de costas. Perséfone recuperou o movimento dos membros e começou a levantar quando viu Hades de pé como uma nuvem escura acima dela. Havia uma fúria aguda em seus olhos, e ela sentiu como se a estivesse esfolando viva com aquele olhar. Nunca sentira medo dele, mesmo depois que publicou sua história sobre Apolo, mas, agora, o sentimento estava pesado e frio em seu estômago.

Assim que era estar diante de Hades, Rei do Submundo — juiz e carrasco?

— Malditas Fúrias — Apolo disse enquanto se levantava, limpando-se. Perséfone olhou para o deus, que agora via Hades. — Você sabe que poderia fazer uma atualização e usar algo um pouco mais moderno para impor a ordem natural, Hades. Prefiro ser levado por um homem musculoso do que por um trio de deusas albinas e uma serpente.

— Pensei que tínhamos um acordo, Apolo — Hades rosnou.

Perséfone ficou maravilhada com a forma como seu amante podia parecer tão calmo e, ainda assim, infundir na voz uma fúria silenciosa. Ela a sentiu no ar e se instalar em sua pele, causando arrepios.

— Você quer dizer o acordo em que eu fico longe de sua deusa em troca de um favor?

Hades não disse nada. Apolo sabia do acordo.

— Eu estava obedecendo perfeitamente, até que sua pequena amante apareceu em Erotas exigindo minha ajuda. Enquanto eu estava no meio de um banho, devo acrescentar.

— Não, você não deve — Perséfone sibilou.

— Ela pode ser muito persuasiva quando está com raiva — ele continuou, ignorando-a. — A magia ajudou.

Apolo nem precisou dizer a última parte; Hades sabia o que significava quando ela ficava com raiva — perda de controle.

— Você nunca disse que ela era uma deusa. Não foi à toa que a pegou rapidamente.

Por que todo mundo diz isso?

— Dificilmente eu negaria o pedido da deusa com ela apontando espinhos afiados para minhas partes baixas.

Perséfone queria vomitar, mas olhou para Hades e notou que, apesar da raiva nublando seu rosto, ele parecia um pouco orgulhoso.

— Então, fechamos um acordo. Uma barganha, como você gosta de chamar.

Os olhos de Hades se turvaram.

— Ela me pediu para curar a amiguinha e, em troca, me ofereceu... companhia.

— Não faça isso soar nojento, Apolo — Perséfone disparou.

— Nojento?

— Tudo o que sai da sua boca soa como uma insinuação sexual.

— Não!

— Soa sim.

— Basta. — A voz de Hades estalou como um chicote, e quando Perséfone olhou para ele, viu fogo em seus olhos. Embora ele se dirigisse a Apolo, seu olhar não a deixou, e ela o sentiu rasgar todas as suas camadas, expondo o medo cru e real que sentia. — Se você não precisa mais da minha deusa, eu gostaria de falar com ela. Sozinho.

— Ela é toda sua — disse Apolo, que teve o bom senso de evaporar e não dizer mais nada.

Perséfone ficou parada, olhando para Hades. O silêncio no salão da Nevernight era tangível. Pesou em seus ombros e pressionou seus ouvidos, e quando a voz dele explodiu, eliminando o silêncio, prometia dor: ela já podia sentir seu coração se partindo.

— O que você fez?

— Eu salvei Lexa.

— Você acha isso? — Ele fervia de raiva.

Perséfone podia ver a ilusão saindo dele como fumaça. Ela nunca o tinha visto perder o controle da própria magia.

— Ela ia morrer...

— Ela estava *escolhendo* morrer! — Hades rosnou, avançando sobre ela. Sua ilusão decaiu, e ele parou diante dela, despojado de sua forma mortal. Parecia encher a sala, um inferno, espalhando seu calor, sua raiva ondulando, olhos inflamados. — E em vez de honrar o desejo dela, você interveio. Tudo porque tem medo da dor.

— *Tenho medo da dor* — ela retrucou. — Você vai zombar de mim por isso como zomba de todos os mortais?

— Não tem comparação. Pelo menos, os mortais são corajosos o suficiente para enfrentá-la.

Ela se encolheu e sua raiva se acendeu, uma dor lancinante irrompeu de todos os lados quando espinhos brotaram de sua pele.

— *Perséfone*.

Ele estendeu a mão em sua direção, mas ela se afastou. O movimento foi doloroso e ela arfou.

— Se você se importasse, estaria comigo!

— Eu estava com você!

— Você nunca foi comigo ao hospital quando eu tinha que ficar vendo minha melhor amiga inerte. Nunca ficou ao meu lado enquanto eu segurava a mão dela. Você poderia ter me dito quando Tânatos apareceria. Poderia ter me avisado que ela estava... *escolhendo* morrer. Mas não. Você escondeu tudo isso, como se fosse um maldito segredo. *Você não estava lá comigo.*

Pela primeira vez desde que ela tinha sido jogada na frente dele pelas Fúrias, ele parecia chocado e se mostrou um pouco perdido quando disse:

— Eu não sabia que você me queria lá.

— Por que não iria querer? — ela perguntou, e havia uma distorção em sua voz, uma nota de sua tristeza que ela não conseguia esconder.

— Eu não sou a visão mais bem-vinda em um hospital, Perséfone.

— Essa é a sua desculpa?

— E a sua? — ele perguntou. — Você nunca me contou...

— Eu não deveria ter que *te dizer* para ficar ao meu lado quando minha amiga estava morrendo. Em vez disso, você age como se fosse tão... normal quanto respirar.

— Porque a morte sempre foi minha existência — ele retrucou, ficando cada vez mais frustrado.

— Isso é problema *seu*. Você tem sido o Deus do Submundo por tanto tempo que esqueceu como é realmente estar à beira de perder alguém. Em vez disso, você gasta todo o seu tempo julgando os mortais pelo medo do seu reino, pelo medo da morte, pelo medo de perder quem eles amam!

Perséfone ficou um pouco chocada com as palavras que saíram da própria boca. Para ser sincera, não tinha percebido quão zangada estava até este momento.

— Então, você estava com raiva de mim — disse ele. — E mais uma vez, em vez de vir até mim, decidiu me punir procurando a ajuda de Apolo. — Ele cuspiu o nome do deus, seu ódio evidente.

— Eu não estava *tentando* te castigar. Quando decidi pedir a Apolo, foi porque não senti que você era uma opção.

Os olhos dele se estreitaram.

— Depois de tudo que eu fiz para te proteger dele...

— Eu não pedi isso de você — ela retrucou.

— Não, suponho que não. Você nunca aceitou minha ajuda, especialmente quando não era o que você queria ouvir.

Ele soou tão amargo, ela se encolheu.

— Não é justo.

— Não? Eu ofereci uma Égide, e você insistiu que não precisa, mas é abordada regularmente no caminho para o trabalho. Você mal aceitava carona de Antoni, e só aceita agora porque não quer ferir os sentimentos dele. Então, quando eu ofereço *conforto*, quando eu *tento* entender seu sofrimento pela dor de Lexa, não é suficiente.

— Conforto? — ela explodiu. — Que conforto? Quando eu vim até você, implorando para você salvar Lexa, você me disse para sentir o luto. O que eu deveria fazer? Me afastar e ver minha amiga morrer sabendo que eu poderia evitar isso?

— Sim — Hades sibilou. — Isso é exatamente o que você deveria fazer. Você não está acima da lei do meu reino, Perséfone!

Claramente não. As Moiras foram atrás dela.

— Eu não vejo por que a morte dela importa. Você vem ao Submundo todos os dias. Teria visto Lexa novamente!

— Porque não é a mesma coisa — ela retrucou.

— O que isso deveria significar?

Ela o olhou, os braços cruzados apertados sobre o peito. Como deveria explicar isso? Lexa foi sua primeira amiga, sua amiga mais próxima, e quando ela pensou que estava com a vida em ordem, conheceu Hades, que bagunçou tudo. Lexa era a única âncora de sua antiga vida e agora Hades queria levá-la também?

E isso levava ao verdadeiro problema, e doeu dizer, porque ela estava admitindo seu maior medo.

— O que acontece se você e eu — ela fez uma pausa, incapaz de dizer as palavras. — Se as Moiras decidirem desfiar nosso futuro? Eu não quero estar tão perdida em você, tão ancorada no Submundo, que não saiba existir depois.

Os olhos de Hades se estreitaram, mas quando ele falou, sua voz era desolada.

— Estou começando a pensar que talvez você não queira estar nesse relacionamento.

Essas palavras fizeram Perséfone se sentir como se estivesse desmoronando.

— Não é isso que estou dizendo.

— Então, o que você está dizendo?

Ela encolheu os ombros e, pela primeira vez, sentiu lágrimas se acumulando atrás de seus olhos.

— Não sei. Só que... bem quando eu estava realmente começando a descobrir quem eu era, você apareceu e fodeu tudo. Não sei quem devo ser. Não sei...

— O que você quer — disse ele.

— Isso não é verdade — ela argumentou. — Quero você. Eu amo...

— Não diga que me ama — ele a interrompeu novamente. — Não posso... ouvir isso agora.

O silêncio que se seguiu a fez se sentir ainda mais sem esperança. Seu rosto estava molhado, e ela tocou sua face, enxugando as lágrimas.

— Eu pensei que você me amasse — ela sussurrou.

— Eu amo — disse ele, olhando para o chão. — Mas acho que posso ter entendido mal.

— Entendido mal o quê?

— As Moiras — ele disse amargamente. — Esperei tanto por você que ignorei o fato de que elas raramente tecem finais felizes.

— Você não está sendo sincero — disse ela.

— Estou. Você vai descobrir o porquê em breve.

Hades restaurou a ilusão e ajeitou a gravata com os olhos desprovidos de emoção. Como ele poderia se recuperar tão rapidamente enquanto ela sentia que suas entranhas estavam destruídas? Então, como se Hades já não tivesse aberto um buraco em seu coração, as palavras de despedida dele a alcançaram — geladas e assustadoras.

— Você precisa saber que suas ações condenaram Lexa a um destino pior do que a morte.

19

DEUSA DA PRIMAVERA

Sozinha, Perséfone desabou em lágrimas. Quando ela caiu no chão, os espinhos que brotaram de sua pele foram pressionados, e ela gritou de dor.
— Ah, meu amor. — Perséfone sentiu a mão de Hécate em suas costas. Mas não olhou para a deusa, soluçando em suas mãos cobertas de sangue.
— Estraguei tudo, Hécate.
— Shh — a deusa acalmou. — Venha, fique em pé.
Hécate ergueu Perséfone, tomando cuidado para não tocar nos espinhos e as teleportou para sua cabana. Assim que colocou Perséfone sentada, Hécate pôs as mãos sobre os espinhos que haviam cortado sua pele e começou a cantar. O calor emanava das palmas. A Deusa da Primavera observou como as farpas começaram a diminuir até que nada estivesse visível. Quando as feridas foram curadas, Hécate limpou o sangue e sentou-se na sua frente.
— O que aconteceu?
Perséfone começou a chorar novamente, a culpa e a agonia guerreando em sua mente. Ela contou tudo a Hécate — a conversa que ouvira sobre tirar Lexa dos aparelhos que a mantinham viva, a visita de sua mãe e sua caminhada até o Distrito do Prazer.
— Quando chegou a hora de Lexa partir... eu simplesmente não consegui deixar. — Ela se engasgou com um soluço. Hécate estendeu a mão e cobriu a de Perséfone com a dela. — E minha mãe só piorou tudo. Pode não haver consequências para os deuses, mas há consequências para mim.
— Sempre há consequências. A diferença entre você e outros deuses é que você se importa com elas.
Perséfone ficou em silêncio por um momento e depois repetiu o que Hades havia dito a ela.
— Condenei Lexa a um destino pior que a morte — ela fez uma pausa. — Eu só queria que ela continuasse comigo.
— Por que você se apega ao reino mortal?
Perséfone olhou para Hécate.
— Porque eu pertenço ao mundo mortal.
— É mesmo? — ela perguntou. — E o Submundo?
Quando Perséfone não respondeu, Hécate balançou a cabeça.

— Meu amor, você está tentando ser alguém que não é.
— Como assim? Tudo o que tenho tentado fazer é ser eu mesma. E isso tinha sido mais difícil do que jamais poderia imaginar.
— Será mesmo? — ela perguntou. — Porque a pessoa que está sentada diante de mim agora não combina com a que vejo por dentro.
— E quem você vê por dentro? — ela perguntou, sua voz beirando o sarcasmo.
— A Deusa da Primavera — ela respondeu. — Futura Rainha do Submundo, esposa de Hades.
Essas palavras a fizeram estremecer.
— Você está se apegando a uma vida que não te serve mais. A um trabalho que te castiga por seus relacionamentos, a uma amizade que poderia ter florescido no Submundo, à mãe que te ensinou a ser prisioneira.
Perséfone se irritou com essas palavras.
— E se você precisar de mais evidências de que está negando a si mesma, observe como sua magia está se manifestando. Se não aprender a amar a si mesma, seus poderes vão te destruir.
As sobrancelhas de Perséfone se franziram.
— O que você está dizendo, Hécate? Que eu deveria abandonar minha vida no Mundo Superior?
Ela balançou a cabeça.
— Você pensa em extremos — disse Hécate. — Ou você é uma deusa ou uma mortal; ou vive no Submundo ou no Mundo Superior. Você não quer as duas coisas, Perséfone?
— Sim — disse ela, frustrada. — Claro que quero as duas coisas, mas todo mundo fica me dizendo que não posso!
Um sorriso lento surgiu no rosto de Hécate.
— Crie a vida que você deseja, Perséfone, e pare de ouvir todo mundo.
Perséfone piscou, absorvendo as palavras de Hécate.
Crie a vida que você deseja.
Até este ponto, ela achava que sabia que tipo de vida queria, mas o que estava percebendo agora é que as coisas haviam mudado desde que conheceu Hades. Apesar de sua luta para aceitar a si mesma e entender seu poder, o deus mudara algo dentro dela. Vieram novos desejos, novas esperanças, novos sonhos, e não havia como alcançá-los sem renunciar aos antigos.
Ela engoliu em seco, seus olhos lacrimejando.
— Estraguei tudo, Hécate — ela disse.
— Como todos nós já fizemos — a deusa respondeu, levantando-se.
— E como todos nós sempre faremos. Agora vamos canalizar um pouco dessa dor e limpar a bagunça que você fez no bosque. Considere isso uma prática.
Perséfone não discutiu, descobrindo que estava estranhamente motivada.

As duas deixaram a cabana de Hécate em direção ao bosque. Perséfone soube que estavam perto porque podia sentir o cheiro de fruta podre — uma terrível mistura de açúcar e podridão.

— O objetivo é coletar todos os pedaços podres de romã e transformá-los em romãs maduras — disse Hécate.

— Como faço isso?

— Da mesma forma que você as destruiu, só que agora deve controlar quanto poder usa.

Perséfone não tinha certeza se conseguiria, mas se lembrou do tempo que passou com Hades e como ele a ensinou a focar seu poder. Essa memória fez seu peito doer de uma maneira que nunca pensou ser possível.

Magia é equilíbrio — um pouco de controle, um pouco de paixão. É dessa maneira que o mundo funciona.

— Imagine a romã inteira, uma deliciosa cor carmim.

A voz de Hécate desapareceu enquanto Perséfone se concentrava em sua tarefa.

Feche os olhos, ouviu Hades sussurrar em seu ouvido, e ela obedeceu quando sua respiração ficou presa na garganta. Poderia jurar que sentiu o rosto dele contra o seu.

Ele continuou a sussurrar.

Me diz o que você sente.

Calor, ela pensou.

Se concentre nisso.

Como antes, começou baixo em seu ventre, e ela o alimentou, torturada por seus pensamentos.

Onde você está quente?

— Em todos os lugares — ela sussurrou, e imaginou todo aquele calor em suas mãos, a energia crescendo tão brilhante que mal conseguia olhar para ela, era como um sol na palma de suas mãos ou uma estrela morrendo.

Abra os olhos, Perséfone.

Ela jurou que a respiração dele acariciava sua pele.

Perséfone abriu os olhos, e a imagem cintilante de uma romã estava entre suas mãos. Respirou fundo e, deliberadamente, guiou suas mãos para a terra. Ao fazer isso, os pedaços podres se ergueram do chão e se juntaram. Em pouco tempo, o bosque cheirava a frutas frescas e maduras, e várias romãs vermelhas inteiras estavam a seus pés.

Quando olhou para Hécate, esta estava claramente surpresa.

— Muito bem, meu amor — disse Hécate.

Perséfone teria sorrido, mas descobriu que seu sucesso na reconstrução da romã foi ofuscado por uma tristeza aguda. Isso fez o mundo parecer pesado e seu corpo parecer lento. Ela piscou rapidamente, esperando manter as lágrimas sob controle.

Não tinha certeza se Hécate podia sentir sua agitação, mas a deusa foi rápida em distraí-la.
— Venha, vou te ensinar a fazer venenos, como prometi.
As duas voltaram para sua cabana, e Perséfone sentou-se ao lado de Hécate, que havia apanhado e amarrado diversas plantas.
— O que é tudo isso?
— O habitual. Cicuta, loureiro, beladona, chapéu-da-morte, erva-do--diabo, curare.
A deusa explicou quais partes de cada planta eram mortais e quanto seria necessário para matar um alvo. Ela também parecia se deliciar em explicar *como* a planta mataria.
— O que o veneno faria com um deus? — Perséfone perguntou.
O esboço de um sorriso tocou os lábios da deusa.
— Pensando em envenenar Apolo?
Perséfone podia sentir suas faces corarem.
— N-não!
Hécate riu baixinho.
— Não se sinta culpada por considerar um assassinato, meu amor. A maioria dos deuses já fez muito pior.
Perséfone sabia que era verdade.
— O veneno provavelmente teria pouco impacto em Apolo, a não ser deixá-lo muito nauseado, o que seria tão divertido quanto. Nada de "sem consequências".
Perséfone riu e arquivou essa informação.
Elas passaram um tempo esmagando folhas e óleos e os transformando em misturas poderosas até que as mãos de Perséfone doeram por usar o almofariz e do pilão enquanto seus olhos ardiam com a potência das plantas. Em um ponto, ela começou a esfregar os olhos, e a mão de Hécate apertou seu pulso.
Perséfone gritou, principalmente de surpresa. Não sabia que Hécate podia se mover tão rápido.
— Não.
Ela levou Perséfone a uma bacia, onde puderam lavar as mãos e, depois, seguiram para os Campos de Asfódelos.
— Finalizei seu vestido para o Solstício de Verão — disse Hécate.
O estômago de Perséfone parecia inquieto. Sabia o que a deusa estava tentando fazer. Já havia encomendado uma nova coroa para Perséfone usar na ocasião. Estava tentando transformá-la em uma espécie de rainha e, logo após sua briga com Hades, isso deixou Perséfone ansiosa.
Quando as deusas chegaram, as almas se aglomeraram. Perséfone não sabia ao certo por que, mas hoje a animação, a bondade e a clara devoção delas trouxeram lágrimas aos seus olhos. Talvez tivesse algo a ver com sua

conversa com Hécate. Ela sempre soube que as almas do Submundo a consideravam uma deusa. Mais do que isso, imediatamente a aceitaram como parte de seu mundo e afirmaram seu potencial para se tornar a rainha de lá, e tudo o que Perséfone fez foi resistir.

Ela estava com medo.

Com medo de decepcioná-las como fizera com a mãe, como fizera com Hades.

Respirou fundo, engolindo a emoção, e fingiu que estava tudo bem. Ajudou a finalizar as decisões para a celebração do solstício, provou amostras de vários pratos, aprovou a decoração e brincou com as crianças antes de retornar ao Mundo Superior.

Quando chegou em casa, Perséfone desabou.

Sibila não fez nenhuma pergunta. Muito provavelmente, já tinha adivinhado o que acontecera. A oráculo apenas a abraçou enquanto Perséfone chorava até dormir.

Antes do trabalho no dia seguinte, Perséfone passou no hospital, mas Lexa estava dormindo.

— Ela acordou brevemente — disse Eliska. — Mas estava muito confusa. O médico deu um sedativo.

— Confusa? — A ansiedade de Perséfone aumentou, fazendo seu estômago se revirar.

— Eles acham que é psicose temporária — explicou. — Não é incomum em pacientes que estiveram na UTI.

Psicose. Temporária.

Seu alívio foi imediato. Não podia esperar que Lexa se recuperasse tão rápido. Ainda assim, Perséfone deixou suas esperanças crescerem. Pensou que a magia divina funcionaria de forma diferente da medicina tradicional. Que quando Apolo falou em milagres, isso significava pular a recuperação também.

— Perséfone, você está bem? — perguntou Eliska.

A deusa encontrou o olhar da mortal e assentiu.

— Sim, estou bem. Você me... me manda uma mensagem quando Lexa acordar?

— Claro, querida — fez uma pausa, estudando-a. O que quer que Eliska estivesse vendo na expressão de Perséfone a deixou desconfiada, porque a mulher perguntou novamente: — Você tem certeza de que está bem?

Não, pensou Perséfone. *Meu mundo inteiro está desmoronando.* Ela assentiu.

— Sim, apenas... cansada. — Se sentiu boba dizendo isso. Eliska também estava cansada.

— Entendo. Prometo enviar uma mensagem assim que Lexa acordar.

Ela estendeu um braço para Perséfone, abraçando-a.

205

— Estou tão agradecida por Lexa ter uma amiga como você.

Perséfone engoliu em seco e as lágrimas escorreram. Mais uma vez, as palavras de Hades explodiram em sua mente.

Você deveria saber que suas ações condenaram Lexa a um destino pior que a morte.

Elas se ligaram à sua alma como uma sanguessuga, famintas por sangue. Fizeram sua cabeça e seu coração doer. Queria gritar.

Eu não sou uma boa amiga. Eu não sou uma boa amante. Eu não sou uma boa deusa.

No trabalho, foi estranho.

Perséfone não se sentia confortável perto de Demetri desde que soubera da barganha dele com Kal Stavros. Ela percebeu que tinha feito quase o mesmo, mas, de alguma forma, a situação dele parecia diferente.

Ou melhor, ela ficava dizendo a si mesma que era diferente.

Para piorar a situação, ele passou a atribuir a ela tarefas pouco relevantes, como fazer cópias, verificar o trabalho de algum colega e pesquisar sobre uma lei de privacidade para ele. Demetri tinha enviado por e-mail a lista de tarefas para o final do dia, o que significava que ela não poderia trabalhar em nenhuma das suas histórias.

Perséfone bateu à porta de Demetri, que estava aberta.

— Tem um minuto? — ela perguntou quando ele ergueu os olhos do tablet.

— Agora não — disse ele. — Outra hora?

— É sobre a lista de tarefas.

Demetri tirou os óculos e olhou para ela.

— São três coisas, Perséfone. Quão difícil isso pode ser?

Seu comentário a perturbou.

— Não é difícil — ela retrucou. — Mas eu tenho minhas matérias...

— Hoje não — ele a cortou. — Hoje, você tem três coisas para finalizar até as cinco.

Perséfone cerrou os dentes com tanta força que pensou que sua mandíbula fosse quebrar.

— Feche a porta ao sair.

Ela bateu com força. Provavelmente não era a melhor jogada, mas era isso ou encher o homem de buracos com os seus espinhos. Ela respirou algumas vezes, decidindo que seria mais produtivo cumprir logo as tarefas que Demetri havia designado.

Quando terminasse, poderia vascular as informações que recebera nas últimas semanas e decidiria sua próxima história.

Tinha várias opções disponíveis para ela e um milhão de linhas de pesquisa, mas as informações que chamavam sua atenção sempre incluíam sua mãe. A Deusa da Colheita deveria ser renomeada Deusa do Castigo Divino porque ela definitivamente gostava de tortura, e seus métodos eram cruéis, muitas vezes forçando os mortais a passarem fome ou amaldiçoando-os com uma fome insaciável. Vez por outra, quando estava realmente chateada, ela criava fome, matando populações inteiras.

Minha mãe é a pior, pensou Perséfone.

Quando o almoço chegou, Perséfone estava se divertindo pensando em escrever sobre Deméter. Ela podia ver a manchete:

Deusa da Colheita priva populações inteiras de alimentos

Então se encolheu, imaginando as consequências.

Era provável que Deméter se vingasse, e provavelmente da maneira mais devastadora que Perséfone poderia imaginar — revelando que ela era, na verdade, sua própria filha.

Com esse pensamento, Perséfone deixou a Acrópole e encontrou Sibila no Café Miteco para o almoço.

Sua mente estava caótica, indo em várias direções — pensando na cura de Lexa e na raiva de Hades. Estava impossível se concentrar em qualquer coisa que a oráculo estava dizendo, o que a fez se sentir culpada porque Sibila tinha novidades.

— Eu tive uma oferta de emprego esta semana — dizia, o que chamou a atenção de Perséfone. — Da Fundação Cipreste.

Perséfone se iluminou.

— Ah, Sibila! Estou tão feliz por você.

— Eu deveria estar agradecendo a você — disse ela. — Sem dúvida, foi por sua causa que me escolheram.

Ela balançou a cabeça.

— Hades sabe reconhecer o talento.

A oráculo não parecia tão certa.

Perséfone não conseguia explicar por que, mas sua animação por Sibila diminuiu rapidamente quando uma sensação pesada se instalou em seu peito. Era uma combinação de sentimentos — culpa, desesperança e uma tonelada de sentimentos não ditos.

— Eu tenho que sair com Apolo — ela disse abruptamente.

Sibila olhou para Perséfone.

— Essa foi a barganha — explicou Perséfone. — Só quero que você saiba.

— Estou feliz por ter me contado — ela respondeu, e Perséfone não pôde deixar de pensar que Sibila era boa demais, compreensiva demais.

— Você se lembra no Baile Olímpico quando me disse que minhas cores e as cores de Hades estavam...? — Sua voz vacilou, a pergunta pairando em sua língua.

Os olhos de Sibila estavam buscando aquela lembrança, e ela contraiu os lábios. Perséfone não tinha certeza se era porque estava tentando não dizer algo de que iria se arrepender ou porque estava tentando não sorrir. De qualquer forma, a deusa teve que perguntar.

— Elas ainda estão... emaranhadas?

— Estão — ela disse calmamente. — Gostaria que você pudesse ver. É lindo, sensual e caótico.

Perséfone deu uma risada sem graça.

— Caótico, faz sentido.

Sibila sorriu.

— Bem, eu disse que era um emaranhado.

Perséfone deu a ela um olhar questionador.

— É o que acontece quando duas pessoas poderosas se encontram.

— Discórdia? — Perséfone perguntou.

— E paixão, e felicidade. — Sibila estava sorrindo completamente agora.

Perséfone desviou o olhar. Ela e Hades definitivamente tinham todas essas coisas, mas eram possíveis de recuperar? Depois de tudo que ela fez?

Sibila colocou a mão sobre a de Perséfone.

— Você foi feita para a grandeza, Perséfone, mas chegar lá será uma guerra.

A deusa estremeceu.

— Não uma guerra literalmente, é?

Sibila não respondeu.

Elas saíram, andando em direções opostas, Perséfone para o trabalho e Sibila para o hospital para visitar Lexa. Perséfone não recebera notícias de Eliska, então presumiu que Lexa ainda não havia acordado. O pensamento a deixou ansiosa. Será que a magia de Apolo não funcionara? Tentou deixar esses pensamentos de lado. Apolo era um deus antigo, sua magia era confiável.

Lexa ainda está se recuperando. Ela está cansada, Perséfone disse a si mesma. *Precisa descansar.*

Pegou um atalho na volta para o trabalho. Estava se acostumando a evitar a atenção de jornalistas e fãs raivosos dos Divinos, e isso significava evitar as ruas principais e optar por vielas estreitas. Embora não fossem tão agradáveis quanto as calçadas com belos jardins de Nova Atenas, ela aprendeu que era a maneira mais fácil de chegar aonde precisava no menor tempo possível. As poucas pessoas que encontrava não pareciam se importar com a presença dela. Provavelmente foi por isso que ela notou um gato branco com grandes olhos verdes seguindo-a.

Ela sabia por seu comportamento — estranhamente humano, como se prestasse atenção — que a criatura era um metamorfo. Metamorfos não usavam magia para mascarar as aparências. Seu metabolismo permitia que mudassem realmente de forma, e portanto ficavam irreconhecíveis.

Perséfone continuou andando por um tempo, fingindo que não tinha notado o gato vagando pelos becos com ela. Quando estava fora de vista de qualquer espectador, ela parou. O gato pareceu surpreso e parou também.

Então, como se lembrando que era um gato, a criatura começou a lamber a pata.

Nojento, pensou Perséfone. *O chão é sujo.*

— Se transforme — ela ordenou.

Se fosse enviado, como ela suspeitava, por Hades, o metamorfo não teria escolha a não ser se revelar. Apesar disso, o gato tentou fugir. Claramente, não esperava que Perséfone o confrontasse.

No meio da corrida, seu corpo se endireitou e cresceu, transformando-se em uma mulher esbelta. Era alta e vestia uma armadura de ouro. Seu cabelo escuro estava trançado e caía sobre o ombro até a cintura. Perséfone notou várias armas presas ao seu corpo — uma longa espada em seu quadril, um conjunto de facas cruzadas em suas costas, uma adaga ao redor da coxa nua.

Ela era uma *Égide* e amazona: uma filha de Ares criada para a brutalidade e a guerra. Parando de fugir, ela se ajoelhou, pressionando a mão no peito, e disse:

— Milady.

— Não se ajoelhe — a voz de Perséfone era afiada, e a guerreira encontrou seu olhar, erguendo-se. — Hades enviou você?

— É uma honra te servir, milady.

— Eu não pedi proteção — disse Perséfone.

— Lorde Hades se preocupa com você. Vou te manter segura.

Ela realmente odiava a maneira como essas palavras faziam a esperança florescer em seu peito.

— Não preciso de você para me manter segura. Posso cuidar de mim mesma. Vivi no mundo mortal por anos e, acredite, se uma amazona vier em meu socorro, isso só vai tornar as coisas mais difíceis para mim.

A mulher levantou a cabeça, desafiadora.

— Farei como Lorde Hades ordena.

— Então vou falar com Lorde Hades — Perséfone respondeu, virando-se para ir embora.

— *Por favor.*

Perséfone foi interrompida pela voz trêmula da amazona e encarou a mulher.

— Eu não deveria esperar que você se importasse, mas preciso disso. Preciso dessa tarefa, dessa honra.

— Por quê? — Perséfone estava genuinamente curiosa, mas não gostou da mudança que isso inspirou na amazona.

A mulher olhou para os pés, seus ombros se curvaram. Qualquer que fosse seu raciocínio, era um fardo.

Então, ela disse:

— Não quero expor minha vergonha.

Seguiu-se um silêncio tenso e, depois de um momento, Perséfone perguntou:

— Qual é o seu nome?

A mulher parecia confusa.

— Pode me chamar de Égide, milady.

— Prefiro te chamar pelo seu nome — respondeu Perséfone. — Assim como prefiro que você me chame de Perséfone.

— Lorde Hades...

— Realmente gostaria que a equipe de Lorde Hades parasse de me dizer do que ele não gosta ou gosta. Claramente, ele não me leva em consideração.

Ela lamentou a explosão, mas a amazona sorriu.

— Está tudo bem — ela fez uma pausa. — Eu sou Zofie.

— Zofie — Perséfone repetiu. — Se é tão importante para você, não vou te demitir.

Mas ela iria conversar sobre isso com Hades... quando decidisse falar com ele novamente.

— Obrigada, Perséfone.

— Estou atrasada — disse ela, então apontou para o que a mulher estava vestindo. — Falaremos sobre a armadura mais tarde.

Zofie avançou.

— Lorde Hades disse para eu não te perder de vista.

Perséfone revirou os olhos.

— Não posso te levar para o meu trabalho, Zofie... nem vestida assim nem em forma de gato.

— Fico satisfeita em te esperar do lado de fora — ofereceu.

Perséfone suspirou.

— Certo. Falaremos sobre isso mais tarde também.

Perséfone saiu do beco e sua nova Égide a seguiu. Ela tinha muitas perguntas para a mulher: de onde era e por que era tão importante para ela manter essa posição? Perséfone não pôde recusar quando viu o olhar de Zofie porque reconheceu o sentimento em si mesma. Era desesperança.

Se perguntou se o Deus dos Mortos havia escolhido sua Égide estrategicamente, sabendo que Perséfone não seria capaz de privar Zofie de seu sonho.

20

COMPETIÇÃO

Perséfone decidiu lidar com a armadura de Zofie rapidamente.

Quando a deusa saiu do trabalho, a amazona trotou — em forma de gata — ao lado dela em direção ao Lexus de Hades, e pulou para dentro.

— Para a Pérola, Antoni.

Ela se perguntou se Afrodite estaria na butique. Como Zofie era funcionária de Hades, e havia sido designada para guardar Perséfone no Mundo Superior, certamente ele não se importaria se ela comprasse roupas, sapatos e acessórios em sua conta.

E se ele ele se importasse, bem, ninguém tinha mandado agir por suas costas.

Antoni olhou pelo espelho retrovisor.

— Vejo que você encontrou Zofie — disse ele.

— Não me diga que você sabia disso, Antoni.

O ciclope abaixou um pouco a cabeça, como se quisesse se esconder da decepção dela.

— Acho que era inevitável, milady.

Perséfone não respondeu. Olhou pela janela enquanto passavam por prédios de mármore branco, igrejas estoicas e apartamentos coloridos até chegarem à loja de Afrodite. Pegou Zofie no colo, e a gata protestou com um miado.

— Shh! — ela ordenou. — Ninguém deixa seu gato entrar em uma loja andando por conta própria.

Ela saiu da limusine e entrou na loja.

— Eu não sabia que você gostava de felinos — Afrodite disse, se materializando assim que Perséfone colocou o gato no chão.

A deusa estava um pouco mais coberta do que o habitual, usando um vestido de seda champanhe, com flores em relevo. Tinha alças finas, chegava ao meio da panturrilha e parecia mais uma camisola do que algo para usar em público, mas Perséfone estava descobrindo que esse era o *modus operandi* de Afrodite.

— Se transforme — Perséfone ordenou, e Zofie se tornou humana novamente.

Os olhos de Afrodite se estreitaram para a amazona.

— Uma filha de Ares — ela disse. — Não estou surpresa.

As sobrancelhas de Perséfone se franziram. Como assim?
— Hades só designaria o melhor para te proteger.
Zofie inclinou a cabeça.
— É uma honra ouvir isso de você, Lady Afrodite.
A Deusa do Amor ofereceu um meio-sorriso, mas não foi gentil.
— Claro. Todo mundo sabe que amazonas são brutais, agressivas e têm sede de sangue. Vocês são todas iguais ao seu pai.
Zofie ficou tensa ao lado dela, e Perséfone se perguntou por que a deusa sentiu necessidade de ser tão cruel.
— Afrodite, espero comprar um novo guarda-roupa para minha Égide — Perséfone disse rapidamente. — Preciso que ela seja capaz de se passar por uma mortal enquanto... *me protege*.
Foi difícil para Perséfone dizer isso. Não queria precisar de proteção. Ela queria se proteger sozinha, mas, neste momento, depois do que havia acontecido dias atrás, era provável que fosse algo difícil de manejar.
— Qual é o problema? O estilo guerra chique é muito chamativo para você?
Perséfone lançou um olhar sem graça para Afrodite quando ela começou a tirar as roupas das prateleiras e entregá-las às atendentes.
— De quais cores você gosta, Zofie? — Perséfone perguntou.
— Não sei — disse ela. — Nunca pensei nisso.
Perséfone fez uma pausa e olhou para ela.
— Nunca pensou nisso?
— Somos guerreiras, Lady Perséfone.
— Isso não significa que não podem gostar de moda — comentou Perséfone, e então riu. Ela parecia Lexa falando.
Quando os braços da atendente estavam cheios de roupas, Perséfone conduziu Zofie a um dos vestiários e se sentou. Afrodite descansava nas proximidades.
— Como vai a vida amorosa? — Afrodite perguntou.
— Por que você sempre pergunta isso? — A indagação frustrou Perséfone por razões óbvias. Ela não tinha visto Hades desde que brigaram e agonizava sem saber se ainda tinha de fato um relacionamento.
— Eu nunca te perguntei sobre isso antes. Geralmente sinto o cheiro.
Perséfone revirou os olhos, ainda com repulsa pelas habilidades incomuns de Afrodite.
— Então acho que tem sua resposta.
Perséfone não olhou para Afrodite. Olhava para a cortina atrás da qual Zofie havia desaparecido.
— Você pode não estar fazendo sexo, mas ainda o ama — Afrodite disse.
— Claro que eu amo Hades.

Ninguém precisava de magia para ver isso.
— Você disse a ele?
— Eu tentei.
Não diga que me ama.
Afrodite ficou quieta por um longo momento, e então disse:
— Eu nunca disse sinceramente que amava ninguém.
— E quanto a Hefesto?
— Nunca.
Houve uma pausa desconfortável, e então Perséfone perguntou:
— É porque realmente o ama?
Afrodite não respondeu, e Zofie escolheu aquele momento para sair do vestiário em um vestido azul de alfaiataria que ressaltava seu bronzeado e exibia seu corpo atlético.
— Ah, Zofie! Você está linda.
A amazona ficou vermelha e parou na frente do espelho, alisando as mãos sobre o tecido.
— Não é muito propício para lutar — ela comentou, tentando chutar e agachar.
— Ah, minha querida. Se você não consegue lutar de salto alto e vestido de alfaiataria nestes tempos, como pode dizer que é uma guerreira? — a Deusa do Amor perguntou.
Perséfone não sabia dizer se Afrodite estava falando sério ou não. Era fácil para uma imortal dizer algo assim. Os deuses eram praticamente invencíveis.
— Vamos torcer para que você não tenha motivo para lutar com ninguém enquanto estiver me protegendo — disse Perséfone.
Zofie desapareceu atrás da cortina novamente. Ela experimentou várias roupas, preferindo terninhos a saias e vestidos. Perséfone conseguiu convencer a amazona a comprar um vestido longo no mesmo tom de azul que o primeiro que ela experimentara, argumentando que, como sua Égide, a guerreira teria que comparecer a eventos formais.
Quando terminaram de fazer compras, Perséfone e Zofie ficaram do lado de fora da loja de Afrodite.
— Você tem uma casa? — Perséfone perguntou.
— Minha casa é em Terme — respondeu Zofie.
Ficava ao norte e a várias centenas de quilômetros de distância.
— Você tem um lugar para ficar aqui em Nova Atenas?
Zofie franziu a testa e parecia confusa.
— Eu devo ir aonde você for, Perséfone.
Um pensamento lhe ocorreu.
— Onde você teria ficado se eu não tivesse te descoberto?
— Do lado de fora de onde você estivesse — disse ela.

— Zofie!

— Tudo bem, milady. Sou resiliente.

— Não tenho dúvidas. Mas não quero que você durma do lado de fora, nem como gata nem de qualquer outra forma. Pode dormir no sofá por enquanto.

Elas iriam reorganizar os quartos novamente assim que Lexa voltasse para casa. Sibila tinha ficado com a cama de Lexa por enquanto, e não era provável que Perséfone fosse dormir no Submundo nas próximas semanas.

— Eu não posso dormir — disse Zofie.

— Como assim?

— Não preciso dormir. Quem cuidará de você se eu não estiver acordada?

— Zofie, eu sobrevivi muito tempo sem ser sequestrada. Tenho certeza que vou ficar bem.

Mas quando as palavras saíram de sua boca, ela sentiu a magia estranha agarrá-la e a atração familiar de ser sugada para um vazio.

Alguém a estava forçando a se teleportar.

— Zofie...

Os olhos da amazona se arregalaram, e a última coisa que Perséfone viu antes de desaparecer foi o olhar determinado de Zofie tentando alcançá-la.

Um segundo depois, Perséfone foi jogada no meio de uma multidão gritando. O ar estava nebuloso e pegajoso. Cheirava a tabaco e odor corporal.

— Aqui está ela! — Apolo passou o braço ao redor de seu pescoço e a puxou. Ele estava suado e vestido casualmente, com camisa polo e jeans.

— Que porra é essa, Apolo? — Perséfone exigiu, afastando-se selvagemente, mas o deus a segurou com força, puxando-a pela multidão em direção a um pequeno palco na frente da sala. Ao fazer isso, ele virou a cabeça na direção dela, sussurrando em seu ouvido.

— Fizemos uma barganha, Deusa.

Ela odiava a sensação da respiração dele em sua pele. Deveria ter imaginado que Apolo a sequestraria a qualquer momento. Era uma parte do acordo que tinha esquecido de esclarecer, e agora se arrependia.

Foi empurrada sob luzes brilhantes, que a cegaram e fizeram todo o lugar parecer mais escuro, então era difícil dizer quantas pessoas estavam na multidão na frente dela.

Apolo pegou o microfone e gritou.

— Perséfone Rosi, pessoal! Vocês podem conhecê-la como amante de Hades, mas, nesta noite, ela é nosso júri, juíza e executora!

O público irrompeu em vaias e aplausos.

Apolo devolveu o microfone ao seu suporte e alcançou o braço de Perséfone. Ela recuou, mas o deus colocou a mão em suas costas, guiando-a para uma cadeira ao lado do palco.

— Para de me tocar, Apolo — ela disse, entredentes.
— Para de agir como se não gostasse de mim — o deus respondeu.
— Eu não gosto. Gostar de você não fazia parte do acordo — ela retrucou.
Os olhos de Apolo faiscaram.
— Não me oponho a terminar o acordo, Perséfone, se você puder viver com a morte de sua amiga.
Ela olhou com raiva e se sentou. Apolo sorriu.
— Boa garota. Agora, você vai se sentar aqui com um sorriso neste rosto bonito e julgar esta competição para mim, entendeu?
Apolo acariciou o rosto dela, que queria chutá-lo nas bolas, mas se conteve, agarrando a beirada da cadeira. Quando ele se virou para a multidão, eles começaram a entoar seu nome. O deus encorajou, bombeando os braços no ar.
— Senhoras e senhores da Lira, temos um um concorrente entre nós.
O público vaiou, mas Perséfone se sentiu aliviada por finalmente saber onde estava. A Lira era um local em Nova Atenas onde músicos de todos os tipos se apresentavam. Localizava-se no Distrito das Artes, na periferia da cidade.
— Um sátiro que afirma ser um músico melhor do que eu!
Mais vaias da multidão.
— Sabe o que tenho a dizer sobre isso? Prove.
Ele se afastou do microfone, seu rosto inundado pela luz do palco.
— Tragam o concorrente!
Houve uma interrupção, e Perséfone observou enquanto a multidão se dividia. Dois homens corpulentos arrastaram um sátiro entre eles. Era jovem e loiro, seu cabelo um ninho de cachos sobre a cabeça. Sua mandíbula estava cerrada, e seu peito subia e descia rapidamente, entregando seu medo, mas seus olhos estavam estreitos, escuros e fixados em Apolo com um ódio que Perséfone podia sentir.
— Sátiro! Sua arrogância será punida.
A multidão aplaudiu, e Apolo fez sinal para os homens levarem o jovem para a frente. O empurraram para o palco, e ele tropeçou, caindo de joelhos. Perséfone observou enquanto Apolo invocava um instrumento do nada. Parecia uma espécie de flauta, e quando o sátiro a viu, seus olhos se arregalaram. Claramente, era importante para ele.
Apolo jogou o instrumento para ele, que o pegou contra o peito.
— Toque — o deus ordenou. — Nos mostre seus talentos, Marsias.
Por um momento, o menino pareceu ainda mais assustado ao ouvir seu nome sair da boca do deus, e então ela o viu se levantar, sua expressão determinada.

Marsias levou a flauta aos lábios e começou a tocar. No início, Perséfone mal podia ouvir a música porque o público estava em grande alvoroço. Ela não deixou de pensar que as pessoas pareciam estar sob algum tipo de feitiço, mas, aos poucos, ficaram em silêncio. Perséfone observou Apolo, notando como cerrara os punhos e a tensão em seus ombros. Claramente, não esperava que o sátiro fosse bom.

Sua música era linda — era doce e crescia, enchendo a sala inteira, infiltrando-se nos poros e agitando o sangue. De alguma forma, ele sabia exatamente como direcionar cada emoção sombria, cada memória dolorosa, e, no final, Perséfone se viu chorando.

A multidão estava quieta, e Perséfone não sabia dizer se as pessoas tinham ficado estupefatas ou se Apolo, com sua magia, estava impedindo que elas reagissem. Então, ela começou a bater palmas e, lentamente, os demais a imitaram, assobiando, aplaudindo e entoando o nome do sátiro. O rosto de Apolo ficou vermelho, e ele olhou ameaçadoramente para Perséfone e para o jovem antes de invocar seu próprio instrumento, uma lira.

Enquanto ele dedilhava, uma bela melodia surgiu, e cada nota parecia durar mais do que a anterior. Era um som estranho e etéreo, que não acalmava, mas chamava a atenção. Perséfone sentiu como se estivesse na beirada do assento, e ela não conseguia descobrir por quê. Estaria com medo de Apolo? Ou esperando que a música se transformasse em algo mais?

Quando ele terminou, o público irrompeu em aplausos.

Perséfone sentiu como se uma mão invisível tivesse agarrado seu coração e simplesmente o arrancado. Ela se afundou na cadeira, respirando fundo.

Apolo curvou-se para a multidão e depois se virou para Perséfone.

— E agora vamos dar as boas-vindas à nossa bela juíza! — Ele sorriu, mas seu olhar era ameaçador.

Apolo gesticulou para a deusa se juntar a ele sob os holofotes. Ela o fez, encolhendo-se quando o braço dele serpenteou ao redor de sua cintura.

— Perséfone, linda *deusa* que você é, nos diga quem é o vencedor da competição desta noite? Marsias. — Ele fez uma pausa para deixar a multidão vaiar, a hipnose que as pessoas experimentaram enquanto ouviam a música se foi. — Ou eu, o *Deus* da Música.

A multidão aplaudiu, e Apolo empurrou o microfone na cara de Perséfone. Ela sentia o coração batendo forte e suor em sua testa. Odiava essas luzes; eram muito fortes e quentes.

Olhou para Apolo e depois para Marsias, que parecia igualmente assustado com o que ela poderia dizer.

Perséfone falou, seus lábios roçando o metal duro do microfone.

— Marsias.
Foi quando o inferno começou.
A multidão gritou em protesto e alguns correram para o palco. Ao mesmo tempo, os homens corpulentos que tinham arrastado o sátiro para o palco voltaram e o agarraram novamente, forçando-o a ficar de joelhos.
— Não, não, por favor! — Era a primeira vez que o jovem falava. Ele implorou, seus olhos escuros desesperados. — Retiro o que disse! Lorde Apolo, errei ao falar contra seu talento. Você é superior!
Mas seus apelos eram ignorados porque Apolo só tinha olhos para Perséfone.
— Você ousa me desafiar? — ele disse por entre os dentes. Sua mandíbula estava tão apertada que as veias do pescoço saltaram.
— Não há como negar, Apolo. Marsias é melhor do que você.
Não ajudava que ela nunca tivesse gostado da música de Apolo.
A fúria do deus logo se transformou em diversão, e um sorriso malicioso atravessou seu lindo rosto. A mudança repentina no comportamento dele transformou o sangue de Perséfone em gelo.
— Júri, juíza e carrasca, Perséfone.
Ele se virou para a multidão.
— Vocês ouviram o veredicto de Perséfone — gritou no microfone. — Marsias, o *vencedor*.
A multidão ainda estava furiosa. Eles gritaram obscenidades e jogaram coisas no palco. Perséfone se encolheu atrás de Apolo.
— Cuidado — ele avisou. — Ela é protegida por Hades.
Perséfone achou estranho Apolo dizer isso, achando que o deus poderia preferir que ela sofresse aquele ataque; mas, com o lembrete, o público se acalmou.
— Embora Marsias seja o vencedor, ele ainda é culpado de arrogância. Como vamos punir este sátiro?
— Enforque! — gritou alguém.
— Estripe! — bradou outra pessoa.
— Esfole! — gritaram muitos. Os aplausos foram mais altos para esta opção.
— Que assim seja! — Apolo devolveu o microfone ao pedestal e virou-se para Marsias, que se debatia nos braços dos homens.
— Apolo, você não pode estar falando sério! — Perséfone estendeu a mão para ele, e o deus a empurrou para o lado.
— A arrogância é a ruína da humanidade e deve ser punida — disse ele. — E eu cuidarei da punição.
— Ele é uma criança! — ela argumentou. — Se é culpado de arrogância, você também é. Seu orgulho está tão ferido assim?
Apolo cerrou os punhos.

— A morte dele está em suas mãos, Perséfone.

A deusa pulou na frente dele, bloqueando Marsias de vista.

— Você não vai tocar nele. Não vai machucar o garoto. — Ela estava desesperada e temia perder o controle. Podia sentir sua magia pulsando, fazendo sua carne formigar e seu cabelo se arrepiar.

Apolo riu.

— E como você vai me impedir?

A magia de Apolo a cercou, sufocando-a com o cheiro de louro. Perséfone olhou feio.

— Agora! — Ele se voltou para Marsias. — Que comece o castigo!

Perséfone sentiu náuseas.

Isso não pode estar acontecendo.

Apolo invocou uma lâmina, as bordas brilhando sob as luzes ardentes.

Perséfone lutava para se libertar, contudo, quanto mais resistia, mais pesada era a magia de Apolo.

Ela assistiu, de olhos arregalados e aterrorizada, enquanto Apolo se ajoelhava diante do sátiro e pressionava a lâmina no rosto dele.

Quando ela viu o sangue escorrer, perdeu o controle.

— Pare! — ela gritou a plenos pulmões. Sua magia fugiu de seu corpo.

Era uma sensação incomum, como se estivesse saindo de seus poros, boca e olhos. Queimava como se rasgasse a pele e cegava como se fosse pura luz.

Quando o sentimento desapareceu, ela ficou chocada ao encontrar todos congelados: Apolo, seus homens, a multidão, todos, exceto Marsias.

O sátiro olhou para Perséfone, o rosto pálido e manchado de vermelho do ferimento que Apolo havia feito.

— Você é uma deusa.

Perséfone correu para ele e tentou descolar os dedos do homem do braço do sátiro, mas eles estavam muito apertados. Frenética, ela procurou outra opção. Não sabia quanto tempo sua magia duraria. Não tinha certeza de como conseguira congelar a sala inteira.

Então seus olhos caíram para a faca que Apolo segurava a centímetros do rosto de Marsias. Ela estendeu a mão para alcançá-la, e o cabo liso escorregou da mão dela. Respirou fundo algumas vezes antes de cortar os dedos do homem para que Marsias pudesse se libertar.

— Corre — ela disse.

— Ele vai me encontrar! — ele argumentou, esfregando o braço.

— Eu prometo que ele não vai atrás de você — disse ela. — Vai!

O sátiro obedeceu.

Ela esperou até que ele estivesse fora de vista para se virar para Apolo e dar um belo chute no saco dele.

A liberação da agressividade foi suficiente, e toda a sala voltou à vida.

— Filho da puta! — O homem atrás dela rugiu levando a mão ao peito enquanto Apolo desabou no chão, rastejando.
Perséfone pairava sobre ele.
— *Nunca* mais me coloca neste tipo de situação — a voz de Perséfone tremeu de raiva. Apolo respirou pesadamente, olhando para ela. — Podemos ter um acordo, mas não serei usada. Vai se foder.
Ela saiu do prédio com um sorriso no rosto.

21

UM TOQUE DE TRAIÇÃO

Quando Perséfone voltou para casa, encontrou Sibila, Zofie e Antoni em sua sala de estar.
— Ah, graças aos deuses! — Sibila disse, correndo para abraçá-la. — Você está bem?
— Estou bem — Perséfone disse. Na verdade, ela não se sentia tão bem havia algum tempo.
— Aonde você foi? — Zofie exigiu.
— Fui à Lira. Apolo decidiu que hoje era o dia em que ele tiraria vantagem da nossa barganha.
Os olhos de Zofie se arregalaram.
— Você tem uma barganha com Apolo?
Perséfone não respondeu e seguiu pela sala adentro para se sentar no sofá, exausta. Os três a seguiram.
— Disseram a Hades que fui sequestrada?
Antoni esfregou a nuca e ficou com o rosto corado. Ele não precisou responder; ela sabia que o ciclope tinha dito.
Perséfone suspirou.
— Alguém deveria avisá-lo que estou bem para que ele não destrua o mundo.
Antoni e Zofie trocaram um olhar.
— Eu aviso — disse Antoni. — Estou feliz que você esteja bem, Perséfone.
Ela sorriu para o ciclope. Assim que ele se foi, Sibila sentou-se ao lado de Perséfone.
— O que Apolo obrigou você a fazer?
Perséfone contou a Sibila e Zofie o que havia acontecido, deixando de fora que conseguira congelar todos na sala e que havia cortado os dedos de alguém. No entanto, decidiu que queria que soubessem que havia chutado o saco de Apolo. Sibila riu. Zofie tentou esconder sua diversão, provavelmente porque temia retaliação.
— Aposto que ele não vai me forçar a julgar outra competição tão cedo — disse ela. — Nem me raptar da rua.
Houve silêncio por um tempo.
— Alguma atualização sobre Lexa? — Perséfone perguntou a Sibila.

A oráculo balançou a cabeça.
— Ela ainda estava dormindo quando eu a visitei.
Mais silêncio. Um estranho tipo de exaustão pareceu tomar conta de todas elas de uma vez, e Perséfone suspirou.
— Vou para a cama. Vejo vocês amanhã.
Se despediram e Perséfone foi para o quarto. Fez uma pausa enquanto abria a porta, tomada pelo cheiro de Hades. Seu coração batia mais rápido e sua pele estava quente. Ela se sentiu tola, animada e ansiosa com a possibilidade de vê-lo.
Fechou a porta e disse:
— Há quanto tempo você está aqui?
— Não muito. — Sua voz veio da escuridão, um tom áspero tingindo-a.
Perséfone sabia que ele estava tentando conter as emoções. Podia senti-las ao seu redor: raiva, medo, desejo.
E aceitaria todas se isso significasse estar perto de Hades.
— Sabe o que aconteceu? — ela perguntou.
— Eu ouvi, sim.
— Está com raiva? — sussurrou, descobrindo que temia sua resposta.
— Sim — ele disse. — Mas não de você.
Ele manteve distância até aquele ponto, e então ela o sentiu, sua energia alcançando a dela. Suas mãos encontraram os braços, os ombros e depois o rosto de Perséfone. Ela respirou fundo ao sentir o toque dele.
— Não consegui sentir você — disse ele. — Não consegui te encontrar.
Perséfone colocou as mãos sobre as dele.
— Estou aqui, Hades. Estou bem.
Ela pensou que ele poderia beijá-la, mas, em vez disso, ele a soltou e acendeu a luz. Isso fez os olhos dela arderem.
— Você nunca saberá quão difícil isso é para mim.
— Imagino que seja tão difícil quanto foi para mim lidar com Minta e Leuce. — Os olhos de Hades se turvaram. — Com a diferença de que Apolo nunca foi meu amante.
Ele fez uma careta. Ela o estava provocando, mas precisava ver sua emoção, ver que ele se importava.
— Você não foi mais ao Submundo.
Perséfone cruzou os braços sobre o peito.
— Eu estive ocupada — ela disse — *e com raiva e com medo.*
— As almas sentem sua falta, Perséfone — disse Hades finalmente. Ela o olhou sem saber aonde ele queria chegar com isso. Teria sentido falta dela? — Não castigue as almas só porque está com raiva de mim.
— Não me dá sermão, Hades. Você não tem ideia do que estou enfrentando.
— Claro que não. Para isso, você teria que conversar comigo.

Ela olhou feio.

— Conversar com você como você conversa comigo? Eu não sou a única com problemas de comunicação, Hades.

— Não vim aqui para discutir com você — disse ele. — Ou *dar sermão*. Vim para ver se você está bem.

— Por que vir? Antoni teria te contado.

— Tive que vir — ele disse, antes de desviar o olhar e trincar a mandíbula. — Precisava te ver.

Ela podia sentir o que ele não disse. As emoções que cresceram entre eles estavam pesadas com desespero e medo, mas por que ele não *falava*?

— Hades, eu... — Ela deu um passo em direção a ele. Não tinha certeza do que ia dizer. Talvez que *sentia muito*. Não parecia suficiente, porém; e ela não teve a chance de descobrir antes de o deus falar.

— Preciso ir. Estou atrasado para uma reunião.

Ele desapareceu e Perséfone bufou, encostando-se na porta. Seu corpo parecia pesado, pensamentos torturantes contaminavam sua mente.

Ele estava com pressa para fugir de mim, ela pensou.

A tristeza apertou seu peito, dolorida e quente. Ela foi para o chuveiro e ficou sob o jato quente até que estivesse gelado. Depois, deitou na cama.

Sentia falta de Hades.

De seu conforto.

Sua conversa.

Seu toque.

Sua provocação.

Sua paixão.

Sentia falta de tudo nele.

Gemeu e rolou para o lado.

Engraçado, ela podia ouvir a voz de Lexa em sua cabeça. *Por que você simplesmente não pediu para ele ficar?*

Ele não me deu chance. Estava ocupado, de qualquer maneira.

Você ao menos tentou impedi-lo?

Não.

Eles já estavam discutindo. O que teriam feito se ele tivesse ficado?

Sexo selvagem pra fazer as pazes, Lexa comentou em sua cabeça.

Ela conseguiu sorrir, apesar das lágrimas que ardiam em seus olhos. Por um momento, seus pensamentos dispararam. Como chegara a este ponto? Cortara o relacionamento com a mãe e terminara um acordo com Hades pulando imediatamente em outro com Apolo. Sua melhor amiga estava no hospital, seu futuro ainda era incerto e ela não gostava muito do trabalho desde o ultimato de Demetri.

— *Que porra você está fazendo, Perséfone?* — ela sussurrou em voz alta.
Seu melhor, ela ouviu Lexa responder antes de cair em um sono profundo.

Sem nenhuma atualização sobre Lexa, Perséfone foi direto para o trabalho. Antoni parou em frente à Acrópole, olhando pelo retrovisor.
— Gostaria que eu te acompanhasse?
Ela estava olhando pela janela quando ele falou e sua voz a encheu de pavor. Não porque ele estava pedindo para acompanhá-la, mas porque ela teria que sair do carro.
Vinha tentando ao máximo lidar com a multidão em polvorosa, mas, hoje, não estava com vontade de fingir.
Ela estava triste.
— Não, mas, obrigada, Antoni.
Além disso, Zofie estava por ali em algum lugar, observando: se as coisas saíssem do controle, a Égide interviria.
Perséfone deixou o Lexus e se enfiou na multidão.
— Perséfone! Perséfone!
Ela manteve a cabeça baixa, caminhando com passos determinados em direção à Acrópole.
— Perséfone! Você viu a *Divinos*?
— Você conhece a mulher com quem Hades foi visto ontem à noite?
Seus passos vacilaram, e ela parou, procurando a pessoa que fez a pergunta quando seus olhos bateram em uma revista que um dos mortais segurava. Na primeira página da *Divinos de Delfos* havia uma foto de Hades e Leuce de mãos dadas. O título parecia gritar para ela: "Hades sai com mulher misteriosa".
Ela caminhou até o mortal e arrancou a revista de suas mãos. Tudo ao seu redor parecia distante; o som abafado por um barulho em seus ouvidos.
Estou atrasado para uma reunião. Ela ouviu a voz de Hades em sua cabeça.
Atrasado para um encontro, pensou amargamente.
Deuses, sou tão burra!
Ele estava tão zangado com ela que foi se consolar com Leuce? E publicamente, ainda por cima. Devia estar querendo torturá-la. Meses atrás, ele nem sequer se permitia ser fotografado, mas agora estava aparecendo na primeira página da *Divinos*.
Entretanto, ela não se sentiu apenas traída por Hades.
Se sentiu traída por Leuce. Depois de tudo que tinha feito para ajudar a ninfa, foi isso que recebeu?
Perséfone entrou, segurando a revista. Helena olhou para cima quando ela saiu do elevador e, pela primeira vez desde que começara no *Jornal de Nova Atenas*, não perguntou a Perséfone se ela estava bem.

A deusa guardou suas coisas, incluindo a revista. Ela não tinha certeza do motivo de querer guardá-la, talvez para que pudesse esfregá-la na cara de Hades quando o visse novamente. Talvez porque gostasse de tortura. Ligou o computador e fez café, sua mente girando com tantas emoções que ela não conseguia se concentrar, sentia como se estivesse tendo ondas de calor. Em um instante, estava com raiva; no outro, mal conseguia conter as lágrimas.

Em algum momento, ela tentou racionalizar a situação.

Talvez tenha sido tudo um mal-entendido.

Sabia que a mídia podia ser enganadora. Uma foto conta apenas parte da história.

Ela puxou a revista novamente e estudou a foto. Hades e Leuce pareciam determinados, suas expressões eram sérias.

Porque eles sabiam que tinham sido pegos, ela pensou.

Que explicação Hades daria? Será que ela queria mesmo ouvir?

Seu estômago estava embrulhado, a garganta parecia apertada. Ela ia vomitar.

Quando se levantou, houve uma comoção, e Perséfone notou Hades caminhando em sua direção. Ele parecia zangado, decidido, e só tinha olhos para ela.

— Você precisa sair — disse ela, imediatamente.

Ele estava causando uma cena. Todos na redação pararam o que estavam fazendo para observá-los.

— Precisamos conversar — disse ele.

O cheiro dele a atingiu com força; e sua presença, com mais força ainda. Ele era um executivo da morte, bem vestido, bonito e taciturno.

— Não.

— Então você acredita? Na matéria.

— Achei que você tinha uma reunião — disse ela.

— Eu tinha.

— E convenientemente deixou de fora o fato de que a reunião era um encontro com Leuce?

— Não era um encontro com Leuce, Perséfone.

— Não quero ouvir isso agora. Você precisa ir embora — ela disse e saiu de trás de sua mesa. Foi em direção ao elevador, escoltando-o.

— Quando vamos falar sobre isso? — ele perguntou.

— O que há para falar? Pedi para ser honesto comigo sobre quando estivesse com Leuce. Você não foi.

Ela apertou o botão para chamar o elevador.

— Fui até você imediatamente depois de levar Leuce em casa — disse. — Mas não quis te acordar. Quando te vi ontem, você parecia exausta.

Ela se virou para ele, os olhos brilhando.

— Estou exausta, Hades. Eu estou *cansada* de você e de suas desculpas. — Ela apontou para as portas do elevador quando elas se abriram. — Vai embora.

Hades olhou para ela e, sem aviso, agarrou-a pela cintura e a puxou para dentro do elevador. A magia dele brilhou, e ela sabia que ele estava impedindo qualquer pessoa de usar o elevador.

— Me deixa ir, Hades! — Perséfone tentou se libertar e Hades a pressionou com mais força contra a parede. — Você está me envergonhando. Por que teve que fazer isso agora?

— Porque eu sabia que você tiraria conclusões precipitadas.

Ela o olhou com muita raiva, e a expressão dele era igualmente de fúria.

— Não estou comendo a Leuce.

— Existem outras maneiras de trair, Hades! — Ela empurrou seu peito, mas o deus não se mexeu. Era uma rocha sólida, uma montanha imóvel e frustrante.

— Não estou fazendo nenhuma delas!

Ela olhou para o peito dele e tentou não chorar.

— Perséfone. — Hades disse, e ela fechou os olhos, para não ceder ao desespero em sua voz. — Por favor, Perséfone.

— Me deixa ir, Hades.

Ele ficou quieto por um longo momento.

— Se você não vai ouvir agora, vai me deixar explicar mais tarde?

— Eu não sei — ela sussurrou.

— Por favor, Perséfone. Me dá a chance de explicar.

— Eu te aviso — ela sussurrou, sua voz cheia de emoção.

— Perséfone. — Ele estendeu a mão para acariciar sua face e ela recuou, ainda sem olhá-lo, o que significava que não viu a expressão dele antes que desaparecesse.

Logo em seguida, as portas do elevador se abriram e Perséfone encontrou toda a redação reunida em frente.

— Que porra vocês estão olhando? — retrucou.

— Perséfone. — Demetri estava na frente do grupo e apontou o polegar em direção ao seu escritório. — Pode vir aqui um momento?

De má vontade, ela o seguiu. Uma vez que a porta foi fechada, seu chefe se sentou ao lado dela em vez de ir para trás de sua mesa.

— Você não tem que me contar o que está acontecendo — disse ele. — Mas não pode agir assim no trabalho.

— Assim como?

— O elevador, os palavrões.

— O elevador não foi minha culpa...

Ela nem queria imaginar o que as pessoas estavam pensando sobre o elevador. Era a sala de jantar de novo.

Demetri ergueu a mão.
— Olha, eu vi a *Divinos* esta manhã. Sei que você está passando por algumas coisas. Por que não tira o resto do dia de folga?
— Não, eu estou bem. Preciso da distração — disse ela.
— Não, Perséfone. Você precisa lidar com seus problemas. Sério, vai embora.

Perséfone obedeceu, atordoada, pegou suas coisas e foi para o primeiro andar. Parou vendo a multidão esperando do lado de fora. Ela não poderia enfrentá-los nem voltar a discutir o que estava na revista hoje, então entrou no elevador novamente e escolheu ir para o porão.

Lá, encontrou Pirítoo na sala da manutenção. Ele estava em sua mesa, distraído por algo à sua frente.

— Ei — Perséfone disse.

Pirítoo olhou de volta. Claramente, não esperava vê-la na porta da sua sala. Ele se apressou em cobrir o que estava fazendo, e Perséfone ficou na ponta dos pés, curiosa.

— O que você está fazendo?
— Ah, nada não — disse ele, sem jeito. — Posso ajudar?

Parecia nervoso, esfregando as mãos no uniforme. Então, ela sorriu e disse:

— Preciso de ajuda. Você pode me tirar daqui?
— C-claro. Você quer o veículo de fuga de novo?
— Não é o meu método preferido, mas se for a única escolha...

Ele sorriu, mais à vontade agora. Ela se perguntou o que o deixara nervoso.

— Talvez eu tenha algo melhor.

Pirítoo pegou suas chaves, desligou a luz e trancou a sala antes de levar Perséfone até uma porta sem identificação no final de um corredor.

Era a entrada de um túnel subterrâneo.

Ela olhou feio para ele.

— Você me fez entrar em uma lata de lixo mesmo sabendo que isso existia?

Pirítoo riu.

— Eu não tinha a chave na época.
— Ah — ela disse. — Bem, nesse caso...
— Vem! — Gesticulou para que ela entrasse e fechou a porta atrás deles.

O túnel era de cimento, frio e iluminado por um trilho eletrificado que fazia tudo parecer verde-pálido.

— Para onde isso leva?
— Para o Olive & Owl Gastropub na praça Monastiraki.

Túneis de pedestres eram comuns em Nova Atenas, mas Perséfone nunca estivera em um.

— Existe uma razão para não ser aberto ao público?
— Provavelmente porque os executivos da Acrópole não querem compartilhar.
Hm. Faz sentido.
— Você está saindo do trabalho mais cedo hoje — Pirítoo observou.
— Eu só preciso de um dia de saúde mental — disse Perséfone.
Ela não queria explicar o que estava na revista nem que Hades tinha vindo ao seu trabalho e feito uma cena. Felizmente, Pirítoo não pressionou. Ele apenas acenou com a cabeça e disse:
— Entendo.
Caminharam em silêncio por um tempo e, então, Perséfone perguntou:
— No que você estava trabalhando mais cedo?
— Uma lista — ele respondeu. — Apenas alguns... suprimentos que eu preciso.
Ela pensou em perguntar que tipo de suprimentos, mas ele não parecia interessado em falar sobre isso — na verdade, parecia tão distraído quanto ela.
Chegaram ao fim do túnel e Pirítoo abriu a porta.
— Obrigada, Pirítoo. Eu tenho uma dívida com você.
Ele balançou a cabeça.
— Você não aprendeu nada sobre dever às pessoas?
Essas palavras a atingiram com força, e sua pergunta a fez parar, mas o mortal foi rápido em mudar de assunto.
— Tenha cuidado, Sef.
Ele fechou a porta, e a deusa ouviu o clique da fechadura.
Perséfone atravessou o Olive & Owl Gastropub, saindo na praça Monastiraki, um pátio coberto de pedra com vários pubs, cafés e uma grande igreja. As nuvens tinham se tornado mais pesadas durante o tempo que ela passara no túnel, e uma névoa leve pairava no ar, cobrindo tudo com uma camada escorregadia de chuva. Perséfone enfiou as mãos nos bolsos do vestido e foi para casa.
No caminho, recebeu uma mensagem de Eliska informando que Lexa estava acordada. Mudou de direção e foi para o hospital.
Ela não tinha certeza do que esperava quando imaginou seu reencontro com Lexa, mas, ao bater os olhos em sua melhor amiga, percebeu que tinha deixado suas esperanças ficarem muito altas.
Lexa estava abatida, pálida e com olheiras. Seus lábios estavam rachados e seu cabelo escuro estava amarrado, partes dele grudadas no rosto.
O mais assustador eram seus olhos.
Ao contrário de seu corpo, eles não tinham recuperado a vida e, quando ela encontrou o olhar de Perséfone, não houve faísca de reconhecimento. Ainda assim, a deusa conseguiu sorrir, apesar de sentir uma tensão dominando sua mente.

Algo está errado.
— Ei, Lex. — Perséfone disse baixinho, aproximando-se da cama.
As sobrancelhas de Lexa se franziram e, quando ela falou, sua voz era baixa e rouca.
— Por que estou aqui?
Perséfone hesitou e olhou para Eliska em busca de uma explicação.
— Ela vem dizendo isso desde que acordou — explicou. — O médico diz que é por causa da psicose.
— Por que estou aqui? — Lexa repetiu.
Eliska foi até ela e sentou-se na beirada da cama, pegando sua mão.
— Você sofreu um acidente, baby — respondeu. — Se machucou muito.
Lexa olhou para a mãe, mas era como se também não a reconhecesse.
— Não. *Por que estou aqui?* — O questionamento foi mais agressivo, e seus olhos ficaram desfocados. — Eu não deveria estar aqui!
Perséfone podia sentir a cor sumir de seu rosto. Ela sabia o que Lexa estava dizendo. A amiga não estava perguntando por que estava no hospital, mas por que estava no Mundo Superior.
Eliska olhou para Perséfone e viu o desespero em seus olhos. Uma coisa era ter Lexa de volta, outra era lidar com as consequências e o impacto de seu trauma.
— Vou chamar a enfermeira — disse Eliska. — Assim você tem algum tempo a sós com ela.
— Eu não deveria estar aqui — Lexa repetiu enquanto sua mãe saía.
Perséfone sentou na ponta da cama.
— Lexa — a deusa chamou.
Levou um momento, mas ela finalmente levantou a cabeça e encontrou o olhar de Perséfone.
— Você não se lembra.
Os olhos de Lexa brilharam com lágrimas.
— Eu estava feliz — disse ela.
— Sim, você estava feliz — falou Perséfone, a esperança inflando em seu peito. Talvez estivesse se lembrando. — A pessoa mais feliz que eu conheci, e estava apaixonada.
Lexa fez uma pausa enquanto suas sobrancelhas se franziram. Ela balançou a cabeça.
— Eu estava feliz no Submundo.
Perséfone ficou atordoada. Essa era a última coisa que esperava ouvir da amiga.
— Por que estou aqui? — Lexa perguntava sem parar. — Por que estou aqui? Por que estou aqui? Por que estou aqui?
Sua voz ficou mais alta, e ela começou a balançar, sacudindo a cama.
— Lexa, se acalma.

— Por que estou aqui? — ela gritou.
— Lexa!

A porta de seu quarto se abriu, e Eliska e duas pessoas da enfermagem correram para conter Lexa, que estava gritando agora — era um som que Perséfone nunca tinha ouvido sua melhor amiga fazer. A deusa se afastou até chegar à porta, então fugiu.

Os gritos de Lexa seguiram Perséfone até que entrasse no elevador. Ela esperou as portas se fecharem para cair no choro.

— Está satisfeita com os resultados?

Perséfone se virou e deu de cara com Apolo.

Ele estava com um terno cinza e uma camisa branca de botão, seu cabelo escuro, uma bagunça perfeita de cachos. Estava lindo e frio ao mesmo tempo.

— Você! — Perséfone avançou nele. Apolo ergueu uma sobrancelha e não se moveu. Ela odiava que ele não parecesse ter nem um pingo de medo dela. — Você disse que ia curá-la!

— E curei. É evidente. Ela está acordada.

— Eu não sei quem é essa pessoa, mas não é Lexa!

Apolo deu de ombros e seu pouco-caso irritou tanto Perséfone que vinhas começaram a brotar de sua pele. Ela nem sentiu a dor.

Apolo parecia enojado.

— Controle sua raiva. Você está fazendo uma bagunça.

— A barganha está cancelada, Apolo.

— Temo que não — disse ele, de repente parecendo muito mais alto e imponente do que antes, enquanto corrigia a postura e descruzava os braços. — Você me pediu para curá-la, e eu o fiz. O que não percebeu é que não foi apenas o corpo dela que foi quebrado, a alma também, e isso, receio, é a área do seu amante, não a minha.

Era como se lhe dissessem que Lexa ia morrer de novo.

Ela não sabia muito sobre almas, não sabia o que significava ter uma alma quebrada. Só podia imaginar que isso significava que nunca mais teria a Lexa de antes do acidente. Nada nunca mais seria o mesmo. Ou seja, seu acordo com Apolo tinha sido inútil. Nesse momento, entendeu as palavras de Hades.

Suas ações condenaram Lexa a um destino pior do que a morte.

Perséfone levou um momento para responder.

— Você realmente é o pior.

Ela virou-se e saiu do elevador quando as portas se abriram. Apolo seguiu logo atrás.

— O fato de você não ter reconhecido as falhas em sua barganha não me torna ruim.

— Não, tudo o que você faz te torna ruim.

— Você nem me conhece — ele argumentou.

— Suas ações falam em alto e bom som, Apolo. Eu vi tudo que precisava na Lira.

— Toda história tem dois lados, gotinha de amor.

— Então, por favor, me diz qual é o seu lado — ela retrucou.

— Eu não preciso me explicar para você.

— Então por que você continua falando?

— Tudo bem, eu paro.

— Ótimo.

Houve silêncio enquanto eles cruzavam o primeiro andar do hospital e saíam do prédio, então Apolo falou novamente.

— Você está tentando me distrair do meu propósito!

— Achei que você não ia mais falar — ela reclamou, e então perguntou: — Que propósito?

— Vim para te convocar — disse ele. — Para um encontro.

— Primeiro, não se convoca ninguém para encontros — disse ela. — Segundo, você e eu não estamos namorando. Você pediu uma companhia. É isso que posso ser.

— Amigos vão a encontros o tempo todo — argumentou.

— Nós não somos amigos.

— Somos por seis meses. Foi com isso que você concordou, lábios de mel.

Perséfone olhou feio.

— Para de me xingar.

— Não estou xingando você.

— Gotinha de amor? Lábios de mel?

Ele sorriu.

— Apelidinhos. Estou tentando encontrar o apelidinho certo.

— Eu não quero um apelidinho. Quero ser chamada por *meu* nome.

Hermes lhe dera um apelido, e ela tinha gostado.

— Que pena. Parte do acordo, querida.

— Não, não é — disse ela.

— Você não percebeu, estava nas letras miúdas.

Perséfone sabia que seus olhos verdes brilhavam intensamente.

— Não é uma opção, Apolo — ela o cortou. — Você vai me chamar de Perséfone e nada mais. Se eu quiser ser tratada de outra maneira, te aviso.

Apolo tinha muito a aprender sobre respeitar os desejos das pessoas. Ela notou como o maxilar dele estalou, e se perguntou o que ele faria em seguida.

— Certo — disse ele entre os dentes. — Mas você vai sair comigo esta noite. As Sete Musas. Esteja lá às dez.

— Hoje não é um bom dia, Apolo.

Ela precisava ir ao Submundo e ouvir a explicação de Hades sobre o motivo de estar com Leuce, além de precisar finalizar os preparativos para a celebração do Solstício de Verão amanhã à noite.

— Eu não perguntei se é um bom dia — o deus respondeu. — Estou dizendo para você se preparar. Temos um evento.

22

AS SETE MUSAS

Perséfone estava em seu closet, procurando algo para vestir.
— O que devo vestir para as Sete Musas? — resmungou.
— Deixa eu te ajudar — disse Hermes. Tomando o lugar de Perséfone, ele avaliou suas roupas. — Você sabe que Apolo vai ficar chateado quando eu aparecer com você — completou.
Assim que chegara em casa, Perséfone dissera o nome do deus, que apareceu imediatamente, dizendo:
— *Quem eu preciso matar, Sefy?*
— *Seu irmão* — ela respondeu.
— *Ahh. Podemos marcar pra outro dia?*
Ela lhe dera outra opção: acompanhá-la esta noite.
— Ele nunca disse que eu tinha que ir sozinha.
Apolo tinha sido rápido em apontar onde Perséfone falhara ao fechar o acordo, então ela faria o mesmo. Não tinha interesse em ficar sozinha com o Deus da Música.
Hermes enfiou a cabeça para fora do closet de Perséfone.
— Hades sabe que você vai sair?
— Por que todo mundo continua perguntando isso? — Perséfone reclamou. — Ele não precisa saber cada movimento que eu faço.
Hermes ergueu as sobrancelhas.
— Deu gatilho? Só estou perguntando se há a possibilidade de você encontrá-lo esta noite.
— O que isso tem a ver com o que vou vestir?
— Tem tudo a ver com o que você vai vestir — disse Hermes, desaparecendo no closet novamente. Depois de um momento, ele reapareceu.
— Acho que deveria usar isso.
Ele segurava um vestido que parecia uma colcha de retalhos de folhas de ouro estrategicamente unidas pelo *nada*.
— Onde você conseguiu isso? — ela perguntou, sabendo que não possuía nada parecido.
Hermes sorriu.
— Você gostaria de saber?
Ela estreitou o olhar.
— Você roubou?

Ele provavelmente teleportou a roupa enquanto estava no closet.
— Basta colocar — disse, estendendo o vestido na cama.
— Não posso usar isso, Hermes.
— Por que não?
— Porque vai parecer que estou vestindo... nada!
— Não, não vai. Vai parecer que está usando folhas de ouro estrategicamente posicionadas.

Perséfone fechou a cara.

— Você perdeu a parte que eu tenho que sair com Apolo?
— Você perdeu a parte em que te perguntei sobre Hades?
— Isso só vai irritá-lo.
— Você quer isso. Não minta para mim, Sefy. Está ansiosa pelo sexo selvagem de reconciliação. — Hermes meteu o vestido nas mãos de Perséfone. — Agora vai.

Ela se dirigiu ao banheiro.

Havia uma parte dela que queria deixar Hades com ciúmes, especialmente depois de toda a situação com Leuce.

Ela deslizou para dentro do vestido. Ficou um pouco surpresa com quão perfeitamente ele se encaixava e saiu do banheiro para mostrar a Hermes, que assobiou.

— Esse é o vestido perfeito!
— Deixa eu ver se entendi. Você quer que eu use isso para o caso de eu encontrar Hades esta noite?

Hermes deu de ombros.

— Sempre existe a possibilidade... Mas, se ele não aparecer, você sabe que haverá fotos.
— Não posso usar isto — disse Perséfone. Ela foi em direção ao banheiro novamente para se trocar, mas, quando se virou, Hermes estava bloqueando a porta.
— Olha, você precisa mostrar a Hades o que ele está perdendo.
— E se Apolo achar que estou me vestindo para ele?

Hermes bufou, e Perséfone o encarou.

— Está bem, está bem. Olha, Apolo é um monte de coisas, mas ele sabe que você pertence a Hades. Pode flertar com você, mas não vai tentar nada. Apesar do que você pensa, ele sabe quando corre o risco de perder as bolas.
— Se fosse assim, não teria feito nenhuma barganha comigo.
— Sefy, conheço Apolo há muito tempo. Ele é um monte de coisas. É egoísta, egocêntrico e grosseiro, mas também é solitário.
— Bem, se ele não fosse tão egoísta, egocêntrico e *grosseiro*, talvez não fosse solitário.
— O que estou dizendo é: ele quer uma amiga. E sim, é um pouco patético que ele tenha que fazer barganhas apenas para ter amigos, mas,

caso você não tenha notado, Apolo não sabe nada sobre relacionamentos verdadeiros. É por isso que faz merda com todas as amantes.

— Ele nem tenta melhorar.
— Porque não precisa. Ele é um deus.
— Isso não é desculpa.
— É, sim.
— Você não é como ele.
— Não, mas você já reparou que eu sou a minoria? A maioria dos Divinos é como Apolo. Ele só teve o azar de despertar a sua ira.
— Você faz parecer que eu fiz algo errado.
— Se sentindo culpada?
— Não. Claro que não. Apolo precisava responder por seu comportamento.
— E como isso funcionou para você?

Não tinha funcionado.

— Não estou dizendo que o que você fez foi certo ou errado. O que estou dizendo é que essa não é a maneira de fazer Apolo te ouvir.
— Então o que você sugere?

Ele deu de ombros.

— Apenas... seja amiga dele.

Perséfone queria rir. Ela não gostava de Apolo. O deus havia magoado pessoas — Sibila, especificamente. Enganara Perséfone, curando Lexa mesmo sabendo que a alma dela estava quebrada. Como poderia ser amiga de alguém assim?

Como se Hermes tivesse adivinhado seus pensamentos, ele acrescentou:

— Pessoas como Apolo são quebradas, Sefy.
— Apolo não é uma pessoa.
— E, mesmo assim, ele, como todos nós, tem falhas humanas. — Mudando de assunto, Hermes bateu palmas. — Agora, o que eu devo vestir?

Hermes optou por um traje todo branco — camisa de seda, jeans e sapatos brilhantes. Assim que eles estavam prestes a sair, Zofie irrompeu na sala.

— Aonde você pensa que está indo? — ela perguntou.
— Como você sabia que estávamos indo a algum lugar? — Perséfone perguntou. Ela disse a Zofie que iria para a cama quando chegasse em casa.
— Eu estava ouvindo atrás da porta — disse a amazona.
— Ok, precisamos ter uma regra sobre isso — disse Perséfone.
— E vamos nos atrasar. — Hermes pegou a mão de Perséfone. — Então, se você não se importa...

Zofie sacou a espada.

— Solte-a ou sinta minha ira!

Hermes riu.
— Onde você a achou?
Perséfone suspirou.
— Zofie, abaixa a espada.
— Aonde quer que você vá, devo ir também, Lady Perséfone. — Ela olhou feio para Hermes. — Para te proteger.
Hermes ainda estava rindo.
— Ela sabe que eu sou um deus, certo?
Perséfone deu uma cotovelada nele.
— Ajuda Zofie a encontrar alguma coisa para vestir. Ela vem com a gente.

Quando eles apareceram do lado de fora do Sete Musas, as pessoas gritaram seus nomes. Perséfone olhou para Hermes quando eles foram conduzidos para dentro por dois centauros.
— Você tinha que avisar deuses e o mundo que viríamos aqui, não é?
Ele sorriu.
— De que outra forma Hades saberia sobre o vestido?
Ela deu uma cotovelada no deus novamente.
— Ai! Você está violenta hoje, Sefy. Estou apenas tentando ajudar.
Foram interceptados por Apolo assim que conseguiram entrar na boate. O Deus da Música olhou para Hermes.
— O que você está fazendo aqui?
— Fui convidado — disse o Deus da Trapaça.
O olhar de Apolo se voltou para Zofie.
— Uma amazona?
Zofie olhou para ele, e Perséfone teve a sensação de que a amazona não o havia perdoado por sequestrar Perséfone.
— Ela é minha Égide — disse Perséfone. — O nome dela é Zofie. — Ele franziu a testa e Perséfone sorriu ao dizer: — Você nunca disse que eu não poderia trazer amigos.
Ele revirou os olhos e suspirou.
— Venha, eu tenho uma cabine.
Apolo se virou, e os três o seguiram. Perséfone observou que Apolo havia escolhido calças de couro pretas e uma camisa de malha como seu traje da noite. Sob a malha, os contornos de seus músculos eram visíveis. Ele era definido e atlético. Ela se viu comparando-o com Hades novamente. Hades, cujo corpo parecia ter sido construído para destruir, com ombros largos e grandes músculos.
A mesa de Apolo era mais como uma sala de estar. Sofás brancos de frente um para o outro, e cortinas brancas e transparentes que ofereciam

um pouco de privacidade. O ar estava nublado com fumaça e luzes de laser, algo de que eles não escaparam, mesmo em sua cabine.

O Deus da Música desabou dramaticamente em um dos sofás, seus braços pendendo sobre a parte de trás do encosto, uma das pernas descansando em uma almofada.

Perséfone, Hermes e Zofie sentaram-se lado a lado. A deusa se sentiu desconfortável em seu vestido revelador e sentou-se com as costas retas, as mãos nos joelhos.

— Então, há quanto tempo vocês se conhecem? — Apolo levantou uma sobrancelha clara, olhando para Perséfone e Hermes. Ele parecia frustrado.

— Ah, somos amigos há muito tempo — disse Hermes, então ele tomou uma dose de uma das bebidas que estavam sobre a mesa. — Humm, você deveria experimentar isso.

Ele ofereceu a Zofie, mas o olhar da amazona o fez reconsiderar.

— Desencana — disse ele, e tomou outro gole.

— Seis meses — disse Perséfone. — Hermes e eu nos conhecemos há seis meses.

— Sete — o Deus da Trapaça corrigiu. — Tirei Perséfone de um rio e fui arremessado para o outro lado do Submundo por causa disso. — Hermes olhou para ela. — Foi quando soube que Hades estava apaixonado por você, a propósito.

Perséfone desviou o olhar e um silêncio constrangedor caiu entre eles, ou talvez Perséfone estivesse apenas se sentindo deslocada porque Hermes começou a rir ao lado dela.

— Lembra quando você serviu os mortais, Apolo? — ele perguntou.

Apolo não parecia estar se divertindo.

— Bem, quem ensinou Pandora a ser curiosa, Hermes?

O Deus da Trapaça o encarou.

— Por que todo mundo sempre traz isso à tona?

— Pode-se argumentar que você é responsável por todo o mal do mundo. — Um sorriso repuxou os lábios de Apolo. Foi realmente... encantador.

— Quem colocou o mal em uma caixa, afinal? — Perséfone perguntou. — Isso parece estúpido.

Os irmãos trocam um olhar.

— Nosso pai.

Perséfone revirou os olhos.

O poder não era um substituto para a inteligência.

Depois de algumas doses, Hermes arrastou Perséfone e Zofie para a pista de dança. A música tinha uma batida eletrônica e vibrava. Por um tempo, todos dançaram juntos. Até Zofie, que estava nervosa, se soltou e se deixou levar pelo balanço do aglomerado de corpos.

Perséfone continuou no embalo. Ela se mexia acompanhando os movimentos de Hermes até que sua atenção foi atraída por um homem bonito que se esgueirou atrás dele.

Perséfone o cumprimentou, mas se viu cara a cara com Apolo. Ele não estava dançando, apenas parado no meio da multidão, olhando para ela.

— Então, você estava com medo de ficar sozinha comigo? — Apolo perguntou.

— Eu não tenho medo de ficar sozinha com você, só não *quero* ficar sozinha com você.

— Por quê?

— Por quê? — ela perguntou, perplexa. — Você não entende o que me fez passar naquela noite? Quase matou uma criança!

— Ele me caluniou...

— Este não é o mundo antigo, Apolo. As pessoas vão discordar de você, e você vai ter que lidar com isso. Pelo amor dos deuses, eu nem gosto da sua música.

Perséfone arregalou os olhos. Ela tinha mesmo acabado de dizer isso em voz alta?

Apolo contraiu os lábios com força e, depois de um momento, disse:

— Quer tomar uns shots?

— Você vai me envenenar?

Mais uma vez, ele ofereceu aquele sorriso torto.

Eles deixaram a pista de dança e foram para o bar, pedindo uma rodada. Apolo bebeu sua dose, batendo o copo no balcão, e olhou para Perséfone.

— Então, como seu amante recebeu a notícia do nosso acordo?

Perséfone olhou para o copo vazio.

— Nada bem. Acho que não posso culpá-lo.

Ela tinha prometido muito a Hades e o decepcionou.

— Acho que ele me odeia — ela disse, tão baixinho que achou que Apolo não pudesse ouvir.

— Hades não te odeia — Apolo zombou. — É impossível.

— Você não viu como ele olhou para mim.

— Arrasado? — Apolo perguntou. — Acho que entendi, Perséfone.

Ela piscou.

— Ele está apenas magoado e frustrado. Todos nós temos coisas que consideramos importantes, coisas que valorizamos acima de outras. Hades valoriza a confiança. Ele valoriza o processo de ganhar confiança. E sente que falhou.

Perséfone franziu a testa.

— Como você sabe?

— Os olimpianos têm uma longa história. Nós nos conhecemos de uma maneira que faria você se encolher, por dentro e por fora.

Perséfone estremeceu.

— Hades não se sente digno sem confiança. Ele precisa que você acredite nele para encontrar sua força.

Perséfone franziu a testa. Ela sabia que Hades tinha dificuldade em se sentir digno da adoração de seu povo, mas nunca pensou que ele teria a mesma dificuldade em se sentir digno do amor dela.

O que acontecera com ele ao longo de suas muitas vidas?

— O que aconteceu com você? — Perséfone perguntou a Apolo. — Ninguém faz o que você faz sem... algum tipo de trauma.

Demorou muito para Apolo falar, mas finalmente respondeu.

— Ele era um príncipe espartano. Jacinto. Era maravilhoso. Admirado e perseguido por muitos deuses, mas me escolheu — Apolo engoliu em seco. — Me escolheu.

Apolo fez uma pausa e então começou de novo.

— Caçamos e escalamos montanhas. Ensinei Jacinto a usar o arco e a lira. Um dia, eu o estava ensinando a jogar argolas. — Era um dos esportes disputados durante os Jogos Pan-Helênicos. Envolvia arremessar um disco pesado de metal. — Jacinto gostava de me desafiar e queria competir. Ele sabia que eu não ia negar isso a ele nem abrir mão de uma chance de ganhar. Joguei primeiro. Não pensei na força que coloquei no lançamento. Ele foi pegar o disco, mas eu tinha arremessado forte demais. O disco ricocheteou no chão e o acertou na cabeça.

O peito de Apolo subiu com uma inspiração profunda.

— Tentei salvá-lo. Eu sou o maldito Deus da Cura. Deveria ter sido capaz de curá-lo, mas cada vez que minha magia fechava sua ferida, ela se abria novamente. Eu o segurei até ele morrer.

Sua voz tremia agora.

— Odiei Hades por muito tempo depois disso. Eu o culpava pelo que as Moiras haviam tirado de mim. Eu o culpei por se recusar a me deixar ver Jacinto. Eu... fiz algumas coisas imperdoáveis depois da morte dele. É por isso que Hades me odeia e, honestamente, não o culpo.

— Apolo — Perséfone sussurrou. Hesitante, ela colocou a mão em seu braço. — Sinto muito pela sua perda.

Ele deu de ombros.

— Foi há muito tempo.

— Isso não torna o que aconteceu menos doloroso.

Embora isso não justificasse as ações de Apolo, ela o entendia um pouco melhor. Ele estava quebrado há muito, muito tempo e, desde então, procurava maneiras de se sentir inteiro.

— Outra rodada! — Ele chamou o bartender, que foi rápido em obedecer. Apolo deu uma dose a Perséfone.

— Saúde — disse ele.

As coisas viraram um borrão a partir daí. A cabeça de Perséfone girava, suas palavras eram arrastadas e tudo era engraçado. Ela dançou com Apolo até seus pés doerem, até as luzes fazerem seus olhos arderem, até que o suor brotasse de sua pele. Em certa altura, sua transpiração ficou fria e ela começou a se sentir realmente mal. Tropeçou, esbarrando em algo firme.

— Ah, oi, Hermes.

Ele franziu o cenho.

— Você está bem?

Ela respondeu vomitando no chão.

Seu próximo momento de lucidez foi quando ela se viu deitada no sofá da cabine de Apolo, um Hades embaçado lançando uma sombra sobre ela.

Ele parecia impassível, e isso doeu mais do que esperava.

— Por que você ligou para ele? — ela perguntou a Hermes. — Ele me odeia.

— Culpe Zofie — disse Hermes.

Hades se ajoelhou ao lado dela.

— Você consegue ficar em pé? Prefiro não te levar carregada.

Outro golpe. Ela se sentou. Hades tentou lhe dar um copo de água, mas ela o empurrou.

— Se você não quer ser visto comigo, por que não se teleporta?

— Se me teleportar, você pode vomitar. Me disseram que já fez isso uma vez esta noite.

Ele não parecia satisfeito.

Ela ficou de pé. Levou um momento até que o mundo parasse de girar, mas, ainda assim, cambaleou e caiu em Hades, que foi rápido em abraçá-la.

A sensação dele contra sua pele era como uma experiência sexual. Isso a fez tremer. A deixou toda quente. Fez com que quisesse gemer seu nome.

Ela estava sendo ridícula.

Se afastou.

— Vamos.

Ela liderou o caminho para fora, onde o Lexus preto de Hades esperava. Antoni ofereceu seu sorriso torto quando a viu.

— Milady.

— Antoni — disse, e passou por ele, engatinhando para dentro do carro.

Hades a seguiu. Ela sabia, porque sentia o cheiro dele: especiarias, cinzas e pecado.

A Deusa da Primavera nunca tinha pensado no cheiro do pecado antes, mas agora sabia o que era — sensual e sexual. Encheu seus pulmões, acendeu seu sangue.

Seguiram em silêncio a caminho de casa, o ar carregado de emoções conflitantes. Perséfone estava ocupada construindo uma parede contra o que Hades estava sentindo, e era algo sombrio. Ela podia sentir girando em direção a ela, como os tentáculos de sua magia.

Ficou tão aliviada quando chegaram à Nevernight que abriu a porta antes que Antoni se levantasse do assento. Ao sair, ela errou o meio-fio e caiu, o joelho batendo no concreto com força.

— Milady — Antoni gritou.

Ele estendeu a mão em direção ao braço de Perséfone, mas ela o empurrou.

— Estou bem.

A deusa girou o corpo e se sentou. Seu joelho estava ralado, com sujeira do chão grudada no sangue. Hades estava ao lado de Antoni, e eles a olhavam.

— Está tudo bem. Eu nem sinto nada.

Tentou se levantar, mas sua cabeça estava muito confusa, e ela sabia que estava enrolando algumas palavras. Odiava se ver nesse estado.

Por fim, soltou um longo suspiro.

— Sabe, acho que vou ficar sentada aqui um pouco.

Hades não disse nada, mas, desta vez, a pegou nos braços e a carregou para a Nevernight.

A boate estava estava vazia, sinal de que era mais tarde do que ela pensava. Esperava que Hades se teleportasse para o Submundo, mas ele a carregou escada abaixo, pela pista até o bar. E quando a colocou sentada, foi na beirada da mesa. Hades se virou e começou a trabalhar.

— O que você está fazendo?

Ele lhe deu um copo de água.

— Beba.

Ela bebeu — desta vez estava com sede.

Enquanto isso, Hades tirou o paletó e usou outro copo de água para limpar o joelho ferido. Depois, o cobriu com a mão e a curou.

— Obrigada — ela sussurrou.

Hades deu um passo para trás, inclinando-se contra o balcão em frente a ela. Perséfone tinha que admitir: não gostava da distância. Era como se seu coração fosse conectado a Hades, e se esticasse quando ele se movia.

— Você está me punindo? — Hades perguntou.

— O quê?

— Isso — disse ele, apontando para ela. — As roupas, Apolo, a bebida?

Ela franziu a testa e olhou para seu vestido.

— Não gostou da minha roupa?

Ele a olhou de cara feia e a deixou com raiva. Perséfone se afastou do balcão, levantando-se, e deslizou o vestido até os quadris.

— O que você está fazendo? — Hades perguntou. Seus olhos brilharam, mas ela não podia dizer se ele estava se divertindo ou se estava excitado.

— Tirando o vestido.

— Estou vendo. Por quê?

— Porque você não gostou.

— Eu não disse que não gostei — ele respondeu.

Ainda assim, ele não a impediu.

Não havia mais vestido. Ela ficou nua na frente dele.

Os olhos de Hades varreram seu corpo.

Deuses.

Seu corpo inteiro formigava como se sua pele fosse uma coleção de nervos expostos. Seus dedos ansiavam por tocar, por prazer, dela ou dele; ela realmente não se importava.

— Por que você não estava usando nada por baixo desse vestido?

— Não dava — disse ela. — Você não viu?

Hades cerrou os dentes.

— Eu vou matar Apolo — disse em voz baixa.

— Por quê?

— Para me divertir. — Sua voz era rouca, e Perséfone deu uma risadinha.

— Você está com ciúmes.

— Não me provoque, Perséfone.

— Apolo não sabia — disse ela, observando Hades beber direto de uma garrafa de uísque que pegou da parede. — Hermes foi quem sugeriu isso.

A garrafa quebrou. Em um momento, estava inteira nas mãos de Hades e, no momento seguinte, vidro e álcool cobriam o chão aos pés dele.

— Filho da puta.

Perséfone não tinha certeza se Hades tinha praguejado por causa de Hermes ou do uísque desperdiçado.

— Você está bem? — ela perguntou baixinho.

— Me perdoe se estou um pouco nervoso. Fui forçado ao celibato.

Perséfone revirou os olhos.

— Ninguém nunca disse que você não poderia me foder.

— Cuidado, Deusa — sua voz retumbou, profunda e aterrorizante. Era a voz que ele usava quando castigava. — Você não sabe o que está pedindo.

— Acho que sei o que estou pedindo, Hades. Não é como se nunca tivéssemos feito sexo.

Ele não se moveu, mas inclinou um pouco a cabeça, e o corpo dela se contraiu, sabendo que o que ele estava prestes a perguntar faria seu corpo estremecer.

— Você está molhada para mim?

Ela estava, ele sabia disso, e sua hesitação a estava irritando. Ela inclinou a cabeça e desafiou:

— Por que você não vem e descobre?

Ela esperou, e o peito de Hades subiu e desceu rapidamente, os nós dos dedos ficando brancos quando ele agarrou o balcão atrás. Como ele não se moveu, ela decidiu que só falaria sobre Apolo — era o que Hades merecia.

— Por que você não deixou Apolo ver Jacinto depois da morte?

— Você realmente sabe como fazer um homem brochar, meu bem, devo admitir.

O deus voltou-se para as bebidas e encontrou outra garrafa. Perséfone cruzou os braços sobre o peito, o zumbido do álcool passando. De repente, ela não sentiu mais vontade de estar nua e pegou o paletó de Hades. Quando o vestiu, foi engolida por ele.

— Ele disse que culpou você pela morte de Jacinto.

— Ele culpou. — A resposta de Hades foi curta. — Assim como você me culpou pelo acidente de Lexa.

— Eu nunca disse que culpava você — ela argumentou.

— Você me culpou porque eu não pude ajudar. Apolo fez o mesmo.

Perséfone crispou os lábios e acenou com a cabeça.

— Eu não estou... tentando brigar com você. Só quero saber o seu lado.

Hades considerou isso enquanto tomava um gole da garrafa. Ela não sabia dizer o que era, mas não era uísque.

Finalmente, ele falou:

— Apolo não pediu para ver o amante dele. Pediu para morrer.

Perséfone arregalou os olhos. Isso não era o que ela esperava que Hades dissesse.

— Claro que era um pedido que eu não podia, não iria, atender.

— Não entendo. Apolo sabe que não pode morrer. Ele é imortal. Mesmo que você o ferisse...

— Ele queria ser jogado no Tártaro. Para ser despedaçado pelos Titãs. É a única maneira de matar um deus.

Perséfone estremeceu.

— Ele ficou indignado, é claro, e se vingou da única maneira que sabe: dormiu com Leuce.

As coisas estavam se encaixando.

— Por que você não me contou? — Perséfone perguntou.

— Eu procuro esquecer essa parte da minha vida, Perséfone.

— Mas eu... eu não teria...

— Você já quebrou uma promessa que fez. Duvido que minha história de traição tivesse te impedido de procurar a ajuda de Apolo.

Ela não sabia o que dizer sobre isso, as palavras dele eram duras, mas justificadas. Perséfone se encolheu e se abraçou um pouco mais forte. Não tinha certeza se Hades notara sua reação ou se havia decidido terminar a conversa, mas ele se afastou do bar e disse:

— Você provavelmente está cansada. Posso te levar ao Submundo ou Antoni te leva para casa.

Ela o estudou por um longo momento e então perguntou:

— O que você quer?

O que ela estava realmente perguntando era: *você me quer?*

— Não sou eu quem deve tomar essa decisão.

Ela desviou o olhar, engolindo em seco, mas a voz de Hades a puxou de volta.

— Mas já que você perguntou... eu sempre quero você comigo. Mesmo quando estou com raiva.

— Então eu vou com você.

Ele a puxou para perto, seu braço um gancho ao redor de sua cintura. Ela se apoiou nos braços dele e seus corpos se encostaram. Com os olhos fixos um no outro. Queria beijar Hades, e não precisaria de muito para isso. Já estavam tão próximos, mas ela hesitava — tinha vomitado mais cedo e ainda se sentia nojenta. Além disso, Hades não se aproximou mais, e a dor que repuxava as feições dele a manteve congelada e endureceu seu próprio coração.

Ela ainda teria uma noite inteira pela frente, dormindo ao lado dele.

Isso ia ser difícil.

23

A CELEBRAÇÃO DO SOLSTÍCIO

Perséfone acordou sozinha.
Ela ignorou como seu peito apertou quando se levantou para se arrumar. Já vestida, encontrou Hécate no salão de baile do palácio, instruindo almas, ninfas e daemons em suas tarefas enquanto se preparavam para a celebração do solstício naquela noite.
Quando Perséfone chegou, Hécate sorriu e várias vozes irromperam ao mesmo tempo.
— Milady, você chegou!
Havia tanta animação e energia na sala que Perséfone não conseguiria ficar mal-humorada.
— Espero que você não tenha esperado muito — disse ela.
— Eu estava terminando de atribuir tarefas — falou Hécate.
— Ótimo. O que eu posso fazer?
Perséfone viu a hesitação no rosto de Hécate.
— Você deve supervisionar.
Perséfone franziu a testa.
— Eu gostaria de ajudar — disse ela, e olhou para as pessoas reunidas na sala. — Certamente alguns de vocês gostariam de uma ajuda?
A princípio, ela se deparou com o silêncio, e então Yuri falou.
— Claro, milady. Ficaríamos felizes em ter sua ajuda com os arranjos de flores!
Perséfone deu um sorriso largo.
— Obrigada, Yuri. Eu gostaria muito de fazer isso.
Sem falar que ela precisava de uma distração, qualquer coisa que afastasse sua mente das últimas semanas.
— Vamos ao trabalho! — Hécate chamou, e a multidão se dispersou.
Perséfone trabalhou com um grupo no salão de baile fazendo arranjos florais, guirlandas e coroas com flores que as almas haviam colhido nos jardins do Submundo.
— Você está mais quieta do que o normal — disse Hécate, vindo trabalhar ao lado de Perséfone. Ela aparou as folhas dos caules enquanto Perséfone as arrumava em um vaso bem grande.
— Estou?

Ela estava tão absorta em seu trabalho que não prestou muita atenção no que estava acontecendo ao redor.

— Não apenas hoje — disse Hécate. — Você não vem ao Submundo há dias.

Perséfone congelou por um momento e depois continuou com sua tarefa. Ela não sabia o que dizer — deveria se desculpar? Sua visão turvou com lágrimas e, antes que percebesse, Hécate a estava levando para fora do salão de baile, pelo corredor, até a biblioteca de Hades.

— O que há de errado, meu amor? — Hécate perguntou, guiando Perséfone para se sentar e se ajoelhou diante dela.

— Cometi um erro terrível.

— Tenho certeza de que não é nada que não possa ser consertado.

— Não pode — disse Perséfone. — Cometi tantos erros, Hécate. Eu destruí a vida da minha melhor amiga, negociei com um deus horroroso e sacrifiquei meu relacionamento com Hades.

— É muita coisa. — As palavras de Hécate fizeram Perséfone se sentir ainda mais infeliz. — Mas acho que não é verdade.

— É verdade. — Ela olhou para Hécate, confusa com a deusa.

— Você atropelou Lexa? — Hécate perguntou.

Perséfone balançou a cabeça.

— Então não destruiu a vida da sua melhor amiga — disse ela. — O mortal que dirigia aquele carro é que fez isso.

— Mas ela não é a mesma...

— Mesmo se ela tivesse se recuperado sozinha sem a magia de Apolo, não teria sido a mesma. Você negociou com um deus horroroso? — Hécate deu de ombros. — Se alguém pode ajudar Apolo a se tornar mais compassivo, é você, Perséfone.

Ela não tinha certeza disso, mas depois de conhecer um pouco melhor o passado de Apolo, sabia que queria fazer algo por ele. Talvez se mostrasse bondade ao deus, ele aprendesse a ser gentil com os outros.

— Eu ter ou não compaixão, não muda o que Hades pensa de mim agora. Ele não confia em mim nem acha que eu confio nele.

— Ele confia em você — disse Hécate. — Hades te deu o coração dele.

— Tenho certeza de que ele se arrepende dessa decisão.

— Você não pode ter certeza de nada a menos que pergunte, Perséfone. É injusto supor que conhece os sentimentos de Hades.

Perséfone pensou nisso. Ela quis perguntar a Hades um monte de coisas ontem, mas o medo e o constrangimento a impediram.

— E tenho a sensação de que nosso governante sombrio não foi tão justo com você.

Perséfone não tinha certeza se justo era a palavra certa.

— Ele foi honesto sobre quão bravo está comigo.

— Provavelmente é por isso que você quer evitá-lo. Eu evitaria. Ninguém gosta de Hades quando ele está com raiva.

Perséfone riu um pouco.

— O que estou dizendo é que vocês dois têm muito a aprender com isso. Se quer que esse relacionamento funcione, deve ser honesta. Paciência se suas palavras machucam, elas são importantes.

Perséfone tinha muitas palavras.

— Não se preocupe, minha querida... — Hécate se levantou, trazendo Perséfone com ela. — Tudo ficará bem.

Antes de saírem da biblioteca, Perséfone fez uma pausa.

— Hécate, você sabe como encontrar uma alma no Submundo?

Ela sorriu.

— Não, mas eu sei quem sabe.

Perséfone e Hécate voltaram ao salão de baile e terminaram seus arranjos florais. Depois, foram para a cozinha, onde Milan, um daemon e uma equipe de várias almas que haviam sido chefs em vidas anteriores trabalhavam na festa do solstício. Milan insistiu que elas experimentassem uma variedade de geleias, conservas, uvas, figos, romãs, amoras, peras e tâmaras. Havia carnes curadas e vários queijos, bolachas e ervas frescas.

— Lady Perséfone... você por acaso tem a receita daquele pão doce que fez? — Milan perguntou.

Levou um momento para ela entender do que Milan estava falando.

— Ah, você quer dizer o bolo!

— O que quer que fosse, estava delicioso — disse Hécate. — E quase começou uma guerra.

— Perséfone riu. — Ela assou o bolo, o deixou esfriar durante a noite e esqueceu completamente.

— É muito fácil, Milan. Vou te ensinar.

O daemon sorriu e Perséfone passou o resto da tarde fazendo bolos na cozinha, até que Hécate a puxou para se preparar para as festividades.

Elas ficaram no quarto de Hades. As ninfas de Hécate, lâmpades, pentearam o cabelo de Perséfone em cachos suaves, depois fizeram tranças, deixando-o meio preso. Sua maquiagem estava mais escura que o normal. Uma sombra preta cintilante e um delineado grosso faziam seus olhos parecerem maiores e mais abertos; a cor também iluminou suas íris. Um batom cor de vinho completou o visual.

Enquanto observava a si mesma se transformar no espelho, se lembrou das noites que ela e Lexa passavam se preparando para sair. Perséfone não cresceu entre mortais, então quando foi para a Universidade de Nova Atenas não tinha experiência com maquiagem ou moda. Lexa ensinara tudo a ela e foi incrível.

É incrível, Perséfone se corrigiu.

Lexa *estava* viva.

Acontece que, para Perséfone, de certa forma era como se Lexa tivesse partido. A pessoa sentada naquele quarto de hospital parecia sua melhor amiga, mas não agia como ela.

Os olhos de Perséfone lacrimejaram e ela respirou fundo, olhando para o teto. As lâmpades sentiram sua angústia e acariciaram seu rosto e cabelo.

— Eu estou bem — ela sussurrou. — Apenas pensando em algo triste.

— Talvez isso te distraia — disse Hécate, entrando no quarto de Hades.

Perséfone se virou em seu assento quando a Deusa da Bruxaria se aproximou com uma caixa branca comprida. Dentro havia um lindo vestido. Era preto com detalhes dourados. Tinha mangas largas, compridas, mas divididas, dando a ilusão de uma capa.

— Ah, Hécate. É lindo — disse Perséfone, se virando na frente do espelho depois de experimentar.

O vestido não era a única surpresa de Hécate. Ela ficou atrás de Perséfone e se moveu como se estivesse colocando algo em sua cabeça. Ao fazê-lo, uma coroa apareceu entre suas mãos. Era de ferro e denteada, e resplandecia com obsidiana brilhante, pérolas negras e diamantes. Na cabeça de Perséfone, parecia um halo escuro, aceso contra seu cabelo luminoso.

— Você está linda — disse Hécate.

— Obrigada. — Perséfone suspirou.

Ela não se reconhecia no espelho, mas não tinha certeza do que estava diferente: a coroa, o vestido, a maquiagem ou qualquer outra coisa? Muitas coisas aconteceram no último mês, e ela sentiu o peso em seus ombros, em seu peito, se instalando no fundo de seu estômago.

— Hades chegou?

— Tenho certeza de que ele vai vir mais tarde — disse Hécate.

Perséfone encontrou o olhar de sua amiga no espelho. Sentia falta de Hades. Eles nem precisavam conversar; ela só queria sua presença.

— Venha, as almas têm uma surpresa para você.

Hécate pegou a mão de Perséfone e elas saíram do quarto de Hades. As lâmpades as seguiram, fugindo para tomar seu lugar do lado de fora.

O palácio estava todo decorado. Os buquês de flores que Perséfone e os outros haviam montado deram vida à sombra. As mesas de banquete estavam cheias de comida e luz de velas. Os cheiros eram de dar água na boca. As portas francesas do salão de baile estavam abertas e levavam ao pátio onde ardia uma fogueira e onde as almas haviam erguido um mastro.

Quando Perséfone saiu, as almas, daemons e ninfas aplaudiram.

Yuri correu para a frente, pegando as mãos dela.

— Perséfone! Venha, as crianças têm uma surpresa para você!

Yuri a levou do pátio de pedra para a grama onde as lâmpades haviam se reunido em um círculo. As almas seguiam atrás delas.

Perséfone ficou surpresa quando Yuri a direcionou para um trono no topo do círculo. Ao contrário do trono de Hades, era uma cadeira feita de ouro. O metal tinha sido moldado em flores, e as almofadas eram brancas.

— Yuri, eu não sou...

— Você pode não ser rainha pelo título, mas as almas te chamam de rainha.

— Isso não significa que eu deva usar uma coroa ou me sentar em um trono no Submundo.

— Faça isso por elas, Perséfone — Yuri implorou. — É parte da surpresa.

— Ok — disse Perséfone, assentindo. — Para as almas.

Ela se sentou, e Yuri aplaudiu seu entusiasmo.

Depois de um momento, crianças do Submundo apareceram da escuridão, vagando pelo círculo de luz, vestidas com roupas coloridas. Elas começaram a apresentação batendo os pés e as mãos em uníssono. O efeito era musical, aumentando o ritmo à medida que avançavam. Logo, suas vozes se juntaram às palmas e aos passos, e as crianças começaram a se movimentar, criando diferentes linhas e formas com seus corpos. Ao final da apresentação, Perséfone estava batendo palmas e sorrindo tanto que seu rosto doía.

As crianças sorriram, curvando-se aos aplausos.

Então, começaram a cantar ao som de uma flauta, suas vozes subindo e descendo em uma melodia assombrosa. A canção que entoavam era a história do Lete, o rio do esquecimento, e falava de uma mulher que tinha bebido de suas águas e esquecido o amor de sua vida. Quando a música terminou, um grande nó se formou no fundo da garganta de Perséfone. Ela se levantou enquanto batia palmas, e as crianças correram em sua direção, abraçando suas pernas.

— Obrigada — ela disse. — Vocês foram todos tão maravilhosos!

Após a apresentação das crianças, o verdadeiro festival começou, e os moradores se dispersaram. Alguns dançavam e tocavam instrumentos enquanto outros jogavam — corridas, lançamentos de disco e competições de saltos. Um grupo entrou no salão de baile para comer, e as crianças se reuniram em volta do mastro.

— Perséfone! — Leuce se aproximou, jogando os braços em volta do pescoço da deusa, uma taça de vinho na mão.

— Leuce, estou muito feliz por você ter conseguido vir.

A ninfa deu um passo atrás.

— Obrigada por me convidar. Isso é realmente incrível. Eu nunca vi o Submundo tão vibrante. Beba — ela disse, entregando a Perséfone o vinho que segurava. — O vinho tem gosto de morangos e verão.

Leuce virou e desapareceu na multidão de almas.

— Ora, ora, se você não está parecendo a Rainha do Submundo — disse Hermes, aparecendo do nada.

— Hermes! — Ela o abraçou. — Estou feliz que esteja aqui!

Perséfone sorriu para o Deus da Trapaça. Ele estava vestido como um deus antigo — armadura dourada e saia de couro. Suas sandálias envolviam suas fortes panturrilhas, uma tiara de folhas de louro enfeitava sua cabeça, e suas asas de penas brancas cobriam seu corpo como um manto exuberante.

— Não perderia por nada, Sefy — disse e então piscou, segurando uma garrafa de vinho que havia roubado do salão de baile. — O vinho ajuda. Onde está seu amante mal-humorado? Ele não estava muito zangado com você, espero?

À menção de Hades, Perséfone foi lembrada de que o Deus do Submundo ainda não havia aparecido. Ela franziu o cenho.

— Não sei dizer onde Hades está. Ele saiu antes que eu acordasse.

— Ah. Não me diga, Sefy. Nada sem sexo de reconciliação?

Quando sexo se tornou um assunto regular entre ela e Hermes?

— Nada.

— Sinto muito, Sefy — disse Hermes e, em seguida, despejou mais vinho em sua taça. — Beba, lindona. Você vai precisar.

Mas Perséfone não estava com vontade de beber, e logo Hermes estava distraído.

— Nêmesis! — ele gritou quando vislumbrou a Deusa da Retribuição Divina e da Vingança. — Temos roupa suja pra lavar!

Perséfone tentou não rir. Ouvir Hermes usar expressões mortais era hilário. Ela começou a se virar quando notou Apolo. Devia ter acabado de chegar, pois certamente teria sentido sua presença ameaçadora antes. Ele era como estática no ar.

Apolo usava vestes vermelhas, presas por folhas de ouro ornamentadas. Ela nunca tinha visto seus chifres antes, mas, esta noite, estavam em plena exibição. No total, ele tinha quatro, dois em cada lado da cabeça. Pareciam um elmo de batalha.

Ela sorriu e se aproximou.

— Até onde eu me lembro, era eu quem deveria fazer a convocação — disse ele.

— Eu não convoquei você — disse Perséfone. — Eu te convidei. Não precisava vir.

A mandíbula de Apolo ficou tensa.

— Mas estou feliz que esteja aqui — ela adicionou, e as sobrancelhas do deus se ergueram. — Venha, gostaria que encontrasse alguém.

Ela levou Apolo para fora, onde o mastro tinha sido erguido, e os mortos dançavam. Levou um momento, mas ela finalmente o encontrou de pé com uma multidão de almas. Jacinto, o jovem que Apolo amava. Ele era bem musculoso e bonito, com um cabelo dourado. Quando sorria, seus dentes brilhavam; quando ele ria, era como música. Ela soube quando Apolo o viu, porque o deus enrijeceu.

— Vá até ele, Apolo — ela disse.

Ele hesitou e empalideceu.

— Ele se lembra...?

— Ele ainda ama você — disse ela. — E já te perdoou.

Ela ficou surpresa quando Apolo a olhou com uma expressão severa.

— Por quê? — ele questionou.

Ela piscou.

— O quê?

— Por que você fez isso? — perguntou. — Eu tenho sido tão cruel com você.

— Todo mundo merece bondade, Apolo.

Especialmente aqueles que magoam os outros, ela pensou, mas não disse.

— Vai lá — ela encorajou. — Você não tem muito tempo, aproveita.

Ainda assim, ele a encarou, como se não pudesse entendê-la.

Depois de um momento, se virou e respirou fundo, endireitou os ombros e caminhou na direção de Jacinto. A jovem alma olhou e sua expressão foi de choque quando viu o Deus da Música se aproximando. Jacinto largou a bebida e jogou os braços ao redor do pescoço de Apolo, puxando-o para perto. Quando seus lábios se encontraram, Perséfone sentiu uma pontada no peito — um lembrete de quanto sentia falta de Hades.

Ela balançou a cabeça e vagou do pátio para os jardins. Esperava passar alguns minutos sozinha, mas topou com uma figura sombria, que a assustou.

— Tânatos. — Ela respirou, seu coração se acalmando. — Você me assustou.

— Sinto muito. Não foi minha intenção.

Ela franziu o cenho. Não tinha visto o Deus da Morte desde que gritara com ele no hospital. Podia sentir a diferença no clima entre eles. Antes era amigável, agora apenas morno.

— O que está fazendo aqui?

— Aproveitando a folia — respondeu ele. Tânatos não a olhava enquanto falava, seus olhos no mastro à frente, iluminado pela luz das ninfas.

— Por que não se junta a eles? — ela perguntou.

O sorriso de Tânatos era triste.

— Eu não sou feito para a alegria, milady.

Ela franziu o cenho.

— Por favor, me chame de Perséfone, Tânatos.

Ele abaixou a cabeça.

— Certo... Desculpe.

— Não, eu peço desculpas — Perséfone disse. — Não há justificativa para como eu te tratei. Eu mesma... mal posso acreditar.

— Está tudo bem, Perséfone. Estou acostumado com isso.

Ela estremeceu.

— Me dói saber disso. Eu gostaria que não fosse assim, você merece um tratamento melhor, especialmente dos amigos.

Tânatos encontrou seu olhar, sorrindo.

— Obrigado, Perséfone.

Eles ficaram juntos por um tempo, observando os moradores do Submundo comemorarem.

Em algum momento, Perséfone voltou ao palácio. Ela vagou de quarto em quarto procurando por Hades. Quanto mais tempo passava sem a presença dele, mais frustrada ficava. Como ele poderia não vir a uma celebração em seu próprio reino? Não só era importante para seu povo, era importante para ela. Perséfone ajudou a planejar e ele sabia que seria esta noite. *O que o estava mantendo ocupado?*

A festa acabou e nenhum sinal de Hades.

Incapaz de descansar, ela o esperou.

E esperou.

E esperou.

Eram quase cinco da manhã quando ele chegou. A presença dele era familiar; no entanto, diferentemente das outras vezes, não acendeu o desejo em Perséfone. Ela sentiu apenas frio.

Quando Hades entrou na sala, ela se virou. Seu olhar escuro a avaliou da cabeça aos pés. Perséfone não tinha tirado a coroa que recebera de Ian nem o vestido feito por Hécate. Hades não comentou sobre sua aparência. Em vez disso, disse:

— Não achei que você estaria acordada.

— Aonde você foi?

— Eu tinha algumas coisas para resolver.

Os dedos de Perséfone se fecharam.

— Essas coisas eram mais importantes do que o seu reino?

Hades franziu as sobrancelhas.

— Você está com raiva por eu não ter ido na sua festa.

Então ele não esqueceu.

— Sim, estou com raiva. Você deveria ter estado lá.

— Os mortos celebram tudo, Perséfone. Não vou perder a próxima vez.

— Se essa é a sua opinião, prefiro que você não venha.

Hades pareceu surpreso.

— Então o que você quer de mim?

— Não dou a mínima se você acha que os mortos comemoram muitas coisas. O que é importante pra eles deveria ser importante pra você. O que é importante pra mim deveria ser importante pra você.
— Perséfone.
— Não — ela o cortou. — Entendo que nem sempre deixo claro o que quero, mas te disse o que estava planejando e esperava que você demonstrasse interesse. Não apenas por mim, mas também por seu povo. Você não perguntou sobre a celebração do solstício nem sequer uma vez. Nem mesmo depois que te pedi autorização para fazer essa festividade no pátio.
— Sinto muito.
— Não sente — ela retrucou. — Você só está dizendo isso para me acalmar, e eu *odeio* isso. É para isso que você quer uma rainha? Para não precisar participar desses eventos?
— Não, eu quis *você* — disse ele, uma pitada de frustração em sua voz.
— E por isso quis te tornar minha rainha. Não houve segundas intenções.
Ela não deixou de notar que tudo o que ele tinha acabado de dizer estava no passado.
Ela estreitou os olhos.
— Hades, se não quer mais isso, eu preciso saber.
Ele sacudiu a cabeça e a encarou.
— O quê?
Obviamente, o que ela estava dizendo não fazia sentido.
— Se você não me quer, se acha que não consegue me perdoar, então eu penso que não deveríamos ter um relacionamento. Fodam-se as Moiras.
Foi a primeira vez que Hades se moveu desde que entrou na sala.
Ele deu passos deliberados em direção a ela e falou:
— Eu nunca disse que não te queria. Achei que tinha deixado isso claro ontem.
Ela revirou os olhos.
— Então, quer me comer? Isso não significa que quer um relacionamento real. Isso não significa que vai confiar em mim novamente.
Hades parou a centímetros dela e estreitou os olhos.
— Deixa eu ser perfeitamente claro. Sim, quero te comer. Mais importante, eu te amo: profundamente, infinitamente. Se você se afastasse de mim hoje, eu ainda te amaria. Eu te amarei para sempre. É assim que funciona o Destino, Perséfone. Que se fodam os fios e as cores... e e que se fodam as suas incertezas.
Ele se inclinou mais perto dela enquanto falava, seu rosto a centímetros do dela.
— Eu não tenho incertezas — disse ela. — Eu estou com medo, seu idiota!

— Medo do quê? O que eu fiz?
— Não é medo de você! Deuses, Hades! Achei que você, de todas as pessoas, entenderia.
Ela virou a cabeça, incapaz de olhar para ele.
Depois de um momento, Hades falou novamente, pedindo:
— Me diz.
A boca de Perséfone tremeu.
— Eu ansiei por amor toda a minha vida — disse ela. — Ansiava por aceitação porque era essa a moeda que minha mãe usava comigo. Se eu correspondesse à expectativa, ganhava. Do contrário, perdia. Você quer uma rainha, uma deusa, uma amante. Eu não posso ser o que você quer. Não consigo... corresponder a essas... *expectativas* que você tem de mim!
Havia algo de libertador em dizer tudo isso em voz alta. De repente, ela se sentiu mais leve, como se tivesse soltado uma pedra que carregava nas costas.
— Perséfone... — Os dedos de Hades puxaram seu queixo. Ela encontrou seu olhar. — O que você pensa que é ser uma rainha?
As sobrancelhas de Perséfone se franziram, e ela balançou a cabeça enquanto admitia:
— Não sei. Eu sei o que gostaria de ver em uma rainha.
— Então o que você gostaria de ver em uma rainha?
— Uma pessoa gentil... compassiva... *presente*.
O polegar de Hades roçou seus lábios.
— E você não acha que é todas essas coisas?
Ela não respondeu, e Hades disse:
— Eu não estou te pedindo para ser uma rainha. Estou te pedindo para ser você mesma. Estou te pedindo em casamento. O título vem com o nosso casamento. Não muda nada.
Perséfone engoliu em seco.
— Você está me pedindo em casamento de novo?
— Você aceita?
Sua respiração ficou presa na garganta. Ela não podia responder. Nas últimas semanas, ela e Hades não estiveram exatamente em condições de se falar. Eles tinham muito para resolver. As lágrimas escorreram por seu rosto. Hades as limpou.
— Meu bem, você não precisa responder agora. Temos tempo, uma eternidade.
Seus lábios se encontraram, seu beijo pecaminoso e áspero e desesperado. Perséfone se sentiu febril e frenética. A adrenalina a deixou ousada, e ela enfiou a mão nas calças dele, pegando seu pau e o masturbando. Hades gemeu, seus dentes roçando o lábio inferior de Perséfone enquanto se afastava para explorar seu queixo, pescoço e seios.

Pareceu atordoado quando ela o empurrou. Ficaram separados por um momento, respirando com dificuldade, uma sensação quente, úmida e selvagem. Então Perséfone colocou a mão no peito de Hades e o empurrou até que ele batesse na cama.

— Senta — ela ordenou, tirando a coroa e colocando-a de lado.

Hades obedeceu, e ela sustentou seu olhar enquanto se ajoelhava diante dele. Seus olhos brilhavam como obsidiana.

— Você parece uma maldita rainha — disse ele.

Perséfone deu um sorriso torto.

— Eu sou *sua* rainha.

Ela pegou o pau dele e o acariciou do talo à cabeça, roçando levemente o polegar na ponta.

— Perséfone.

Ele rosnou o nome enquanto ela enfiava o pau na boca. Hades gemeu, seus dedos entrelaçando no cabelo dela. Perséfone o chupou profundamente — até o fundo de sua garganta, e então para o lado, a cabeça batendo em sua bochecha. Fez uma pausa para lamber e sugar, saboreando o gosto dele.

— Isso — ele sibilou.

Perséfone podia sentir o pau dele ficando mais grosso, latejando, e quando Hades gozou, ela bebeu seu líquido como se nunca tivesse provado algo tão doce. Hades a puxou para seus pés, a beijou, a possuiu e a paralisou. Ele deixou o vestido dela embolado no chão e a guiou para a cama, tirando as próprias roupas e se deitando por cima dela.

Ele era quente e firme, e se encaixava como se fosse feito para cada contorno dela. Enquanto isso, a deusa alcançou uma mecha do cabelo sedoso dele e a enrolou no dedo.

— Por que você quer casar?

A sobrancelha de Hades se ergueu; claramente a pergunta o divertiu.

— Você nunca sonhou com casamento?

— Não — ela disse, e estava sendo honesta.

Nunca tinha realmente considerado se casar com alguém uma possibilidade. Sua mãe garantira que ela nunca conhecesse ninguém nos primeiros dezoito anos de sua vida e, uma vez livre, estava tão focada na faculdade e em conseguir um emprego que não pensava muito em relacionamentos.

— Você não respondeu à minha pergunta. Por que o casamento é importante para você?

— Eu não sei — ele respondeu, igualmente sincero. — Se tornou importante para mim quando te conheci.

Perséfone olhou-o fixamente e abriu as pernas, envolvendo a cintura dele. Podia sentir a cabeça do pau dele esfregando a entrada de sua buceta.

Hades meteu nela com um gemido. Perséfone arfou, agarrando seus braços. Havia algo doce no começo. Hades se inclinou para beijá-la, deixando sua testa descansar contra a dela, e respirou fundo. Então tudo mudou. As estocadas se tornaram urgentes, e sua cabeça caiu na curva do pescoço dela, seus dentes roçando e mordendo a pele da deusa.

— Deliciosamente doce — Hades sibilou, olhando em seus olhos. — Vou meter mais fundo, amor.

Ela não sabia se seria possível; já podia senti-lo no fundo de seu ventre. Hades ergueu os joelhos dela com os braços e bruscamente jogou o quadril dela para cima. O prazer a atravessou, e ela arranhou a pele dele.

— Mais forte — ela ordenou.

Ele meteu com mais força. A buceta dela apertou o pau dele, o orgasmo crescendo dentro de si.

— Goza, meu amor.

Com a permissão, ela chegou ao clímax, e quando desceu das alturas, Hades gemeu, jogando a cabeça para trás e estremecendo.

Depois disso, eles se deitaram, se beijando, se tocando e respirando.

— Deuses, eu senti sua falta — disse Perséfone, descansando contra Hades, a cabeça em seu peito.

Hades riu, e eles olharam um para o outro. Depois de um momento de silêncio, Perséfone falou em voz baixa:

— Você ia me contar sobre Leuce.

— Hmm. Sim — ele disse, e depois de um momento a puxou para cima dele. — Tive uma reunião com Elias no meu restaurante. Eu não sabia que Leuce estava lá. Ela correu atrás de mim quando eu estava saindo e agarrou minha mão. Velho hábito.

Perséfone olhou feio, e Hades pressionou um dedo em seus lábios, fazendo beicinho.

— Eu me afastei e continuei andando. Ela estava pedindo um novo emprego.

— Só isso?

— Sim.

Perséfone desabou sobre ele.

— Me sinto uma idiota.

Hades passou os braços ao redor dela.

— Todos nós ficamos com ciúmes. Eu gosto quando você está com ciúmes... só não gosto quando você ameaça me deixar.

Ela se levantou novamente, montando nele.

— Eu estava com raiva, sim, mas... deixar você nunca me ocorreu.

Depois de um momento, Hades sentou-se, com ela em seu colo.

— Eu te amo. Mesmo que as Moiras desfiassem nosso destino, eu encontraria um caminho de volta para você — disse Hades.

Perséfone agarrou o pescoço de Hades.

— Você acha que elas conseguem te ouvir? — ela provocou.

— Se conseguirem, devem tomar isso como uma ameaça.

Perséfone riu, e eles fizeram amor novamente. Mais tarde, quando estava quase dormindo, ela não pôde deixar de se perguntar sobre as Moiras. Elas realmente desfiariam seu destino com Hades?

A ausência de Hades fez Perséfone despertar.

Ela se sentou, segurando os lençóis contra o peito. O fogo ardia e ainda estava escuro no Submundo.

Algo não está certo, ela pensou.

Ela saiu da cama, vestiu o roupão e foi para o jardim. Hades tinha o hábito de vagar pela noite apenas para se sentar sob estrelas e glicínias. Ela caminhou ao longo do jardim, chegando a um campo de flores. Dali, podia ver as luzes de Asfódelos e o fogo abafado do Tártaro.

Talvez ele tenha ido lá, ela pensou.

Ela entrou no campo. Uma brisa quente trouxe o cheiro de cinzas e fez a grama farfalhar ao seu redor. O barulho era quase alto suficiente para abafar o som dos passos de Cérbero, Tifão e Ortros, mas Perséfone ouviu a respiração ofegante dos cães e se virou a tempo de vê-los correrem pela grama.

— Ah, meus queridos meninos. — Ela deu um tapinha na cabeça de cada um. — Vocês viram o papai?

Os três choramingaram. Ela presumiu que era um sim.

— Vocês vão me levar até ele?

Os três levaram Perséfone através do campo até uma floresta densa. Ela nunca estivera ali e presumiu que era uma adição mais recente ao Submundo. O reino de Hades estava sempre mudando, e ela suspeitava que o objetivo disso era tornar mais difícil para as pessoas entrarem e escaparem.

A floresta parecia não ter fim, profunda e escura. Os galhos das árvores estavam entrelaçados, criando um arco no alto, e embora estivessem sem folhas, lâmpades descansavam ali, iluminando o caminho como se fosse um céu estrelado.

Os cães mantiveram o focinho no chão e surpreenderam Perséfone quando correram floresta adentro.

Hades realmente estaria tão longe assim na mata?

Ela seguiu, seu caminho iluminado pelas lâmpades, até que perdeu os cães de vista.

Um gemido ofegante chamou sua atenção. Veio de trás dela e cresceu em frequência.

Perséfone andou em direção ao som. Seu coração batia forte em seu peito, e o ar de repente parecia pesado e sólido. Não demorou muito para que ela os visse em uma clareira — Hades e Leuce emaranhados tão firmemente quanto os galhos acima deles, a luz das ninfas iluminando seu ato de amor.

PARTE III

O caminho para o paraíso começa no Inferno.
— Dante Alighieri, *A divina comédia*

PART III

24

UM TOQUE DE LOUCURA

Por um segundo horripilante, Perséfone não conseguiu se mexer.
Estava paralisada, entorpecida.
Suas pernas tremiam e seu peito doía de uma forma indescritível. Era como se houvesse um monstro abrindo caminho por dentro dela.
Então um som terrível escapou de sua boca.
Os dois congelaram e viraram em sua direção. Hades se afastou de Leuce, e a ninfa caiu no chão, pega de surpresa.
— Perséfone...
Mal o ouviu dizer seu nome, abafado pelo rugido em seus ouvidos. Seu poder se agitou dentro dela, fervendo seu sangue, correndo até a pele.
Ela viu tudo vermelho.
Destruiria Hades. Destruiria os dois. Destruiria este mundo.
Perséfone gritou com raiva e tudo ao seu redor começou a murchar. As árvores apodreceram diante de seus olhos, as folhas murcharam e caíram, a grama ficou amarelada e seca até que toda a terra ao redor se tornou estéril. Ela despojaria o mundo de Hades de vida assim como ele a havia despojado da felicidade.
Leuce fugiu e Hades veio em direção a Perséfone. Com sua aproximação, ela sentiu novamente o golpe devastador da traição dele.
— Perséfone!
— Não diga meu nome!
Sua voz soou diferente, gutural.
Seu poder estava quente em suas mãos e ela alimentou sua angústia com ele. O chão sob seus pés começou a tremer.
— Perséfone, me escuta!
Ela o tinha escutado. Tinha escutado e acreditado nele.
Eu te amo — profundamente, infinitamente.
Não escutaria mais.
Ele deu um passo em direção a ela.
— Não!
Enquanto ela falava, a terra se partiu e um enorme abismo se abriu entre eles.
Os olhos de Hades se arregalaram.

— Por favor, Perséfone! — Ele parecia desesperado, mas era compreensível: ela estava destruindo seu reino.

Ela gritou, sua voz soou com fúria e violência, sua magia era como fogo contra sua pele. Perséfone não sabia o que estava fazendo, mas se sentiu guiada a juntar as mãos, e o poder que se concentrou ali foi imediato. Ele atingiu Hades com uma explosão, que o fez voar para trás na paisagem desolada.

Ele caiu de pé e abriu mão de sua ilusão. Se tornou uma manifestação da morte — sombrio e ameaçador.

Era esta a aparência dele no campo de batalha, ela pensou. Por um momento, o coração de Perséfone bateu mais forte com o medo de que ele pudesse dominá-la.

Sombras se descolaram da forma de Hades e correram em direção a ela. Ele estava tentando pará-la, e o pensamento enviou uma explosão de pura raiva através do corpo da deusa. Ela gritou de novo, e sua magia saiu violentamente, congelando as sombras assim como congelara todos na Lira.

Um silêncio ensurdecedor se seguiu. Perséfone o encarou antes de enviar velozmente as sombras de volta para ele com uma explosão.

Hades levantou o braço e as sombras se desintegraram em cinzas.

— Para! — ele ordenou. — Perséfone, isso é loucura.

Loucura? Ela lhe mostraria o que era loucura.

— Você queimaria o mundo por mim? — ela perguntou, lembrando as palavras que ele usara ao falar sobre Apolo, lembrando quão fervoroso ele foi quando disse a ela para nunca mais usar o nome do deus em seu quarto novamente. O quarto *deles*. O poder estava concentrado em suas mãos. — Deixa que eu destruo tudo para você.

Os olhos de Hades se arregalaram quando um terrível som de rachadura encheu o ar. Raízes maciças fendiam o céu, avançando em direção à terra. Ela estava puxando a vida do Mundo Superior para o Submundo.

As raízes atingiram o solo com uma explosão ensurdecedora, sacudindo a terra e destruindo montanhas.

— Hécate! — A voz de Hades era poderosa e ressoava quando ele invocou a Deusa da Magia. Ela apareceu imediatamente, ao lado de Hades. Juntos, lutaram contra o Perséfone e, à medida que mais raízes ameaçavam destruir o Submundo, elas foram paradas no ar.

— O que aconteceu? — Hécate gritou.

— Não sei. Senti a angústia dela e vim o mais rápido possível — respondeu Hades.

A resposta dele irritou Perséfone.

Sentiu minha angústia? Por que ele está agindo como se não fosse o traidor aqui?

Usou toda a sua fúria contra Hades e Hécate. Combinada, a magia deles era como um peso insuportável. Quanto mais tempo passava, mais esgotada Perséfone se sentia, não apenas fisicamente.

Por dentro, sua raiva se transformava em desespero. Ela estava arrasada.

— Meu anjo. — Era como se Hécate estivesse bem ao lado dela, falando em seu ouvido, embora estivesse do outro lado do abismo. — Me diz.

Os olhos de Perséfone se turvaram com as lágrimas, e ela balançou a cabeça.

— Perséfone, me diz o que aconteceu.

Lágrimas caíram enquanto a memória do que havia desencadeado seu terror vinha à tona, espontaneamente. Se Perséfone pudesse, ela a teria reprimido pelo resto da vida, mas, com as palavras de Hécate, reviveu o terror de ver Hades fodendo Leuce. Ver o prazer no rosto da ninfa a fez querer vomitar.

Desta vez, em vez de inspirar a raiva que alimentava seu poder, a lembrança a exauriu. Ela se sentia instável por dentro, derrotada e adoecida. O poder que corria por seu corpo minguou, e ela balançou. Hécate a pegou em seus braços enquanto Perséfone vomitava.

Lentamente, a deusa a ajudou a se deitar, e Perséfone descansou nos braços dela. Hécate afastou o seu cabelo do rosto, acalmando-a:

— Não era real, meu bem, meu amor, meu docinho.

Perséfone soluçou, virando a cabeça no peito de Hécate.

— Não consigo desver. Não vou conseguir viver com isso.

— Shh! Você vai, meu bem. Descanse.

Então ela foi abraçada pela escuridão.

Perséfone acordou na suíte da rainha, com o rosto inchado e a cabeça doendo. Cobertores macios embalavam seu corpo fraco, e a luz brilhante entrava pelas janelas. Ela levou um momento para se lembrar de como tinha chegado ali, mas logo as memórias retornaram, inundando sua mente como um pesadelo vivo. Lágrimas se formaram em seus olhos e deslizaram pelo lado de seu rosto.

— Não chora, meu docinho — disse Hécate.

Perséfone virou a cabeça e encontrou a deusa sentada ao lado da cama. Esfregou os olhos, tentando fazer as lágrimas desaparecerem, mas apenas soluçou mais.

Hécate pegou a mão de Perséfone.

— Respire, meu bem. O que você viu não era real.

Perséfone respirou fundo várias vezes e olhou para a amiga.

— O que você está dizendo?

— Você andou pela Floresta do Desespero, Perséfone. O que você viu foi uma manifestação do seu maior medo.

Perséfone ficou quieta por um momento, tentando entender o que Hécate estava dizendo, mas o terror daquelas lembranças estava embutido em sua mente.

Hécate suspirou.

— E vejo que o feitiço ainda não acabou.

— Feitiço?

— Achamos que foi assim que você foi parar na floresta — disse Hécate.

— Você acha que alguém me enfeitiçou? — Perséfone franziu a testa. — Quem?

A deusa abriu um pequeno sorriso, mas não havia motivo para sorrir.

— Hades está procurando.

Ela estremeceu. Podia apenas imaginar o que isso significava, lembrando como ele ficou na floresta depois que ela drenou a vida do lugar. Ainda assim, no fundo torcia para que ele encontrasse, porque o que ela tinha visto na noite passada era uma tortura.

Perséfone sentou-se, encostada na cabeceira da cama, a cabeça girando.

— Por que Hades teria um lugar tão horrível no Submundo?

— Bem, é uma extensão do Tártaro — disse Hécate. — E você não deveria estar lá.

Perséfone empurrou as cobertas e tentou se levantar, mas se sentiu muito fraca.

— Eu gostaria de ir lá fora — disse.

Hécate a ajudou a se levantar e saíram. Era fim de tarde. Perséfone ficou aliviada quando caminhou para a varanda e viu que o Submundo estava exuberante e verde.

De repente, ela ficou agitada.

— As almas! Eu...

Ela usou tanto poder; sacudiu o chão e rachou o céu, sem pensar nas almas que poderia ter machucado.

— Todo mundo está bem, Perséfone — Hécate assegurou. — Hades restaurou a ordem.

Perséfone fechou os olhos e soltou um longo suspiro.

Graças aos deuses, ela pensou.

Entraram no jardim e encontraram um lugar para sentar-se sob as glicínias roxas.

— Você demonstrou grande poder na floresta, Perséfone — disse Hécate.

Ela não conseguiu identificar o tom da voz da deusa, mas sentiu uma mistura de admiração e medo.

Ela olhou para Hécate.
— Você... tem medo de mim?
— Não — disse ela. — Eu temo *por* você.
As sobrancelhas de Perséfone se franziram, e Hécate suspirou, olhando para suas mãos.
— Foi um medo que eu tive desde o momento em que te conheci, que você fosse poderosa... terrivelmente poderosa.
Perséfone balançou a cabeça.
— Não entendo. Não sou...
— Você interrompeu a magia de Hades. Você *usou* sua magia contra ele, Perséfone. Ele é um deus antigo, bem treinado. Se os olimpianos descobrirem...
— Se eles descobrirem...? — ela perguntou quando a voz de Hécate desapareceu.
Foi a vez da outra mulher balançar a cabeça.
— Acho que pode acontecer qualquer coisa. Eles podem querer que você se torne olimpiana ou...
— Ou?
— Podem te ver como uma ameaça.
Perséfone não conseguiu segurar o riso, mas um olhar para Hécate lhe disse que não era brincadeira.
— Isso é ridículo, Hécate. Mal consigo controlar meu poder e, aparentemente, não consigo manter minha força.
— Você está aprendendo a controlar, e a força vem com a prática — disse Hécate. — Guarde minhas palavras, Perséfone, você se tornará uma das deusas mais poderosas do nosso tempo.
Perséfone não riu.
Ficaram quietas por um tempo depois disso. Por fim, Hécate se levantou para partir.
— Preciso ir. Prometi a Yuri que tomaríamos chá. Achei que você não estaria disposta.
Perséfone sorriu. A deusa tinha achado certo; ela não estava. Se sentia exausta e insegura com os eventos da noite anterior.
Hécate se inclinou e beijou o cabelo de Perséfone antes de partir.
Sozinha, os pensamentos de Perséfone se voltaram para Hades. Ela pensou que tinha manifestado seu maior medo quando quase perdeu Lexa, sem realmente jamais considerar que a traição de Hades poderia ser igualmente horrível. Ainda sentia uma dor insondável quando pensava nele e Leuce juntos, apesar da explicação de Hécate para o que viu na Floresta do Desespero.
Ela suspirou e ficou de pé, vagando pelo jardim de Hades, parando quando o deus apareceu na direção oposta. Ele estava em sua forma divina, com o corpo forte envolto em vestes, e o cabelo comprido, preso em um

coque bagunçado. Seus chifres eram como barras pretas, subindo para o céu. Parecia exausto, pálido e belo.

Ela prendeu a respiração, como se houvesse oceanos entre eles.

— Você está bem? — ele perguntou.

A pergunta sempre a aquecia, mas desta vez a incendiou. Ela sentiu tanto por ele em um único momento, mal conseguia entender tudo: amor, desejo, compaixão.

— Ficarei bem — finalmente respondeu.

Hades a observou por um momento, o olhar atento.

— Posso te acompanhar na caminhada? — perguntou.

— Este é o seu reino.

Hades franziu a testa, mas não disse nada e, enquanto ela andava, ele ia seu ao lado. Eles não deram as mãos ou andaram de braços dados, mas de vez em quando seus dedos se roçavam e a sensação era elétrica. Cada centímetro da pele dela parecia um nervo exposto. Era tão estranho. Depois de tudo que passaram nos últimos dias, seu corpo ainda respondia a ele como se nada tivesse acontecido.

Ela se pegou imaginando se Hades sentia o mesmo, então notou seus punhos cerrados.

Tomou isso como uma confirmação.

Eles caminharam em silêncio até chegarem à beira do jardim, onde Perséfone se encontrava na noite anterior antes de se aventurar na Floresta do Desespero. Finalmente, Hades se virou para ela e disse:

— Perséfone. Eu... eu não sei o que você viu, mas você precisa saber... *precisa saber...* que aquilo não era real. — Ele parecia muito abatido, muito desesperado para que ela entendesse.

— Devo contar o que vi? — Ela sussurrou as palavras e, embora não estivesse com raiva, também queria que ele entendesse. — Eu vi você e Leuce juntos. Você a segurava e a fodia como se estivesse faminto. — Ela tremeu enquanto falava, e suas unhas cravaram em sua palma. — Você sentiu prazer com ela. Saber que ela era sua amante era uma coisa; ver isso foi... devastador.

Ela fechou os olhos contra o pesadelo enquanto as lágrimas escorriam por seu rosto.

— Eu queria destruir tudo o que você amava. Queria que me visse desmantelar seu mundo. Queria desmantelar *você*.

— Perséfone — Hades sussurrou, e então ela sentiu os dedos dele sob seu queixo. Ele inclinou a cabeça dela, e seus olhos se abriram. — Você precisa saber que não era real.

— Parecia real.

As pontas dos dedos de Hades deslizaram por sua pele, secando as lágrimas.

— Eu tiraria isso de você se pudesse.
— Você pode — disse ela, aproximando-se. — Me beija.
Os lábios de Hades pressionaram os dela. A língua dele brincou com os lábios dela antes de entrar e se enrolar com a dela. Seu beijo era brutal e contundente, com um gosto esfumaçado e doce. Enquanto Hades explorava, as mãos dela deslizavam pela barriga chapada dele até alcançar seu pau através de suas vestes.

Um gemido antinatural escapou da boca de Hades, e ele se afastou; seu olhar queimou no dela.

— Me ajuda a esquecer o que vi na floresta — disse Perséfone, respirando com dificuldade. — Me beija, me ama. Me arruína.

Eles se atracaram, arrancando as roupas um do outro até ficarem nus sob o céu pálido do Submundo. Seus lábios colidiram, as línguas saboreando gostos enquanto a respiração dos dois se misturava. A mão de Hades segurou a nuca de Perséfone; a outra desceu até os pelos entre suas coxas. Ela gemeu quando os dedos dele mergulharam em sua buceta quente. Por um momento, estava perdida no prazer, na dor entre as pernas.

Quando Perséfone não aguentou mais, Hades se ajoelhou com ela. A deusa se recostou, aninhada nas vestes dele, que se sentou, olhando para o corpo dela despido, os olhos calorosos como as chamas do Tártaro.

— Maravilhosa — disse ele. — Se eu pudesse, nos manteria aqui neste momento para sempre, com você deitada na minha frente.

— Por que não avançar para quando você estiver me comendo?

Hades sorriu.

— Ansiosa, meu amor?

— Sempre.

Ele deu um beijo na parte interna do joelho de Perséfone; em seguida, ergueu as pernas dela e levou a boca à fenda molhada, sua língua brincando com seus lábios, para só depois penetrar sua buceta. Ela resistiu, e Hades arregaçou suas pernas. Perséfone podia sentir a buceta apertando a língua dele, tão excitada que chegava quase a doer.

Ela gozou, gemendo o nome dele, enfiando os dedos pelo cabelo para que pudesse puxá-lo para cima e beijá-lo. Os lábios dele se chocaram contra os dela, trilhando o pescoço e então os seios. Sua língua girando em torno de cada mamilo, os deixando sólidos como rocha.

— Não havia tortura maior do que sentir sua angústia — disse ele.
— Eu sabia que era de alguma forma responsável e não podia fazer nada.

Ela pressionou os dedos nos lábios inchados de Hades.

— Você pode fazer.

Pegou o pau duro como aço de Hades, que roçava sua perna, e o levou até a buceta. Eles se juntaram com violência. Hades impulsionava o quadril enquanto metia nela, que se deleitava com a dor de sentir sua buceta ser preenchida, e a pele, esticada. Jogou a cabeça para trás e arqueou as costas, soltando um gemido rouco.

Hades se inclinou para beijar seus lábios, capturando o som. Ela não conseguia encontrar um lugar para colocar as mãos. Seus dedos agarraram as vestes de seda dele, jogadas na grama, e depois, seus braços.

— Porra!

Talvez ele tenha amaldiçoado porque ela o ferira, Perséfone não tinha certeza. Ele prendeu os punhos da deusa acima da cabeça dela. Os olhos de Hades estavam selvagens e desfocados, e seu ritmo aumentou enquanto ele gozava, metendo nela com mais força do que nunca.

Hades caiu em cima de Perséfone, sua cabeça descansando na curva do ombro dela. Eles estavam escorregadios de suor e suas respirações eram ofegantes. Depois de um momento, Hades se ergueu sobre os cotovelos e afastou o cabelo de Perséfone do rosto.

— Você está bem?

— Sim — ela sussurrou.

— Eu... — Ele hesitou. — Eu te machuquei?

Perséfone sorriu com a pergunta porque nunca tinha se sentido melhor.

— Não.

Ela tocou seu rosto, traçando suas sobrancelhas, seu nariz, seus lábios inchados dos beijos, e sussurrou:

— Eu te amo.

Um leve sorriso tocou os lábios de Hades.

— Eu não tinha certeza se ouviria essas palavras novamente.

A admissão de Hades fez o coração dela doer.

Seus olhos começaram a se encher de água.

— Eu nunca deixei de te amar.

— Shh, meu amor. — O olhar de Hades era terno. — Nunca deixei de acreditar.

Mas *ela*, sim, e o pensamento quase a destruiu.

Hades a pegou nos braços e a levou para sua cama. Lá, a beijou, a tirando de sua escuridão. Abriu as pernas dela, se preparando para fazer amor mais uma vez. Contudo, alguém bateu à porta.

Perséfone congelou, e, para sua surpresa, Hades orientou a pessoa à porta a entrar.

— Hades!

O deus rolou de cima dela e sentou na cama, o peito exposto. Perséfone sentou, segurando os lençóis contra o corpo, enquanto Hermes entrava no quarto.

— Oi, Sefy — disse ele, dando um sorriso tímido.

— *Hermes* — Hades chamou sua atenção.

— Ah, sim — disse ele. — Encontrei a ninfa, Leuce.

— Traga ela aqui — Hades ordenou.
Perséfone lançou a Hades um olhar questionador quando Leuce apareceu no meio do quarto. Fazia um tempo desde que Perséfone tinha visto a ninfa, e ela parecia exausta e assustada. Seus olhos estavam arregalados e seu corpo inteiro tremia. Quando o olhar dela caiu sobre Hades e Perséfone, um soluço horrível explodiu de sua garganta.
— Por favor.
— Silêncio — Hades ordenou, e foi como se Leuce tivesse perdido a habilidade de emitir som. — Você vai dizer a verdade a Perséfone. Você a mandou para a Floresta do Desespero?
Lágrimas escorreram pelo rosto de Leuce quando ela assentiu.
O vinho, Perséfone percebeu.
— *Beba! O vinho tem gosto de morangos e verão.*
O instinto de Perséfone era de se sentir traída, mas algo parecia... errado.
— Por quê? — ela perguntou.
— Para separar vocês dois — respondeu.
Não havia nenhum indício de veneno na voz de Leuce, e Perséfone achou aquilo estranho. Se era o que a ninfa realmente queria, por que estava tão... arrependida? Perséfone se mexeu, se aproximando do pé da cama.
— Por quê? — Perséfone perguntou.
Os olhos de Leuce se arregalaram e ela balançou a cabeça, se recusando a falar.
— Você vai responder — disse Hades.
Perséfone achou que era impossível chorar tanto, mas a ninfa chorou ainda mais e, desta vez, caiu de joelhos.
— Ela vai me matar.
— Quem?
— Sua mãe — disse Hades.
A revelação não deveria ter chocado Perséfone, mas chocou.
— É verdade? — perguntou, virando para Leuce.
— Eu menti quando disse que não me lembrava de quem tinha me devolvido a vida — ela admitiu. — Estava com medo. Deméter me lembrou várias vezes que tiraria tudo de mim se eu não obedecesse. Me desculpa, Perséfone. — Leuce escondeu o rosto. — Você foi tão gentil comigo, e eu te traí.
Perséfone juntou os lençóis ao seu redor e deslizou para fora da cama, ignorando o fato de que deixaria Hades nu. Ela se aproximou e se ajoelhou diante de Leuce.
— Não te culpo por ter medo da minha mãe — disse Perséfone. Enquanto falava, Leuce encontrou seu olhar. — Eu tive medo dela por muito tempo também. Não vou deixar que ela faça nada com você, Leuce.

A ninfa desmoronou sobre Perséfone, e a deusa a segurou por um longo momento, até que a ninfa conseguisse se recompor.

— Hermes — disse Perséfone. — Pode levar Leuce para minha suíte? Acho que ela precisa de um pouco de descanso.

— Sim, milady. — Ele fez uma reverência exagerada e sorriu.

Uma vez que eles se foram, Perséfone se virou para Hades, que tinha um olhar peculiar no rosto.

— O quê?

Ele balançou a cabeça, um sorriso surgindo.

— Só estou te admirando.

Ela ficou temporariamente distraída com o comentário dele, e então disse:

— Acho que devemos chamar minha mãe para o Submundo.

As sobrancelhas de Hades se ergueram. Ele claramente não esperava que ela dissesse isso.

— Vamos chamá-la agora? — ele perguntou. — Talvez antes devêssemos fazer amor para que ela não ache nem por um momento que seu plano funcionou.

— Hades! — Perséfone repreendeu, mas sorriu também.

25

JUNTANDO PEÇAS

Horas depois, Hades, Perséfone e Leuce se reuniram na sala do trono; os dois primeiros em suas formas divinas. Sentaram lado a lado, ele em seu trono de obsidiana; e ela, no de ouro e marfim. Leuce ficou ao lado de Perséfone, tremendo.
— Ela vai atacar — disse Leuce. — Tenho certeza.
— Ah, espero que sim — respondeu Perséfone, e olhou para a ninfa.
— Ela é minha mãe.
— Hermes voltou — comentou Hades. Ele enviou o deus para buscar a Deusa da Colheita, uma tarefa que Hermes não estava ansioso para aceitar.
— *Eu acho que você só quer que ela desfigure meu rosto* — dissera Hermes.
— *Ela vai comer meu fígado quando eu disser que vou levá-la ao Submundo.*
— *Então não diga a ela que Hades mandou buscá-la* — respondera Perséfone.
— *Diga que eu mandei.*
Hermes sorriu, assim como Perséfone estava fazendo agora.
Ela se sentiu fortalecida como nunca antes, e realmente não conseguia explicar o porquê. Talvez tivesse algo a ver com o que Hades disse na noite da celebração do solstício, que ele a amava por quem ela era e que essas eram as qualidades que ele queria em sua rainha.
Isso significava que poderia ser ela mesma sem sacrifício, e o primeiro passo para isso seria lidar com a mãe.
Hermes acompanhou Deméter até a sala e, apesar da máscara severa que a Deusa da Colheita tentou manter, Perséfone reconheceu o olhar de desprezo ao ver os dois sentados lado a lado como membros da realeza no precipício escuro.
Seus lábios estavam contraídos, e seu olhar, duro. Ela parou quando chegou ao centro da sala.
— Do que se trata? — Deméter exigiu, sua voz tingida de fúria.
— Minha amiga me contou que você a ameaçou — disse Perséfone.
Se Deméter não ia fingir gentileza, Perséfone também não.
Deméter olhou para a ninfa e depois para Perséfone.
— Você acreditaria mais na prostituta do seu amante do que em mim?
— Isso é cruel — disse Perséfone com firmeza. — Peça desculpas.
— Eu não farei tal...

— Eu disse "peça desculpas" — Perséfone ordenou, e Deméter foi colocada de joelhos, o mármore sob ela rachando com a força de sua queda. Perséfone não pretendia usar tanta força, mas o resultado teve o efeito desejado.

Os olhos de Deméter se arregalaram de surpresa. Ela não esperava ser levada ao chão pela própria filha. Sua expressão rapidamente soltou faíscas, sua raiva preenchendo a sala.

Sua voz tremia.

— É assim que vai ser?

Perséfone não disse nada. A mãe escolhera esse caminho com suas ações.

— Você poderia acabar com sua humilhação — disse Perséfone. — Apenas... peça desculpas.

Essas palavras eram como declarar guerra.

— Nunca. — A palavra saiu dos lábios de Deméter em uma respiração trêmula.

Uma onda de choque emanou do poder de Deméter e correu pela sala do trono enquanto a deusa tentava se levantar. A força pegou Perséfone desprevenida por um momento, sua própria magia avançando para anulá-la. Deméter olhou feio para Hades. Podia sentir o poder dele ao redor, esperando uma brecha para agir.

Perséfone se levantou e desceu os poucos degraus que a separavam de sua mãe. Conforme se aproximava, o chão embaixo de Deméter continuava a rachar e desmoronar. Finalmente, Deméter cedeu, seu poder diminuiu e ela olhou para a filha.

— Vejo que você aprendeu um pouco de controle, filha.

Perséfone pode ter sorrido, mas descobriu que quando olhava para a mãe tudo o que sentia era ressentimento. Era como uma maldição agindo por todo o seu corpo, cobrindo tudo com escuridão.

— Tudo o que você tinha que fazer era pedir desculpas — disse Perséfone ferozmente. Percebeu que não estavam mais falando sobre Leuce. — Nós poderíamos ter tido uma à outra.

— Não se você estiver com ele — Deméter cuspiu.

Perséfone olhou para a mãe por um momento e depois disse:

— Sinto pena de você. Prefere ficar sozinha a aceitar algo que teme.

Deméter fez uma careta para a filha.

— Você está desistindo de tudo por causa *dele*.

— Não, mãe. Hades é apenas uma das muitas coisas que ganhei quando saí da sua prisão.

Ela liberou Deméter da sua magia, mas a deusa tremeu visivelmente e não se levantou.

— Olha para mim mais uma vez, mãe, porque você nunca mais vai me ver.

Perséfone esperava ver fúria nos olhos da mãe. Em vez disso, eles brilharam com orgulho, e um sorriso inquietante curvou seus lábios.

— Minha flor... você é mais parecida comigo do que imagina.

Perséfone cerrou as mãos e Deméter desapareceu.

Houve um momento de silêncio antes de Leuce correr para abraçar Perséfone.

— Obrigada, Perséfone.

Quando a ninfa se afastou, Perséfone sorriu, mantendo a compostura. Por dentro, ela estava tremendo. A expressão no rosto da sua mãe era uma que ela conhecia bem.

A guerra estava chegando.

Perséfone estava ansiosa ao se aproximar do hospital. Fazia alguns dias desde que visitara Lexa. Em grande parte, era porque a amiga continuava lutando contra o delírio — ou melhor, o que os médicos chamavam de delírio. Perséfone sabia a verdade sobre a sua psicose. Era a alma lutando para entender o que estava fazendo no Mundo Superior.

A culpa fez Perséfone sentir náuseas.

Ela tinha sido egoísta. Sabia disso agora, mas a percepção veio tarde demais.

Perséfone foi para o quarto andar — a enfermaria para onde Lexa fora transferida após ser retirada dos aparelhos — e pegou Eliska saindo do quarto.

— Ah, Perséfone! Estou feliz que você esteja aqui! Estava saindo para pegar um café. Quer alguma coisa?

— Não, obrigada, sra. Sideris.

Eliska olhou para o quarto.

— Ela está tendo um bom dia — disse Eliska. — Entra, eu já volto.

Perséfone entrou no quarto. A televisão estava ligada, e as cortinas, fechadas. Lexa estava sentada na cama, mas parecia não ter ossos no corpo. Os ombros dela estavam caídos e sua cabeça pendia para o lado. Era quase como se estivesse dormindo, mas seus olhos estavam abertos e pareciam encarar a parede.

— Ei — Perséfone disse, baixinho. Ela se sentou perto da cama de Lexa. — Como você está?

Lexa olhou.

E olhou.

E olhou.

— Lex? — Perséfone roçou a sua mão e Lexa reagiu com um movimento brusco, mas o toque chamou sua atenção.

Só que agora que Lexa estava olhando para ela, Perséfone se sentiu... inquieta. A mulher tinha o corpo e o rosto da sua melhor amiga, mas eram outros olhos.

Olhos vagos, sem brilho, sem vida.

Era como se Perséfone tivesse acabado de tocar um estranho.

— Estou no Tártaro? — Lexa perguntou. Sua voz estava rouca, como se tivesse enferrujado por desuso.

As sobrancelhas de Perséfone se franziram.

— O quê?

— Este é o meu castigo?

Perséfone não entendeu. Como Lexa poderia pensar que sua sentença eterna seria o Tártaro?

— Lexa, este é o Mundo Superior. Você... você voltou.

Ela viu quando Lexa fechou os olhos e quando os abriu novamente, e sentiu como se estivesse olhando para sua melhor amiga pela primeira vez desde que esta acordara.

— Você passa todo o seu tempo no Submundo e, mesmo assim, não sabe nada sobre a morte. — Lexa ficou em silêncio por um momento. — Eu senti... *paz*.

Ela exalou, como se a palavra trouxesse prazer, e continuou.

— Meu corpo se apega à facilidade da morte, busca sua simplicidade. Mas sou forçada a existir em um mundo angustiado e complicado. Eu não consigo acompanhar. Não quero acompanhar.

Lexa olhou para Perséfone.

— A morte não mudaria nada para nós, Sef — sussurrou. — Estar de volta? Isso, sim, mudou tudo.

As palavras de Lexa pesavam na mente de Perséfone a caminho de casa. Elas a deixaram com medo, e sua mente virou um caos enquanto tentava adivinhar seu significado. O que exatamente estar de volta mudou para Lexa e sua vida?

Perséfone tinha a sensação de que sabia a resposta, porém estava com medo de reconhecê-la. A verdade era que Lexa não queria voltar, mas Perséfone a forçou. Agora se via diante de outra pergunta: como as almas que experimentaram essa serenidade viveriam em um mundo sem essa promessa?

Perséfone acabara de se servir de uma taça de vinho quando alguém bateu à porta. Ela andava paranoica, com medo de atender quando estava sozinha em casa, então ignorou, pensando que a pessoa iria embora.

Contudo, isso não ocorreu.

As batidas se tornaram excessivas. Perséfone se aproximou da porta, o coração acelerado no peito. Espiou pelo visor.

— Apolo! — ela gritou. O rosto do deus estava pressionado contra o vidro. Ela abriu a porta. — Por que você está batendo?

— Estou praticando o respeito aos limites — disse Apolo. — Isso não é um costume mortal?

Ela teria rido, mas ainda estava assustada.

— Acho que preferia quando você aparecia onde não era desejado.

Para sua surpresa, ele sorriu.

— Cuidado com o que deseja, Sef.

Perséfone pensou em corrigi-lo, mas deixou o apelido de lado. Pelo menos, ele não a chamou de lábios de mel.

— O que está fazendo aqui?

— Eu vim trazer isso para você — disse ele, puxando algo de trás das costas. Era uma pequena lira de ouro.

Perséfone pegou o instrumento.

— É linda — ela disse e, então, encontrou seus olhos cor de violeta. — Por quê?

— Para agradecer.

Ela sorriu.

— Acho que é a primeira vez que você me agradece.

— É a primeira vez que você me dá motivo para isso — ele brincou. Depois, fez um aceno de cabeça em direção ao instrumento. — Posso te ensinar a tocar... se você quiser.

— Eu gostaria disso.

Depois de uns segundos, ele ficou sério novamente, com a expressão rígida e os olhos preocupados.

— Sinto muito por Lexa, Perséfone. Se isso significa alguma coisa para você, apenas saiba... que eu realmente não sabia que a alma dela estava quebrada quando a curei.

Perséfone olhou para baixo. Ela também não sabia, não sabia o que isso representaria para Lexa ou seus entes queridos.

— Obrigada — disse ela, olhando-o novamente. — Quer entrar e tomar um vinho?

— Não — ele disse rapidamente e então riu. — Prefiro manter minhas bolas, obrigado.

Perséfone não ignorava que Hades poderia se manifestar sem avisar antes. Ainda assim, mesmo com a oferta, Apolo permaneceu à porta.

— Tem outra coisa.

Perséfone esperou.

— Quero te liberar da barganha — o deus disse finalmente.

Perséfone arregalou os olhos. *O quê?*

O deus sorriu com tristeza.

— Estou tentando mudar.

— Eu percebi — disse ela e fez uma pausa. — Mas prefiro manter minhas barganhas, e, se meus cálculos estiverem corretos, ainda nos restam cinco meses e quatro dias.

Ela apreciava como Apolo estava tentando agir diferente e sabia que a mudança levava tempo. Queria passar os próximos meses observando o Deus e o guiando. Acreditava que ele poderia mudar com ela. Mas com outras pessoas? Não tinha tanta certeza.

Apolo ergueu uma sobrancelha e desafiou:

— Café amanhã, às duas horas?

— Isso é uma exigência ou um pedido?

— Ambos?

— Tudo bem, mas eu escolho o lugar.

Ela podia jurar ter visto um momento de hesitação nos olhos de Apolo — uma reação instintiva de discordar e exigir o controle, mas então seus olhos se suavizaram.

— Certo. Vejo você amanhã então.

E ele se foi.

26

UM TOQUE DE SERENIDADE

Duas semanas depois, Lexa foi liberada do hospital. O apartamento parecia menor com seis pessoas dentro, todas bajulando Lexa. Eliska e Adam compraram mantimentos e abasteceram a despensa até transbordar, Jaison levou mais coisas dele para o quarto de Lexa e assumiu a responsabilidade imediata por seus remédios. Sibila, Perséfone e Zofie ficaram de fora, observando tudo se desenrolar, sem saber o que fazer.

Perséfone não sabia o que era pior: Lexa parecer completamente desligada da situação ou seus pais e Jaison estarem ignorando o estado dela. A amiga passava longos períodos dormindo e, quando estava acordada, ficava olhando para a parede. Quando alguém lhe fazia uma pergunta direta, Lexa apenas olhava boquiaberta para a pessoa até que ela repetisse e, às vezes, mesmo assim, não respondia.

— Ela não é a mesma — disse Perséfone certa noite depois de perguntar a Lexa se ela queria ver *Titãs Depois do Anoitecer*.

Não era o favorito de Perséfone, mas ela se lembrava de como sua melhor amiga se iluminava ao discutir os detalhes do drama primordial.

Lexa não olhou para Perséfone quando respondeu com um "não" baixinho.

Ao dizer aquilo na cozinha, Perséfone estava falando principalmente para si mesma. Era sua própria tentativa de processar o luto. Lexa podia não ter morrido, mas eles a haviam perdido de qualquer maneira.

— Ela foi atropelada por uma porra de um carro — Jaison retrucou. — Não vai se recuperar tão rápido.

Perséfone piscou, chocada com a raiva dele.

— Eu sei. Não queria...

— Talvez você conseguisse entender isso se não estivesse tão envolvida com seus próprios problemas.

Ele voltou para o quarto de Lexa sem dizer mais nada.

— Jaison só está chateado — disse Sibila. — Ele sabe que Lexa não é mais a mesma.

— Este mortal te deixou angustiada — disse Zofie. — Quer que eu mate ele?

— O quê? Não, Zofie. Você não pode simplesmente matar as pessoas que te incomodam.

A Égide deu de ombros.

— No lugar de onde eu vim, posso.

— Me lembra de esconder todas as suas armas — disse Perséfone.

A tensão permaneceu durante toda a semana seguinte. Perséfone estava feliz por ter um refúgio no Submundo, mas fazia questão de verificar o estado de Lexa todos os dias — se tornou uma nova rotina, um novo normal. Acordar, ver Lexa, trabalhar, ver Lexa, Submundo.

Ela continuou assim por semanas até que, em certa manhã, depois de voltar do Submundo, entrou na cozinha e parou no meio do caminho.

Lexa estava fazendo café.

Estava de pijama, cabelo em um coque bagunçado, e quando ela olhou para Perséfone, sorriu. Lexa parecia... normal.

— Bom dia — disse, animada.

— B-bom dia — disse Perséfone, um pouco desconfiada.

— Achei que você gostaria de um café.

— Sim — disse Perséfone, e deu uma risada ofegante. — Eu amo café.

Lexa riu, enchendo uma caneca e empurrando para ela.

— Eu sei.

Perséfone colocou a bebida entre as mãos. Por um momento, não conseguiu se mexer. Apenas ficou lá, olhando sem jeito para Lexa.

Ela pigarreou.

— É melhor eu... me preparar para o trabalho — disse, relutante em sair, com medo de perceber que tudo não tinha passado de um sonho.

Lexa ofereceu um pequeno sorriso novamente.

— Sortuda — disse ela. — Gostaria de voltar a trabalhar.

— Você vai em breve.

Perséfone voltou para seu quarto. Ao fazer isso, ela tomou um gole do café que Lexa tinha feito e prontamente cuspiu de volta na xícara. Era forte, amargo e espesso.

Não era como o café que Lexa fazia antes do acidente.

Ela está tentando, pensou Perséfone. *Isso que importa.*

Ela beberia um milhão de xícaras deste café se isso significasse que Lexa estava se curando.

Perséfone se arrumou para ir trabalhar. Ela odiava como sua percepção do trabalho havia mudado. Antes, ansiava para chegar no *Jornal de Nova Atenas*. Agora ficava apavorada, e isso não tinha nada a ver com a multidão na porta do prédio — era seu chefe. Demetri não parava de passar tarefas, impedindo-a de trabalhar em histórias. Ela decidiu que se ele fizesse isso de novo hoje, ela o desafiaria.

— Oi, Perséfone. Helena disse enquanto a deusa saía do elevador.

— Olá, Helena — disse Perséfone, sorrindo para a jovem.

Ela era a única de quem Perséfone ainda gostava.

Ela nem tinha chegado em sua mesa quando Demetri saiu de seu escritório, lhe estendendo uma pilha de papéis.

— Obituários — disse ele.

Quando Perséfone não os pegou, ele os deixou cair em sua mesa.

— Você só pode estar brincando comigo, Demetri. Eu sou uma jornalista *investigativa*.

— E hoje você vai editar obituários — disse ele.

Ele se virou e voltou para sua sala. Perséfone o seguiu.

— Você tem me dado tarefas bobas desde que Kal cancelou a exclusiva. — *Desde que eu descobri sobre sua poção de amor fodida*, ela queria dizer. — Foi essa a troca?

— Você escreveu um artigo que resultou em publicidade negativa para este jornal e prejudicou nossa reputação. O que espera?

— Isso se chama jornalismo, Demetri, e espero que você me defenda.

— Olha, Perséfone, sem ofensa, mas quando se trata de escolher entre salvar a mim mesmo ou a você, escolho a mim mesmo.

Perséfone assentiu.

— Você vai se arrepender disso, Demetri.

— Está me ameaçando?

— Não — ela disse. — Estou te preparando para o que vem pela frente.

— Faz um favor para nós dois, Perséfone. Para de usar seu deus para resolver seus problemas.

— Acha que Hades será o único a acabar com você? — Perséfone perguntou, dando passos decididos em direção ao mortal.

Demetri ficou tenso, enervado por tudo o que viu em sua expressão.

Ela balançou a cabeça e continuou:

— Não. Seu destino sou eu quem vai desfiar.

Com a profecia dita, Perséfone deu meia-volta e saiu do escritório de Demetri.

Lexa estava na cozinha na manhã seguinte com outro bule de café. O mesmo lodo grosso e queimado que havia feito no dia anterior, mas Perséfone não se importou. Ela aceitou a bebida, sentada no balcão.

— Você está bem? — Lexa perguntou.

Perséfone ficou tão surpresa com a pergunta que queimou os lábios tentando tomar um gole de café.

— O que você disse?

— Você está bem?

Perséfone pousou a caneca.

— Eu é que deveria estar te fazendo essa pergunta — disse ela, e suspirou. — Acho que não estou com vontade de trabalhar.
Ela explicou o que tinha acontecido no dia anterior.
— Quando comecei lá, eu estava tão... em êxtase. Estava pronta para encontrar a verdade, para dar voz a quem não tinha. Em vez disso, tenho que tirar xerox, editar obituários e inventar horóscopos.
— Acho que é hora de começar seu próprio jornal — disse Lexa.
Perséfone balançou a cabeça.
— Como?
Ela deu de ombros.
— Não sei, mas quão difícil poderia ser? Apenas faça o que você já faz: dê voz aos oprimidos.
Perséfone tamborilou as unhas contra a bancada, considerando a proposta de Lexa. Já havia brincado com esse assunto antes, mas isso não parecia mais engraçado. Parecia uma possibilidade real. Perséfone pensou em todas as razões pelas quais o jornalismo a atraíra — queria encontrar a verdade, fazer justiça, falar pelos sem voz — e todas essas coisas ela poderia fazer sozinha, sem Demetri e sem Kal.
— Obrigada, Lex. Você é incrível. Espero que saiba disso.
Lexa sorriu e se concentrou na bancada por um momento antes de comentar:
— Talvez... pudéssemos sair algum dia. Como antes. Isso vai tirar sua mente de tudo.
Perséfone sorriu.
— Eu gostaria disso.
Pela primeira vez em muito tempo, Perséfone sentiu que poderia curar a culpa que sentia por toda essa provação.
— Sinto muito, Lex — disse Perséfone. Ela nunca tinha realmente se desculpado com a amiga pelo que fizera: o acordo com Apolo.
— Eu sei — disse Lexa. — Mas eu te perdoo.

Quando Perséfone chegou em casa do trabalho, encontrou Sibila se arrumando em seu quarto. Seu cabelo estava enrolado, a maquiagem feita, e ela usava um lindo vestido floral.
— Espero que você não se importe — Sibila disse. — Precisava de um lugar para me arrumar, e Lexa está no banho.
— Não, claro que não — disse Perséfone. — Vim para casa para ver Lexa. Como ela está?
Sibila assentiu.
— Melhor.
— Você vai sair?

A oráculo corou.
— Tenho um encontro.
Perséfone sorriu, animada por ela.
— Com quem?
— Aro — ela disse baixinho.
Antes de Sibila se tornar oráculo oficialmente, ela, Aro e Xerxes eram inseparáveis. Perséfone estava feliz por terem se reencontrado.
— Quando isso começou?
Ela deu de ombros.
— Nós sempre fomos amigos, e depois que Apolo me demitiu... começamos a conversar de novo.
Perséfone sorriu.
— Ah, garota! Estou tão feliz por você.
— Obrigada, Sef.
Perséfone se sentiu mal por não ter se despedido de Lexa, mas enviou uma mensagem para avisá-la de que voltaria pela manhã, depois se teleportou para o Submundo, aparecendo na biblioteca. Tinha a intenção de se aninhar junto à lareira e ler. Em vez disso, encontrou Hades esperando.
— O que você está vestindo? — Perséfone deu uma risadinha.
Ele estava com uma camisa preta, calças e galochas pretas. Ela só o tinha visto tão casual uma vez, quando foi à casa dela para assar biscoitos.
— Tenho uma surpresa para você.
— Essas calças são definitivamente uma surpresa.
Ele sorriu sarcástico.
— Venha.
Ele estendeu a mão e ela a pegou, entrelaçando os dedos enquanto ele a conduzia para fora. Na frente do palácio, dois grandes cavalos pretos esperavam. Eram majestosos, seus cascos brilhantes, suas crinas trançadas.
— Ah! — Perséfone levou a mão à boca. — São lindos.
Os cavalos bufavam e batiam as patas no chão. Hades riu.
— Eles agradecem. Gostaria de cavalgar?
— Sim — ela respondeu imediatamente. — Mas... eu nunca...
— Eu vou te ensinar — disse ele.
Hades a guiou em direção ao cavalo.
— Este é Alastor.
— Alastor — ela sussurrou o nome, acariciando o focinho dele. — Você é magnífico.
O outro cavalo relinchou.
— Cuidado, Éton vai ficar com ciúmes.
Perséfone riu.
— Ah, vocês dois são magníficos.
— Cuidado — disse Hades. — Eu posso ficar com ciúmes.

Hades entregou as rédeas a Perséfone e a instruiu a colocar o pé no estribo e se sentar na sela o mais suavemente possível. Ele orientou: *afunde seu peso, incline-se para trás, firme as pernas.*

— Meus corcéis vão ouvir se você falar. Diga a eles para parar, e eles vão parar. Diga a eles para desacelerar, e eles vão desacelerar.

— Você os ensinou? — ela perguntou.

— Sim — ele disse enquanto montava em Éton. — Não se preocupe, Alastor sabe o que carrega. Ele vai cuidar de você.

Começaram a cavalgar bem devagar, mas Perséfone não se importou. Os dois costumavam fazer caminhadas, porém se limitavam aos jardins e ao bosque, e havia algo tranquilizante em ver o Submundo dessa maneira. Alastor e Éton trotaram lado a lado, e Hades a levou para um novo território — através de campos de tremoços roxos e rosa, cercados por montanhas escuras.

— Com que frequência você... muda o Submundo? — ela perguntou.

Um canto da boca de Hades se ergueu.

— Eu me perguntei quando você me faria essa pergunta.

— E?

— Sempre que tenho vontade — disse ele.

Ela riu.

— Talvez quando minha magia não for tão aterrorizante, eu tente.

— Meu bem, não há nada que eu fosse gostar tanto.

Chegaram ao fim do campo de tremoços e continuaram por um caminho estreito entre as montanhas. Do outro lado, uma floresta verde-esmeralda florescia. Hades se manteve perto da parede rochosa da montanha. O som de água corrente despertou o interesse de Perséfone. Foi quando Hades parou e desmontou.

Ele se aproximou dela e a ajudou a descer, as mãos demorando em sua cintura.

— Você está linda — disse ele. — Eu já disse isso hoje?

Ela sorriu.

— Ainda não. Me diz de novo.

Ele sorriu e a beijou.

— Você é maravilhosa, meu bem.

Ele pegou a mão dela e a conduziu por uma fileira de árvores. Do outro lado havia uma cachoeira que se derramava das rochas montanhosas em um lago cintilante. Tinha um milhão de tons de azul e era claro como cristal.

— Hades — ela sussurrou. — Que incrivelmente lindo.

O olhar dela ardeu, excitado e intenso. Um arrepio atravessou seu corpo e ela se virou para ele.

Eles não falaram, apenas se amaram sob as árvores.

Hades não se apressou em sua exploração e Perséfone aproveitou cada segundo. Tudo era lento: os beijos lânguidos, as carícias sonhadoras. Quando ele a penetrou, fez uma pausa e levou seus lábios aos dela. Havia algo extremamente sincero nesse beijo, leve e demorado. Quando ela abriu os olhos, ele a observava, imóvel e inchado dentro dela.

Perséfone estendeu a mão e tocou seu rosto.

— Casa comigo — disse ele.

Ela sorriu.

— Sim.

Então ele se moveu devagar dentro dela, e o prazer se estendeu. Apesar do ritmo, a respiração dela ficou mais rápida. Perdida nas sensações que ele provocava em todo o seu corpo, Perséfone agarrou os ombros dele, as unhas cravadas em sua pele.

Ela amava isso. Ela o amava.

Gozou forte, mas silenciosamente.

— Meu amor — Hades sussurrou. Ele beijou seu rosto, enxugando as lágrimas. — Por que você está chorando?

Ela balançou a cabeça.

— Não sei.

Ela apenas sentia tudo tão intensamente — cada emoção era como uma lança em seu peito. Seu amor por Hades era quase insuportável. Sua felicidade, quase dolorosa.

Hades a levantou e a carregou para o lago onde eles tomaram banho na cachoeira.

Depois, voltaram para o palácio.

Por dentro, Perséfone ainda estava lutando com seus sentimentos. Eles eram tão poderosos, tão elevados. Estava tão profundamente apaixonada que doía.

Era um novo nível de amor — no qual ela entrou como sua noiva, sua futura esposa e rainha.

O pensamento fez seu peito ficar quente, mas a sensação passou quando ela viu Tânatos esperando. Ela olhou feio para Hades. Ele ficou sério, lábios apertados, olhos duros.

Algo está errado.

Ela tentou evitar tirar conclusões precipitadas, mas era difícil, dadas as últimas semanas.

Hades desmontou e ajudou Perséfone a descer.

— Tânatos — disse Hades.

— Milorde — ele assentiu, e seus olhos azuis encontraram os de Perséfone. — Milady.

O Deus da Morte abriu a boca, mas nenhuma palavra saiu. Tentou de novo.

— Eu não sei como dizer isso.

Perséfone podia jurar que seu batimento cardíaco diminuíra e, de repente, ficou muito difícil respirar. Ao contrário de antes, Tânatos nem tentou acalmá-la com sua magia.

— É Lexa — disse ele.

Perséfone já estava chorando. Os braços de Hades se apertaram ao redor dela como se ele estivesse se preparando para seu colapso.

— Ela se foi.

27

EMPODERAMENTO

Houve um estranho zumbido nos ouvidos de Perséfone e ela se sentiu distante do mundo ao seu redor — como se estivesse observando as coisas de dentro de um globo. Não conseguia sentir nada, um contraste terrível com a intensidade anterior de suas emoções. Até o toque de Hades estava dormente contra sua pele.

— Perséfone. — Hades disse o nome dela, mas soou tão distante. Ela não conseguia olhar para ele porque seus olhos estavam desfocados. — Perséfone.

Finalmente, Hades colocou as mãos no rosto dela e a forçou a olhar para ele. Quando Perséfone encarou aqueles olhos pretos, caiu no choro.

Hades a puxou enquanto ela tremia e soluçava.

— Meu amor — Hades a acalmou, esfregando suas costas. — Não temos muito tempo.

Ela mal o ouviu, mas sentiu sua magia embalando-a. Eles se teleportaram e Perséfone se viu na margem do Estige. Se afastou. Seu rosto estava encharcado, e a pressão que se instalara em seu nariz e atrás de seus olhos fazia sua cabeça doer.

— Hades, o que estamos...?

Sua pergunta morreu em seus lábios ao ver a balsa de Caronte cruzando o rio de águas escuras. O daemon brilhava como uma tocha contra a paisagem silenciosa. Atrás dele, sentada com os joelhos contra o peito, estava Lexa.

Ela parecia pálida, mas sem medo, e quando Perséfone a viu, deixou escapar um soluço. Colocou a mão sobre a boca para abafá-lo.

Caronte atracou e ajudou Lexa a sair. Quando pisou no cais, Lexa abraçou Perséfone com tanta força que quase quebrou seus ossos.

Elas choraram juntas.

— Sinto muito, Sef — sussurrou Lexa.

Perséfone se afastou e a encarou. Era estranho ver seus olhos azuis no Submundo. Sob o céu esmaecido, eles eram brilhantes e... vivos.

— Não entendo — disse Perséfone. — Achei que você estivesse... melhor.

A dor irrompeu nos olhos de Lexa.

— Eu tentei.

Perséfone engoliu um nó grosso em sua garganta e, então, um pensamento horrível lhe ocorreu. Ela se virou para Hades, alarmada e com medo.

— Para onde ela está indo?

Hades parecia tão angustiado quanto Lexa.

— Sef — sussurrou Lexa, chamando sua atenção. — Vai ficar tudo bem.

Mas não ia ficar tudo bem.

Agora, Perséfone entendia o que havia acontecido.

Lexa havia tirado a própria vida. Era suicida. Ela ia beber do Lete, o que significava que esqueceria tudo, inclusive a amizade delas.

— Por quê? — A voz de Perséfone tremeu; sua boca estremeceu.

Lexa apenas balançou a cabeça, como se não pudesse explicar.

Suas ações condenaram Lexa a um destino pior que a morte.

— É minha culpa — Perséfone lamentou.

Ela negociou para curar Lexa, trouxe sua alma quebrada de volta para ocupar um corpo que ela não queria, para uma vida que tinha acabado. Ao fazer isso, colocou a melhor amiga no caminho de outro fim devastador.

— Perséfone — Lexa disse, pegando suas mãos trêmulas. — Esta foi a minha escolha. Lamento que tenha que ser assim, mas meu tempo no Mundo Superior acabou. Cumpri minha missão.

— E o que era essa missão?

Ela sorriu.

— Empoderar você.

Isso fez Perséfone chorar ainda mais, e elas se abraçaram novamente.

Não se separaram até que Tânatos chegou, pondo um fim ao seu encontro.

— Está pronta? — ele perguntou.

Sua magia era calmante, reconfortante e, pela primeira vez em muito tempo, Perséfone estava grata por isso.

— Para onde estou indo? — Era a primeira vez que Lexa parecia incerta desde que chegara.

Tânatos olhou para Hades, que explicou:

— Você vai beber do Lete — disse. — E, depois, Tânatos vai te levar para os Campos Elísios para se curar.

Por muito tempo, Perséfone tentou imaginar um mundo onde Lexa não existisse. Agora percebeu que era isso, esse era o começo daquele mundo.

— Vou te visitar todos os dias — prometeu. — Até voltarmos a ser melhores amigas novamente.

— Eu sei. — A voz de Lexa falhou.

Perséfone fechou os olhos, tentando memorizar a sensação dos abraços de sua melhor amiga, o calor dela, a sensação de suas mãos em suas costas.

— Eu te amo — sussurrou Perséfone.

— Eu também te amo.

Quando elas se separaram, Tânatos pegou a mão de Lexa, e a deusa observou enquanto seguiam pelo caminho de pedra em direção ao Lete. Em algum momento, ela e Hades voltaram ao palácio. Ele a encorajou a descansar e ela o fez, caindo no conforto da cama de Hades.

Quando acordou, não se lembrava de ter adormecido. Se levantou, exausta, e foi em busca de Hades. Ela o encontrou em pé na frente do fogo em seu escritório. Ele estava com as mãos às costas, a luz das chamas refletindo em seu rosto, fazendo-o parecer sério e severo. Hades parecia imerso em pensamentos, mas quando ela entrou na sala, ele endureceu.

A culpa a atingiu, e ela sabia que ele estava esperando por sua raiva, por seu julgamento.

— Você está bem? — ela perguntou quando ele não se virou.

— Sim — ele disse. — E você?

— Sim — respondeu, e era verdade. Ela estava melhor, apesar de saber que Lexa estava morta, apesar de saber que ela havia bebido do Lete.

Perséfone se aproximou dele.

— Hades. — Ela esperou que ele a encarasse. — Obrigada por hoje.

Ele ofereceu um pequeno sorriso e voltou o olhar para o fogo.

— Não foi nada.

Ela tocou seu braço. Ele olhou para a mão dela e depois a encarou.

— Foi tudo.

Ele se virou inteiramente para ela, e seus lábios colidiram. Eles se beijaram por um tempo, e logo Hades a puxou para o chão, metendo nela com um único movimento, suave e resoluto.

— Você estava certo — Perséfone sussurrou.

Estava se referindo ao fim de Lexa. Sua respiração ficou presa na garganta; seus dedos, entrelaçados no cabelo dele.

— Eu não queria estar certo.

— Eu deveria ter te escutado — ela disse, e gemeu quando uma onda de prazer a percorreu.

— Shh — Hades a acalmou. — Chega de falar sobre o que você deveria ter feito. O que passou passou. Não há mais nada a fazer, a não ser seguir em frente.

Quando o primeiro orgasmo sacudiu seu corpo, Hades agarrou Perséfone com força.

— Minha rainha — ele sibilou.

— *Hades* — ela gemeu seu nome.

Eles se deleitaram com a sensação um do outro, aprofundando sua conexão antes de desmoronar juntos, virando uma mistura pele, suor e sexo.

Em algum momento, Hades se levantou com Perséfone e a puxou para a frente do fogo. Ela apoiou as costas, e ele ficou ao seu lado.

— Vou pedir demissão do *Jornal de Nova Atenas* — disse.

O deus ergueu uma sobrancelha.

— Ah, é?

— Quero começar uma comunidade online e um blog. Vou chamá-lo de A Defensora, será um lugar para quem não é ouvido.

— Parece que você tem pensado muito sobre isso.

Ela sorriu. Estava seguindo o conselho de Hécate e Lexa. Ela estava criando sua própria vida, assumindo o controle.

— Tenho.

Ele colocou os dedos sob o queixo dela.

— O que você precisa de mim?

— Seu apoio — disse ela.

— Você já tem.

— E eu gostaria de contratar Leuce como assistente.

— Certamente ela ficará satisfeita.

— E... preciso de sua permissão — ela acrescentou timidamente.

— Precisa?

— Quero que a primeira história seja a nossa. Quero contar ao mundo como me apaixonei por você. Quero ser a primeira a anunciar nosso noivado.

Kal e Demetri tentaram explorar essa história, mas se ela contasse seria uma forma de empoderamento.

— Hum. — Hades fingiu considerar o assunto. Ela percebeu pelo olhar dele, em parte divertido, em parte admirando. — Vou concordar, com uma condição.

— Que é?

— Eu também desejo contar ao mundo como me apaixonei por você.

Ele a beijou lentamente no início, sua língua varrendo docemente a dela, e então aprofundou o beijo.

Eles se perderam no calor um do outro novamente.

O enterro de Lexa foi marcado para o terceiro dia após sua morte.

Perséfone ainda não podia visitar a amiga nos Campos Elíseos, então ver seu corpo, ungido e pálido, adornado com uma coroa de flores e moedas, a fez chorar.

Hades compareceu e manteve um braço protetor ao redor dela. Foi uma das primeiras vezes que os dois apareceram em público, e a presença dele não apenas atraiu uma multidão, mas também inspirou muitos sentimentos na sala. Ela podia senti-los, provocando-a — curiosidade, raiva e tristeza. Esses mortais obviamente se perguntavam por que Hades havia deixado Lexa morrer e como Perséfone poderia ficar ao lado dele. Ela já havia se perguntado as mesmas coisas, e agora esse pensamento lhe trazia uma dor imensa.

Hades olhou para ela, tocando sua face.

— Você nunca poderia fazê-los entender — disse ele, adivinhando seus pensamentos.

Ela franziu o cenho.

— Não quero que pensem mal de você.

Ele ofereceu a ela um pequeno e triste sorriso.

— Eu odeio que isso te incomode. Ajuda se eu disser que a única opinião que valorizo é a sua?

— Não.

Após o enterro de Lexa, elas passaram os dias seguintes limpando o quarto dela e empacotando as coisas para os pais guardarem. Foi um período estranho e deixou Sibila, Zofie e Perséfone desconfortáveis em seu próprio apartamento.

— Acho que devemos nos mudar — disse Sibila.

— Sim — disse Zofie. — Esta casa, ela... tem cheiro de morte.

As outras duas olharam para a amazona.

— Perséfone? — disse Sibila. — O que você acha?

Ela abriu a boca e depois a fechou.

— Estou... noiva — contou num ímpeto.

Sibila e Zofie gritaram animadas, e Perséfone riu.

No fim de semana, Perséfone recrutou Leuce para ajudar em seu novo negócio. Elas se encontraram na Coffee House e trabalharam juntas tomando café com leite e baunilha.

— Liguei para todos os meios de comunicação da sua lista — disse Leuce. — Todos eles concordaram em publicar a nota. A *Divinos* disse que seria notícia de primeira página.

— Excelente. — Perséfone sorriu.

Ela pedira a Leuce que ligasse para vários jornais e revistas para anunciar seu novo empreendimento — e seu noivado com Hades. Foi uma jogada estratégica que automaticamente garantiria que ela tivesse leitores para seu blog, onde publicaria a história de como conheceu e se apaixonou pelo Deus dos Mortos.

Também enfureceria sua mãe. Perséfone sabia que Deméter prestava atenção nas notícias por todas as vezes em que repreendera a filha por escrever sobre deuses.

— Vários solicitaram entrevistas — continuou Leuce. — Eu disse que você só estaria disponível para eles daqui a duas semanas. Coloquei em uma planilha. Levei uma eternidade... como você usa esse... teclado... com tanta facilidade?

Perséfone riu.

— Você vai aprender, Leuce.

Sibila se juntou a elas mais tarde. Perséfone a encarregara de criar um site que passasse simplicidade e poder, e os resultados foram impressionantes. A Defensora estava escrito no alto da página em um tom rico de roxo.

Sibila também mostrou a ela uma linha do tempo de como o site evoluiria à medida que postassem conteúdo — páginas para saúde de todos os tipos, artes e cultura.

Ver o site alimentou a empolgação de Perséfone. Agora tudo o que ela tinha que fazer era se concentrar na matéria de boas-vindas.

Era estranho revisitar o início de seu relacionamento com Hades, porque sua mentalidade era muito diferente na época. Ela era insegura e desconfiada e, ainda assim, queria uma aventura. Mal sabia que seu anseio levaria a um contrato inescapável com o Deus dos Mortos — uma barganha que se tornou amor.

Ele me ajudou a entender que o poder vem da confiança, da crença em seu próprio valor. Sou uma deusa.

Ela sentiu essas palavras no fundo de sua alma.

Na manhã de segunda-feira, Perséfone se sentou entre Leuce e Sibila na Coffee House enquanto clicava em publicar seu artigo. Ela sorriu ao ler as letras em destaque na página principal de seu site:

Minha jornada amando o Deus dos Mortos

As duas deram um gritinho e abraçaram Perséfone.

— Isso é só o começo — disse ela, se sentindo orgulhosa, empoderada e livre.

Perséfone deixou Leuce com uma lista de tarefas enquanto ela e Sibila pegavam suas coisas e se dirigiam para seus respectivos locais de trabalho. Para Perséfone, era o momento mais animado que vivia em muito tempo indo à Acrópole, porque nunca mais voltaria lá.

— Bom dia, Helena!

A jovem ficou surpresa e gaguejou.

— Bom dia, Perséfone!

A deusa entrou direto no escritório de Demetri. Ele levantou o olhar para ela, o tablet refletindo nos óculos e obscurecendo sua expressão.

Por um momento, nenhum dos dois falou.

— Você vai pedir demissão.

— Estou pedindo demissão.

Eles falaram ao mesmo tempo.

Demetri sorriu, e isso a alarmou.

— Não posso dizer que estou surpreso. Vi seu anúncio. Você recrutou todos os meios de comunicação. — Ele abriu um sorriso irônico. — Bem, com exceção do *Jornal de Nova Atenas*.

Se recostou na cadeira e parecia sincero quando disse:

— Parabéns.

— Obrigada — ela respondeu.

— A Defensora. Apropriado. Você vai continuar a escrever sobre deuses?

Ela ergueu o queixo. Sabia o que ele queria perguntar: *você vai escrever sobre mim?*

— Se houver uma injustiça, vou expor — disse ela. Havia prometido que iria destruir Kal e o *Jornal de Nova Atenas*, e os deuses eram obrigados a cumprir promessas.

Ele assentiu.

— Te desejo tudo de bom.

Perséfone saiu do escritório de Demetri e voltou para sua mesa, colocando tudo o que era dela em uma caixa. Foi um processo estranho, considerando que ela parecia ter acabado de fazer desse espaço sua casa. Agora estava partindo, mas para coisas melhores.

— Aonde você vai? — Helena perguntou, olhando por cima da mesa enquanto Perséfone se dirigia ao elevador.

Ela sorriu para a jovem loira.

— Pedi demissão, Helena.

— Me leva com você.

Perséfone arregalou os olhos.

— Helena...

— Eu trabalho para você de graça — disse ela. — Por favor, Perséfone. Não quero ficar sem você.

Quando as portas do elevador se abriram, Perséfone sorriu.

— Vem!

Helena deu um gritinho, pegou sua bolsa e se juntou a ela no elevador. Quando chegaram ao primeiro andar, Perséfone entregou a caixa para Helena.

— Você me espera? Tenho que me despedir de alguém.

— Ah, claro — disse Helena.

Perséfone foi para o subsolo em busca de Pirítoo. Encontrou a sala dele vazia. Na mesa, em meio a pilhas de ordens de serviço e ferramentas, havia um caderno. Ela se lembrou do dia em que o surpreendeu pedindo ajuda para escapar novamente e ele escondeu o que estava fazendo. O caderno estava aberto, com alguns escritos rabiscados nas páginas.

Ela não teria pego para ler se não tivesse visto seu nome na página.

A curiosidade a dominou.

Data: 2/7
Ela usava uma blusa branca e uma saia listrada preta e branca hoje. Cabelo preso. A blusa tinha um decote baixo, e eu podia ver o volume de seus seios enquanto ela respirava.

O sangue de Perséfone gelou.

Que porra é essa?

Virou uma página. Havia a descrição da roupa que ela usara no dia seguinte: um vestido rosa justo e saltos brancos. *Suas pernas são bem torneadas. Fiquei com vontade de levantar sua saia, abrir suas pernas e fodê-la. Ela deixaria.*

Mais abaixo, escreveu: *Houve outro relato sobre ela e Hades no noticiário hoje. Todo maldito dia alguém me lembra de que ela está com ele. Ela não vai amar Hades por muito tempo. Ele é um deus, e eles destroem tudo o que amam. Eu vou me certificar disso.*

Então ela encontrou a lista:

Fita adesiva, corda, pílulas para dormir, preservativos.

Perséfone sentiu algo azedo no fundo da garganta. No dia que ela interrompeu Pirítoo, quando parecia tão nervoso, ele estava trabalhando em uma lista.

— O que você está fazendo?

Perséfone largou o diário. Virou a cabeça rapidamente em direção à porta, onde Pirítoo estava agora, bloqueando sua saída. O olhar dele era de aço e fez o sangue dela gelar.

Ela abriu a boca, mas não conseguiu encontrar palavras. Seu coração estava batendo em seu peito, e uma fina camada de suor escorria em sua testa.

— Pirítoo... Vim dizer adeus.

— Jura? — ele perguntou. — Porque parecia que estava bisbilhotando.

— Não — ela sussurrou, balançando a cabeça.

Houve um breve momento em que nenhum dos dois falou e então Perséfone alcançou o objeto mais próximo e mais pesado: uma lanterna na mesa. Jogou na cabeça dele, que se esquivou do golpe. Ela tentou passar pela porta, mas ele a alcançou, suas unhas cravando em sua pele.

— Me solta. — ela gritou. A magia da deusa entrou em ação, e videiras brotaram ao redor deles.

Perséfone mal teve tempo de registrar seu choque antes de Pirítoo falar:

— Durma.

Ela caiu na escuridão.

Quando acordou, sentiu como se tivesse sido drogada. Sua visão estava embaçada, a cabeça e o pescoço doíam, e sua boca estava amordaçada com um pano e fita adesiva. As mãos estavam amarradas às costas, e ela estava sentada em uma cadeira de madeira dura que espetava seus braços.

Perséfone começou a lutar, contorcendo os pulsos e as pernas, mas as cordas ficaram mais apertadas. Ela esperava que sua magia aflorasse em resposta à sua histeria, mas o poder permaneceu longe, tão nebuloso quanto sua cabeça, o que a deixou ainda mais agitada. Logo, ela estava balançando a cadeira para a frente e para trás em uma tentativa de se libertar.

Então avistou seus arredores e congelou. Havia fotos suas e recortes de jornais falando dela em toda parte. Fotos tiradas enquanto ela caminhava pela rua e almoçava com as amigas. Fotos dela em casa, de pijama e dormindo. As imagens eram um registro de sua vida diária. Ela ficou nauseada e entrou em pânico.

— Acordou?

Pirítoo apareceu.

Perséfone gritou, embora seus gritos fossem abafados, e lágrimas escorreram.

— Para! Para com isso! — ele ordenou, puxando a fita e a mordaça.
— Está tudo bem, meu amor. Eu não vou te machucar.
— Não me chame assim! — ela retrucou.

Pirítoo trincou a mandíbula.

— Não importa — disse ele. — Você vai me amar.
— Vai se foder — Perséfone cuspiu.

O homem disparou para a frente, entrelaçando os dedos no cabelo dela e puxando sua cabeça para trás. Quando Perséfone encontrou seu olhar, notou que a cor de suas íris havia mudado de preto para dourado.

— Você é... um semideus?

Um sorriso perverso cortou seu rosto.

— Filho de Zeus.
— Ah, deuses, não é de admirar que seja um pervertido do caralho.

Ele puxou o cabelo dela com mais força, e Perséfone gritou, se arqueando para diminuir a tensão. Tentou usar magia novamente, mas não conseguiu convocá-la, embora parecesse tão perto.

O que ele fez comigo? Sua cabeça girava e a náusea revirava seu estômago.

— Ingrata — ele sibilou. — Estive *protegendo* você.
— Você está me *machucando*.
— Você acha que isso é dor? — ele perguntou, mas a soltou. — Dor é ver a mulher que você ama se apaixonar por outra pessoa.

Perséfone se concentrou em sua magia. Brotava dentro dela, lenta e constante.

— Pirítoo, você não me conhece. Como pode me amar? — ela perguntou.
— Eu te amo. Eu não mostrei? Os corações, os bilhetes, a flor?

— Isso não é amor. Se você me amasse, não teria me trazido aqui.
— Eu te trouxe aqui porque te amo, não vê? Tem pessoas que querem nos separar.
— Como Hades? Ele vai acabar com você.
— Não diga o nome dele!
— Hades vai me encontrar.
Pirítoo se aproximou ameaçador, e ela fechou os olhos com força. Mas ele não a tocou.
— Por que ele?
Perséfone procurou uma resposta — uma que o apaziguasse, que o fizesse desistir.
— Porque as Moiras determinaram — ela respondeu.
Pirítoo empalideceu e, por um momento, ela pensou que poderia ter conseguido, mas então ele cerrou os dentes e sibilou:
— Você está mentindo!
Se ajoelhou diante dela.
— Por que ele? É o sexo?
Perséfone ficou tensa, se encolhendo enquanto Pirítoo colocava as mãos em cada lado da cadeira.
— Me diz o que ele faz que você gosta; posso fazer melhor.
— Não toca em mim, seu desgraçado! — Perséfone gritou e tentou dar impulso com os pés para jogar a cadeira no chão, mas seus saltos deslizavam no chão.
Pirítoo cravou os dedos em suas pernas, tentando abri-las. Perséfone tentou usar magia novamente — estava perto, muito perto.
— Não!
— Você vai amar. Prometo. Você nem vai pensar nele quando eu terminar.
Não, ela preferia morrer.
— Eu disse não!
Ela gritou, e sua magia finalmente veio à tona, rompendo a estranha barreira que nublava sua mente. Espinhos irromperam do chão ao seu redor, criando uma gaiola, protegendo Perséfone e cortando Pirítoo.
— Você não vai me manter longe!
A princípio, ele arranhou os troncos, tentando quebrá-los com as próprias mãos. Como não funcionou, ele desapareceu e voltou com uma faca, cravando-a na barreira de espinhos.
Perséfone gritou, e os espinhos engrossaram até explodirem em estilhaços e lascas.
Pirítoo foi jogado na parede e caiu no chão; uma estaca enorme atravessava seu peito.
Estava morto.

Por um segundo Perséfone ficou quieta, respirando devagar. Então, de repente, foi atingida por uma sensação indescritível — era uma combinação de choque e horror.

Ela havia matado alguém.

— Socorro! Alguém me ajuda, por favor! — Soluçou. — Hades!

Tentou se libertar até que captou algo pairando sobre sua cabeça.

— Fúrias — Perséfone sussurrou, respirando com dificuldade por causa de seu esforço frenético.

As deusas flutuavam; seus corpos pálidos pareciam brilhar no escuro.

— Noiva de Hades — suas vozes ecoaram. — Você está em segurança agora.

Surgiram espirais de fumaça no ar e, de repente, Hades apareceu em sua forma divina. Enorme e imponente, ele se elevava sobre Perséfone, um vazio escuro. Seus olhos, ferozes e furiosos, encontraram os dela e ele congelou. Perséfone duvidava que mais alguém pudesse perceber a estranha quietude que o dominou quando a viu, mas ela notou. Conseguia sentir e sabia que, por baixo daquelas vestes, cada músculo estava rígido. Ele estava dividido entre ir até ela e partir para cima de Pirítoo.

No fim, Hades se voltou para o homem que a havia sequestrado.

De repente, houve um som ofegante quando ele trouxe o semideus de volta à vida.

Pirítoo começou a respirar com dificuldade, um ganido estranho vindo de sua garganta. Ele não falou, mas seus olhos se arregalaram quando viu Hades.

— Eu te trouxe de volta à vida — disse Hades. — Para te dizer que vou gostar de te torturar pelo resto da eternidade.

Ele não parecia lúcido o suficiente para registrar o que Hades estava dizendo, mas o deus continuou apesar disso.

— Na verdade, acho que vou te manter vivo para que você possa meditar na sua dor.

Ele estalou os dedos e um buraco se abriu sob os pés de Pirítoo. Seus gritos eram estridentes quando caiu no Submundo.

Hades virou para Perséfone e, com um aceno de sua mão, as amarras que a prendiam foram quebradas. Ela desabou sobre Hades quando ele se aproximou. O deus a pegou nos braços e se voltou para as Fúrias.

— Alecto, Megera, Tisífone, cuidem de Pirítoo.

Elas baixaram a cabeça.

As Fúrias desapareceram e Hades se teleportou para o Submundo. Foi no quarto dele que Perséfone desmoronou. Hades a aninhou, acalmando-a com palavras sussurradas até as lágrimas secarem, até que ela não sentisse mais como se estivesse implodindo por dentro. Finalmente, ela se afastou.

— Banho — disse. — Preciso limpar Pirítoo da minha pele.

A boca de Hades se contraiu, e Perséfone sentiu como se pudesse ver a mente dele trabalhando, decidindo sobre a tortura que infligiria a Pirítoo. Apesar disso, sua voz estava calma quando ele falou.

— Sim, milady.

Hades a acompanhou até a casa de banho, e ela tirou as roupas e entrou na água quente. O vapor a rodeou, e ela inalou o cheiro de baunilha e lavanda. Esfregou a pele até ficar vermelha e em carne viva. Quando terminou, saiu da água, se envolvendo em um roupão branco e macio.

Hades não se juntou a ela. Ele se sentou a certa distância da banheira, observando-a. Ela foi até ele e se sentou em seu colo, passando os braços em volta do pescoço dele. Precisava de seu conforto, de sua proximidade.

— Como você soube que eu estava desaparecida? — ela perguntou, chegando o mais perto dele que podia.

— Sua colega de trabalho, Helena, ficou preocupada quando você não voltou do subsolo — disse ele. — Ela foi te procurar e encontrou o diário.

Hades abraçou-a mais forte e as palavras saíram abafadas.

— Ela não sabia a quem contar. Então, falou com um segurança. Zofie estava de guarda do lado de fora quando foi notificada e percebeu que Pirítoo tinha saído com você dentro de um carrinho de lixo. Quando ela me contou, mandei as Fúrias. Você já estava sumida fazia tanto tempo...
— Sua voz sumiu, e então ele engoliu em seco. — Eu não tinha certeza do que encontraria.

— Ele era um semideus — disse ela. — Tinha poder.

Hades assentiu.

— Semideuses são perigosos, principalmente porque não sabemos que poder eles herdarão da mãe ou do pai divino. O que Pirítoo foi capaz de usar contra você?

— Ele me fez dormir. E quando acordei, não consegui usar minha magia. Eu não conseguia me concentrar. Minha cabeça... minha mente estava um turbilhão.

Hades franziu a testa.

— Compulsão — ele respondeu. — Pode ter esse efeito.

Eles ficaram quietos por um momento e, então, Hades falou:

— Quer me contar o que aconteceu? — Mas havia algo em sua voz que dizia que ele não estava pronto, se ela falasse do sequestro, liberaria a violência dentro dele.

— Eu vou te contar se me prometer uma coisa — disse ela.

Hades ergueu uma sobrancelha, esperando, e os olhos de Perséfone se voltaram para os lábios dele.

— Quando você for torturar Pirítoo, quero estar junto.

— Essa é uma promessa que posso cumprir.

28

UM TOQUE DE RUÍNA

Tânatos acompanhou Perséfone na primeira visita dela aos Campos Elísios.
— Você não vai poder falar com ela hoje — disse ele. — Primeiro Lexa deve se sentir confortável nos Campos Elísios ou ficará agitada.

Perséfone tinha a sensação de que sabia o que isso significava — a amiga teria que beber do Lete novamente. Essa era a última coisa que a deusa queria.

— Quando ela estará pronta? — Perséfone perguntou.

Tânatos encolheu os ombros.

— É difícil saber.

Ela entendeu o que Tânatos não disse. *Depende de quanto a alma dela precisa se curar.*

O pensamento doía, mas ela o afastou. Não podia se remoer de arrependimento. Tudo o que restava era aprender com seus erros.

Eles pararam no topo de uma colina nos Campos Elísios. Ali, o céu de Hades era tão brilhante que quase cegava. Ao lado dela, Tânatos apontou para uma figura à distância. Uma mulher cujo cabelo preto acendeu como uma tocha contra seu vestido branco.

Era Lexa.

Lágrimas ardiam em seus olhos enquanto ela observava a melhor amiga atravessar o campo, erguendo a mão, tocando a grama alta, e, embora Perséfone não pudesse ver seu rosto, sabia que Lexa sentia paz.

Semanas se passaram, e Perséfone visitava os Campos Elísios todos os dias, observando Lexa de longe, até que um dia Tânatos se aproximou e disse:

— Está na hora.

Perséfone pensou que estaria pronta, que aproveitaria a chance de se encontrar com Lexa, mas, quando Tânatos deu sua permissão, de repente ela se sentiu nervosa e mais insegura do que nunca.

— E se ela não gostar de mim?

— Lexa é a mesma alma que você encontrou no Mundo Superior. Ela é carinhosa, amorosa e gentil. Está pronta para ter uma amiga.

Perséfone assentiu e respirou fundo. Se preparar para ir até lá era como se preparar para um discurso público. A ansiedade espiralava dentro dela, fazendo seu estômago se sentir inquieto e o peito apertado.

Ela marchou em direção a Lexa, que estava sentada debaixo de uma árvore tão cheia de romãs que parecia pegar fogo. Usava um vestido branco e seus longos cabelos pretos estavam soltos sobre os ombros. Com a cabeça apoiada no tronco e olhos fechados, parecia estar dormindo.

Estava linda e descansada, e Perséfone quase sentiu medo de perturbá-la, temendo que, quando Lexa abrisse os olhos, não reconhecesse a pessoa por trás deles.

Perséfone respirou fundo.

— Oi.

Não usou o nome porque Tânatos disse que ela não se lembraria dele.

Lexa abriu os familiares e ofuscantes olhos azuis e encontrou o olhar de Perséfone. A deusa achou que o peito iria explodir quando a amiga sorriu para ela.

— Oi.

— Posso sentar com você um pouco? — Perséfone perguntou.

— Sim. — Lexa abriu espaço.

— Você não está morta — disse Lexa.

A observação surpreendeu Perséfone, e ela balançou a cabeça.

— Não, não estou.

— Então por que está aqui?

— Sou a noiva de Hades. Visito os Campos Elísios com frequência.

Lexa riu.

— Já reparei.

Isso também a surpreendeu.

— Já?

— Eu sempre reparo em Tânatos — disse ela, corando.

De repente, Perséfone se perguntou se as almas poderiam ter paixões.

— Se você é a noiva de Lorde Hades, então será rainha.

— Suponho que sim.

— Então, vai ter uma coroa e um trono — disse ela.

Perséfone riu. Esse comentário foi tão Lexa.

— Já tenho duas coroas.

Os olhos de Lexa se arregalaram um pouco.

— Pode trazer aqui? — disse ela. — Sempre quis usar uma coroa.

As sobrancelhas de Perséfone se franziram.

— Desde quando?

Ela deu de ombros.

— Desde... que cheguei aqui. Vai ter casamento?

Perséfone suspirou.

— Sim, mas admito que não pensei muito no planejamento.

Entre a morte de Lexa e seu sequestro, as coisas andaram um pouco agitadas.

— Você será uma noiva linda — falou Lexa. — Uma rainha linda.

Perséfone corou.

— Obrigada.

A conversa continuou até tarde. Provavelmente, Perséfone teria ficado por mais tempo, mas Hécate apareceu e a chamou.

— Preciso ir — disse a deusa, se levantando. — Tenho que me preparar.

— Preparar para quê?

— Temos uma festa de gala no Mundo Superior esta noite — disse, e então sorriu. — Você iria adorar. Vai ter deuses e deusas, vestidos bonitos e dança.

Lexa adoraria porque era o evento em que estava trabalhando antes do acidente. Um jantar em prol do Projeto Anos Dourados, que estava sendo realizado no Olimpo, um dos hotéis de Hera, prédio que Lexa sempre admirou por sua beleza e arquitetura.

E também por ser onde a maioria dos deuses ficava quando visitava Nova Atenas.

— Você tem que voltar e me contar tudo então — respondeu Lexa.

Perséfone sorriu.

— Claro. Volto amanhã.

Quando Perséfone voltou ao palácio, Hécate e as lâmpadas a ajudaram a se vestir.

Hécate havia escolhido um vestido vermelho com decote ombro a ombro. O corpete era de renda, e a saia, rodada, com camadas e mais camadas de tule. Perséfone adorou. Fez com que se sentisse uma rainha. As lâmpades modelaram seu cabelo em cachos suaves e glamurosos e aplicaram maquiagem natural.

— Vamos deixar sua beleza falar por si mesma — disse Hécate, olhando para o reflexo de Perséfone enquanto a ajudava a colocar as joias de ouro e os sapatos.

Ela sorriu.

— Obrigada, Hécate.

— Imagina, meu bem.

Hécate saiu quando Hades apareceu. Ele ficou perto da porta, admirando-a de longe. Estava vestido com um terno preto sob medida — sua cor característica. Seu cabelo estava penteado para trás, e sua barba, raspada. Ele era bonito e majestoso e pertencia a ela.

Esse pensamento enviou uma onda de calor por seu corpo.

— Você está adorável — disse ele.

— Obrigada — respondeu Perséfone, sorrindo. — Você também. Quero dizer... você está bonito.

Ele riu e estendeu a mão.

— Vamos?

Ele a puxou, passando a mão ao redor de sua cintura enquanto se teleportava para a superfície, onde Antoni os esperava do lado de fora da Nevernight.

Quando Perséfone entrou no banco de trás da limusine de Hades, ela riu.

— E o que é tão engraçado?

— Você sabe que poderíamos simplesmente nos teleportar para o Monte Olimpo.

— Pensei que você quisesse viver uma existência mortal no Mundo Superior — Hades rebateu.

— Talvez eu esteja apenas ansiosa para começar nossa noite juntos — ela disse, com um sorriso torto.

A tensão na cabine aumentou, e os olhos de Hades brilharam.

— Por que esperar? — ele perguntou.

Ela se moveu primeiro, suspendendo as camadas do vestido para sentar no colo dele.

— Quem escolheu este vestido? — Hades perguntou, afastando a montanha de tule que florescia entre eles.

— Você não gostou? — Ela fez beicinho.

— Eu prefiro ter acesso ao seu corpo.

— Quer que eu me vista já pensando no sexo?

Hades sorriu.

— Será nosso segredo.

Eles se beijaram, e as mãos de Perséfone desceram pelo peito dele até o cós das calças. Ela as desabotoou e liberou seu pau, e enquanto o acariciava sua língua explorava a boca de Hades.

Ele gemeu, e Perséfone parou o beijo na boca para fazer uma trilha de beijos pelo queixo e pescoço.

— Eu preciso de você — ele rosnou. — *Agora*.

Estava duro como uma rocha, e Perséfone arfou, antecipando a sensação. Ela se levantou, guiando o pau dele para sua buceta e sentou.

Gemeram e cavalgaram juntos no escuro da limusine.

— Você me arruinou — disse Hades. — Agora eu só penso nisso.

— Em sexo? — Ela riu, grudada nele, amando a sensação da respiração em sua pele enquanto ele falava.

— Em você. — Ele subiu as mãos dentro do vestido até os quadris dela.

— Em te comer, na sua buceta apertando meu pau antes de gozar.

Ela estremeceu.

— Você acabou de descrever sexo, Hades.

— Eu descrevi sexo com você — disse ele. — Tem diferença.

Ela se derreteu contra ele, e seus lábios se uniram, as línguas se acariciando. O prazer a percorria, e ela segurou Hades como se pudesse desmoronar, subindo e descendo sobre ele.

— Porra, porra, porra — Hades amaldiçoou enquanto ela sentava, e os gemidos do sexo encheram o pequeno espaço.

Hades começou a estocar também, encontrando os movimentos dela com velocidade furiosa. Ela deu um grito gutural, seus dedos se torcendo no cabelo dele.

— Goza para mim — sussurrou Perséfone.

— Meu amor — Hades disse, apertando a pele dela com força, e gozou, liberando dentro dela um jorro quente.

Perséfone desabou contra ele, respirando com dificuldade, a pele escorregadia de suor. Suas pernas tremiam, e ela sentiu como se estivesse flutuando.

Ele gemeu.

— Porra — murmurou. — Estou igual a um maldito adolescente.

Ela riu.

— Você sabe o que é ser adolescente?

— Não — ele respondeu. — Mas imagino que estejam sempre com tesão e nunca completamente saciados.

Hades ainda estava dentro dela: duro, molhado e pronto para mais.

— Talvez eu possa ajudar — disse Perséfone, saindo de cima dele.

Ficou de joelhos, com a intenção de colocar o pau dele na boca, quando Hades a deteve.

— Ah, meu bem.

Perséfone franziu a testa.

— Mas...

— Acredite, não há nada que eu queira mais do que você caindo de boca em mim, mas agora devemos comparecer a este maldito jantar.

— Devemos? — ela perguntou.

— Sim — disse ele, pressionando o dedo sob o queixo dela. — Confia em mim, você não vai querer perder.

Ela não tinha tanta certeza, mas continuou olhando para ele enquanto se levantava e se sentava ao seu lado, ajeitando as camadas do vestido. Perséfone observou como Hades tentava esconder a ereção. Isso quase a fez rir. Até que se olharam, e um som irrompeu de algum lugar no fundo de seu peito.

— *Deusa*.

Foi um aviso, e todo o seu corpo começou a ficar quente novamente. Ela sorriu e olhou pela janela, imediatamente arrancada de seu devaneio ao ver o mar de mortais do lado de fora do carro. A multidão parecia se estender por quilômetros. Estavam amontoados em volta do carro.

Não era para Perséfone ter ficado surpresa com isso, considerando sua experiência no Baile de Gala Olímpico, mas ela havia participado como jornalista na época. Desta vez, era a noiva de Hades.

Ela inspirou intensamente; a ansiedade tomando conta. Não sabia dizer se algum dia se acostumaria com isso.

O carro parou e a porta se abriu. Sua visão foi imediatamente tomada por flashes. Hades saiu do carro com gritos de adoração. As pessoas chamavam seu nome, imploravam que as levasse para o Submundo, suplicavam para vê-lo em sua forma divina.

Ele ignorou os gritos e se virou, estendendo a mão para ela, que respirou fundo, fortalecendo-se.

— Amor?

A palavra a confortou, e ela deslizou os dedos na palma da mão dele. Quando fechou a mão forte em torno da dela, Hades deu a Perséfone a segurança de que precisava para sair da cabine da limusine. No momento em que ela se colocou inteiramente de pé ao lado dele, o caos se instalou — os flashes disparam mais rápido, ofuscantes.

Com os dedos entrelaçados, começaram a caminhar pelo tapete vermelho que levava à frente do Olimpo — um grande hotel que parecia uma parede dourada de metal espelhado. Perséfone ficou surpresa quando Zofie se juntou a eles, usando o vestido azul que tinha sido obrigada a comprar para eventos como o desta noite.

— Zofie. — Perséfone puxou a amazona para um abraço. A guarda endureceu.

— Perséfone, você está bem?

Ela respondeu:

— Sim. Só feliz em te ver.

A amazona sorriu.

De vez em quando, eles eram direcionados para posar para fotos. Hades obedecia, puxando Perséfone e deslizando um braço ao redor dela. A certa altura, ela jurou ter sentido os lábios dele tocarem seu cabelo.

Eles foram encaminhados para um salão de recepção cujo teto era de flores de vidro soprado. Perséfone passou vários minutos com o pescoço esticado, olhando para a tela da exposição, mas logo foi interrompida por inúmeras pessoas que se aproximaram para cumprimentá-la. Alguns eram estranhos, alguns eram criminosos de alto escalão e membros da Iniquity, mas também tinha suas amigas.

— Sibila!

Ela não tinha visto sua amiga e ex-colega de quarto desde sua mudança uma semana antes. Perséfone abraçou a oráculo com força. A loira usava um vestido brilhante cor de champanhe.

— Você está maravilhosa!

— Obrigada, você também — disse Sibila. — Como está?
— Bem. Ótima — disse Perséfone. Ela não conseguiu evitar um sorriso.
— Como está Aro?
Sibila corou.
— Bem. Estamos... bem.
Perséfone deu um gritinho quando Hermes apareceu, pegando-a em um abraço apertado. Quando ele a colocou no chão, foi na frente de Apolo, que sorriu ao ver a deusa..
— Então, Sefy — disse Hermes, mexendo rapidamente as sobrancelhas. — Ouvi dizer que Hades colocou um anel no seu dedo.
Ela riu.
— Bem, não... literalmente.
O Deus da Trapaça se engasgou.
— Que porra é essa? Você não pode ficar noiva sem um anel, Sefy.
— Não é verdade, Hermes.
— Quem disse? Eu não teria dito sim até ver o tamanho do diamante.
Ela revirou os olhos.
— Parabéns, Sef — disse Apolo, e Perséfone sorriu para ele.
Eles foram encaminhados para a sala de jantar logo depois, e Perséfone sentou-se em uma mesa na frente da sala, entre Hades e Sibila. Apesar da empolgação da noite e de ver seus amigos novamente, não conseguia deixar de pensar em Lexa. Ela a via em partes do evento — nas listas de vinhos, na música, na decoração. Tudo estava glamuroso e emocionante, do jeito que ela gostava.

Perséfone sentiu tanta falta da amiga.

Durante o jantar, Katerina, a diretora da Fundação Cipreste, levantou-se e deu as boas-vindas aos convidados. Deu uma visão geral do Projeto Anos Dourados e, em seguida, passou o restante da apresentação para Sibila.

— Sou nova na Fundação Cipreste — disse a oráculo. — Mas ocupo uma posição muito especial. A posição que era da minha amiga Lexa Sideris. Lexa era uma pessoa bonita, um espírito brilhante, uma luz para todos. Ela vivia pelos valores do Projeto Anos Dourados, e é por isso que nós da Fundação Cipreste decidimos imortalizá-la. Apresentando... o Jardim Memorial Lexa Sideris.

Perséfone arfou, e Hades agarrou a mão dela debaixo da mesa.

Na tela atrás de Sibila, havia esboços do jardim — um oásis com um belo paisagismo.

— O Jardim Memorial Lexa Sideris será um jardim de terapia para os moradores de Anos Dourados — explicou Sibila, pulando para uma visão geral do significado por trás de cada parte do jardim, explicando que as sombras homenageavam o amor dela por Hécate e que a linda escultura de vidro no centro do jardim representava a alma de Lexa: uma tocha brilhante e ardente que mantinha todos em movimento.

O coração de Perséfone estava pleno.

Hades se inclinou e sussurrou em seu ouvido:

— Você está bem?

— Sim — ela sussurrou, engolindo em seco. — Perfeitamente.

Após o jantar, eles se reuniram no salão de baile. Hades puxou Perséfone para a pista de dança, trazendo-a para perto de si. Uma de suas mãos descansava na curva das costas dela, enquanto a outra segurava sua mão. Ele a guiava pelo salão com graça e confiança, e, embora fosse um perfeito cavalheiro, havia algo sensual na forma como seus corpos se encostavam.

O calor se espalhou no ventre de Perséfone, e ela não conseguia tirar os olhos dos dele.

— Quando você planejou o jardim? — ela perguntou.

— Na noite em que Lexa morreu.

Perséfone balançou a cabeça, mordendo o lábio.

— No que está pensando? — Hades perguntou.

— Estou pensando no quanto eu te amo — ela respondeu.

Hades sorriu. Era um sorriso lindo, e ela o sentiu no fundo do peito.

Depois disso, a música se transformou em algo mais eletrônico, e Hades se despediu, incentivando Perséfone a dançar com Sibila, e fez cara feia quando Hermes e Apolo se juntaram às duas. Ela passou um tempo com eles, rindo e brincando e se sentindo melhor do que nunca. Em algum momento, foi em busca de Hades e se viu do lado de fora em uma varanda com vista para toda a Nova Atenas. Dali, podia ver todos os lugares que tinham mudado sua vida nos últimos quatro anos — a Universidade, a Acrópole e a Nevernight.

Ela não estava ali por muito tempo quando Hades se aproximou.

— Aí está você. — Ele passou os braços em volta da cintura dela e a puxou seu corpo. — O que você está fazendo aqui?

— Respirando.

Hades riu, e o som causou arrepios na espinha dela. Ele a beijou no rosto e a apertou com força.

— Tenho uma coisa para você — disse Hades, e Perséfone se virou nos braços dele.

— O que é? — ela perguntou, um sorriso no rosto. Nunca tinha se sentido tão feliz.

Hades a estudou por um momento, e Perséfone se perguntou se ele estava pensando a mesma coisa. Então, ele enfiou a mão no bolso e se ajoelhou diante dela.

— Hades... — Ela queria protestar. Eles já tinham feito isso. Estavam noivos; não precisavam de um anel ou um pedido formal.

— Apenas... me deixa fazer isso — disse ele, e o sorriso em seu rosto fez o peito dela estufar. — Por favor.

Hades abriu uma pequena caixa preta, revelando um anel de ouro. Era incrivelmente bonito, incrustado com diamantes e flores de ouro. Combinava com a coroa que Ian tinha feito para ela.

Ela ficou boquiaberta por um momento antes de voltar o olhar para Hades.

— Perséfone. Eu teria escolhido você mil vezes, as Moiras que se fodam — ele disse, rindo. — Por favor... seja minha esposa, governe ao meu lado, me deixa te amar para sempre.

Lágrimas brotaram nos olhos da deusa e ela exibiu um sorriso trêmulo.

— Claro — sussurrou. — Para sempre.

O sorriso de Hades cresceu, chegando a mostrar seus dentes. Era um dos sorrisos favoritos de Perséfone, aquele que gostava de imaginar que era apenas para ela. Ele deslizou o anel em seu dedo e ficou de pé, capturando sua boca em um beijo que ela sentiu na alma.

— Por acaso, você não ouviu Hermes exigir um anel, não é? — perguntou ela quando ele se afastou.

Hades riu.

— Hermes pode ter falado alto o suficiente para eu ouvir — disse ele. — Mas, se você quer saber, eu tenho esse anel há um tempo.

— Desde quando? — ela perguntou.

— Há muito tempo — admitiu. — Desde a noite do Baile de Gala Olímpico.

Perséfone engoliu um nó que subiu em sua garganta.

Como podia ter tanta sorte?

— Eu te amo — disse ele, pressionando a testa na dela.

— Também te amo.

Eles se beijaram novamente, e quando ele se afastou, ela notou algo branco girando ao redor. Levou um momento para Perséfone perceber que era *neve*.

Apesar de sua beleza, havia algo sinistro na maneira como ela caía do céu.

Sem falar que era verão.

Perséfone olhou para Hades, a felicidade que iluminava o rosto dele um momento antes desaparecera de repente. Agora ele parecia preocupado, as sobrancelhas escuras franzindo acima dos olhos sérios.

— Hades, por que está nevando? — Perséfone estremeceu.

Ele a olhou, seus olhos um vazio sem fim, e respondeu em um tom solene:

— É o começo de uma guerra.

NOTA DA AUTORA

Primeiramente, OBRIGADA a todos os meus leitores maravilhosos. Sou muito grata a cada um de vocês.

Quando escrevi *Um toque de escuridão*, escrevi do fundo do meu coração. Com *Um toque de ruína*, não foi diferente. Escrever esta sequência foi tão difícil quanto escrever o primeiro livro, mas eu sabia que havia algumas coisas que queria abordar neste volume, como mitos em torno de Apolo e seus amantes.

Analisei vários, mas resolvi destacar Apolo & Dafne, Apolo & Cassandra e Apolo & Jacinto. Obviamente, esses são os mais conhecidos, e dois realmente ilustram o comportamento horrível do deus. Ele perseguiu Dafne implacavelmente até ela implorar para ser transformada em uma árvore e amaldiçoou Cassandra por não dormir com ele. Esse é um problema atual e, por isso, quis desafiar Perséfone a lidar com isso.

O outro mito que eu queria mencionar era o de Apolo e Marsias (outro mito comum e semelhante é Apolo e Pã). Marsias era um sátiro que desafiou Apolo para uma competição musical. Existem várias versões desse mito, em cada uma delas um dos dois sai vencedor; ainda assim, o sátiro morre. Achei isso importante porque mostra quão instável Apolo pode ser — como ele está ligado à Antiguidade e como isso entra em conflito com o mundo moderno.

Agora vou citar o mito de Pirítoo.

Sei que na mitologia Pirítoo e Teseu são "parças" (pode esperar, Teseu está vindo *revira os olhos*). Os dois decidem que vão se casar com as filhas de Zeus. Teseu rouba Helena de Troia (sim, Helena, a assistente, é a Helena de Troia). Bem, Pirítoo decide que quer Perséfone. Juntos, os dois vão para o Submundo na tentativa de sequestrá-la. Exaustos, eles se sentam por um tempo para descansar e não conseguem se levantar. Mais tarde, Hércules resgatará Teseu, mas Pirítoo permanecerá. Eu quis incluir esse mito porque, para mim, no fundo, Pirítoo é apenas um fã muito assustador e, portanto, no mundo moderno, ele virou literalmente isso.

Talvez eu assista a muitas séries de crimes reais. Ha!

Por último, falarei sobre a parte mais dolorosa do livro — Lexa.

Quando começo a escrever um personagem, faço uma lista das "piores coisas que podem acontecer com ele".

Bem, o pior para Perséfone era perder Lexa, mas eu não conseguia imaginar Perséfone entendendo a condição mortal do luto sem perder alguém próximo. Ela também precisaria perder Lexa da pior maneira possível (isto é, trazendo Lexa de volta, presenciando seu sofrimento e, depois, a vendo retornar ao Submundo sem memória) para entender por que Hades não pode ajudar a todos. É uma grande parte do crescimento de Perséfone, porque, depois desse ponto, ela entende o valor de Hades. No final deste livro, ela pode falar por experiência própria o quanto é doloroso enfrentar todo o processo do luto.

Por fim, tenho que destacar a coisa que despertou toda essa ideia em primeiro lugar: a boate de Hades, Iniquity.

Desde o início, escrevi estas notas: *Deuses no mundo moderno; Hades governa antros de jogos de azar e a máfia do "submundo"*. Neste livro eu apenas pincelei o que Hades governa no Mundo Superior, já aviso que esse tema será muito mais aprofundado em *Um toque de malícia*.

Conheça o próximo volume da série.

UM
JOGO
DE
RETALIAÇÃO

1

UM JOGO DE RETALIAÇÃO

Hades se manifestou na sombra da arquibancada da Pista de Corrida Helênica. Os corcéis divinamente criados logo competiriam entre si na primeira de três corridas, que colocaria o mais rápido no caminho para se tornar um dos preciosos hipocampos de Poseidon — os cavalos com cauda de peixe que puxavam sua carruagem marinha. Mas não era a pretensa de honra que atraía a presença de Hades, nem a animação que costumava sentir com a promessa de uma aposta arriscada. Ele viera testar a legitimidade de um suposto oráculo que atendia pelo nome de Acácio.

O deus já ouvira falar dele e de seus negócios — um mercador de relíquias bastante conhecido, com uma loja cuja fachada era uma oficina mecânica. Hades e sua equipe tinham vigiado as atividades por meses. Conheciam sua rotina, ordens e correspondências, e, por isso, quando ele começou a oferecer aos mortais uma espiadinha no futuro, Hades ficou desconfiado.

Não era só o futuro que Acácio oferecia. Ele obtivera um tipo de onisciência que só se adquiria por meio de bênção divina ou da posse de relíquias, e, como Hades sabia que não era o primeiro caso, só podia ser o segundo.

Ele enviara Elias para apostar em seu lugar, e agora o sátiro estava parado perto da pista, com o cabelo bagunçado puxado para trás e amarrado na nuca, o que deixava seus chifres mais aparentes, fazendo-os parecer maiores. Hades atravessou o campo, onde vinte corcéis logo competiriam, até o sátiro. Conforme o deus se aproximava, os mortais abriram espaço. Apesar do medo que sentiam de sua presença, eles o encaravam, curiosos — ainda mais agora que ele demonstrara abertamente sentir afeto por uma pessoa que achavam que era mortal também.

Afeto por Perséfone, que não era mortal, mas insistia em fingir ser, algo que o preocupava muito mais do que estava disposto a admitir.

Hades tinha poucos vícios, que incluíam corridas, uísque e Perséfone, sua Deusa da Primavera. Dois deles nunca haviam interferido em sua rotina, nunca proporcionaram escape suficiente para serem chamados de distração.

Mas Perséfone era mais do que isso — era um vício. Um desejo que ele não conseguia saciar. Mesmo naquele momento, depois de ter passado a maior parte do fim de semana com ela, sentia uma ânsia visceral de voltar, explorar seu corpo e possuí-la. Perséfone era o motivo de ele estar atrasado. Não quisera sair de perto dela, em parte porque não tinha certeza de que ela ficaria ali, a despeito da promessa de que aguardaria seu retorno no Submundo.

Hades sentiu uma onda quente de frustração percorrer seu corpo diante da dúvida.

Ele nunca duvidara de si mesmo, mas não podia ter certeza de nada que dizia respeito a Perséfone... incluindo do destino dos dois.

— Você está atrasado — disse Elias, olhando não para ele, mas para o portão de largada, onde cavalos e jóqueis se posicionavam.

— E você é um sátiro — respondeu Hades, seguindo seu olhar.

Elias olhou para ele, questionando o comentário com a sobrancelha erguida.

— Achei que estávamos constatando o óbvio — acrescentou Hades.

Não gostava que apontassem seus erros, embora as pessoas mais próximas a ele — em especial Hécate, Deusa da Bruxaria e da Magia — se deleitassem em lembrá-lo de que era, sim, muito falível.

Ou, como ela gostava de dizer, um idiota.

— Qual é o prognóstico? — questionou Hades, passando os olhos por cada animal poderoso enquanto eles entravam nas respectivas baias numeradas.

— Apostei no Titan — disse Elias. — Como você aconselhou.

Hades assentiu, desviando a atenção para um grande quadro de onde as *odds* o encaravam de volta. Titan estava cotado para o segundo lugar.

— Fiquei surpreso que não tenha escolhido o Kosmos — comentou Elias.

Hades ouviu o que o sátiro não disse — *Se queria vencer, por que escolher Titan?* Ele conhecia Kosmos e seu treinador. Sabia que era um dos favoritos de Poseidon. Portanto, era provável que os outros cavalos nem tivessem chance.

Mas, até aí, tratava-se de uma competição divina, e isso significava que qualquer coisa era possível.

— A aposta é um teste — respondeu Hades.

Elias lhe lançou um olhar questionador, mas o deus não ofereceu nenhuma explicação adicional.

Os cavalos e seus cavaleiros estavam posicionados atrás do portão, e a corrida começaria em alguns minutos. Hades sentia um aperto no estômago, uma ansiedade pela corrida que se refletia na multidão extasiada e colorida. Para a maioria, o ponto principal do turfe, como o de tantas coisas na Nova Grécia, nem era a corrida em si; era a moda e o status, e, apesar de as roupas não serem tão extravagantes quanto as do Baile de Gala Olímpico, os chapéus e penteados eram.

— Lorde Hades. — Uma voz chamou a atenção dele, e o deus se virou e viu Kal Stavros alguns passos atrás. Kal era o CEO da Epik Communications, o conglomerado de mídia. Tinha canais de televisão, rádio e notícias, além de parques temáticos. Entre eles estava o *Jornal de Nova Atenas*.

Hades odiava a imprensa por várias razões, mas Kal Stavros estava quase no topo delas, não apenas pelo modo como incentivava a disseminação de informações falsas, mas porque era um Mago, mortal que praticava magia das trevas e já tinha sido advertido duas vezes por uso indevido do poder.

Mais uma advertência e ele seria banido, além de possivelmente punido.

Como tantos, o mortal manteve distância, embora sua postura fosse casual — as mãos enfiadas nos bolsos da calça azul-marinho bem passada. Seus olhos azul-claro pareciam brilhar, e Hades sabia que não era de admiração. Quando Kal olhava para o Deus dos Mortos, via poder, potencial.

Coisas que ele não tinha.

Kal tirou as mãos dos bolsos para fazer uma reverência, e Hades olhou feio — não apenas para Kal, mas para aqueles que estavam por perto, avisando que era melhor não tentar nenhuma aproximação que pudessem estar considerando depois de testemunhar essa interação.

— É um prazer — disse Kal, sorrindo ao endireitar o corpo.

— Kal — disse Hades. — A que devo essa interrupção?

As palavras saíram de sua boca cheias de desgosto. Se o mortal se deu conta disso, só ignorou.

— Peço perdão — disse Kal, embora não parecesse tão arrependido assim. — Eu teria te abordado em outro lugar, mas estou tentando marcar uma reunião há semanas, e não tive resposta.

A irritação de Hades aumentou, um calor sutil que lhe queimava a garganta.

— O silêncio normalmente significa não, Kal — respondeu ele, voltando a focar no portão. Qualquer outra pessoa entenderia essas palavras como uma rejeição, mas Kal sempre cometia o erro de brincar com fogo, e parecia o único a não entender as consequências disso.

O homem ousou chegar mais perto. A coluna de Hades endureceu e ele cerrou o punho, notando o olhar de advertência de Elias.

— Eu gostaria de falar de uma parceria em potencial — disse Kal. — Com... benefícios mútuos.

— O fato de você acreditar que poderia me beneficiar de algum jeito, Kal, mostra um nível significativo de arrogância e ignorância.

— Considerando sua experiência recente com uma certa jornalista, eu não acho, não.

Havia um toque de irritação na voz de Kal, mas foram suas palavras que atraíram a atenção de Hades — e fizeram aquela faísca de irritação se transformar num incêndio de grandes proporções.

— Cuidado com o que diz, Kal — avisou Hades, incerto do rumo que a conversa tomaria, mas já não gostando da possibilidade de que o nome de Perséfone logo passasse pelos lábios do mortal.

Kal deu um sorrisinho, alheio ao perigo, ou talvez querendo contrariar Hades, forçá-lo a se comportar mal em público para beneficiar seus repórteres.

— Eu poderia garantir que seu nome jamais voltasse a aparecer na mídia.

As palavras o atingiram como óleo quente, mas Hades não esboçou reação. Mesmo não estando nem um pouco intrigado pela oferta de Kal, perguntou:

— O que está sugerindo, exatamente?

— Seu relacionamento público com uma das minhas jornalistas...

— Ela não é *sua* jornalista, Kal — rosnou Hades.

O mortal o encarou por um momento, mas continuou.

— Independentemente disso, você permitiu que ela escrevesse sobre você, o que vai encorajar outros a fazer o mesmo, com ênfase no seu relacionamento. É isso que quer?

Não era de jeito nenhum o que ele queria, principalmente porque colocaria Perséfone ainda mais em perigo.

— Suas palavras parecem muito uma ameaça, Kal — disse Hades.

— De modo algum — respondeu o homem. — Só estou apontando as consequências das suas ações.

Hades não tinha certeza do que o mortal queria dizer com ações. Ter deixado Perséfone escrever os artigos? Ou estaria se referindo ao reencontro público dos dois diante da Coffee House, quando ela correra e pulara nos braços dele, ambos alheios aos espectadores, que tinham fotografado e filmado tudo?

— Posso ajudar a garantir sua privacidade.

— Por um preço, imagino...

— Um preço baixo — respondeu Kal. — Quero ser dono de uma parte da Iniquity.

A voz de Kal foi abafada pelo som alto de um sino, seguido pelo tinido dos portões se abrindo e pelo trovejar dos cascos de vinte corcéis disparando pela pista. A voz do locutor se elevou sobre os gritos da multidão, narrando a cena com uma inflexão lírica.

— Kosmos larga na frente, como esperado, seguido de Titan...

Ele elencou mais nomes — Layland está na raia interna, Maximus na externa. O tempo todo, Kosmos seguiu na liderança, com Titan logo atrás. A narração contínua do locutor fez o peito de Hades se apertar e seus dentes se cerrarem, e a comoção do público só piorava tudo, mas algo mudou na corrida. Titan pareceu ganhar um fôlego extra e praticamente voou por Kosmos na linha de chegada.

O locutor elevou a voz, animado, ao anunciar o vencedor.

— Deu zebra! O azarão Titan, superestrela divina, vence a Copa Helênica! Kosmos fica em segundo!

Em questão de minutos, a corrida acabou, e Hades deu as costas para ir embora, mas uma mão pousou em seu braço.

— Nosso negócio, Hades — disse Kal.

O deus se virou depressa, agarrando o pulso do homem e o empurrando para longe.

— Vai pro inferno, Kal.

Ele não disse mais nada antes de desaparecer.

Hades se manifestou no bar da Nevernight.

A boate estava imaculada, a pista vazia, embora ele soubesse que seus empregados estavam à espreita, navegando entre as sombras do lugar para prepará-lo para a abertura daquela noite — um evento que era sempre caótico. Inevitavelmente, sempre tinha alguém achando que seu status lhe garantiria a entrada e, a depender de quão mimada fosse a pessoa, isso sempre causava um chilique bastante público que Mekonnen — ou, em casos muito graves, Elias — precisava resolver.

Tanto mortais quanto imortais nunca paravam de demonstrar as falhas da humanidade. Às vezes, Hades se questionava se havia feito a coisa certa ao transformar o Submundo naquele paraíso. Talvez fosse melhor quando as pessoas temiam o além-vida — até quando temiam o próprio Hades. Aí, gente como Kal jamais ousaria se aproximar dele com pedidos tão arrogantes.

Outra onda de frustração ricocheteou por seu corpo ao pensar na audácia do homem.

Pior ainda, a oferta de Kal trouxera outra preocupação — a segurança de Perséfone. Hades tinha um número infinito de inimigos. Odiava se arrepender de qualquer coisa relacionada à união dos dois, mas devia ter sido mais cuidadoso. Podia ter protegido ambos com uma ilusão, tê-los teleportado, qualquer coisa que impedisse a exposição de sua vida e de Perséfone.

Mas o dano já estava feito, e o mundo estava assistindo.

Será que Perséfone estava preparada? Uma coisa era ser favorecida, outra era ser a amante escolhida por um deus. Ela não queria ser conhecida por seu status divino. Será que se cansaria de ser conhecida como amante dele?

Hades pegou uma garrafa de uísque da parede espelhada e bebeu direto do gargalo. Nesse momento, sentiu que não estava sozinho, e ao se virar deparou com Hera, Deusa do Casamento e sua rancorosa cunhada. Ela estava parada no centro da pista, vestida impecavelmente de branco, a cabeça inclinada, a expressão orgulhosa.

Só um pouquinho menos severa que a de Deméter, ele pensou.

— É um pouco cedo pra beber — disse ela, com um tom de desgosto, embora Hades soubesse que a deusa tinha vindo fazer algum pedido. Ela nunca se dava ao trabalho de falar com ele se não fosse por isso.

— É um pouco cedo pra você me julgar — respondeu Hades, voltando a atenção para a garrafa e ignorando Hera, que ficou quieta por um momento antes de suspirar e dar um passo na direção do bar.

Hades se preparou para o que estivesse por vir.

Ele sabia que não ia gostar.

— Antes de começar, espero que essa minha visita permaneça anônima.

Hades ergueu uma sobrancelha.

— Isso depende do que você veio dizer.

Ele deu outro gole, só para reforçar a mensagem.

O rosto de Hera endureceu.

Hades não desgostava da deusa, mas também não gostava. Era um território neutro. Sua natureza vingativa costumava ser estimulada por Zeus, a infidelidade dele sendo o pivô de muitos dos seus ataques. Na maioria das vezes, era difícil para Hades culpá-la por seu ultraje. Afinal, o casamento de Zeus e Hera se baseava em enganos, mas a crueldade dela era equivocada, sempre dirigida àqueles que muitas vezes também eram vítimas de Zeus.

Hera ergueu o queixo, com um olhar feroz.

— Você está bem ciente das façanhas de Zeus — disse ela. — A devastação que ele provoca na raça humana.

Ela não estava errada e, embora nenhum deus fosse particularmente inocente, Zeus era provavelmente o mais impiedoso com a humanidade.

— Estou bem ciente das suas também — respondeu Hades.

Hera crispou os lábios e, quando falou, sua voz tremeu:

— Tenho meus motivos. Você sabe disso.

— Dê nome aos bois, Hera: vingança.

Ela cerrou o punho ao lado do corpo.

— Como se você nunca tivesse buscado vingança.

— Não estou julgando — disse ele e, depois de um instante, perguntou: — O que está fazendo aqui?

Ela o encarou, e Hades lembrou que não gostava dos olhos de Hera. Era fácil esquecer, já que ela estava sempre acompanhada de Zeus e, nessas ocasiões, se mostrava desinteressada e quase indiferente, mas ser o centro das suas atenções significava ficar sob a mira de seu olhar penetrante.

— Vim para obter sua lealdade — disse ela. — Desejo derrubar Zeus.

Hades não ficou muito surpreso com a declaração. Não era a primeira vez que Hera tentava destronar Zeus. Na verdade, já tentara duas vezes e conseguira assegurar a ajuda de outros deuses — Apolo, Poseidon e até Atena, e, desses três, só um conseguira escapar da ira de Zeus depois de solto.

— Não.
A resposta foi automática, mas ele não precisava pensar muito sobre a decisão. Hades desgostava da tirania de Zeus tanto quanto qualquer outro deus, mas conhecia as intenções de Hera e preferia que fosse seu errático irmão a ter o trono, e não ela.
— Você recusaria, sabendo dos crimes dele?
— Hera...
— Não o defenda — cortou ela.
Ele não tinha a intenção de defender Zeus, mas a realidade é que Zeus só era rei porque haviam feito um sorteio. Ele não era mais poderoso do que Hades ou Poseidon.
— Você já tentou antes e falhou. O que te faz pensar que vai ser diferente dessa vez? — Hades perguntou porque estava mesmo curioso. Será que Hera tinha adquirido algum tipo de arma ou aliança que achava que poderia mudar o curso do destino?
Em vez de responder, ela disse:
— Então você está com medo.
Hades trincou os dentes. Zeus era a última pessoa que ele temia no cosmos inteiro. Só era cauteloso. Tinha uma diferença.
— Você quer minha ajuda? — perguntou Hades. — Então responda à pergunta.
Um sorriso amargo apareceu no rosto dela.
— Você parece achar que tem escolha, mas seu futuro está nas minhas mãos.
Hades estreitou os olhos. Não precisava perguntar o que ela queria dizer. Hera também tinha o poder de abençoar e amaldiçoar casamentos. Se quisesse, poderia garantir que ele nunca se casasse com Perséfone.
— Quem sabe encontro uma desculpa pra ficar do lado de Deméter. Afinal, *sou* a Deusa das Mulheres, você sabe.
Apesar de muitos saberem que Deméter tinha uma filha, sua identidade fora mantida em segredo, o que significava que poucos deuses sabiam da divindade de Perséfone. A exceção mais recente era Zeus — e, por conseguinte, Hera —, que descobrira quando Deméter fora procurá-lo para demandar o retorno da filha. Zeus, entretanto, não tinha interesse em contrariar as Moiras, então se recusara a ajudar.
— Se você quer encarnar esse papel, faria bem em ouvir a própria Perséfone, e não a mãe traiçoeira dela. Não fode comigo, Hera. Não vai acabar bem.
Ela respondeu com uma gargalhada, abaixando o queixo para encará-lo de volta.
— Essa é sua resposta?
— Não vou te ajudar a derrubar Zeus — repetiu Hades.

Ele não faria nada sob as condições de outra pessoa. Derrubar Zeus exigia muito mais que formar alianças. O Deus do Trovão estava sempre atento a sinais de rebelião, consultando profecias e mexendo pauzinhos para prevenir a concepção de alguém muito mais poderoso do que ele. Talvez fosse a sina dos conquistadores — um medo de o ciclo se repetir, como tinha acontecido com os Titãs e os Primordiais. Zeus temia acabar como o pai deles, Cronos, e seu avô, Urano.

Hades não tinha dúvida de que algum dia o jogo viraria e as Moiras teceriam novos governantes — o que transformaria os olimpianos em alvos. Já suspeitara que Teseu, seu sobrinho semideus, tivesse planejado nesse sentido, mas não sabia até onde ele fora. Teseu liderava a Tríade, uma organização que rejeitava a influência e a interferência dos deuses. Irônico, considerando que Hades tinha certeza de que Teseu esperava obter a divindade completa, ou pelo menos poder equivalente a essa condição.

— Então, não vai acabar bem para nenhum de nós — replicou Hera.

Eles se encararam enquanto uma tensão silenciosa crescia.

— Se não vai me ajudar a destronar Zeus, vai ter que fazer por merecer o direito de se casar com Perséfone.

Hades apertou as mãos.

— Perséfone não tem nada a ver com isso — disse ele entredentes.

— É o jogo, Hades, e todos os deuses jogam. Pedi sua ajuda e você recusou. Agora aguarde minha retaliação.

Ela falou como se fosse uma mera negociação, mas Hades conhecia Hera, e ela não fazia ameaças vazias. Era capaz de praticamente qualquer coisa para conseguir o que desejava, e machucar Perséfone não estava fora de cogitação.

— Se você encostar nela...

— Não vou chegar nem perto dela se você fizer o que digo — disse ela. Depois, bateu com o dedo no queixo, olhando Hades de cima a baixo.

— Agora, qual será o melhor jeito de você merecer o direito de se casar com sua amada Perséfone?

A reflexão dela fez Hades estremecer. Claramente, sua intenção era machucar. Ela sabia que Hades queria se casar com Perséfone, assim como sabia que ele se sentia indigno de tamanho presente. Tudo aquilo era tanto uma punição quanto uma diversão para a deusa.

— Ah! Já sei — disse ela afinal. — Vou te atribuir doze trabalhos. Sua... realização de cada um deles vai me mostrar quão devotado você é a Perséfone.

— Que pena que Zeus nunca precisou fazer isso por você — respondeu Hades, seco.

Era a coisa errada a dizer — e detestável, ele tinha que admitir. Hades abominava como Hera acabara se casando com seu irmão. Por meio de farsas e vergonha, e suas palavras trouxeram essas memórias à tona, fazendo a deusa ficar lívida de raiva.

— Mate Briareu — disse ela, zombeteira. — Essa é sua primeira tarefa.

Hades mal conseguiu respirar ao ouvir aquelas palavras.

Briareu era um dos três Hecatônquiros e tinha uma aparência única, com cem braços e cinquenta cabeças. Da última vez que Hera havia tentado derrubar Zeus, fora Briareu que o libertara, instigando assim a ira da deusa; então, ainda que não fosse uma surpresa que ela quisesse se vingar dele, executá-lo pelas mãos de Hades era algo totalmente diferente.

Hades gostava de Briareu e de seus irmãos. Tinham sido aliados dos deuses durante a Titanomaquia e, no fim das contas, foi o que conquistou a vitória dos deuses olimpianos sobre os titãs. Mereciam reverência, não lâminas.

— Não posso tirar uma vida que as Moiras não cortaram — argumentou Hades.

— Então, negocie — respondeu Hera, como se fosse simples assim.

— Você não sabe o que está pedindo — rebateu Hades.

Uma alma por outra era a troca que as Moiras fariam — criar ou tomar uma vida, a depender do estrago que quisessem causar.

As Moiras não gostavam que os deuses se metessem nos seus fios. Isso teria consequências terríveis. Hades podia senti-los sob a própria pele, os fios fantasmas das vidas que negociara se apertando.

— Você tem uma semana — disse Hera, indiferente a suas palavras.

Hades balançou a cabeça e, mesmo sabendo que ela não se importava, disse:

— Você vai se arrepender disso.

— Se eu me arrepender, você também vai.

Ele não tinha dúvida.

Quando ela desapareceu, Hades ficou parado na quietude da Nevernight, relembrando a interação deles. A Deusa do Casamento tinha razão. Aquele era um jogo que todos os deuses jogavam, mas ela usara os peões errados.

Hades conseguiria o que queria no fim das contas, e a deusa lamentaria o dia em que resolveu testá-lo.

Ele tomou outro gole de uísque antes de atirar a garrafa na parede, onde ela se estilhaçou em mil pedacinhos.

— Malditas Moiras.

ESTA OBRA FOI COMPOSTA EM ADRIANE TEXT POR BR75 E IMPRESSA
EM OFSETE PELA GRÁFICA BARTIRA SOBRE PAPEL CHAMBRIL AVENA
PARA A EDITORA SCHWARCZ EM JANEIRO DE 2025

A marca FSC® é a garantia de que a madeira utilizada na fabricação do papel deste livro provém de florestas que foram gerenciadas de maneira ambientalmente correta, socialmente justa e economicamente viável, além de outras fontes de origem controlada.